Face au Soleil

Sherry D. Ramsey

Traduit de l'anglais
par
Catherine Dussault

Face au Soleil

Sherry D. Ramsey

Traduit de l'anglais
par
Catherine Dussault

TYCHE BOOKS LTD.

Face au soleil

Publié par Tyche Books Ltd.
www.TycheBooks.com

Droits d'auteur © 2013 Sherry D. Ramsey
Première édition par Tyche Books Ltd 2013

ISBN : 978-1-928025-09-2
ISBN livre électronique : 978-1-928025-10-8

Illustration de la page couverture : Ashley Walters
Montage de la couverture : Lucia Starkey
Mise en page : Ryah Deines
Édition : M. L. D. Curelas
Traduction : Catherine Dussault

Photographie de l'auteure : John Ratchford

Dédicace

Pour Terry, qui n'a jamais douté de ma réussite.

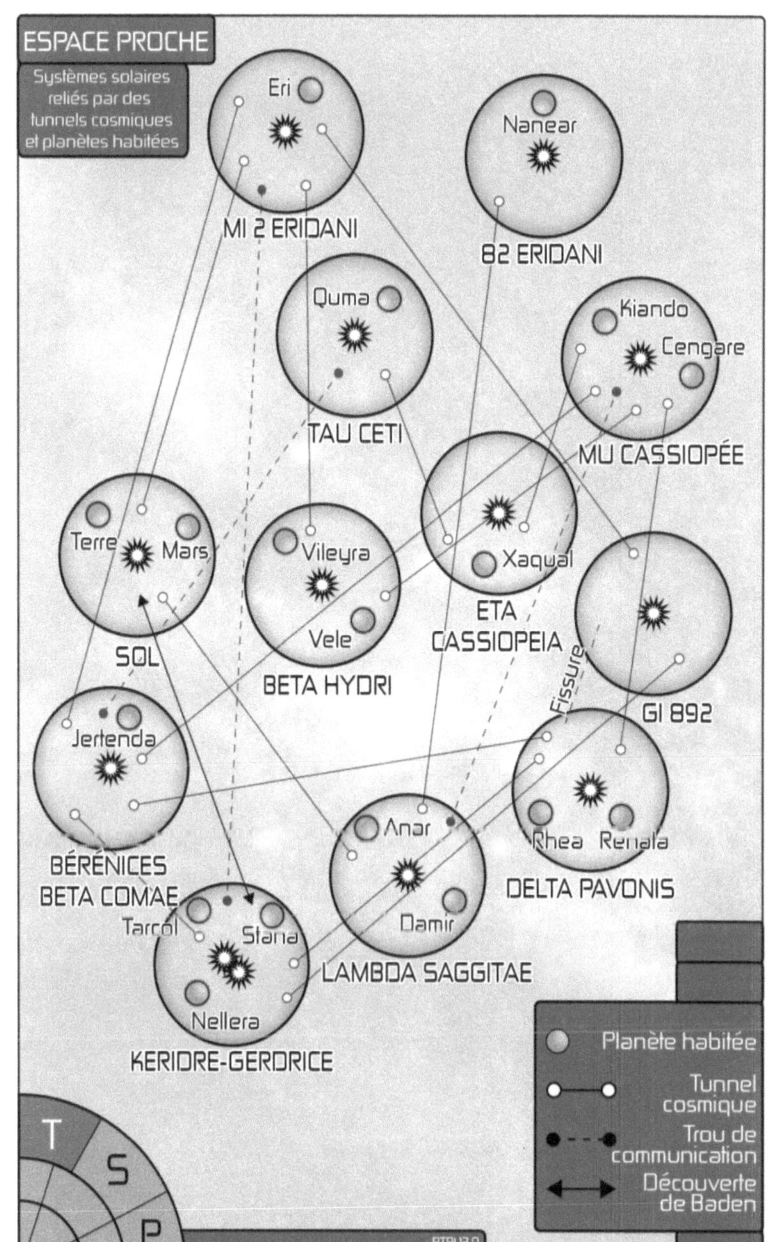

ESPACE PROCHE
Systèmes solaires reliés par des tunnels cosmiques et planètes habitées
Eri
MI 2 ERIDANI
Nanear
82 ERIDANI
Quma
TAU CETI
Kiando
Cengare
MU CASSIOPÉE
Terre
Mars
SOL
Vileyra
Vele
BETA HYDRI
Xaqual
ETA CASSIOPEIA
GI 892
Jertenda
BÉRÉNICES BETA COMAE
Fissure
Anar
Damir
LAMBDA SAGGITAE
Rhea
Renala
DELTA PAVONIS
Tarcol
Stana
Nellera
KERIDRE-GERDRICE
T
S
P
Planète habitée
Tunnel cosmique
Trou de communication
Découverte de Baden
PTPI 13.0
® Systèmes astrographiques Yurovic-Ngombe

Contents

Partie 1

— Sur Terre

Chapitre 1
Accueils, chaleureux et glaciaux

« Luta, nous sommes à environ une heure de la Terre. Ça fait généralement bonne impression si le capitaine est sur le pont à l'arrivée. » La voix joyeuse de Rei dans le circuit de communication du *Tane Ikai* me réveilla. Le rêve s'estompa doucement, seuls des fragments s'attardèrent dans mon esprit, comme les volutes d'une nébuleuse. Je faisais toujours le même rêve, lorsqu'on s'approchait d'une planète.

J'ai quatorze ans à nouveau. Je cours dans le corridor bondé d'une station spatiale, j'essaie de ne pas perdre ma mère de vue, j'aperçois parfois brièvement ses cheveux châtains, vision qui me nargue. Une marée de gens nous sépare. Elle ne ralentit pas, ne se retourne pas pour regarder derrière elle. J'ignore si elle sait que je la suis. À l'extérieur de la station, j'entrevois les anneaux d'une planète et les ombres étranges annonçant la bouche d'un tunnel cosmique.

Finalement, la foule se disperse et je peux la voir à un anneau d'accostage, attendant de grimper sur le vaisseau. Je tente de l'appeler, mais aucun son ne sort de ma bouche. Elle se tourne et me regarde, elle sourit tristement et secoue la tête, levant sa main élancée en signe d'adieu. Ma poitrine se serre et je lutte contre les larmes. Je ne veux pas que quiconque me voit pleurer. Elle traverse l'anneau à peine quelques secondes avant que mes pieds, lourds comme du plomb, ne touchent le quai. Mais il n'y a aucun vaisseau à l'horizon. Ce n'est que l'espace béant, un trou vide et noir parsemé d'une guirlande de faibles lumières à l'éclat froid. Ma mère s'est évanouie dans ce vide...

Maladroitement, je jouai avec la biopuce personnalisée implantée dans mon avant-bras pour informer Rei que j'étais réveillée et roulai sur le dos. Le bruit du moteur principal du vaisseau ressemblait au battement d'un cœur gigantesque nous poussant doucement vers la Terre, et mon propre pouls faisait écho à cette cadence. Par le hublot devant moi, la tapisserie des étoiles dessinait des constellations familières qui me rappelaient mon chez-moi. La Terre provoquait toujours ce rêve, peut-être parce que c'est le dernier endroit où ma famille, dans mon enfance, a pu vivre en paix.

Finalement, je balançai les jambes par-dessus les traverses de la couchette et je me hissai en dehors du lit. Après toutes ces années, je ne parviens toujours pas à dormir aussi bien dans l'espace que lorsque j'ai les deux pieds sur une planète, mais lorsqu'on est capitaine d'un vaisseau marchand spécialisé dans les missions éloignées, on apprend à surmonter ce genre de problème.

Je sautai dans un pantalon et j'enfilai un haut blanc à manches courtes; je m'aspergeai le visage d'un peu d'eau froide et je me maquillai rapidement. Un coup de brosse dans les cheveux et je jetai un regard à mon reflet dans le miroir. Il y a longtemps que j'ai perfectionné l'art de vérifier l'apparence de mes cheveux, de mon visage et de mes vêtements sans prêter attention aux petites choses que je ne veux pas voir, rappels gênants du fait que je n'ai pas l'air d'avoir plus de trente ans.

Un détail sans importance si ce n'est le fait que je célébrerai cette année mon quatre-vingt-cinquième anniversaire. Un détail qui ne m'embêterait pas s'il y avait une explication scientifique logique pour justifier mon apparente jeunesse. Merde, j'accepterais même une explication illogique et sans fondement scientifique, mais il n'y avait rien du tout. Je suis une anomalie, une aberration, un monstre, faute d'un meilleur terme; mais j'essaye tant bien que mal de ne pas y penser.

Tablette en main, je sortis de ma cabine. Des voix résonnaient du fond de la galerie, à gauche, et je devinais l'odeur du caff frais, un effluve qui m'incitait à m'aventurer dans le corridor. Toutefois, je bifurquai à droite, mes pas provoquant un écho sur le métal du pont. Rei dam-Rowan, ma pilote, se retourna dans sa chaise flottante pour m'adresser un sourire lorsque j'émergeai dans la lumière éclatante du pont. Rei est la seule membre de mon équipage au courant de mon âge réel. Il y a quelque chose chez elle qui attire les confidences et qui assure que tout secret sera bien gardé. Âgée de vingt-neuf ans, elle n'en paraît pas plus de vingt grâce à de bons gènes et à une allure encore meilleure; nous étions amies depuis cinq ans, moment où elle avait embarqué sur mon vaisseau.

— Nous arriverons sur Terre dans vingt minutes, Capitaine, annonça-t-elle, ajoutant avec un sourire narquois, alors, le sommeil réparateur de la belle au bois dormant?

Je lui fis une grimace.

— Pas besoin de sommeil réparateur plus que toi. Les autres ont déjà tout prévu ce qu'ils comptent faire, durant notre séjour?

Rei hocha la tête, sa chevelure couleur noisette semblait bien plus sombre dans l'éclat jaunâtre des lampes sodium haute pression du plafond.

Viss m'a dit que si nous passons au moins une journée ici, il a l'intention de nettoyer les injecteurs de plasma et il veut acheter un nouveau filtre pour les propulseurs tandis qu'on est sur Terre. Yuskeya télécharge les cartes stellaires que tu as demandées et les points de données pour six nouveaux tunnels cosmiques. Quant à Baden, il a indiqué qu'après avoir supervisé le déchargement de la cargaison, il a rendez-vous avec un vieil ami, si tu n'as pas besoin de lui pour autre chose.

Elle roula ses yeux dorés.

— Donc, c'est une femme ou quelqu'un qui lui doit de l'argent.

— Et toi?

Je m'enfonçai dans la chaise de commande et pianotai pour télécharger les messages en attente dans ma tablette. Les servocommandes s'animèrent et ajustèrent la chaise pour moi.

— Facile, répliqua Rei. Elle bâilla délicatement, les

magnifiques marques sombres ressemblant à des tatouages autour de ses yeux s'allongeant comme des rivières d'encre qui auraient éclaboussé sa peau pâle et claire. Toutes les femmes d'Eri portaient des pridattii. Je savais qu'ils n'étaient pas permanents, mais je n'avais jamais vu Rei le visage nu.

— Je veux un traitement facial et une manucure, peut-être même un massage. Non, définitivement un massage.

Je secouai la tête.

— Toujours au boulot et jamais de repos, Rei. Tu devrais relaxer un peu.

Elle tira la langue dans ma direction et nous éclatâmes de rire toutes les deux. Toutefois, mon sourire se transforma en froncement de sourcils lorsque le message de PrimaCorp apparut sur ma tablette. Le message avait probablement été placé en attente et lancé dès que mon vaisseau a pénétré dans la zone terrestre. Et quand le message vient de PrimaCorp, ce ne sont jamais de bonnes nouvelles.

Réception : [205152.59.68], division principale de PrimaCorp
Message électronique statique : 25,7
Cryptage : securetext/novis/noaud
Avis de réception : activé
*Auteur : « Président Alin Sedmamin » <pres.primacorp*web>*
Destinataire : « Luta Paixon » <ID 59836254471>
Date : Le samedi 2 novembre 2284, 17 h 57 min 29 s — 0500

Capitaine Paixon,
Nous serions reconnaissants si vous pouviez prendre quelques minutes durant votre séjour sur Terre pour rencontrer l'un de nos représentants afin de procéder à un échange d'information. Nous vous remercions de votre collaboration et de votre considération,
Président Alin Sedmamin
par Beli Elaudoka

Je poussai un soupir. Rien de nouveau là. Je n'avais participé à de telles rencontres qu'une ou deux fois, espérant que la société pourrait me donner des nouvelles de ma mère. J'avais abandonné, dégoûtée, après ça. Tout ce qu'ils voulaient, c'était me tirer les vers du nez pour des renseignements que je ne possédais pas et me soutirer la permission de jouer dans mes gènes afin d'y récupérer quoi que ce soit qui pourrait leur appartenir; inutile de dire que je ne l'ai pas accordée. Depuis que la *Loi sur la protection du matériel génétique* a été adoptée, il y a environ un siècle de ça, personne ne pouvait me forcer à consentir à cette exploration. Je refusais poliment — dans la mesure du possible. On ne sait jamais à quel moment ils mettraient la main sur quelque chose d'intéressant pour moi. Je n'étais pas friande de l'idée qu'ils me tenaient à l'œil, par contre.

Rei se méprit sur mon expression, ou sur la raison de mon froncement, car elle baissa la voix et demanda : « Tu vas voir Hirin tout de suite? »

Je hochai la tête, en faisant attention de ne pas lever les yeux de mon écran, alors que mon cœur bondit furieusement à la mention de son nom.

— Ça fait deux mois. Il doit être inquiet. En plus, j'ai acheté des suppléments végétaux sur Vileyra qui pourraient l'aider un peu.

Rei se tut pendant un instant, puis hésita.

— Luta, tu n'as pas peur qu'un jour, tu reviendras et Hirin sera...

Sa voix fléchit, et je terminai la phrase pour elle.

— Décédé? Bien sûr. Mais nous avons tous les deux conclu que c'était la seule solution. Je ne peux pas m'assurer qu'il ait les meilleurs soins possibles si je n'accepte pas les contrats les plus payants, et ce sont tous des voyages multisauts. C'est la solution la plus pratique.

— Tu t'ennuies de lui, toutefois. Ça doit être difficile.

— Je m'ennuie... Je m'ennuie de ce que c'était, avant. Je ne suis pas certaine si ça me manque d'être toujours avec lui, maintenant. Ce n'est pas facile.

Elle hocha doucement la tête et se retourna vers son écran de pilotage, alors que j'essayai de me concentrer sur les soumissions pour notre prochain contrat.

Hirin est mon mari. Il a quatre-vingt-douze ans. Malheureusement, contrairement à moi, il n'est ni une anomalie, ni une aberration, ni un monstre. Il vit dans une maison pour personnes âgées et chaque jour de ses quatre-vingt-douze ans se lit sur son visage et se ressent dans son corps. Grâce au traitement Vigour-Eux, quatre-vingt-douze ans n'est pas un âge très avancé, mais quinze ans plus tôt, Hirin a attrapé un virus qui l'a affaibli à un point tel que même la réjuv ne peut pas beaucoup améliorer son état.

Le reste de l'équipage avait rencontré Hirin, mais ils ignoraient qu'il était mon mari. Tous pensaient que c'était un parent âgé pour qui j'éprouvais de l'affection. C'était assez près de la vérité. Mon équipage n'avait jamais rencontré mes enfants non plus — ne connaissait même pas leur existence, en fait. Avoir l'air cinquante ans plus jeune que mon âge biologique n'est pas quelque chose que j'exhibe sans pudeur. Trop de questions gênantes pour lesquelles je n'ai aucune réponse. De plus, il y a toujours PrimaCorp, qui me suit discrètement, ce qui est en soi une raison suffisante pour rester cachée. Des pas résonnèrent dans le corridor derrière nous et une voix douce lança : « *Bonan matenon*, Capitaine. »

Je levai les yeux en souriant alors que Yuskeya Bleu se glissa dans son siège, posant une tasse fumante à proximité de son poste de navigation. Yuskeya est la femme la plus grande que j'aie jamais rencontrée, elle dépasse même Rei de quelques centimètres. Elle arborait les traits magnifiques et la chevelure d'ébène de ses ancêtres amérindiens. Elle venait de la planète Quma, qui avait été colonisée par une grande quantité d'Autochtones de la Terre, environ un siècle plus tôt. Yuskeya était discrète, digne, une excellente navigatrice et une secouriste compétente, dotée d'un sens de l'humour caustique et d'un goût prononcé pour le thé chaï fortement épicé. Elle avait joint mon équipage un an plus tôt, mais c'était à peu près tout ce que je savais à son sujet. J'avais l'intuition que certaines nuits, elle rejoignait la cabine de Viss Feron, mon ingénieur, mais je n'en étais pas certaine et je ne crois pas que je voulais vraiment le savoir. Tout le monde a droit à ses secrets.

— Bon matin! J'ai entendu dire que tu allais obtenir des points de données pour de nouveaux tunnels cosmiques lorsque nous serons à quai?

— Effectivement. Une rumeur court, un de ces tunnels pourrait raccourcir de plusieurs semaines le trajet entre MI 2 Eridani et les Bérénices Beta Comae.

Je soulevai un sourcil.

— Tiens-moi au courant, alors. Cela pourrait influencer le choix du prochain contrat qu'on acceptera.

— Absolument.

Yuskeya hocha la tête et commença à vérifier les calculs de navigation pour notre arrivée dans l'atmosphère terrestre.

J'examinai un lot de nouveaux contrats annoncés et je parcourus rapidement la liste. Aucun ne semblait franchement intéressant, la plupart concernaient des transports vers des systèmes qui étaient au moins à trois sauts par tunnel cosmique de la Terre, mais je décidai d'attendre le rapport de Yuskeya sur les nouveaux tunnels avant d'effacer les offres. Une planète et un système pourraient être bien plus proches de nous si quelqu'un avait découvert un tunnel cosmique bien placé.

— Beta Comae? retentit soudainement une voix, juste derrière moi. Nous n'allons pas dans le Beta Comae, n'est-ce pas?

Baden Methyr était un merveilleux agent de communication, mais ses blagues étaient généralement plutôt puériles. J'étais contente de ne pas avoir sursauté. Il avait réussi à se glisser derrière moi silencieusement et avait lu par-dessus mon épaule le texte affiché sur l'écran.

— C'est possible, dis-je d'un ton neutre. Tu as des raisons de ne pas vouloir visiter Jertenda, Baden? Une femme a une dent contre toi, peut-être?

— Une dent et un fusil plasma, plutôt? susurra Rei. Ce ne serait pas la seule planète dans l'Espace proche, non?

— Mesdames, vous me blessez, gémit-il, en se plaçant dramatiquement une main sur le cœur tout en se laissant tomber dans la chaise flottante du poste de comm.

Il déposa la tasse qu'il avait en main et brancha le module de communication de la taille de son pouce dans l'implant de son avant-bras gauche.

— Devrions-nous informer la Terre que nous arrivons?

— Vas-y, approuvai-je. Et vérifie l'endroit où ils veulent qu'on accoste.

— Veux-tu qu'on aille au Noyau central, pour la cargaison? demanda-t-il. Ou devrions-nous aller ailleurs en premier ?

— Prends le Noyau si tu peux y avoir un quai. Je vais visiter Hirin, mais je peux prendre une navette jusqu'en Nouvelle-

Écosse. Si je me fie au nombre de contrats offerts sur la liste, je dirais que c'est une période assez occupée, alors on devra aller là où ils nous enverront. Si on ne peut pas accoster à proximité de Boston, j'embaucherai quelqu'un pour la livraison.

— Voyons ce que je peux faire.

Il passa une main dans ses cheveux couleur chocolat et s'absorba subitement dans son travail. Je savais bien, pourtant, qu'il reprendrait ses cajoleries si c'était nécessaire. Il voulait d'abord vérifier avec quel agent de l'administration des quais il discuterait, sur Vaste, le système de transmission d'émissions visuelles augmentées.

— Où est Viss? demandai-je.

Il devrait se trouver dans la zone d'ingénierie, maintenant, mais il n'avait pas donné signe de vie.

— Il a reçu un message crypté, lança Baden, un doigt sur le minuscule microphone du module de communication qu'il utilisait pour discuter avec l'Administration. Il l'a pris dans l'Ingénierie. J'imagine qu'il va appeler bientôt. Oh, il y a une communication en direct par Vaste pour toi, Capitaine. Karro Paixon, de la station spatiale Sagan.

— Je vais la prendre dans mes quartiers. C'est mon oncle, mentis-je sans hésiter.

Baden fit un signe de la tête, ses doigts glissant sur l'écran tactile alors qu'il transférait la communication. Il retourna son attention à l'Administration en affichant un immense sourire.

— Hé bien, bonjour à toi, *karulino.*

Je roulai des yeux. S'il la draguait, c'était bien parti pour qu'on puisse choisir l'endroit où nous voulions accoster. Baden avait un certain talent. Je ne me mis pas à courir vers mes quartiers, mais je pressai le pas.

— Karro?

Son visage s'éclaira d'un sourire sur l'écran en me voyant.

— La communication est sûre?

Je fis signe que oui.

— Merveilleux. Bonjour, maman. J'ai pensé que je devrais te dire où je suis, puisque tu passais dans le coin.

— Bonjour, *filo.* Comment savais-tu que j'étais ici?

Il avait l'air en santé, et heureux. Quelques fils d'argent sur ses tempes, de nouvelles rides autour des yeux. Peu importe le secret de ma longévité, il semblait bien qu'il n'eût pas traversé la barrière placentaire dans le sang de mes enfants.

Il gloussa.

— Tu es une femme difficile à trouver. Je laisse toujours un message en attente à la station de comms, pour demander à ce qu'on m'informe si le Tane Ikai se dirige vers l'espace circumterrestre. Tu as l'air en pleine forme.

— Merci. Comment se porte tout le monde?

— Aliande est ici avec moi, cette fois, question de changer de décor. Elle n'est pas encore devenue folle, dans ce qu'elle a baptisé « la cave de métal », mais nous sommes ici pour encore un autre mois. Joash et Klaire sont restés sur Terre. Tout le monde va bien.

Il m'aurait sûrement déjà annoncé toute mauvaise nouvelle, mais ma poitrine se serra quand même alors que je l'interrogeai : « Et ton père? »

Karro haussa les épaules et secoua la tête, un froncement menaçant d'assombrir son visage.

— Je ne sais pas, maman. Il a ses hauts et ses bas. Maja essaie de le convaincre de suivre de nouveaux traitements, mais il semble... Je ne sais pas... trop fatigué pour s'y intéresser.

Je hochai la tête.

— J'ai trouvé des médicaments pour lui, sur Vileyra. Peut-être qu'il acceptera d'essayer ça.

— Tu vas voir Maja?

— Probablement.

— Bonne chance, répliqua Karro, son sourire reprenant le dessus. Il savait fort bien à quel point Maja et moi nous entendions bien. Ou pas.

— Oh, ne sois pas méchant. Ta sœur est juste...

— Je sais, je sais. C'est Maja. J'imagine que je dois bientôt raccrocher. Tu viendras faire un tour à la station?

— Je ne sais pas encore. Ça dépend des contrats qui sont offerts. Je te tiendrai au courant, par contre.

— D'accord. Embrasse papa pour moi lorsque tu le verras. Je t'aime fort, maman.

Il m'envoya un baiser et je remarquai sur sa main des taches de vieillesse que je n'avais jamais vues dans le passé.

— Je t'aime aussi, Karro. J'essaierai de venir te voir bientôt. Dis bonjour à Aliande de ma part.

Son visage s'effaça lorsque la transmission s'interrompit.

— *Kapitano*?

La voix rocailleuse de Viss Feron me parvint par le système de comms du vaisseau.

— Comment ça se passe, là-dessous, Viss? demandai-je.

— Tout est sous contrôle. Dis à Rei que le vaisseau est prêt pour nous amener sur Terre. Tu sais combien de temps nous serons à quai, cette fois?

Je savais qu'il brûlait d'envie de commencer à démanteler les systèmes, pour les remettre en place.

— Pas encore, Viss. J'aurai une meilleure idée de notre horaire bientôt. Nous ne partirons pas avant que tu aies installé le nouveau filtre.

— J'aimerais également nettoyer les injecteurs de plasma, Capitaine. J'ai seulement besoin d'une journée.

— Bien noté. Je te tiens au courant.

Je modifiai mon écran afin qu'il affiche la vue du pont. La Terre flottait devant moi, plus belle, à mes yeux, que toutes les autres planètes de l'Espace proche. Les humains ont colonisé suffisamment de planètes pour que nous puissions appeler « chez nous » un bon nombre d'endroits, mais la Terre est la seule que j'aime vraiment. Je me réinstallai dans ma chaise et je laissai les servos masser mon dos pendant une minute pendant que j'absorbais le spectacle de la planète, tournant lentement sur elle-même. Nous étions chez nous à nouveau, nous avions une pleine cargaison de matériel de qualité et plus d'offres que nous pouvions en accepter. Le Tane Ikai était en parfait état et mon équipage s'entendait à merveille, du moins pour l'instant. Ma famille se portait bien. La vie était belle.

Ce sentiment dura pendant près d'une minute avant que le nœud familier ne me torde l'estomac, conséquence de mon inquiétude. Comment se portait réellement Hirin? Aurais-je encore à me battre avec ma fille ou allions-nous simplement nous ignorer l'une l'autre? Je ne savais vraiment pas ce qui était le pire... PrimaCorp cesserait-elle de me harceler ou continuerait-elle à me poursuivre si je laissais le message sans réponse? Et il y avait la grande question, celle qui me trottait en tête chaque fois qu'une planète, la Terre ou une autre, apparaissait dans mon écran. Se pouvait-il que ma mère soit ici? Vivante? Elle aurait bientôt cent trente ans, la durée de vie moyenne pour les êtres humains, de nos jours, et elle était en cavale depuis des décennies, tentant d'échapper à PrimaCorp. Chaque jour, je sentais que mes chances de la trouver diminuaient.

Je jetai un coup d'œil à mes mains lisses sur la tablette. Peut-être que je ne comprendrai jamais, mais si je pouvais la trouver, elle pourrait avoir quelques réponses pour moi. C'était ce qui me poussait depuis cinquante ans à explorer tous les coins de la vaste étendue de l'Espace proche. Aussi longtemps qu'elle serait là, dehors, je continuerai de la chercher.

Chapitre 2
Liens familiaux et nœuds subséquents

Des infirmières pressant le pas hochaient courtoisement la tête alors que j'avançais dans le couloir aux murs lavande pour me rendre à la chambre de Hirin. Quelques nouveaux visages me dévisageaient avec intérêt. Je ne suivais pas les dernières tendances de près en matière de biocombinaisons et de tissus caméléons — à mon avis, une bonne vieille paire de jeans en denim organique et un haut à manches courtes blanc sous un long manteau de cuir synthétique noir étaient une tenue qui convenait à peu près à toutes les occasions. Rei avait depuis longtemps abandonné l'idée de m'affubler de ces vêtements extravagants qu'elle affectionnait tant, même si, au fond, je savais bien qu'ils attireraient moins l'attention que mes choix vestimentaires habituels.

Je poussai la porte de sa chambre doucement, au cas où il serait endormi, mais il était assis, courbé au-dessus d'une tablette posée sur son bureau. Il se retourna en entendant le crissement de la porte. Son visage fatigué se fendit d'un sourire en m'apercevant.

— Luta!

Il tenta de se lever en hâte, oscilla et dut agripper le bord du bureau encombré pour retenir son équilibre.

— Attends, Hirin, j'arrive.

Je traversai la pièce pour lui venir en aide. Dès que je fus près de lui, il m'entoura de ses bras et je me laissai aller contre lui, en prenant soin de ne pas le déséquilibrer, et je posai ma tête contre sa poitrine. Le battement de son cœur était stable, mais semblait délicat, et les larmes me montèrent aux yeux en écoutant ce son. Il semblait s'être... effacé depuis la dernière fois que je l'avais vu, deux mois plus tôt. Il était maintenant plus mince, plus fragile.

Il me repoussa doucement pour me regarder.

— Tu es magnifique, comme toujours, dit-il, en se penchant pour déposer un chaste baiser sur mes lèvres.

Je tirai le sac d'herbes de mon sac à dos et le lui tendit.

— De Vileyra. Il semblerait que ça peut guérir toutes sortes de maux musculaires et nerveux.

Il le saisit en souriant et renifla le contenu, retroussa le nez avant de poser le sac sur le bureau, au sommet d'une pile de documents. Il se pencha avec précaution pour s'asseoir sur sa chaise, la faisant pivoter pour me faire face, toujours souriant.

— Alors, comment ça va? Un voyage paisible, cette fois?

Je hochai la tête, tout en m'installant au bout du lit.

— Une bonne cargaison, pas de passagers à surveiller. Et toi? Comment te sens-tu?

Hirin haussa les épaules.

— Bof. Tu sais que Karro est affecté à la station Sagan à nouveau?

— Il m'a lancé un message Vaste lorsque nous sommes arrivés. Nous avons bavardé un peu. Il semble que Maja te donne du fil à retordre, lançai-je avec un rictus moqueur.

— Jamais autant qu'à toi, répliqua-t-il, avec un large sourire.

Il semble que chaque fois que nous nous voyons, Maja et moi avons de plus en plus de difficulté à nous entendre. Je crois que c'est parce que j'ai davantage l'air d'être sa petite sœur, maintenant, que sa mère. Karro n'a jamais eu de problème avec mon apparence, mais peut-être est-ce plus facile pour les hommes que pour les femmes de vivre avec ce genre de chose.

Le sourire de Hirin s'éteignit rapidement, toutefois.

— Maja s'inquiète à mon sujet, soupira-t-il. Elle insiste pour que je passe tel examen, ou que j'essaie cette nouvelle thérapie... Je sais qu'elle ne veut que mon bien, mais...

— Tu n'as jamais aimé te faire couver.

Il me sourit à nouveau.

— Non, c'est vrai, confirma-t-il. Changeons de sujet.

— *Okej*. Sur quoi travailles-tu, ces temps-ci?

Je pointai du menton son bureau surchargé. Il haussa les épaules.

— Ceci, et cela... Une idée pour un nouveau système d'injection de plasma, des recherches. Rien de bien excitant.

— Tu dis toujours ça et chaque fois, c'est génial.

— Tu es ma femme, c'est ton devoir de dire ça! gloussa-t-il. Écoute. Tu veux entendre une rumeur intéressante?

— Bien sûr.

Hirin se cala dans sa chaise et tapota ses lèvres du bout des doigts. C'était une habitude qu'il avait depuis toujours et je sentis les larmes monter à nouveau. Je concentrai mon attention sur ce qu'il racontait.

— Un docteur, un Visilien, est venu ici il y a quelques semaines, commença-t-il. Il disait qu'il était chercheur en gériatrie, ou quelque chose du genre. Il voulait recueillir des données sur nous, notre âge, notre style de vie, tous les détails de ce qui cloche avec nous... L'administrateur nous a dit que ça ne posait pas de problème, mais que le centre ne donnerait pas accès à nos dossiers à un étranger. Il devait nous parler individuellement en personne et, dans la mesure où le centre était concerné, nous pouvions lui raconter ce que nous voulions. Sa visite a été plutôt plaisante, j'avais enfin quelqu'un avec qui discuter! Je lui ai dit à peu près tout ce qu'il voulait savoir. Il était très attentif, mais il aimait beaucoup parler, si on pouvait lui délier la langue, et il a mentionné deux ou trois choses qui pourraient t'intéresser.

Il se mit soudainement à tousser, le genre de toux qui coupe le souffle et qui ne veut pas cesser. Je lui versai un verre d'eau de la carafe posée sur la table de chevet. Je dus patienter, la main posée sur son dos, pendant qu'il tentait de reprendre son souffle. Sous mes doigts, ses omoplates semblaient ressortir tandis que son corps tremblait, en proie à cette violente toux. Une infirmière blonde pointa la tête dans le cadre de porte, sourit et tourna le dos lorsqu'elle constata qu'il n'était pas seul. Il émanait d'elle une odeur de nourriture de cafétéria, rien de particulièrement appétissant.

— *Ho ve*, désolé, réussit-il à prononcer, reprenant son souffle entre de petites gorgées d'eau. Où en étais-je?

— Le docteur visilien, lui rappelai-je. Pourquoi un Visilien s'intéresserait-il au vieillissement humain?

Hirin haussa les épaules.

— Leur durée de vie est semblable à la nôtre, ou un peu plus courte, si ça se trouve. Il pense que nos physiologies pourraient avoir des éléments communs. Peu importe, il a mentionné qu'il cherchait à se rendre sur Kiando, au cours des prochaines semaines. Il semblerait que le président d'une des colonies, là-bas, s'intéresse énormément à la recherche antivieillissement. Pas juste la réjuv, quelque chose de plus efficace que ça.

Je secouai la tête.

— Espérons que ça fonctionnera mieux que la dernière fois.

Trois décennies plus tôt, une société — Nicadico, pas PrimaCorp — avait lancé un traitement antivieillissement appelé « Longévité », cela devait être le premier pas concret vers l'immortalité humaine. Les bases de la recherche n'étaient cependant pas solides. Des données se rapportant à des problèmes survenus durant les essais cliniques avaient été effacées, de grosses sommes d'argent avaient furtivement changé de mains et un nombre effroyable de gens étaient décédés par la suite. Semble-t-il que l'effet cumulé de plusieurs traitements entraînait une défaillance en chaîne des organes et que les conséquences étaient irréversibles. Le désastre du traitement Longévité a fait de la recherche antivieillissement un domaine à éviter pendant des années, même si les gens avaient peu à peu surmonté leur aversion, au fur et à mesure que l'appât de l'immortalité reprenait le dessus. Aucun progrès réel n'avait été réalisé depuis, toutefois. Était-ce à cause d'une prudence exagérée ou de problèmes scientifiques? Aucune idée.

Hirin opina du chef.

— Ce petit désastre a fait reculer tout le domaine de plusieurs dizaines d'années. Mais ce président Buig, par contre, semble sérieux. Du genre prêt à mettre les fonds nécessaires pour son projet. Beaucoup d'argent, provenant de la société, mais pas pour soudoyer, pour faire des recherches en bonne et due forme. Maintenant, écoute bien. Mon ami visilien a entendu parler — une longue chaîne de rumeurs, on s'entend — que ce président avait accueilli une chercheuse qui a « une expérience » approfondie dans ce domaine. Semble-t-il qu'elle a des idées tout à fait novatrices.

Il fit une pause, le temps que ses mots fassent effet.

— Tu crois que ça pourrait être ma mère ?

Je n'avais pas l'intention de murmurer, mais c'était devenu une habitude chez moi. Je m'efforçais depuis longtemps à ne pas oublier que PrimaCorp pouvait m'espionner en tout temps, n'importe où. Hirin haussa les épaules.

— Je ne sais pas, mais ça m'a fait réfléchir. N'oublie pas, c'est seulement une rumeur, et qui sait combien de fois cette histoire a été répétée d'une personne à une autre... Ce docteur en savait suffisamment pour vouloir voyager jusqu'à Kiando pour essayer de la rencontrer. Bien sûr, c'est censé être sous le sceau du secret — ça ne restera pas confidentiel si le docteur continue à jacasser ainsi — mais voilà, pour ce que ça vaut.

Je tendis le bras pour poser ma main sur la sienne, affaiblie pour la vieillesse. Sa peau était chaude, mais fragile comme la soie. Il m'aidait depuis des dizaines d'années à la chercher.

— Merci, Hirin. Tu ne m'as jamais laissé tombée.

Une expression de malaise traversa son visage et j'ajoutai :

— Mais Kiando! C'est un long voyage, plus long que ce j'ai fait dans le passé. Je serais partie trop longtemps.

Hirin hocha de la tête.

— Trois mois, au moins. Je sais que tu n'aimes pas partir plus de six semaines à l'extérieur du système.

Il pencha la tête, m'observant d'un air désapprobateur.

— Je sais également que c'est à cause de moi, et je n'aime pas ça, reprit-il.

— Je sais. Parce que tu n'as jamais aimé les enfantillages, répétai-je. Je ne fais pas ça parce que je m'y sens obligée. Je... Je n'aime simplement pas être à l'extérieur si longtemps.

— Bien, c'est ce que tu dis toujours, de toute façon. Et si c'est vrai, alors ça devrait être un peu plus facile...

Son sourire s'effaça et il poussa un soupir.

— J'ai une faveur à te demander, Luta. J'espérais te revoir bientôt pour une autre raison, pas seulement pour te raconter les rumeurs que j'ai entendues.

Il avait l'air si sérieux que l'inquiétude me dévora.

— Oui?

Hirin retira sa main de sous la mienne et tapota mon bras.

— Oh, ça va plutôt mal, ça ne sert à rien de le cacher.

Il se leva lentement et ses pas glissèrent de l'autre côté de la minuscule pièce, vers la porte, pour s'assurer qu'elle était bien fermée avant de me faire face à nouveau, en se laissant aller contre le chambranle. Il avait l'air encore plus pâle, sur ce fond bleu pimpant.

— Je n'en ai plus pour longtemps.

J'allais protester lorsqu'il leva la main pour m'interrompre.

— Non, c'est vrai. Le virus est réapparu et il s'attaque aux organes, cette fois. Tous les traitements auxquels les docteurs pensent pour le combattre risquent de faire plus de tort ailleurs. Même les biopilleurs sont dépassés. C'est une situation sans issue.

Les larmes me piquèrent les yeux, mais je les combattis, déterminée à ne pas pleurer. S'il pouvait faire preuve de logique dans une telle situation, alors moi aussi, j'en étais capable.

— Bien, alors, je ne vais certainement pas aller où que ce soit, maintenant, encore moins à Kiando. Je resterai avec toi aussi longtemps...

— Que je résisterai? termina-t-il avec un sourire.Tu peux le dire, ça ne me dérange pas, mais ce n'est pas la faveur que je veux te demander, Luta. Ce que j'ai en tête, enfin. Je ne sais pas. Ça risque d'être encore plus difficile que de rester ici.

Je fronçai les sourcils.

— Qu'y a-t-il? Tu sais que je ferai tout mon possible.

Il opina.

— Je sais, je sais. Bon.

Il quitta la porte, boita jusqu'au lit pour s'asseoir près de moi, et prit ma main entre les siennes.

— Je crois que tu devrais trouver le docteur, accepter son offre, et le transporter jusqu'au système Mu Cassiopée. Et, ajouta-t-il en prenant une profonde respiration, j'aimerais y aller avec toi.

Je connaissais bien mon mari, après près de soixante ans de

vie commune, mais je n'avais pas deviné ses intentions. Nous avions décidé ensemble, il y a longtemps, qu'il ne pouvait plus supporter les voyages interplanétaires.

— Mais tu n'aurais accès à aucun traitement! Tu risques de mourir durant le trajet.

Il me regarda, plongeant ses yeux gris-bleu que je connaissais si bien sans vaciller dans les miens, et je compris que ce que j'avais dit était exactement ce qu'il souhaitait. Ma voix n'était qu'un murmure à nouveau et, cette fois, ce n'était pas par crainte des oreilles indiscrètes.

— C'est ce que tu veux, n'est-ce pas?

Il se pencha vers moi et m'embrassa doucement à nouveau, ses lèvres parcheminées et chaudes s'appuyant sur les miennes.

— Je veux mourir dans l'espace. Nous avons passé tellement de temps à voyager entre les étoiles... C'est là que je veux être, à la fin. Là-bas. Avec toi.

C'est alors que toute logique m'abandonna, je ne pouvais pas retenir mes larmes une seconde de plus. Les bras de Hirin étaient étonnamment forts, serrés autour de moi, pendant que je hoquetais contre sa poitrine affaissée.

Je n'appelai pas Maja après avoir quitté Hirin, même si c'était mon plan initial. Je voulais seulement retourner sur le Tane Ikai, voir s'il y avait des demandes de transport vers Kiando qui pourraient correspondre au chercheur décrit par Hirin, et informer mon équipage que nous nous apprêterions à décoller à nouveau. Je ne me souviens pas vraiment du trajet jusqu'au stationnement où j'avais laissé la navette louée et je dus consulter les numéros inscrits sur la puce de location et la coque du véhicule pour la retrouver. Les pensées virevoltaient dans ma tête, alors que j'essayais de tout absorber en même temps.

Pendant que le côté rationnel de mon esprit s'efforçait de planifier le travail à faire durant la prochaine demi-heure et de piloter la navette dans la bruine qui éclaboussait le pare-brise, la partie émotionnelle était survoltée.

Mère! Pouvait-elle vraiment être sur Kiando, aidant le président à prolonger sa vie? Cela ne ressemblait pas à la femme altruiste que j'avais côtoyée jusqu'à mon quatorzième anniversaire, moment où elle s'était éclipsée de nos vies pour nous protéger de PrimaCorp. C'était il y a des dizaines d'années déjà, me rappelai-je, et qui sait ce qu'était devenue sa situation financière, ou même son éthique?

Alors, au milieu de ces pensées, mon esprit bondissait vers Hirin. Mourant? Je savais bien que ce jour viendrait, mais j'avais espéré un traitement, une merveille antivieillissement; j'avais même le fol espoir que si je retrouvais ma mère, elle pourrait nous aider. Elle était généticienne, après tout. Le fait de ne pas vieillir présente un désavantage : c'est encore plus difficile d'accepter que les gens autour de nous, eux, vieillissent quand même. Je n'aimais pas penser au nombre d'amis que j'avais perdus au fil du temps parce la situation devenait inconfortable. Après un certain temps, le regard qu'ils posaient sur moi changeait et je voyais qu'ils se posaient des questions. Puis, on se perdait de vue, lentement, et c'était toujours difficile.

Ce qui me ramena naturellement à Maja. Elle n'allait pas aimer ce plan. Ses intentions étaient bonnes, mais il y avait beaucoup de choses qui causaient des frictions entre nous. Cela avait commencé alors qu'elle était enfant et qu'elle détestait la vie à bord d'un vaisseau marchand spécialisé dans les missions éloignées. Elle pensait que je devrais « agir en fonction de mon âge », même si je n'en avais pas l'apparence. Ce qui voulait dire que je devrais rester sur Terre, prendre soin de Hirin. Que je ne devrais pas me méfier sans raison de PrimaCorp. Elle pensait même que ma quête incessante pour trouver ma mère était une perte de temps compulsive qui avait semé le chaos dans notre famille. Tristement, nous nous évitions la plupart du temps. C'était plus facile comme ça.

La pluie cessa pendant que je survolais les montagnes Blanches, mais je n'étais pas d'humeur à admirer le paysage. Je gardais les yeux sur les commandes, alors que je ressassais la situation dans ma tête.

Karro accepterait la décision de Hirin. Il avait une bonne relation avec chacun de nous et nous aimait, mais il était trop occupé à vivre sa propre vie comme chercheur pour être vraiment inquiet au sujet de la nôtre. Pour Maja, ce serait une autre histoire. Elle ne voudrait pas dire adieu à son père et elle me détesterait encore davantage pour « l'avoir éloigné d'elle ». Je pouvais déjà entendre la conversation que nous aurions avant même de lui parler et je savais que cela ne serait pas une partie de plaisir.

C'est à peu près à ce moment que je constatai que quelqu'un me suivait. Mon écran de navigation indiquait un petit point clignotant depuis un certain temps, mais mon esprit était si occupé que je n'avais pas remarqué une chose évidente : cette navette n'aurait pas dû me suivre de façon aussi stable. Je n'avais pas lancé le pilote automatique, parce que je ne voulais pas vraiment revenir au vaisseau avant d'avoir eu le temps de réfléchir. Par conséquent, ma vitesse avait été erratique. Je ralentissais lorsque j'étais perdue dans mes pensées et j'accélérais lorsque je revenais à la réalité. Pour rester derrière moi de façon aussi constante, le pilote devait avoir volontairement adapté sa vitesse à la mienne.

Le vaisseau était tout juste dans mon champ de vision lorsque je regardai dans la fenêtre arrière, alors que la lumière du soleil se reflétait légèrement sur une coque brillante d'une couleur indiscernable. Trop loin pour savoir la taille ou la marque du véhicule. Je vérifiai le panneau de contrôle, mais les navettes de location étaient généralement assez génériques, elles n'étaient pas dotées d'options pour le grossissement ou le balayage. Je ralentis à nouveau, espérant que la navette me rattraperait, mais non, encore une fois, le pilote ralentit pour rester derrière moi. Cela confirma mes doutes. Il me suivait, c'était certain.

Je ne pouvais pas faire grand-chose, sauf continuer mon chemin vers la station d'amarrage. Je gardais cette lueur derrière moi à l'œil, en faisant bien attention à ne pas révéler à celui qui me suivait que je l'avais repéré. La pluie reprit tout juste à l'extérieur de Boston et la lueur devint un petit point noir dans le ciel qui s'obscurcissait.

De retour à la station d'amarrage du Noyau central, je retournai la navette et trouvai une excuse pour discuter quelques minutes avec l'agent de location, en observant discrètement le trafic des vols à l'arrivée. Au moment où je prévoyais qu'elle arriverait, une navette haut de gamme atterrit au périmètre externe de l'anneau, sa coque en titane peinte avec des couleurs brillantes et luisante de gouttes de pluie. Personne ne sortit et la coque ne portait ni logo ni lettrage. PrimaCorp, j'imagine. Ce n'était pas la première fois que la société me faisait suivre. Une minute ou deux plus tard, la navette s'envola à nouveau et se dirigea vers l'ouest, disparaissant dans le brouillard qui l'avait accompagnée à son arrivée.

Je terminai ma conversation et, sans regarder derrière moi, suivis le passage couvert vers l'anneau où était amarré le Tane Ikai. Je ressentais encore cette impression de démangeaison entre mes omoplates, comme si quelqu'un derrière moi me surveillait, mais j'essayai tant bien que mal de l'ignorer. Personne n'était sorti de cette navette. Ce que je ne comprenais pas, c'était pourquoi on m'avait suivie. Je n'avais pas tenté de dissimuler l'endroit où nous étions accostés. Si quelqu'un voulait me trouver, il avait pris une route plutôt détournée pour ce faire.

Bastardos de PrimaCorp. Je serai bien damnée s'ils pensent que je vais me laisser impressionner. Je rejetai résolument l'incident au dernier rang de mes soucis. J'en avais déjà suffisamment!

J'émergeai sur un pont silencieux : toutes les consoles étaient fermées et les chaises flottantes, vides, les écrans étaient noirs. C'était comme revenir dans une maison vide, déprimante et abandonnée. Je poursuivis mon chemin le long du court corridor pour atteindre ma cabine et me mettre à travailler. Au moins, ce n'était pas inhabituel d'y être seule.

La porte de la cabine de Baden s'ouvrit à mon approche.

— Capitaine! Déjà de retour? Je croyais que tu allais faire une visite familiale.

Il s'était changé, abandonnant la biocombinaison bleu foncé qu'il portait habituellement à bord du vaisseau au profit de vêtements plus ordinaires, une chemise en tissu caméléon bien cintrée et dont la palette de couleurs froides changeait graduellement et subtilement, de l'aigue-marine au vert émeraude, en passant par toutes les couleurs intermédiaires. Ses pantalons ressemblaient au denim, mais ils étaient probablement faits dans un biotissu fabriqué sur Renata. C'était une des deux planètes habitées du système Delta Pavonis et elle jouissait d'un commerce d'exportation florissant pour ce tissu biologique qui comprenait un dispositif intégré pour la modulation de la température.

Ses cheveux couleur de cacao étaient encore humides, il

sortait de la douche et son visage était frais rasé. Il était tout simplement magnifique. Il me rappelait Hirin lorsque nous étions jeunes, ce qui n'améliora pas mon humeur.

— N'attends pas trop avant de quitter le vaisseau, Baden, nous allons probablement repartir bientôt.

Ma voix doit avoir été un peu plus sèche que prévu, car il fronça les sourcils.

— Que... *Okej*, Capitaine.

— La marchandise a été livrée?

— Oui, le dernier client est parti il y a environ quinze minutes. La cale est vide et les robots sont en train de la nettoyer.

— *Bona.*

— Quand tu dis « bientôt », Capitaine, tu veux dire...?

Je me repris.

— Pas avant demain soir, au plus tôt, Baden. Et peut-être même plus tard, en fait. Reviens demain pour vérifier, d'accord ?

Il semblait sur le point d'ajouter quelque chose, mais il se contenta de hocher la tête et de tourner les talons, le son de ses pas se répercutant dans le corridor. Je me retournai et entrai dans ma cabine. Baden avait tenté de me séduire, lorsqu'il avait joint mon équipage, mais avec le temps, il avait gracieusement accepté mon refus. Il aurait été facile de lui dire que j'étais mariée, mais cela aurait soulevé trop de questions sans fournir de réponses, alors j'ai simplement agi en prétendant qu'il ne m'attirait pas. Si Hirin n'existait pas, ça aurait pu être différent, mais nous n'avions jamais eu ce genre de mariage et je n'étais pas sur le point de changer les règles maintenant, même dans la situation particulière dans laquelle nous étions. Je me doutais que Baden et Rei se réconfortaient l'un l'autre de temps à autre, particulièrement durant les longs trajets. S'ils étaient heureux ainsi, ça ne me dérangeait pas du tout.

C'était une chose à laquelle je ne m'étais jamais habituée, être la cinquième roue du carrosse, après toutes ces années à voyager avec Hirin.

Je soupirai et me remis au travail. La demande de transport vers Kiando était bien dans le registre d'offres et le nom correspondait à ce que Hirin m'avait donné. J'envoyai une offre au chercheur, un certain docteur Ndasa, en retranchant dix pour cent du coût habituel pour les passagers, juste au cas où il serait pingre. Je vérifiai rapidement les offres de cargaisons en direction de Mars, des Cassiopées ou des autres systèmes sur le chemin et j'envoyai quelques soumissions. Aussi bien remplir les cales, peu importe où nous allions.

Un coup résonna contre la porte de la cabine et Rei glissa la tête dans l'entrebâillement. Elle était magnifique, sa peau éclatante, ses cheveux cascadant sur ses épaules comme une chute d'eau. Tout d'un coup, je me dis que j'aurais dû aller pour un traitement facial, moi aussi. J'avais besoin de me faire dorloter un peu.

— Tu es de retour, lança-t-elle, faisant écho aux propos de Baden.

— Je suis de retour, confirmai-je, et je traque de nouveaux contrats. Quelques nouveaux contrats. Il se peut que nous ne restions pas ici longtemps.

J'essayai de maîtriser ma voix, mais Rei me connaissait trop bien. Elle se glissa dans la cabine et ferma la porte derrière elle.

— Que se passe-t-il, Luta?

— La situation a quelque peu... évolué.

Je me reculai dans ma chaise et me calai les pieds sous les cuisses.

Rei se laissa tomber avec grâce dans mon énorme fauteuil de lecture, un petit luxe que je m'accordais en tant que capitaine. Elle portait également des vêtements civils, si on pouvait vraiment les appeler comme ça. Je sais que je ne porterais pas ça en public. Pas même seule dans ma cabine. C'était une biocombinaison dorée en deux pièces, où des morceaux d'un tissu léger étaient mélangés à quelque chose qui ressemblait à une cotte de mailles médiévale. Peu importe comment on appelait cet ensemble, seule Rei pouvait porter ces vêtements avec élégance.

— Hirin? Elle prononça son nom doucement.

— Oui, mais probablement pas ce à quoi tu penses.

J'espérais que si je parlais rapidement, je pourrais retenir mes larmes.

— Il avait quelques nouvelles à annoncer. La première est une rumeur au sujet de ma mère. Sur Kiando.

Rei était la seule personne de l'équipage qui savait que je cherchais ma mère, mais elle ne savait pas tout quant aux motifs de ma quête. Elle leva un sourcil.

— C'est un long trajet. Tu crois que ça vaut la peine d'enquêter?

Je haussai les épaules.

— C'est possible. Il se peut que nous ayons un contrat qui nous amènerait là-bas. Hirin n'en a plus pour longtemps, lâchai-je soudainement.

— Oh, chérie, murmura-t-elle, sans poursuivre.

— Mais voilà la partie intéressante.

Je remis les pieds à terre et je me penchai vers l'avant, posant les coudes sur le bureau transparent.

— Il veut venir avec nous, lorsque nous quitterons la Terre, cette fois. Il veut mourir dans l'espace.

Voilà, je l'avais dit et je ne pleurais pas. Elle sembla songeuse.

— Bien, les quartiers des invités sont vides, annonça-t-elle d'un ton pratique. Je pourrais l'installer là, c'est plus près de tes quartiers que les cabines des passagers.

— Alors, tu crois que c'est une bonne idée?

Rei opina.

— Si c'est ce qu'il veut, je ne vois aucun mal là-dedans. Sauf que ce sera plus difficile pour toi, non?

Je pinçai les lèvres, parce qu'elle avait mis le doigt sur ce que j'avais jusqu'à présent refusé d'admettre, même en mon for intérieur.

— En fin de compte, ça pourrait être mieux pour vous deux, de cette façon. Ça fait plusieurs années qu'il y a une grande distance entre vous.

Je fis signe que oui. L'alarme de message entrant s'alluma et je profitai sans honte de cette interruption pour changer de sujet. Comme je l'espérais, le message était du docteur Ndasa. J'appuyai sur l'écran pour prendre la communication en direct.

— *Saluton*, lançai-je en esper. Bon après-midi, docteur Ndasa.

C'était un Visilien mâle d'un certain âge, la peau de couleur ambre de ses joues était ridée, les pointes de ses oreilles basses légèrement dressées faisaient saillie dans ses cheveux ébène tirés vers l'arrière en une épaisse tresse traditionnelle. Quelques mèches ambrées plus pâles striaient ses cheveux, ce qui était l'équivalent, pour les Visiliens, des cheveux gris. Il me fixa de ses yeux violet foncé, typique de sa race.

— Capitaine Paixon?

Il semblait confus, me regardant avec ce qui, pour un visage visilien, semblait une expression de curiosité.

— Je... Merci pour votre message, bégaya-t-il.

Je ne pouvais pas croire qu'il soit embêté parce que j'avais parlé en esper; les Visiliens étaient généralement de bons linguistes et il pouvait sans doute converser avec moi dans un certain nombre d'autres langues terrestres, même si les Visiliens avaient tendance à se rabattre sur l'espéranto, ancêtre plus rigide de l'esper. Lorsque nous nous sommes alliés avec les Visiliens, durant la Guerre chronienne, ils devaient utiliser des boîtes vocales numériques pour discuter avec nous, leur voix étant trop aiguë pour l'ouïe humaine. Au fil du temps, ils avaient résolu le problème avec une sorte d'implant et un accent distinctif avait remplacé les voix mécaniques artificielles. Je lui accordai des points pour avoir prononcé mon nom de famille correctement, soit *pai-zon* et non pas *pai-xon*. Bien sûr, il avait déjà rencontré Hirin, alors il avait une bonne mesure d'avance.

— Vous aimeriez voyager sur le Tane Ikai? demandai-je.

Peut-être ne s'attendait-il pas à discuter avec une femme capitaine?

— Oh... Oui, oui, je suis intéressé, finit-il par dire.

Il dut se rappeler qu'il ne m'avait pas encore saluée officiellement et se dépêcha de faire le salut traditionnel des Visiliens, en posant la paume de sa main contre ses yeux, ses lèvres et son cœur. Puis, il cligna des yeux, tentant vraisemblablement d'ignorer ce qui l'avait surpris.

— Je n'ai pas reçu beaucoup d'autres offres.

Je n'étais pas surprise. Kiando était loin, trois sauts par tunnel, avec de longues étendues dans les systèmes entre chacun de ces sauts, et peu de gens voyageaient directement entre la Terre et les Cassiopées. Je mentionnai Hirin, en espérant que l'extraterrestre serait plus à l'aise, et son visage se fendit d'un large sourire, les rides sur sa peau se tendant et s'amincissant.

— Mon bon ami Hirin Paixon! Vous êtes parents?

— Oui, nous sommes parents, confirmai-je. Il se peut qu'il se joigne à nous pour le voyage, vous aurez l'occasion de parler avec lui à nouveau, si vous le voulez.

— Mais sa santé! Est-ce sage?

Le docteur semblait réellement inquiet, ce qui me poussa à l'aimer malgré son comportement à première vue étrange. Peut-être était-ce juste une caractéristique extraterrestre. Je haussai les épaules.

— C'est... sans importance, dis-je finalement. C'est son souhait.

Le docteur hocha la tête, l'air sérieux, et notre conversation reprit un ton professionnel. Rei me salua en silence et quitta la salle. Une fois notre conversation terminée et la connexion interrompue, je m'enfonçai dans mon siège, loin de l'écran. Les mots du docteur Ndasa résonnaient dans ma tête. Était-ce bien sage? Je souris. Non, ce ne l'était pas, mais la sagesse n'avait jamais été un phare dans notre vie commune. Il était trop tard pour commencer à y prêter attention maintenant.

Chapitre 3
Raccourcis et détours

Une heure plus tard, alors que j'étais plongée dans les soumissions pour les cargaisons, Yuskeya me héla à l'aide des comms du vaisseau.

— Capitaine?

— Ici, Yuskeya.

— Vous avez une minute? J'ai les données pour les tunnels cosmiques. Je crois que ça pourrait vous intéresser.

— J'arrive.

Je fis d'abord un arrêt à la galerie pour me servir un double caff. Mes yeux étaient chassieux d'avoir fixé des listes de marchandises trop longtemps, alors que je tentais de décider quelles étaient les offres les plus avantageuses. Si nous faisions du voyage vers Kiando notre priorité, ce qui était mon intention, cela ne laissait pas une grande marge de manœuvre pour organiser d'autres arrêts en chemin. Le voyage vers Mu Cassiopée signifiait trois sauts par tunnel, ce qui nous amenait dans les systèmes MI 2 Eridani et Beta Hydri. Je pouvais donc prendre des marchandises en direction de Mars, de la planète Eri dans le système MI 2 et soit pour Vele ou Vileyra dans Beta Hydri, mais je ne voulais pas que le transport de cargaison nous force à nous aventurer plus loin. Tout autre arrêt prendrait trop de temps et la mystérieuse scientifique de Kiando pourrait être partie depuis belle lurette avant que nous n'arrivions sur cette planète. Il fallait trouver un équilibre. Je poussai un soupir et aspirai profondément l'odeur enivrante du caff, la tasse chaude entre les mains. Était-ce ma mère ? Était-ce vraiment possible ou est-ce que je m'accrochais encore à des illusions que je poursuivais depuis près de trente ans?

D'après mes souvenirs, notre vie avait été plutôt normale jusqu'à mes neuf ans. Ma mère était chercheuse et travaillait pour PrimaCorp. Je savais qu'elle travaillait sur des recherches antivieillissement, mais c'était tout ce que je comprenais, à l'époque. Elle me racontait de temps à autre qu'un jour, nous pourrions vivre éternellement, que nous aurions déjà trouvé une façon de le faire depuis longtemps sans la Guerre chronienne et la Rétrogression. *Bona Dio*! J'avais neuf ans, est-ce que j'écoutais vraiment ce qu'elle disait? J'allais à l'école, j'avais des amis. J'étais heureuse.

Un jour, ma mère revint du travail et s'isola avec papa dans le bureau. Leur longue conversation à voix basse s'est poursuivie jusqu'à ce que mon petit frère, Lanar, cogne à la porte pour exiger son repas. Ils ne dirent pas grand-chose lorsqu'ils sortirent de la pièce, mais ils avaient tous les deux un air sérieux. Le lendemain matin, à notre réveil, l'appartement en entier avait été emballé pour notre déménagement et nous embarquions sur un vaisseau marchand spécialisé dans les missions éloignées avant la fin de la matinée. Il n'y avait pas vraiment eu d'explication, seulement que « c'était la meilleure chose à faire » et que c'était pour notre propre sécurité. Par la suite, ce fut un tourbillon de voyages, de déménagements et d'échappées au milieu de la nuit jusqu'à mes quatorze ans.

C'est alors que mère a décidé qu'elle ne pouvait pas continuer à nous mettre en danger et qu'elle devait « s'absenter » un certain temps. Mes parents se sont querellés à ce sujet, mais en fin de compte, un matin, elle avait simplement disparu. Ensuite, pendant un certain temps, nous avons reçu, à des intervalles irréguliers, des messages impossibles à retracer dans lesquels elle disait qu'elle nous aimait. Puis, plus rien. Mon père n'a jamais voulu croire que quelque chose lui était arrivé. Une fois ma colère calmée, et après avoir remarqué que ni Lanar ni moi ne semblions vieillir passé l'âge de trente ans, je refusai également de croire qu'elle avait eu des problèmes. Je voulais la retrouver. Lanar avait profité de sa carrière au Protectorat pour la chercher pendant longtemps, lui aussi.

— Capitaine? Vous venez?

La voix de Yuskeya, résonnant dans le système de comms, interrompit ma rêverie.

— Désolée, j'arrive tout de suite.

Yuskeya avait trouvé une façon de passer le temps, en m'attendant. Tous les postes avaient été remis en ordre et les écrans, nettoyés. Yuskeya est une de ces personnes qui fait le ménage lorsqu'elle veut se changer les idées. Je n'ai jamais compris ce comportement, mais c'est toujours pratique d'avoir quelqu'un comme elle au sein de l'équipage. Enfin, c'était bon signe. Cela voulait probablement dire qu'elle avait quelque chose d'intéressant à me montrer.

— *Okej*, qu'as-tu trouvé?

J'espérais qu'elle avait trouvé quelque chose qui pourrait s'avérer utile pour nos nouveaux contrats, mais je ne voulais pas nourrir de faux espoirs.

Il est plutôt rare de découvrir de nouveaux tunnels qui raccourcissent les routes commerciales. Tout d'abord, explorer un tunnel est une aventure dangereuse et peu de gens s'y adonnent. Ceux qui tentaient leur chance étaient soit riches, soit décédés. Ensuite, les tunnels ne suivent pas de logique précise. Ils existent, tout simplement, et ce, probablement depuis la création de l'univers. Ils ne sont pas tous utiles. Lorsqu'un tunnel s'ouvre dans un système abritant une planète habitable, nous finissons par la coloniser, mais la plupart du temps, ils ne mènent nulle part. De temps à autre, un nouveau tunnel offrait un raccourci vers un endroit où nous voulions aller.

Elle leva les yeux de son écran et me sourit.

— Deux sur six peuvent être utiles, Capitaine. Et ils sont pas mal, en plus.

— Vraiment?

Je tirai la chaise flottante des comms de façon à pouvoir observer l'écran. Elle téléchargea plusieurs cartes stellaires et les superposa.

— Maintenant, regardez bien.

Elle entra une commande et douze points verts apparurent à

l'écran, jumelés par des lignes pointillées jaunes. Quatre de ces points étaient placés dans l'Espace proche et leur point jumeau était dans des systèmes qui ne portaient encore aucun nom, que des codes Gliese du registre stellaire. Deux d'entre eux, toutefois, semblaient intéressants.

— Celui-ci, lança-t-elle en traçant une ligne de son doigt délicat, s'ouvre près d'Eri et se termine à proximité de Jertenda, dans les Bérénices Beta Comae, donc ça raccourcit énormément ce trajet.

Elle me regarda, et je hochai la tête.

— Merveilleux.

— Et celui-là, ajouta-t-elle en pointant du doigt l'autre tunnel, rejoint les systèmes MI 2 et GI 892.

— Bien.

Ma voix dissimulait mal ma déception. Je savais bien que je nourrissais un fol espoir, mais aucun des deux tunnels ne permettait de raccourcir le trajet vers Kiando. Toutefois, rien n'échappe à Yuskeya.

— Je croyais que vous seriez contente!

— Oui, bien sûr, je le suis. J'espérais simplement que tu trouverais quelque chose qui nous mènerait vers les Cassiopées. C'était idiot.

Elle se mordit la lèvre, et je compris qu'elle se retenait de sourire.

— Vous voulez jeter un autre coup d'œil?

Je fronçai les sourcils et me penchai vers l'écran, mais je ne comprenais toujours pas ce qu'elle voulait dire.

— Le trajet des Bérénices Beta Comae élimine un saut, mais le trajet dans le système est quand même plus long.

Puisque tous les tunnels semblent avoir une « longueur » semblable, peu importe la distance entre les systèmes qu'ils relient, le trajet dans le système est un facteur décisif quant à la longueur réelle du voyage.

Yuskeya arbora un large sourire.

— Ce n'est pas tout.

Je grimaçai.

— Il semble bien que je sois *stulta*, aujourd'hui. Je donne ma langue au chat.

— C'est risqué. Il se peut que vous refusiez de vous y aventurer, expliqua-t-elle. Regardez où le deuxième tunnel s'ouvre. Il n'est qu'à environ deux jours de la Fissure.

C'est alors que je le remarquai. La Fissure était un tunnel cosmique qui reliait le système inhabité GI 892 et le Delta Pavonis. Un autre tunnel partant du Delta Pavonis débouchait à une journée de Cengare, la planète sœur de Kiando. Yuskeya avait raison. Ce trajet pourrait retrancher une bonne partie de notre voyage.

La Fissure était rarement utilisée, en revanche, et pour de très bonnes raisons. Je ne prétendrai pas que je sais exactement comment fonctionnent les sauts cosmiques, il vaut mieux parler à Viss pour cela, et ce genre de conversation risque de causer un mal de tête similaire à celui qu'on aurait après s'être enfoncé la tête dans un injecteur de plasma. Je sais, par contre, que le moteur de saut génère une mince couche de ce que les physiciens appellent la « matière Krasnikov » en quantité suffisante pour empêcher que le tunnel ne se déstabilise pendant que le vaisseau le traverse. Ensuite, le moteur alterne des pulsations d'énergie positive et négative pour propulser le vaisseau dans le tunnel, vers l'autre extrémité. L'effet de la matière Krasnikov et des pulsations permettent au vaisseau de rebondir le long du tunnel, un peu comme les ricochets d'une pierre sur l'eau. Un champ Ford-Roman entoure le vaisseau, luttant contre les forces immenses qui existent dans le tunnel et le protégeant des importantes radiations à haute fréquence, lesquelles pourraient autrement être fatales pour le vaisseau et pour son équipage.

Toutefois, contrairement à une roche qui glisse sur la surface de l'eau, les sauts ne suivent pas une ligne droite. Tandis que le champ Ford-Roman le repousse de la paroi, le vaisseau glisse autour du tunnel en rebondissant d'un côté à l'autre, pour créer un effet de tourbillon.

À l'intérieur du vaisseau, on ne ressent pas ces effets, ou du moins, pas beaucoup. Certaines personnes ont une faible nausée, et de temps à autre, certains peuvent subir un arrêt cardiaque, mais c'est très rare. Ce qui est le plus ardu à déjouer, c'est que les champs de pseudo-gravité sont intensifiés, alors c'est très difficile de se déplacer durant un saut. C'est possible, mais rien de plaisant. Je dis généralement aux passagers de s'asseoir et d'attendre que le vaisseau ait traversé le tunnel. C'est beaucoup plus facile comme ça.

Le problème de la Fissure, c'est qu'une fois à l'intérieur, on réalise rapidement que ce n'est que la moitié d'un tunnel. De l'extérieur, la bouche est tout juste comme celle de n'importe quel autre tunnel. Mais à l'intérieur, le passage normalement semblable à un tuyau ressemble plutôt à une de ces demi-lunes utilisées dans certains sports extrêmes. Bien qu'une moitié du tunnel semble parfaitement normale, pour autant qu'un tunnel ait l'air normal, l'autre moitié est... Hé bien! Elle n'est pas là, ou il s'agit de quelque chose que nous ne comprenons pas. Au lieu de la paroi aux couleurs brillantes et fluides, cette moitié est une sorte de brume grise qu'aucun capteur ne peut analyser; les sondes qui ont traversé ce voile ne sont jamais revenues et n'ont jamais transmis quelque signal que ce soit. Ainsi, on ne peut pas naviguer dans la Fissure de la même façon que dans un tunnel normal, on n'obtient jamais cet effet de tourbillon. Tout doit être étroitement surveillé, les champs, la vitesse, les pulsations et tous ces autres facteurs capricieux, afin que le vaisseau puisse traverser toute la Fissure comme une roche faisant des ricochets, en une ligne relativement droite, le long de la moitié normale du tunnel. Peu d'équipages prennent ce risque. Je l'ai fait une fois, dans le passé. C'était une urgence et nous ne pouvions pas faire autrement. Hirin était aux commandes. Je n'étais pas certaine de pouvoir le faire avec un autre pilote, même Rei. Il fallait que j'y réfléchisse.

Yuskeya restait là, assise, me dévisageant de ses yeux ébène brillants. Elle ne le dirait jamais, mais elle me défiait de dire que c'était une mauvaise idée.

— Tu as peut-être raison, Yuskeya, lançai-je, en essayant de conserver un visage impassible. Un vaisseau marchand qui accepterait de suivre cette route pourrait offrir des prix fort intéressants. Je vais voir ce qu'en disent les autres.

— Ils le feront si vous leur demandez, suggéra-t-elle.

— Peut-être.

Qu'attendait-elle de moi? On aurait pu croire qu'à mon âge, j'aurais plus de facilité à deviner les intentions des autres.

— Bon travail, Yuskeya, et merci de m'en avoir avertie. Nous en discuterons avec les autres plus tard.

Je n'essayai même pas de la dissuader d'en parler aux autres avant notre rencontre. J'étais certaine qu'elle serait incapable de résister et de cette façon, l'équipage serait préparé lorsque j'en parlerais. Je pourrais ainsi obtenir une réaction réfléchie, plutôt qu'un coup de tête.

J'entendis la porte principale du pont s'ouvrir alors que je traversais le corridor pour retourner à ma cabine, ma tasse de caff à moitié vide à la main.

Yuskeya s'écria : « Viss! Viens ici une minute. J'ai quelque chose à te montrer. »

Je souris. Peut-être n'étais-je pas si *stulta* après tout.

Le jour suivant, je reçus un appel du centre d'hébergement de Hirin. Leurs dossiers indiquaient que j'étais son plus proche parent, même si, pour éviter les questions indiscrètes au sujet de notre différence d'âge, nous n'avions pas précisé la nature de notre relation.

— Madame Paixon?

La femme qui apparut sur mon écran avait l'air très professionnel, ses cheveux striés de gris tirés en un chignon sévère, un visage pincé et austère. Son tailleur gris foncé n'était agrémenté d'aucun motif ni de couleur et si elle portait des boucles d'oreilles, elles aussi étaient grises. Je ne me rappelais pas avoir rencontré cette femme au moment où nous avions installé Hirin au centre.

— Puis-je vous être utile? demandai-je.

Elle posa les mains sur son bureau.

— Je m'appelle Evlyn Travis, je suis administratrice au centre Holben. Nous venons de recevoir un avis plutôt inattendu et inquiétant de la part de Hirin Paixon, nous informant qu'il compte quitter notre centre, résuma-t-elle. Je ne suis pas certaine qu'un tel déménagement soit permis.

Permis? Quelle drôle de façon de présenter les choses!

— Oui, j'ai discuté avec Hirin à ce sujet, répliquai-je. Ce n'est peut-être pas pratique, mais c'est sa décision.

Elle se pencha légèrement vers l'avant et prit une expression pleine de compassion. J'avais l'impression qu'il s'agissait d'une manœuvre délibérée.

— Sa santé est vraiment mauvaise, madame Paixon, dit-elle. Ce n'est pas dans son intérêt de quitter le centre, mais parfois, nos résidents plus âgés... Ils ont de drôles d'idées.

— J'ai parlé avec lui de sa santé, merci beaucoup, et je comprends la teneur de la situation. Mais c'est sa décision...

Elle m'interrompit avec aisance, comme si je n'étais pas en train de parler.

— Bon, vous ne savez peut-être pas, mais il est possible de présenter une requête à la cour pour obtenir une déclaration d'incompétence...

— Hirin est parfaitement sain d'esprit, je vous assure, rétorquai-je. Je suis certaine que vous n'aurez aucun problème à louer sa chambre à une autre personne, si c'est ce qui vous préoccupe.

Elle parvint à adopter un air blessé et attristé.

— Notre seule inquiétude, c'est le bien-être de nos résidents, répondit-elle. Peut-être n'êtes-vous pas au courant de tous les détails concernant l'état de santé de monsieur Paixon...

— D'après ce que j'ai compris, il est mourant et il n'y a rien qu'on puisse faire pour lui, dis-je à brûle-pourpoint.

Evlyn Travis cligna des yeux.

— Il... Oui, c'est très grave. Alors vous comprenez...

— Auquel cas, poursuivis-je, je vois mal la différence entre être ici ou en orbite autour de Mars. Les coûts de sa chambre seront payés jusqu'à la fin du mois. S'il faut signer quoi que ce soit, veuillez préparer les dossiers pour que ce soit fait le plus rapidement possible. Je signerai tous les documents nécessaires pour vous défaire de toute responsabilité à son égard.

— Ce n'est ni une question d'argent ni de responsabilité, dit-elle d'un ton pincé. Nous croyons simplement que le meilleur choix, pour la santé de monsieur Paixon, est de rester avec nous. Son désir de partir ne semble pas... rationnel.

— Alors je vous remercie de vous inquiéter, madame Travis, répondis-je froidement, mais cela me semble suffisamment rationnel. Et je dirai à monsieur Paixon que tout est arrangé.

Je n'attendis pas sa réponse et interrompis la communication. Oui, c'était impoli, mais mon cœur battait la chamade et ma poitrine était oppressée à force de retenir mon chagrin. Et ma colère. Suggérer que Hirin n'avait pas toute sa tête! Je reculai à l'écart de mon bureau et me levai, en prenant une grande respiration et me lançant dans le rythme bien connu de ma routine de tae-ga-chi, afin de me calmer. La suite de mouvements fluides, avec son mélange de balancements des mains et de pas chorégraphiés, était ma méthode préférée pour me recentrer et retrouver ma concentration. Arrêt, penché, pas, équilibre, tendu... Les muscles se délassaient et se calmaient en suivant ce mantra physique et méditatif, entraînant mes émotions à leur suite. Je pouvais faire cette séquence dans un espace d'un mètre carré, ce qui en faisait un exercice parfaitement adapté aux espaces confinés d'un vaisseau. Après quelques minutes, mon corps suivit la cadence bien connue et je commençai à me sentir mieux.

Un autre appel résonna et je m'approchai de l'écran, la poitrine serrée à nouveau. Cette fois, c'était Hirin lui-même qui appelait. Je n'avais jamais vu son visage grisonnant aussi furieux et sa respiration était rapide.

— Luta? Tu n'imagines pas la visite que j'ai reçue de l'administration, ce matin!

Je me penchai vers lui.

— Tout va bien, Hirin, calme-toi. En fait, je crois que je peux deviner. Ils ont essayé de te convaincre de rester?

Il émit un éclat de rire bref qui n'avait rien de joyeux.

— Aussi bien me dire que je n'avais pas le droit de partir, si tu peux croire ça. Je leur ai dit ma façon de penser, ça, je peux te l'assurer.

Je souris. Je pouvais seulement imaginer la conversation et, maintenant, je comprenais ce qui avait poussé Evlyn Travis à m'appeler.

— J'espère que tu n'as pas exagéré... Ils semblent croire que question cervelle, tu commences à en manquer.

Il me regarda, confus, puis gloussa.

— Ils t'ont appelée.

— Et je leur ai expliqué en termes très clairs que tu avais toute ta tête, que tu partais et que c'était la fin de l'histoire. Ne t'inquiète pas. Quand le Tane Ikai décollera, tu seras à bord. Promis.

Hirin prit une profonde respiration.

— Je n'ai rien dit à Maja, pour l'instant.

— Bien, elle ne sera pas contente, mais elle ne peut pas t'empêcher de partir.

— Je pense qu'on devrait le lui dire ensemble, si ça ne te dérange pas.

J'approuvai.

— Je crois que tu as raison. Dis-moi à quel moment et je serai là.

L'appel prit fin et je retournai à mon tae-ga-chi. Il me fallut un moment pour me sentir mieux.

Les trois jours suivants passèrent dans la folie des préparatifs. Si PrimaCorp me filait, elle était beaucoup plus discrète qu'avant, car je ne remarquai ni navette ni individus suspects lors de mes voyages dans le port spatial et dans la ville. Le docteur Ndasa avait accepté mon offre. J'avais trouvé des marchandises à transporter vers Mars, Eri, Rhea et Renata, mais rien au-delà, afin que ma destination finale ne soit pas consignée dans les dossiers. Je ne trouvai aucun autre passager, mais je ne peux pas dire que j'étais déçue. La plupart des gens auraient refusé en entendant parler de la Fissure, de toute façon.

Aucune surprise, personne dans l'équipage ne s'opposait à traverser la Fissure et, si tous étaient prêts à prendre le risque, je l'étais également. Viss dit platement qu'il ne donnait son accord que s'il avait le temps de nettoyer les injecteurs de plasma et de bidouiller quelques autres systèmes, mais comme je lui donnai le feu vert, la Fissure ne lui posait plus aucun problème. Baden fronça les sourcils, mais ne dit rien. Je savais déjà que Yuskeya était en faveur et Rei lança un cri de joie.

— Je vais pouvoir piloter dans la Fissure? *No blago*? s'exclama-t-elle, puis se tourna vers Viss. Vaudrait mieux que tu t'occupes de ces injecteurs de plasma.

— Le Tane Ikai peut traverser la Fissure, Rei dam-Rowan, il l'a déjà fait une fois. Et toi?

— Non, rétorqua-t-elle, mais je sais ce que je dois faire. J'ai étudié les registres et les données de tous les vaisseaux qui ont un jour passé par la Fissure.

Baden se tourna vers elle.

— Mais pourquoi as-tu fait ça, Rei? Ce n'est pas un trajet courant.

Rei rougit soudainement, sa peau claire rosissant sous ses pridattii. Un phénomène que je n'avais vu qu'une ou deux fois, auparavant.

— C'était pour un autre vaisseau, dit-elle d'un ton vague. Nous avions beaucoup de contrats dans cette région. Je voulais être prête, juste au cas où ce serait nécessaire.

Nous savions tous qu'elle mentait. Les seuls vaisseaux qui

traversaient régulièrement la Fissure le faisaient généralement pour échapper à quelque chose. Toutefois, personne ne la contredit. Nous avions tous des choses, dans notre passé, dont nous ne voulions pas parler et il était naturel de respecter les secrets des autres. En revanche, c'était toujours intéressant lorsqu'un de ces secrets était révélé par accident.

— *Okej.* Si le docteur Ndasa est prêt à prendre ce risque, nous traverserons la Fissure. Nous aurons un autre passager, mais je sais qu'il ne s'opposera pas au trajet.

Rei sourit tandis que les autres me regardèrent d'un air interrogateur.

— Hirin vient avec nous, annonçai-je. Il occupera les quartiers des invités.

— Hirin? demanda Viss en fronçant les sourcils. N'est-il pas un peu...

— Vieux? Je haussai les épaules. Bien sûr. Il a quatre-vingt-douze ans et il est très malade. Pour être franche, il veut mourir dans l'espace et il est impossible de prédire à quel moment ça va arriver.

Je n'arrivais pas à croire que ma voix était si ferme.

— Je vous en parle pour que vous ne soyez pas surpris si c'est ce qui se passe. Est-ce que tout le monde est à l'aise avec ça?

Baden sourit.

— Ce vieux renard! J'espère que j'aurai les idées aussi claires lorsque ce sera mon tour.

Yuskeya ricana.

— Toi! Tu seras bien au chaud et en sécurité dans un centre pour vieux, chialant et gémissant en pinçant les fesses des jolies infirmières, pendant qu'elles te passent sous la douche sonique. Pas la moindre chance que tu aies envie d'être dans l'espace.

Viss avait encore l'air inquiet.

— C'est très gentil de ta part, Capitaine, mais est-ce que ça ne va pas être incroyablement difficile? Je veux dire, vous êtes parents.

J'approuvai.

— Ce ne sera pas facile, tu as raison. Mais si c'est quelque chose que je peux faire pour lui, alors c'est ce que je ferai. Je vais m'en tirer.

Je me levai.

— Bon, c'est tout. On commence à charger la marchandise

demain et on décolle après-demain. Y a-t-il autre chose que je devrais savoir?

Personne ne parla, alors je leur conseillai de se reposer et de s'amuser durant le peu de temps que nous avions sur Terre et je me dirigeai vers ma cabine. Je voulais changer de vêtements et me préparer mentalement pour l'épreuve qui venait. Hirin et moi devions rencontrer Maja. Je sais bien que je ne devrais pas dire ça de ma fille, mais je n'avais pas particulièrement hâte de la voir. Karro étant dans une station spatiale, nous devrions lui expliquer la situation par message Vaste, mais il accepterait la décision. Pour Maja, ce serait une autre histoire.

Je tirai une biocombinaison gris pigeon de ma commode et je l'observai d'un air dubitatif. Pas exactement mon genre, mais c'était certainement plus raffiné et élégant que mes jeans et mon haut habituels. Maja pourrait croire que « j'agissais selon mon âge ». Je requis l'aide de Rei pour relever mes cheveux, car je n'ai jamais été capable de le faire moi-même, à moins de vouloir le style ébouriffé-tiré-du-lit, et j'appliquai un maquillage minimaliste. Au cours des dernières années, j'ai fait particulièrement attention à mon apparence lorsque j'allais visiter Maja. Elle avait plus de cinquante ans, passait pour la jeune quarantaine, mais sa mère avait encore l'air d'avoir trente ans. Bien que Maja prenne grand soin de sa personne, c'était impossible pour elle d'avoir l'air plus jeune que moi. C'était simplement malsain comme relation mère-fille.

Lorsque j'examinai le résultat de mes efforts dans le miroir, j'avais encore l'air d'avoir trente ans. Je poussai un soupir.

Nous devions nous rencontrer au centre d'hébergement, où Hirin passait le temps jusqu'au moment du décollage. L'administration protestait encore faiblement au sujet de la paperasse et s'indignait de cette mauvaise idée, mais je persistais à dire que Hirin viendrait avec moi, point final. Je ne récoltai pas autant de regards inquisiteurs cette fois, alors que je traversais le couloir lavande. J'entendis la voix de Maja avant même d'ouvrir la porte de Hirin, elle ne semblait déjà pas très contente.

— Mais papa, j'aimerais savoir... Elle s'interrompit et se tourna alors que je poussai la porte. Il était facile de comprendre ce qui lui avait mis la puce à l'oreille.

Peu importe les problèmes de bureaucratie, Hirin avait déjà emballé ses possessions et la pièce était aussi dénudée qu'une chambre d'hôpital. Même son bureau habituellement encombré était vide. Il asseyait sa position : il n'avait cure des embûches administratives qu'on tenterait de lui mettre dans les pattes, il partirait, un point, c'est tout.

La peau autour de ses yeux saphir se resserra lorsqu'elle me vit et elle prit une grande respiration.

— Bonjour, Mère. Je savais bien que tu étais derrière tout ça.

— Bonjour, Maja. Je suis contente de te voir aussi.

Merde. Je m'étais promis que je resterais polie et calme, pour Hirin, et j'étais déjà en train de foutre le bordel. Pour dissimuler le sarcasme de mes mots, je m'approchai et lui donnai une rapide accolade et un baiser sur la joue.

Je ne fis aucun compliment sur son apparence, même si elle avait l'air bien. Elle semblait m'en vouloir lorsque je faisais des commentaires, peu importe s'ils frôlaient le dithyrambe. Ses cheveux ne grisonnaient pas et coulaient en cascades blondes sur ses épaules, son maquillage était impeccable, elle portait une biocombinaison émeraude couverte d'une couche de tissu translucide à motif de feuilles. Je remerciai le ciel en silence pour le fait que nous avions au moins l'air d'être sœurs. Le jour où les rôles s'inverseraient serait sans doute la dernière fois que je la verrais.

Elle sembla légèrement surprise, puis plissa les yeux.

— Bon, c'était impoli de ma part. Maintenant que tu es ici, tu veux bien me dire ce qui se passe? Papa refuse de dire quoi que ce soit et sa chambre donne l'impression qu'il a déjà déménagé.

Hirin l'interrompit calmement.

— Vous voulez bien toutes les deux vous asseoir? J'ai demandé à l'infirmière de nous apporter du thé et nous allons avoir une charmante conversation, d'accord?

Ha!, me dis-je en mon for intérieur, mais je m'assis dans un des deux fauteuils recouverts de brocart usé et Maja se percha au bout du lit. Hirin s'installa sur sa chaise, près du bureau, expliquant qu'il préférait avoir un dossier droit.

— Maintenant, dit-il, Maja, je vais t'expliquer ce qui se passe. J'attendais simplement que ta mère arrive. Tu dois comprendre que c'est ma décision. Elle ne m'aide que parce que je lui ai demandé.

Maja ouvrit la bouche comme si elle avait déjà l'intention de protester, mais la referma sans mot dire.

L'infirmière arriva avec le thé juste à ce moment, alors nous dûmes attendre qu'elle place le thé sur le bureau, tandis qu'elle nous regardait avec un sourire bienveillant. Je devinai ses pensées : « Que c'est charmant, les filles de ce vieux monsieur viennent prendre le thé avec lui. » Finalement, elle nous laissa seuls à nouveau.

— Chérie, reprit Hirin, et sa voix était très douce, Maja, je n'en ai plus pour longtemps. Le virus a repris de plus belle et, bien, il n'y a pas grand-chose à faire.

— Mais pourquoi pas...

Il leva la main, doucement.

— Il n'y a aucun traitement. Rien que je veux essayer, en tout cas. J'ai une dernière requête et c'est pour ça que j'ai demandé l'aide de ta mère. Je ne veux pas mourir ici, dans ce centre. Je veux retourner dans l'espace, une dernière fois, et je veux être quelque part dans les étoiles lorsque je mourrai.

Maja écarquilla les yeux.

— Tu n'es pas sérieux! Papa, c'est complètement fou! Si tu restes ici, ils peuvent assurer ton confort, ils veilleront sur toi...

— Ils ne peuvent pas assurer mon confort, là, dit-il, tapotant sa tempe d'un doigt rabougri. Et c'est ça qui compte le plus pour moi.

— Mais c'est trop dangereux! Pense à tous les risques! Tu... Elle observa son visage et changea de stratégie.

— Pourquoi ne viendrais-tu pas chez moi, alors? Je peux prendre soin de toi. Et si tu as besoin d'un docteur, il y en aura un tout près.

— Ce serait très agréable, chérie, et j'irais habiter avec toi si j'avais un peu plus de temps. Toutefois, ce n'est pas le cas et j'ai une chance, maintenant, avant que ta mère ne reparte. Je veux en profiter.

— Mais ça ne peut pas attendre?

J'approuvai.

— J'ai des contrats que je dois respecter et un passager qui m'attend. Et un indice qui pourrait me conduire à ta grand-mère, ajoutai-je.

Elle se déchaîna contre moi.

— *Dio*, mais quand vas-tu laisser tomber? Je ne peux pas

croire que tu ne resterais pas ici, avec lui, plutôt que de le traîner dans ton espèce de déglingue spatiale, se hérissa-t-elle. Oh, mais non, tu as tes précieux contrats. Comment oses-tu?

Je la regardai, attristée.

— Je lui ai déjà offert de rester, Maja. Je lui ai promis que je ne prendrais aucun contrat tant qu'il aurait besoin de moi sur Terre, mais il ne veut pas rester ici. C'est son idée, c'est ce qu'il veut. Et je vais l'aider autant que je le peux.

Je tentai ma chance.

— Je l'aime aussi, tu sais.

Elle me contempla un long moment. Son visage se décomposa et elle se cacha la tête dans ses mains. Soudain, je compris que depuis longtemps, elle ne me voyait pas comme sa mère, pas même comme la femme de Hirin, mais bien comme une rivale pour son affection. Malgré notre passé commun, pour elle, j'étais plutôt la jeune et vilaine belle-mère, et non pas sa vraie mère. Que ça faisait mal...

Je me déplaçai pour m'asseoir près d'elle, sur le lit, et passai un bras autour de ses épaules. *Dankas Dio*, elle ne se dégagea pas.

— Trésor, je suis sa femme. Nous avons été mariés pendant près de soixante ans. Il nous aime toutes les deux. Il nous a toujours aimées.

Maja réussit à calmer son hoquet en une longue, profonde respiration.

— Je sais, murmura-t-elle. Je sais. C'est juste si difficile... J'ai déjà l'impression que je t'ai perdue il y a des années. Maintenant, je le perds, lui aussi.

Mon cœur se serra. J'étais incapable de dire un mot.

Hirin se leva, et glissa à petits pas vers le lit, s'assit de l'autre côté de Maja et passa son bras par dessus ses épaules en silence.

— Quand pars-tu? demanda-t-elle finalement d'une voix étouffée.

— Dans deux jours, répondit Hirin. Je t'aime, Maja.

Nous restâmes assis ainsi durant un bon moment, pleurant ce que nous avions, ce que nous avions perdu, et pour ce qui allait changer à tout jamais.

Chapitre 4
Secrets perdus et retrouvés

En retournant au Tane Ikai, ce soir-là, je me trouvai face à un messager électronique envoyé par PrimaCorp. Il m'attendait, voletant à l'extérieur du vaisseau, près de la porte principale du pont. Viss Feron était là également, appuyé contre la porte fermée, un objet dissimulé dans la paume de sa main. Ses épais cheveux grisonnants étaient ébouriffés et il portait encore son uniforme — en fait, il portait rarement autre chose. Cette habitude faisait que bon nombre de plaisanteries étaient échangées à ses dépens, lorsque nous nous arrêtions sur une planète, mais sa réponse laconique habituelle était que les femmes ont toujours aimé les hommes en uniformes.

« Oui, mais habituellement, on préfère un uniforme propre », répliquait généralement Rei. Viss se contentait de sourire et de hausser les épaules.

Il pointa du menton le messager alors que je m'approchais de la porte.

— Ce doit être pour toi, m'annonça-t-il. Il a déjà vérifié le reste de l'équipage. Attends une seconde, ajouta-t-il, retenant ma main afin m'empêcher d'approcher le messager pour qu'il lise mon implant. Je peux m'en occuper, si tu veux.

Il ouvrit sa main et je vis ce qu'il y cachait : un suppresseur de messager, communément appelé un « brûleur. » Ces gadgets étaient illégaux; ils permettent de brouiller le message du robot et d'effacer le numéro d'identité des implants décodés. Cela détruisait également la mémoire-cache du messager et l'empêchait de retourner vers son propriétaire, il était alors « perdu ».

Ce n'était pas la première fois que Viss me suggérait quelque chose qui n'était pas tout à fait légal et je savais bien que ce ne serait pas la dernière non plus. Je le connaissais depuis cinq ans et j'en étais venue à soupçonner que ses emplois antérieurs incluaient sans doute une carrière militaire et des activités des deux côtés de la loi. Je savais que, dans toute situation, Viss faisait toujours ce qu'il estimait être « bien » et que, pour ce genre de décisions, nous étions d'accord. Je dois admettre que je pensai à accepter son offre. Mais l'apparition d'un deuxième message en si peu de temps était inhabituelle. PrimaCorp avait gentiment accepté que je les ignore durant les quelques dernières années, j'étais curieuse de savoir pourquoi leur attitude avait changé.

— Non, ça va, Viss, je vais prendre ce message.

Je ne mentionnai pas le brûleur.

— Qui sait, ça pourrait être intéressant.

Il ricana et je m'approchai du robot pour qu'il vérifie mon implant. Celui-ci se posa sur mon avant-bras, au-dessus de mon implant, le lut et lança « Luna Paxon? » Une petite antenne sortit sur le dessus du minuscule robot, s'agitant en attendant ma réponse. Si j'avais eu affaire à une personne en chair et en os, j'aurais peut-être pris le temps de corriger le fait que mon nom est Luta, pas Luna, et que même mon nom de famille était erroné, mais personne ne prenait le temps de corriger les problèmes des messagers et il m'avait déjà identifiée grâce à mon implant. La confirmation vocale n'était que redondance. Je roulai des yeux en direction de Viss et grommelai « *Konfirmi* ». Le messager téléchargea directement le message dans mon implant. Je perçus la sensation bien connue, comme un choc d'électricité statique, indiquant la fin du transfert et le petit robot s'envola à nouveau. On peut faire confiance à PrimaCorp pour prendre des mesures ridiculement exagérées afin de protéger sa « confidentialité ». Ils auraient pu se contenter de m'envoyer un autre message électronique.

Viss observa le robot alors qu'il s'éloignait, disparaissant derrière une navette locale usée qui était garée près de nous, puis ouvrit la porte et me fit signe de passer devant lui.

— Tu veux les bonnes nouvelles d'abord, ou les mauvaises? demanda-t-il alors que nous pénétrions sur le pont.

Yuskeya et Baden étaient tous les deux présents et levèrent les yeux à notre arrivée.

— Je vais commencer par la mauvaise nouvelle, j'imagine, à moins que tu ne veuilles me dire que tu n'as pas réussi à nettoyer les injecteurs de plasma. Si c'est le cas, je ne veux pas en entendre parler, ni maintenant ni plus tard.

Viss fit un large sourire.

— Non, c'est terminé et, pour ma part, le vaisseau est prêt à s'aventurer dans la Fissure. En fait, ce sont les bonnes nouvelles. La mauvaise nouvelle, c'est que je ne crois pas que ce soit une bonne idée de traverser la Fissure avec une pleine cargaison à bord. Je ne sais pas ce que tu as déjà planifié, mais je crois que la cale avant devrait rester vide pour le saut.

— Y a-t-il quelque chose qui cloche avec le moteur de saut?

— Non, non, pas du tout. Le moteur est en parfait état. Je viens de terminer un nouveau diagnostic recommandé par un ami qui... connaît bien la Fissure. Les traversées semblent plus sûres lorsqu'on réduit les points de pression sur le champ et cela veut dire diminuer le poids du vaisseau. Est-ce que ça cause un problème?

Je secouai la tête.

— Non, nous ne transporterons pas une cale pleine de toute façon et nous en déchargerons une partie avant d'entrer dans le GI 182. Je me demandais quelles étaient les raisons. Baden peut demander aux livreurs de laisser la cale 1 vide. Merci pour la suggestion.

Viss avait des amis suspects, mais parfois, ce genre d'amitié était utile.

Je me dirigeai vers ma cabine, me demandant ce que le message de PrimaCorp pouvait bien contenir. En le téléchargeant sur ma tablette, je constatai que le ton avait considérablement changé par rapport à la missive précédente.

Réception : de [205152.59.68] la division principale de PrimaCorp
MESSAGER-V : 25.7
Cryptage : securetext/novis/noaud

Enregistrement de réception : interne/activée
Auteur : « *Président* *Alin Sodmamin* »
*<pres.primacorp*web>*
Destinataire : « Luta Paixon » <ID 59836254471>
Date : Le lundi 4 novembre 2284, 10 h 29 min 32 s — 0500

Capitaine Paixon,
Puisque je n'ai pas encore reçu de réponse à mon précédent message, je commençais à me demander si vous aviez l'intention de quitter la Terre sans communiquer avec moi. Je vous le déconseille fortement. Le virus synthétique biologiquement intégré au présent message doit être traité au siège social de PrimaCorp dès que possible. Je serai à votre entière disposition.
Président Alin Sedmamin

Un virus! Je jurai entre mes dents. Je n'avais pas téléchargé de nouveaux protocoles antivirus depuis mon arrivée sur Terre et il semblait évident qu'Alin Sedmamin était au courant de ma négligence. PrimaCorp devait avoir placé une fuite dans mon réseau de transmission, ce qui est plutôt illégal, mais *bonan Dio*, c'est PrimaCorp, qu'est-ce qu'on pouvait y faire?

Je devinai qu'ils épieraient mes actions, alors je ne me précipitai pas sur le réseau pour télécharger de nouvelles définitions. Ça ne sert à rien de laisser savoir à ces *bastardos* qu'ils m'ont bien eue. Je décidai plutôt d'aller trouver Baden. Je le dénichai sur le pont, en compagnie de Rei et de Yuskeya.

— Baden, tu as encore ton balayeur antivirus, celui que tu as utilisé pour nous sur Jertenda?

Il me jeta un coup d'œil, ses yeux vert d'eau inquiets.

— Bien sûr. Ça ne va pas, Capitaine? Tu as attrapé un microbe?

— Si on veut. Il est à jour?

— Pas mal. Il n'identifiera pas nécessairement les derniers synthétiques, mais il peut quand même faire une analyse générale. Je peux vérifier les mises à jour en premier, si tu veux.

— Non. Je ne veux pas que qui que ce soit touche au réseau de transmission, pour l'instant. Essayons-le comme ça. Ce n'est qu'une supposition, mais j'ai besoin d'information pour confirmer si j'ai raison.

— Rendez-vous dans la galerie dans cinq minutes, lança-t-il avant de se précipiter vers sa propre cabine.

Rei souleva un sourcil en me regardant et je soupirai.

— Je te raconterai tout ça plus tard. Pour l'instant, ajoute un filtre de cryptage supplémentaire pour toutes les transmissions entrantes et demande à Viss s'il a un gadget « intéressant » pour détecter les fuites d'un réseau de transmission. Je ne veux aucune transmission externe avant que Viss n'ait vérifié l'état du réseau. Si quelqu'un se présente avec de la marchandise, vérifiez le registre jusqu'aux nanoempreintes et faites un balayage d'implant pour confirmer l'identité de la personne qui fait la livraison.

— Aucun problème, Capitaine.

— Yuskeya, fais une vérification de source pour les données des tunnels cosmiques, d'accord ?

Elle s'apprêtait à protester lorsque je l'interrompis en secouant la tête.

— Je sais, tu les as obtenues d'un ami, mais ce ne serait pas la première fois qu'on utiliserait une personne innocente pour des desseins peu nobles. Vérifie, *okej*?

— Aucun problème, Capitaine. Vous avez raison. Vaut mieux prévenir...

— Si c'est possible, marmonnai-je en quittant le pont.

Dans le corridor, près de ma cabine, une vague de nausée me submergea subitement. La sueur perlait sur mon front. Je m'appuyai contre la porte, les yeux fermés et penchée, avalant vigoureusement et espérant que je ne vomirais pas. Je ne pouvais pas me souvenir de ces sensations, mais je savais que ça n'avait rien d'amusant. Ça allait de pair avec la vieillesse : je n'étais jamais malade, non plus. Au pire, je sentais un inconfort généralisé, qui s'estompait au bout d'environ une heure. Parfois mon estomac me jouait des tours ou je sentais les effets d'un mal de tête. Alors, pendant que je demeurais immobile, à bout de souffle et les entrailles déchirées, jurant contre Alin Sedmamin, je fus à peu près certaine que ça ne durerait pas. J'avais raison. En moins de deux minutes, la nausée disparut et je pus reprendre ma route vers la galerie. Baden se versait un triple caff couleur d'encre, à l'odeur corsée, au moment où j'entrais.

— Tu en veux un? demanda-t-il.

— S'il te plaît.

L'odeur était alléchante et je voulais avoir les idées claires pour les quelques minutes à venir. Rien ne stimule le cerveau aussi bien qu'un triple caff. Il transporta les tasses fumantes sur la table, où il avait déposé sa tablette.

— Alors, tu as l'intention de me dire ce qui se passe? lança-t-il, en préparant le balayage.

— PrimaCorp.

— Sérieusement? Ils n'abandonnent donc jamais?

— J'imagine que non.

L'équipage savait que j'avais eu des problèmes avec PrimaCorp dans le passé, même s'ils ignoraient les tenants et les aboutissants. Comme je le disais, nous respections les secrets des autres.

— Tu dois vraiment les avoir énervés. Prête? demanda-t-il en agitant la tablette.

J'étirai mon bras et il la pressa contre mon implant, puis la déplaça doucement jusqu'à ce qu'il obtienne la confirmation d'une bonne connexion. Il tapa sur l'écran et des bretelles flexibles en bioplas surgirent et entourèrent mon bras, retenant la tablette bien en place, sans pour autant être inconfortables.

— Hé, la mienne ne fait pas ça!

Il arbora un demi-sourire.

— Et quel âge a-t-elle?

— *Okej, okej*, bon, je ne suis pas férue de technologie comme toi.

La tablette émit une séquence de signaux et Baden se pencha pour lire ce qui était affiché à l'écran.

— Tu as un implant-guide, là? demanda-t-il.

— Oh, oui. C'est important?

Damne. Je n'avais pas songé à cet implant depuis des années. Hirin et moi les avions achetés il y a longtemps, lorsque nos voyages nous amenaient dans des endroits plus dangereux et nouvellement découverts de l'Espace proche. Je ne pouvais pas vraiment raconter ça à Baden, par contre.

— Non, la tablette l'a remarqué, c'est tout. C'est plutôt dépassé, en revanche.

Je souris.

— Je t'ai dit que je n'étais pas à l'affût des nouveaux gadgets, rigolai-je, réfléchissant à toute vitesse. Mes parents l'ont acheté lorsque j'étais petite. Nous voyagions beaucoup et ils étaient toujours inquiets de nous perdre dans un port spatial, ou quelque chose du genre.

Baden hocha la tête, se cala dans son siège et sirota son caff.

— L'analyse est en cours. Ça ne devrait pas être trop long. Qu'est-ce qu'on cherche, au juste?

Je réfléchis. Je ne voulais pas en dire trop, mais c'est toujours intéressant d'avoir un témoin lorsqu'on a raison. C'est bon pour le moral de l'équipage de croire que leur Capitaine est tout au moins moyennement *inteligenta*.

— Si je te dis mon hypothèse et qu'elle est juste, alors tu dois simplement l'accepter. D'accord?

Il pinça les lèvres.

— D'accord. J'imagine. Bien que ce ne soit pas aussi intéressant si je ne peux pas avoir une explication...

— *Okej*, alors.

Je pris une seconde pour mettre de l'ordre dans mes idées.

— Je crois que j'ai été infectée par un virus biologique synthétique, qui peut être intégré à une transmission. Probablement rien de bien vilain, juste assez ennuyeux pour nécessiter un traitement. Mais ce virus ne sera pas en bon état, toutefois. Il serait déjà partiellement latent ou mourant.

Baden fronça les sourcils.

— Voilà qui est assez précis.

Je haussai les épaules et pris une gorgée de caff. C'était divin, chaud, crémeux et plus sucré que le caff que je fais habituellement. C'était si bon que je me demandai si je ne me trompais pas depuis des années.

— Voyons si j'ai raison, alors.

Il prit une nouvelle gorgée de caff, puis me demanda : « Si je ne peux pas poser de question au sujet du virus, puis-je te demander autre chose? »

— Vas-y, souris-je. Mais je ne te promets pas que je vais y répondre.

Baden planta son regard dans le mien.

— Qui est Hirin? Je veux dire, qui est-il vraiment? Quel est votre lien de parenté?

J'ouvris la bouche pour répondre, mais il leva un doigt en guise d'avertissement.

— Il faut cependant que je te prévienne, si tu me dis que ce n'est pas de mes affaires, alors je suis à peu près sûr que je connais la vraie réponse.

— Tu crois?

— Il n'y a qu'une seule chose que, selon moi, tu préférerais garder secrète.

Je pris ma tasse de caff très lentement et pris une autre gorgée.

— Ce n'est pas de tes affaires.

Ses yeux rétrécirent et il me regarda droit dans les yeux, puis hocha la tête.

— *Okej*. Cela soulève de nouvelles questions, sans donner de réponse, mais d'accord.

La tablette émit un signal et il se pencha pour la détacher doucement de mon bras.

— Ça prend environ une minute pour compiler les données.

— Pas de problème.

Je me reculai dans ma chaise et calai mes pieds sur le siège. Baden s'affairait à taper sur l'écran et je le surveillai attentivement.

Je me demandais s'il avait réellement deviné ma relation avec Hirin. Probablement. Il y avait beaucoup de choses à dire au sujet de Baden, mais sûrement pas qu'il était obtus. La question demeurait : pourquoi ça l'intéressait? J'espérais que ce n'était que pure curiosité. Je n'avais pas de temps à perdre en situations alambiquées.

— Étrange, murmura-t-il soudainement.

Il fronça les sourcils en fixant l'écran de la tablette.

— Quoi?

— Une seconde.

Il fixa l'écran, l'air sérieux, pendant environ une minute, puis joua avec le pointeur tactile. Il secoua la tête.

— Ça te dérange si je l'attache à nouveau pour prendre un nouvel échantillon?

— Ça n'a pas fonctionné?

Il fit une grimace.

— Non, ce n'est pas ça. J'ai trouvé le virus, je crois, mais j'obtiens aussi des données sur une autre entité. Toutefois, elle disparaît chaque fois avant que je puisse l'analyser. Pendant une seconde, elle est là, mais avant même que le programme ait pu recueillir suffisamment de données, elle est partie.

Sans mot dire, je tendis le bras, mon cœur battant la chamade dans ma poitrine. Une autre entité. Je frissonnais malgré la chaleur qui régnait dans la galerie et la tasse brûlante entre mes mains. Cela pouvait être un indice — si Baden pouvait obtenir assez d'information pour que ce soit utile.

La tablette s'attacha à mon bras et se remit à émettre des signaux sonores. Je détournai les yeux et, ce faisant, rencontrai le regard interrogateur de Baden.

— Tu sais ce que c'est, n'est-ce pas?

— Non, répondis-je, sincère, non, je ne sais pas. En revanche, j'ai quelques idées... et j'aimerais bien savoir si l'une ou l'autre vise juste, ou si j'ai complètement tort.

Baden se leva, prit sa tasse pour la remplir à nouveau.

— Tu en veux? demanda-t-il, mais je refusai d'un signe de tête.

Lorsqu'il revint et s'assied, il confia : « Nous avons tous des secrets dont nous ne voulons pas parler. Je pense toutefois que notre équipage en a plus que son lot. Et je me demande maintenant si tu n'en as pas à toi seule plus que nous tous, mis ensemble. »

— Il se peut que tu aies raison, admis-je. Mais il faudrait que je vérifie tous vos secrets pour être certaine. Tu veux commencer?

Il éclata de rire.

— Pas pour l'instant, non. Un jour, peut-être. Mais que se passera-t-il si l'analyse révèle un des tiens?

— Si c'est le cas, alors que puis-je y faire? Je haussai les épaules. Aucun de mes secrets n'est dangereux. C'est juste inconfortable.

Je pris une gorgée de ma tasse encore à moitié pleine.

— Enfin, pour autant que je sache.

La tablette émit un trille et Baden la retira rapidement de mon bras, pressant les commandes pour lancer l'analyse aussi rapidement que possible. J'étais certaine que s'il ne trouvait pas les données cette fois-ci, ça ne servait à rien de recommencer. C'était la nature de cette « entité », comme il l'avait appelée, d'être pratiquement invisible. Il y a des années que j'avais compris ça.

— *Damne*, murmura-t-il.

Je devinai qu'il n'avait pas été assez rapide. Il se cala contre son siège et me fit un sourire dépourvu de joie.

— Tu veux savoir ce qu'on a trouvé?

J'opinai.

— Le virus est ou était un virus biologique synthétique pouvant être intégré à une transmission. Il cause probablement une légère nausée, de la fièvre et d'autres sensations peu plaisantes durant environ une semaine. Toutefois, ce virus n'était pas en pleine croissance. Tous les fragments repérés étaient en train de se désintégrer ou mourants.

Il reposa sa tablette sur la table et la tapa du revers de la main.

— Exactement ce que tu avais prédit.

— Que veux-tu, je suis bonne aux devinettes.

— Mmm.

Il tourna la tablette pour lire ce qui apparaissait à l'écran.

— Pour ce qui est du reste, peu importe ce que c'était, il semble bien qu'il ne veuille pas être trouvé. Je pense que c'est seulement en partie biologique. Il se fixait au virus et s'en détachait rapidement, se désintégrant ou… se restructurant lui-même. Le programme n'est pas parvenu à faire une analyse précise.

— C'est *okej*.

Mais qu'est-ce que ces maigres indices pouvaient bien vouloir dire? Partiellement biologique. Se fixe aux cellules du virus et s'en détache. Puis se dégrade ou change — à l'échelle moléculaire? Ce qui expliquerait pourquoi le programme d'analyse ne pouvait pas recueillir les données ou retenir l'entité?

— Quoi?

Perdue dans mes pensées, je sursautai lorsque Baden toucha ma main.

— Je disais que je voulais brancher la tablette une dernière fois pour mettre à jour tes protocoles antivirus et certains de tes modules, *okej*? Puisque tu sembles trop occupée pour le faire toi-même.

Tandis que la tablette émettait son trille et ses signaux, le sourire de Baden s'effaça et il prit un air sérieux.

— Capitaine, est-ce que tu comprends tout ça? Une partie de ce que nous avons trouvé, tu l'avais devinée.

J'acquiesçai.

— En partie, oui. C'était ce que j'espérais, pour le virus, du moins. C'était un petit cadeau inattendu de la part de PrimaCorp, un cadeau que je n'oublierai pas de sitôt. Pour ce qui est du reste... je ne sais pas. C'est quelque chose que j'essaie de comprendre.

— Et c'est tout ce que tu as à dire à ce sujet?

— Pour l'instant. Merci, Baden. Je suis désolée de ne pas pouvoir t'en dire davantage.

Il éclata de rire.

— Hé, comme je disais, nous avons tous nos secrets.

Il se leva et retrouva soudainement son sérieux.

— Je veux juste m'assurer que tu demanderas de l'aide, si tu en as besoin, Capitaine. PrimaCorp... J'ai entendu des rumeurs. Ils... ils n'ont pas beaucoup de scrupules.

— Oui, soupirai-je, j'avais compris ça.

Je n'avais pas l'intention d'annuler mes contrats de marchandises pour décoller plus tôt, alors je ne pouvais pas faire un pied de nez à PrimaCorp en m'envolant vers la stratosphère. Ils savaient probablement l'heure prévue de notre départ et s'ils avaient abandonné le peu de scrupules qu'ils avaient, je n'avais certainement pas l'intention de me balader dans le bureau doré d'Alin Sedmamin, au siège social de PrimaCorp. Toutefois, je ne pouvais pas vraiment faire semblant que rien ne s'était passé non plus.

Je l'appelai une heure plus tard, lorsque je fus certaine que la nausée ne reviendrait pas me hanter. Mon « entité » avait apparemment fait du bon travail. L'avatar-réceptionniste de PrimaCorp, une beauté synthétique comme seuls les avatars d'entreprises peuvent l'être, transféra mon appel immédiatement. Le visage de Sedmamin, lorsqu'il apparut à l'écran, semblait plus rebondi et fatigué que dans mon souvenir. Cela accentuait le côté porcin de ses petits yeux noirs, même si je devinais qu'il avait probablement suivi un traitement Vigour-Eux depuis notre dernière rencontre virtuelle. Il avait, à ce moment-là, lourdement insisté alors pour que je me présente à leur centre de recherche afin de subir des tests; il avait même eu l'audace d'y ajouter des menaces à peine voilées. J'avais donc conclu la conversation abruptement en interrompant l'appel sans crier gare et en décollant le soir même vers Quma, avec seulement la moitié de la cale remplie. Aussi bien être directe.

— *Saluton*, Président Sedmamin. Ici Luta Paixon. Comme je n'ai aucunement l'intention de vous rendre visite, j'ai décidé de vous appeler, plutôt.

— *Saluton*, Capitaine Paixon. Avez-vous reçu mes deux messages?

— Effectivement. Vos messagers sont très efficaces. Oh, en passant, inutile d'en envoyer un autre. Il ne sera pas accepté.

Sedmamin fit un mince sourire.

— Vous semblez irritable, Capitaine. Seriez-vous malade?

— En fait, Président, non, je me sens très bien. Le virus de votre message a peut-être mal fonctionné. Ou a subi un autre sort? C'était une façon plutôt inhabituelle de m'offrir l'hospitalité, je dois l'admettre.

— Vous avez ignoré mes invitations antérieures, répondit-il en haussant les épaules en un geste fort peu élégant. Je suis arrivé à la conclusion que d'autres mesures s'imposaient.

— Président Sedmamin, si nous cessions notre valse-hésitation? Vous voulez savoir si j'ai des renseignements quant à l'endroit où se trouve ma mère. Or, je n'en ai aucune idée. Vous voulez aussi que je me rende à vos installations de recherche pour passer des tests afin de déterminer si je transporte des morceaux des recherches de ma mère, lesquelles vous considérez être la propriété de PrimaCorp. Je refuse de m'y soumettre. J'ai un vaisseau à diriger ainsi que des affaires à traiter et c'est mon plein droit. Je sais, sans même vous le demander, que vous ne possédez aucune information que vous accepteriez de me communiquer...

— Ah, mais c'est que vous avez tort, Capitaine Paixon, et je suis blessé par votre méfiance. Il ne semblait pas insulté du tout, en fait, il exhibait plutôt une jubilation malveillante. J'ai des sources sûres qui affirment que votre mère est vivante et qu'elle était en pleine santé il y a à peine un mois.

— Vraiment? Mon visage demeura impassible. Toutefois, pour la deuxième fois en une seule journée, mon cœur semblait cogner contre ma cage thoracique. Et qu'appelez-vous des « sources sûres » ?

— Que pensez-vous d'une rencontre directe avec une personne de PrimaCorp qui a identifié votre mère à partir de représentations holographiques? Est-ce suffisamment sûr?

— C'est possible. Cet associé était-il en chasse? Il pourrait fort bien mentir pour vous impressionner. Quelle sorte de preuve avez-vous?

— Elle, c'est une femme, me corrigea-t-il, et non, elle n'était pas en chasse, comme vous le dites si vulgairement. Elle a simplement cru que ce visage lui était familier. Elle avait vu un hologramme de votre mère, ici, sinon elle ne l'aurait pas remarquée sur... lorsqu'elle l'a vue. Elle a par la suite confirmé l'identité de la femme avec qui elle avait discuté à l'aide de l'hologramme.

— Impressionnant. Je fis de mon mieux pour avoir l'air de m'ennuyer ferme. Et où, exactement, cette excitante rencontre a-t-elle eu lieu?

Il était passé à un cheveu de le révéler.

— Oh non, Capitaine. Il agita un doigt potelé devant lui, comme si j'étais un vilain petit animal, et s'enfonça dans son siège recouvert de cuir. Un échange de renseignements, c'est ce que je désire... pas seulement un transfert à sens unique. Venez, donnez-nous nos échantillons et je vous donnerai un accès complet au dossier contenant les observations les plus récentes concernant votre mère.

Je poussai un soupir.

— Bien. J'y réfléchirai. Nous décollons demain. Je ne suis pas certaine que j'aurai le temps de vous visiter.

— Avant que vous ne partiez, ajouta Sedmamin, se penchant légèrement vers l'avant, j'aimerais vous présenter quelqu'un.

Voilà qui était inhabituel. En général, ce n'était que Sedmamin et moi, discutant en privé et de façon plutôt déplaisante.

— Absolument, répondis-je.

Sedmamin fit signe à quelqu'un hors champ et une femme s'avança pour apparaître à l'écran, juste derrière lui. C'était plutôt difficile à dire, mais elle semblait grande et athlétique, vêtue d'un tailleur-pantalon noir de qualité, le logo de PrimaCorp brodé avec goût sur le revers de sa veste. Ses cheveux blond foncé étaient tirés vers l'arrière, à l'exception de quelques accroche-cœurs qui bouclaient autour de son visage, adoucissant ses traits autrement anguleux. Elle ne souriait pas vraiment, mais elle avait adopté une expression neutre relativement agréable.

— Luta Paixon, voici l'une de mes adjointes administratives, Dores Amadoro, présenta Sedmamin.

Dores hocha la tête poliment. C'était peut-être une illusion causée par le lien vidéo, mais ses yeux semblaient froids et calculateurs alors qu'elle m'observait, comme si j'étais un spécimen d'une espèce fascinante.

— Un plaisir de vous rencontrer, madame Amadoro, répondis-je.

— Le plaisir est partagé, Capitaine Paixon, dit-elle à son tour.

Je n'avais pas l'impression qu'elle éprouvait beaucoup de plaisir, en fait.

— Madame Amadoro sera votre personne-ressource au sein de PrimaCorp pour un petit moment, annonça Sedmamin, souriant comme si nous étions tous de vieux partenaires d'affaires. Elle est très ambitieuse. Si vous avez des questions ou des inquiétudes, vous pouvez lui parler directement et elle y répondra en mon nom. Tout ce qu'elle dit, vous pouvez considérer que je l'ai approuvé.

Bien que ça ne m'intéresse pas particulièrement, je m'informai.

— Vous vous absentez, Président? J'espère que vous n'êtes pas malade non plus.

Son sourire persistait.

— Non, non, rien de cet acabit. J'ai simplement d'autres choses à faire, alors je dois déléguer certaines tâches. Je suis certain que je devrais faire ça plus souvent.

Ha, me dis-je. Se délester du problème sur une pauvre idiote parce que j'étais insupportable. J'aurais pu être désolée pour Dores Amadoro si elle avait donné l'impression d'être une personne qui a des sentiments. En parallèle, je me demandai si c'était elle qui avait aperçu ma mère et si c'était sa récompense, une promotion dans la hiérarchie administrative. La moindre compassion que j'avais pu ressentir à son égard s'évapora immédiatement.

Je plaquai toutefois un sourire sur mon visage.

— Je suis certaine que nous nous entendrons à merveille. Je n'ai pas l'intention de rester dans le système Sol longtemps, par contre, alors j'imagine que nous n'aurons pas la chance de mieux nous connaître.

— Capitaine, susurra Sedmamin, se penchant vers l'écran et tentant de prendre un air soucieux, je peux vous dire que certains membres du conseil d'administration ont l'impression que nous avons été... trop souples à votre égard. J'ai fait de mon mieux pour les convaincre qu'une conversation polie mène, en fin de compte, à une conclusion satisfaisante pour toutes les parties impliquées, mais ils s'impatientent.

— M'envoyer un virus par messager électronique, c'est votre idée d'une discussion polie, Président? Ce n'est pas exactement la meilleure façon de gagner ma confiance. Et ce sont mes droits, conformément à la *Loi sur la protection du matériel génétique.*

Il haussa les épaules à nouveau.

— Les lois sont créées pour être modifiées et comme je le disais, certaines personnes croient que nous avons été suffisamment polis. Pour ce qui est de votre confiance, vous devriez réfléchir aux choix que vous avez faits, Capitaine.

— Qu'insinuez-vous?

Dores Amadoro se tenait toujours en retrait, derrière la chaise de Sedmamin, avec la même expression neutre. Je me demandais si elle savait ce qu'il voulait dire ou si elle était juste si bien domptée qu'elle ne montrait jamais ses émotions.

— Disons que c'est un conseil d'ami. Vous n'en savez peut-être pas autant que vous pensez sur cet équipage que vous dirigez.

Il sourit d'un air arrogant, ce qui eut comme effet de m'enrager.

— Mon équipage ne vous concerne pas.

— Bien sûr que non. Mais une dernière petite chose, Capitaine Paixon, dit-il d'un ton sérieux. Je vous aime bien, même si nous avons eu nos différends. Alors un conseil. Le vent du changement souffle, des changements qui risquent de jouer davantage en ma faveur, et pas pour votre camp. Il serait plus... prudent de votre part de simplement venir nous visiter, de nous donner les échantillons et de repartir. De cette façon, il n'y aurait aucune complication.

Sedmamin m'aimait bien? J'en doutais fort et je n'allais certainement pas lui retourner le compliment.

— Des complications? Quel genre de complications?

— Je ne peux pas donner de détails à ce sujet. Disons juste

qu'il vaudrait mieux être un ami de PrimaCorp que son ennemi.

Je lui fis un large sourire.

— Hé bien, cela a toujours été le cas, n'est-ce pas, Président? Merci pour votre conseil. J'y réfléchirai et je communiquerai avec vous ou avec madame Amadoro. *Gis la revido.*

J'interrompis la communication. Je me reculai dans mon siège — pas en cuir, le mien — et fermai les yeux. Je détestais parler aux gens de PrimaCorp, mais le dégoût que Sedmamin m'inspirait était sans égal. La première impression que me laissa Dores Amadoro ne la mettait pas dans mes bonnes grâces non plus. Sedmamin avait assurément dépassé les limites avec son virus. Je ne doutais pas un instant que c'était son idée, peu importe ce qu'il racontait au sujet de l'impatience du conseil d'administration, et il me fallait redoubler de prudence jusqu'à mon départ, demain. Le président Sedmamin avait accepté ma rebuffade un peu trop facilement. Il devait avoir d'autres plans pour nous retarder ou pour essayer de m'attraper, même si j'étais incapable de deviner ce qu'il pouvait tramer. À bien y penser, j'avais quelques idées. Je n'aimais pas ça.

J'appelai Hirin et réglai le cryptage aux paramètres maximums. Il fallut un moment pour que l'administrateur nous connecte l'un à l'autre, puis son cher visage rabougri apparut à l'écran.

— Hirin, pourrais-tu embarquer cet après-midi, plutôt que demain?

— Tu décolles plus tôt que prévu?

— Non, je n'ai pas encore toute la marchandise à bord. C'est juste que je m'inquiète à propos... à propos de la sécurité, c'est tout.

— Bien, ils organisent une petite fête pour me dire au revoir, cet après-midi, Maja doit venir. Il semblait mal à l'aise. Je ne te l'ai pas dit parce que j'avais peur que ce soit... délicat.

— Je comprends, le rassurai-je. Je suis occupée à m'assurer que tout est en ordre, ici, de toute façon.

— *Okej*, alors, dès que j'aurai fait acte de présence, je viendrai vous rejoindre. Tout est déjà emballé. Je ne veux pas les décevoir, les seules fêtes d'adieux sont généralement des funérailles.

Il ricana, puis se mit à tousser à nouveau. Je souris.

— Tout va bien, alors. Tu veux que je demande à Viss d'aller te chercher?

Il opina.

— Bien sûr. Je pensais que tu viendrais, par contre.

— Je crois que je ferais mieux de rester à bord jusqu'à notre départ. Ce serait plus sage, compte tenu de l'évolution de la situation, et tu sais à quel point j'aime prouver que je suis sage.

— Toi, sage ? Nos vieux amis te donnent encore du fil à retordre?

Étant donné mes antécédents avec PrimaCorp, il savait exactement ce que je voulais dire.

— C'est possible. J'aime mieux ne pas courir de risque. Appelle-moi quand tu es prêt et j'enverrai Viss te chercher. Amuse-toi bien à la fête!

— Promis. À plus tard.

Juste par mesure de sécurité, j'envoyai des messages à Maja et à Karro, les informant des nouvelles lubies de PrimaCorp. Karro avait eu affaire avec Sedmamin dans le passé, et bien qu'il s'en soit généralement mieux tiré que moi, il n'aimait pas les intrusions de la société plus que moi. Pour ce qui est de Maja, elle semblait bien s'entendre avec PrimaCorp et pensait que j'étais complètement paranoïaque lorsqu'il en était question.

Elle ne comprenait pas pourquoi je refusais de collaborer avec eux, pour mettre tout ça derrière moi. Même si elle connaissait les liens entre ma famille et PrimaCorp, cela ne changeait rien pour elle. Aucun doute, elle penserait que mon imagination me jouait des tours ou que j'exagérais. Elle effacerait vraisemblablement mon avertissement, énervée. Je l'envoyai quand même.

Je savais une chose. Si Alin Sedmamin ou cette nouvelle inconnue, Dores Amadoro, essayait de m'atteindre en s'attaquant à Hirin ou à un autre membre de ma famille, je devrais quitter le vaisseau pour régler leur compte pour de bon. J'espérais vraiment qu'on n'en viendrait pas à cette conclusion.

La seule personne que PrimaCorp semblait emmerder aussi souvent que moi était mon frère Lanar, mais lorsque j'essayai de communiquer avec lui, je reçus une réponse automatisée indiquant qu'il n'était pas dans le système Sol. J'abandonnai mes essais. Comme Lanar avait la flotte du Protectorat de l'Espace proche derrière lui, PrimaCorp le traitait généralement avec plus d'égards, de toute façon. Je me demandais s'il savait ce que Sedmamin voulait dire par « le vent du changement souffle », mais il faudrait pour cela attendre notre prochaine conversation en direct.

C'était tout ce que je pouvais faire. Malheureusement, mon esprit pouvait maintenant vagabonder et penser aux autres choses que Sedmamin avait dites.

Tout d'abord, y avait-il un fond de vérité dans cette histoire au sujet de ma mère ? Il aurait pu tout inventer dans l'espoir de m'attirer dans les installations de PrimaCorp, mais j'en doutais. Non, il n'exulterait pas ainsi pour un mensonge. Une personne de PrimaCorp avait aperçu ma mère ou quelqu'un qu'elle avait prise pour elle, par erreur.

Il y a un mois. J'entrai lentement les cartes stellaires et les routes des tunnels cosmiques sur mon écran, en y incluant les nouveaux. Si cette histoire tenait la route et si la personne qui avait reconnu ma mère était de retour sur Terre, ma mère pouvait être dans n'importe quel système habité. Et depuis ce temps, elle pouvait être n'importe où dans l'Espace proche.

L'autre question était : où Sedmamin avait-il trouvé un hologramme suffisamment récent pour permettre une identification? Peu importe ce qu'il avait dans ses dossiers, ces renseignements devaient dater de plusieurs décennies.

Il n'avait pas dit grand-chose à son sujet, seulement qu'elle était vivante et en santé. Pendant une fraction de seconde, je réfléchis sérieusement à débarquer aux bureaux de PrimaCorp pour consulter ce dossier, mais je secouai la tête. Il était probable que je n'y apprendrais rien de plus que ce que je savais déjà et je risquais de mettre les pieds dans une situation vraiment dangereuse. C'est probablement ce que Sedmamin espérait.

Pour ce qui est de la remarque au sujet de mon équipage, j'aurais aimé pouvoir la rejeter du revers de la main comme n'étant qu'une autre méchanceté du président, mais elle m'embêtait. Je faisais confiance à mon équipage et je les considérais tous comme des amis, mais en réalité, je ne connaissais aucun d'entre eux depuis très longtemps. Je savais qu'ils avaient tous des choses à cacher. L'un d'entre eux taisait-il un secret qui pourrait, en fin de compte, nous mettre en danger? Je fermai l'écran et me mis à la recherche de Viss pour lui demander d'aller chercher Hirin. Un problème à la fois.

Chapitre 5

Aussi sombre que l'espace, mais deux fois plus dangereux

Le docteur Ndasa et Hirin arrivèrent tous les deux juste avant l'heure du souper, ce qui nous occupa tous pendant quelques heures. Nous avions installé Hirin dans le quartier des invités, en face de ma cabine. Son installation fut vite terminée, il n'avait pas beaucoup de bagages avec lui. Il se contenta de hausser les épaules lorsque je lui posai la question.

— Je n'ai pas besoin de grand-chose, justifia-t-il. Et c'est toi qui serais coincée avec mon débarras, une fois...

— Une fois que tu auras cassé ta pipe et qu'on expédiera ton corps pour explorer les confins de l'espace? terminai-je à sa place.

Il éclata de rire.

— Exactement. Oh, Luta, je suis vraiment content que tu puisses en rire. Je craignais que ce ne soit trop difficile pour toi.

— C'est la chose la plus difficile que j'aie jamais eu à faire, dis-je en le serrant dans mes bras. Mais si tu peux le faire, alors j'imagine que moi aussi, j'en suis capable.

Il caressa mes cheveux pendant un instant; le tremblement de sa main se faisait à peine sentir.

— Il n'y a pas grand-chose que nous ne pouvions pas

accomplir ensemble, n'est-ce pas?

— Non, tu as raison, confirmai-je. Et si nous allions voir comment se porte le docteur Ndasa? Si ça te chante, bien sûr.

— Il y a longtemps que je ne me suis pas senti aussi bien, pour tout dire. Une question, toutefois, dit-il en me serrant la main pour éviter que je ne m'écarte. L'équipage... Ils ne savent toujours pas, à ton sujet? Et à propos de moi... enfin de nous deux.

— Seulement Rei, dis-je. Elle connaît une partie de l'histoire.

— Et tu préfères que ça reste ainsi? Ça ne me dérange pas, mais je pensais que tu te demandais peut-être si c'était le cas.

Soudainement, les larmes envahirent mes yeux.

— Ce n'est pas ce que j'aurais souhaité, Hirin. Tous ces secrets, surtout en ce moment...

— Je sais. Mais j'ai eu bien du temps pour y réfléchir et nous devons accepter notre situation. Sincèrement, je suis surpris que tu ne m'aies pas déjà quitté pour un homme plus jeune.

Je levai les yeux, bouleversée, mais ses yeux brillaient alors qu'il tentait de retenir un sourire. Je mis les mains sur mes hanches.

— Continue comme ça et je pourrais y penser, mon vieux. Maintenant, tu viens, ou quoi?

— Je pense que je vais m'étendre et me reposer avant le souper. Je vous rejoindrai dans la galerie pour le repas. J'ai tellement hâte d'avoir de nouvelles personnes avec qui discuter!

Le docteur Ndasa étant notre seul autre passager, je lui avais assigné l'une des deux plus grandes cabines du quartier des passagers. Il s'était toutefois pointé avec beaucoup plus de matériel que ce que j'avais prévu et je le laissai utiliser la petite cabine connexe à la sienne, puisqu'elle était vide de toute façon. Il me remercia d'un air embarrassé. Il émanait de lui une faible odeur de pamplemousse, un signe de nervosité chez les Visiliens. J'avais étudié la langue des odeurs propre à son peuple en prévision de son voyage parmi nous.

— Je ne me suis jamais absenté de mon laboratoire pendant une si longue période, s'excusa-t-il. C'était difficile d'abandonner mon matériel.

— Avec le temps, on apprend à voyager avec peu, mais ce n'est pas un problème, répondis-je en me calant contre sa pile de valises disparates. Je suis curieuse, docteur. Vous comptez réellement traverser toute cette distance dans l'espoir quelque peu irréaliste que vous réussirez à trouver cette chercheuse? Elle pourrait être partie depuis longtemps, bien avant que nous n'atteignions Kiando.

Il acquiesça.

— Oui, oui, je sais. Mais le président Buig, son employeur, possède, d'après ce qu'on dit, un réseau de contacts qui compte bon nombre des chercheurs les plus réputés dans le domaine de la longévité. Il a créé un minuscule centre de recherche là-bas, mais croyez-moi, les travaux qu'il produit sont loin d'être négligeables. Si la femme que je cherche est déjà partie, le jeu en vaudra quand même la chandelle.

Il rougit soudainement, sa peau ambrée s'assombrissant.

— En outre, je ne suis jamais sorti du système Sol, avant. Je suis né sur Terre. Je crois que nous devrions tous vivre un voyage par tunnel cosmique au moins une fois dans notre vie.

Je souris.

— Je suis d'accord. J'espère que vous serez à l'aise avec nous.

Il fit des yeux le tour de la cabine, la longue tresse de sa crinière lustrée se balançant dans son dos.

— La chambre semble parfaite, remercia-t-il. Et j'adore le nom de votre vaisseau, Tane Ikai. Vous vous intéressez également à la recherche sur la longévité, Capitaine Paixon? J'imagine que vous connaissez la personne dont votre vaisseau porte le nom?

— Un intérêt plutôt modeste, répondis-je sans hésiter. Je sais que c'est le nom d'une Japonaise qui a vécu jusqu'à l'âge de cent quinze ans, au vingtième siècle.

Le docteur Ndasa hocha la tête avec enthousiasme. L'odeur de pamplemousse s'évanouissait.

— La plupart des gens atteignent cet âge, de nos jours, mais à cette époque, c'était remarquable. Je suis toutefois persuadé qu'il est possible de prolonger la vie humaine et visilienne presque indéfiniment.

— Il y a longtemps que cette idée rôde, mais il ne semble jamais y avoir de vraies percées.

— La tragédie du traitement Longévité a assurément causé un énorme retard, observa-t-il. Mais je crois que les gens ont envie d'y croire à nouveau. Nous possédons le savoir nécessaire.

Je crois que nous sommes très près du but. Il y a des rumeurs dans le monde scientifique... Mais, bien sûr, ce ne sont que des rumeurs.

Il me fixait attentivement, le regard indéchiffrable. Soupçonnait-il... Non. Ce n'était probablement qu'une caractéristique extraterrestre.

— Comment s'appelle cette chercheuse que vous espérez rencontrer sur Kiando?

— Demmar Holsey, répondit-il. Le président Buig a toutefois réussi à mettre sur pied une magnifique équipe de scientifiques, là-bas. Elle fait partie d'un groupe d'environ une douzaine de personnes, mais j'ai entendu des commentaires particulièrement élogieux à son sujet.

Le nom ne me disait rien, mais je m'y attendais. Ma mère vivait sous de fausses identités depuis si longtemps qu'elle ne se rappelait peut-être même pas son vrai nom.

Le docteur Ndasa frotta ses longues mains l'une contre l'autre et observa la cabine à nouveau. Sa peau dégageait maintenant une douce odeur de fleurs. Un signe d'enthousiasme.

— J'espère en apprendre beaucoup, durant ce voyage. Cela me semble être un excellent endroit bien tranquille, parfait pour travailler.

J'éclatai de rire.

— Je n'en suis pas si sûre, mais nous verrons bien. Je ne crois pas que mon équipe soit souvent qualifiée de « tranquille ».

Je m'excusai alors pour aller voir ce qui se tramait pour souper et constatai que Baden et Yuskeya avaient pris les choses en main. Un plat épicé provenant de Vileyra mijotait, alors je me dirigeai vers le pont pour consulter les listes des marchandises. Toutes les marchandises avaient déjà été chargées, sauf une livraison de minerai qui devait être transportée vers Renata. Nous décollerions dès que ce chargement serait arrivé, très tôt demain matin. Le souper fut jovial et cela me semblait de bon augure pour un voyage agréable. Parfois, avoir des passagers complique la vie à bord du vaisseau et tout le monde se sent mal à l'aise. Toutefois, je ne m'inquiétais pas au sujet de Hirin et le docteur Ndasa semblait bien s'entendre avec tout l'équipage. Il avait une collection sans fin d'histoires fascinantes à raconter, toutes puisées des entrevues qu'il avait menées avec ses sujets. Je me demandais ce qu'il penserait s'il apprenait mon âge réel. Il voudrait sans aucun doute m'interroger chaque jour, et cela pendant toute la durée du voyage.

Cette nuit-là, le sommeil sembla difficile à trouver. Rien à voir avec le décalage des rythmes circadiens par rapport au cycle terrestre : nous apportions toujours les ajustements nécessaires avant d'arriver près d'une planète, afin d'éviter de souffrir du décalage spatial. Je dormais généralement mieux sur terre que dans l'espace, mais pas dans un vaisseau silencieux, amarré sur une planète. C'était la pire des situations. On n'entendait pas le battement réconfortant des moteurs, pas de mouvement, et on ne pouvait pas voir l'immensité impressionnante de l'espace stellaire par le hublot. Pas même les bruits familiers du monde qui s'anime en dehors du port spatial. Juste le silence le plus profond, dans une immense cage de métal. Mais ce n'était pas le problème qui me troublait, cette nuit. Je savais très bien ce qui me tracassait — Hirin n'était qu'à quelques mètres, de l'autre côté du couloir, et je mourais d'envie de le rejoindre, de me blottir dans le lit, à ses côtés. Cela n'avait rien de sexuel — cet aspect avait été plus ou moins évacué de notre vie lorsqu'il était tombé malade. C'était simplement pour la chaleur et la compagnie et parce que le nombre de nuits où je pourrais écouter sa respiration à mes côtés et sentir le mouvement de son corps près de moi était compté. Il y avait des nuits où il me manquait, peu importe le nombre d'années-lumière et de sauts par tunnel qui nous séparait, mais c'était plus facile de mettre ces besoins de côté lorsque la distance et le temps étaient des barrières insurmontables. Ici, je pouvais traverser le couloir et être près de lui en moins de dix secondes; c'était plus difficile à ignorer.

Je regardai l'horloge. Une heure du matin, déjà. Je n'avais toujours pas fermé l'œil. Je pesais les conséquences. Et si quelqu'un m'apercevait? Je n'avais aucune idée si le reste de l'équipage était endormi ou si certains s'occupaient à leurs propres activités nocturnes. Comment pourrais-je expliquer que je me glisse dans la chambre d'un parent âgé au beau milieu de la nuit? Cela soulèverait plus que des commentaires parmi mes compagnons. Ils ne se tairaient pas jusqu'à ce qu'ils connaissent absolument tous les détails.

Et me voilà, capitaine du vaisseau, trop couarde pour m'aventurer en dehors de ma cabine? Ridicule. Après tout, si j'étais prise sur le fait, je pouvais toujours prétendre que je me rendais sur le pont ou que je voulais une collation de minuit. Après une autre heure à peser le pour et le contre, je décidai de courir le risque. Je trouvai une robe de chambre et rassemblai quelques vêtements pour le lendemain matin. Je me sentais idiote et excitée, comme une adolescente qui s'esquive dans le dos de ses parents. J'ouvris subrepticement la porte. Le corridor était plongé dans le noir, à l'exception d'une lueur jaune pâle émanant de la lumière-phare dans la galerie. Aucun mouvement. Je rassemblai mon ballot de vêtements et m'avançai dans le couloir. Un bruit me surprit.

Un bruit qui ne venait pas des quartiers de l'équipage, mais plutôt de l'arrière du vaisseau. Je reconnaissais ce faible écho au son particulier, c'était celui de pas sur une échelle de métal. Quelqu'un grimpait par une des écoutilles des ponts inférieurs. En essayant d'être très discret.

Je pris une grande respiration en reculant dans l'embrasure de la porte de ma cabine et j'abandonnai mon ballot sur le plancher. Je me débarrassai de ma longue robe de chambre et la laissai glisser sur le sol également — je ne voulais pas que mes vêtements gênent mes mouvements. L'intrus, peu importe qui il était, apprendrait bientôt que je dormais dans une biocombinaison de nuit en soie aux couleurs vives, mais pour l'instant, je m'en fichais. Ce qui m'embêtait davantage, c'était que je ne pouvais pas atteindre le casier à armes. Pour cela, je devrais me précipiter vers l'intrus qui montait de l'Ingénierie et ce n'était ni sage ni pratique. J'aurais dû rentrer dans ma cabine et presser le bouton d'alarme générale du système de comms, mais en toute honnêteté, ça ne me traversa même pas l'esprit.

Je fis à nouveau quelques pas prudents pour me dissimuler dans ma cabine, à l'abri de la lumière de la galerie. Quiconque venait à ma rencontre devrait traverser la lueur, par contre, et je pourrais le voir sans être vue.

Un autre pas léger se fit entendre sur le métal du corridor. Une silhouette sombre tourna le coin, passant le casier à armes, suffisamment près de moi pour me voir si les lumières avaient été allumées. La silhouette fit un geste avec un appareil que je ne pouvais pas distinguer et la lumière-phare s'éteignit. Je n'avais pas pu voir son visage, juste une silhouette sombre, mais c'était évident que cette personne n'était pas censée être ici. Il me fallut moins d'une nanoseconde pour me décider. Je sortis de ma cabine en courant à en perdre le souffle.

J'enfonçai mon épaule dans la poitrine de l'intrus avec toute la force dont j'étais capable. Je balançai mon poing vers un point nerveux du cou en hurlant « Intrus! » Des bras musclés m'encerclèrent, me saisirent à bras-le-corps et commencèrent à m'étouffer. Heureusement que j'ai réussi à crier avant qu'il ne m'attrape.

Je levai mon genou droit, par réflexe, et je devinai que mon assaillant était un homme, puisqu'il se courba rapidement pour éviter le coup. Dès que mes deux pieds furent au sol, je m'accroupis très bas, puis me relevai brusquement comme un ressort, me tordant hors de son emprise en même temps. Il ne parvint pas à garder la pression autour de moi et ses mains glissèrent suffisamment pour que je me jette sur le sol et balance mes jambes contre ses chevilles, lui faisant perdre l'équilibre. Il vacilla contre la porte du sas de sûreté et la vibration provoqua l'allumage automatique d'une lumière d'urgence au plafond. D'un pas, il se rapprocha suffisamment pour m'asséner un coup au plexus solaire, si violent que j'en eus le souffle coupé après avoir émis un gémissement douloureux.

Je me retournai pour essayer de voir l'inconnu, mais il était complètement dissimulé par une biocombinaison noire, des pieds à la tête. Il se pencha rapidement au-dessus de moi et un objet froid et coupant traversa la peau de mon avant-bras, déchirant au passage ma biocombinaison. Je jurai, secouant le bras et roulant pour m'éloigner de l'arme, cherchant toujours à reprendre mon souffle. L'intrus s'enfuit, retournant vers l'écoutille, même si tout s'était passé en moins de temps qu'il faut pour le raconter.

Je pense que c'est à ce moment que j'entendis d'autres portes s'ouvrir et le bruit sourd de pieds nus dans le couloir. Quelqu'un avait entendu mon cri d'alarme.

J'entendis un pas sur l'échelle, un pas qui ne cherchait pas à être discret cette fois, puis j'aperçus brièvement deux paires de jambes passer devant moi. Quelques cris et des pas résonnèrent encore, tandis que Viss et Yuskeya essayaient tous les deux de retenir l'intrus et de le tirer vers le haut de l'échelle.

Le docteur Ndasa émergea de sa cabine, s'interrogeant, l'air endormi, sur la cause du chaos. Une faible odeur métallique émanait de lui — confusion et appréhension. J'essayai de marmonner quelque chose de rassurant lorsqu'un nouveau cri et un bruit de mauvais augure résonnèrent, en provenance d'un pont inférieur. Viss se mit à jurer à voix basse, se tourna vers moi et aboya « Tout va bien? »

« Il... Il a sauté », murmura à son tour Yuskeya. Ses yeux étaient écarquillés et sa voix tremblait. « Viss tenait son bras, et alors — *idioto*! Pensait-il qu'il savait voler? »

Encore essoufflée, je me hissai près de l'écoutille ouverte et regardai, neuf mètres plus bas, sur le pont de la cale au-dessous. Une ombre gisait sur le sol, étendue et immobile sur le métal sans pitié. Je ne voulais vraiment, vraiment pas être la personne qui devait descendre pour voir ce qui en était.

Viss m'épargna ce problème.

— Yuskeya, tu veux bien vérifier pourquoi la jolie biocombinaison de notre Capitaine est couverte de sang? Soigne-la si nécessaire. Je vais aller voir là-dessous pour vérifier ce qui encombre le charmant plancher de notre cale.

Je retrouvai la voix.

— Viss, attends. N'y va pas seul. Baden arrive, il ira avec toi.

Ce dernier arrivait du couloir en courant, torse nu, le regard confus.

— Qu'est-ce...

— Baden, descends sur le pont de la cale avec Viss. Quelqu'un s'est introduit dans le vaisseau, il est tombé dans l'écoutille et nous devons savoir dans quel état il est maintenant.

Une grande qualité de Baden, c'est qu'il ne perd pas de temps en questions inutiles. Il entreprit de descendre l'échelle, suivant Viss vers un autre monde. Les lumières s'allumèrent tout d'un coup et Rei appela du couloir.

— Tout va bien, Capitaine?

— Pour ce que j'en sais, oui, répondis-je, me tournant pour voir le couloir.

Rei émergea de l'alcôve menant au pont, tenant fermement un fusil plasma et observant la scène d'un air soucieux.

Mes nerfs me lâchèrent probablement, mais je ne pouvais pas m'en empêcher. J'éclatai de rire et l'interrogeai : « Mais qu'est-ce que tu fais, exactement? »

Pendant un court instant, elle eut l'air blessé.

— Quand j'ai entendu le raffut, je me suis dit que ce n'était pas une bonne idée de tous nous précipiter tête première vers la source de problème. J'ai ramassé ceci, dit-elle en soulevant son fusil, je suis sortie de ma cabine pour aller vers le pont et contourner cette section par les sondes et l'infirmerie. Je pensais qu'avec un peu de chance, je pourrais surprendre quelqu'un.

— Il aurait été surpris, ça, c'est sûr.

Rei ne dormait pas nue, mais le truc diaphane rose qu'elle portait s'en approchait dangereusement. Même si le docteur Ndasa n'était pas humain, il était facile de voir qu'il essayait de ne pas la dévisager, bouche bée, et qu'il n'y réussissait pas du tout.

— Attends, tu veux dire que tu gardes un fusil plasma dans ta cabine? m'étonnai-je.

— C'est un de mes souvenirs, expliqua-t-elle avec un sourire malicieux.

— Allez, Capitaine, insista Yuskeya en tirant doucement sur mon bras fonctionnel. Sa main tremblait légèrement. Allons à l'infirmerie, que je jette un coup d'œil à votre bras.

— D'accord, d'accord, abdiquai-je, la douleur dans ma poitrine me faisant grimacer lorsque je tentais de me lever. Docteur, je crois que vous pouvez en toute sécurité retourner au lit, maintenant. Je suis incroyablement désolée de cet inconvénient, je vous assure que ça n'arrive pas souvent sur le Tane Ikai. Lorsque nous en saurons plus sur ce brouhaha, nous vous en informerons.

Il se tourna à regret, lorsqu'une autre voix résonna dans le corridor.

— Rei dam-Rowan, tu ferais mieux de te couvrir. C'est un régal pour les yeux, mais mon vieux cœur trouve cela un peu difficile.

— Vous êtes un vieux pervers, Hirin Paixon, rigola Rei, lui tirant la langue au passage.

Elle se dirigea vers sa cabine, mais je savais pertinemment qu'elle reviendrait pour apprendre ce qu'elle avait manqué.

Hirin s'avança dans l'encadrement de sa cabine alors que Yuskeya et moi nous rendions vers l'infirmerie. Il sourit d'un air gêné.

— Je me suis dit qu'il valait mieux attendre, dit-il. Les vieux ont tendance à être dans le chemin, sans le vouloir. Tout va bien, Capitaine?

Il parvint à adopter un ton badin, mais je devinais qu'il trouvait incroyablement difficile de rester là, loin du conflit.

— Je crois, merci. Une blessure superficielle, rien de plus. Et probablement quelques ecchymoses, j'imagine. Yuskeya est un très bon médecin, elle a traité des cas bien pires que ça. Je te raconterai tout ça plus tard.

Je savais qu'il voudrait un rapport complet avant le lever du soleil. Et si cela créait une situation inconfortable pour moi, hé bien! tant pis. Hirin était un homme tout ce qu'il y a de plus raisonnable, mais il était tout de même mon mari.

Yuskeya continuait à tirer sur mon bras, alors je lui jetai un regard impuissant en passant, auquel il répondit par un clin d'œil et un hochement de tête. Rei revint, traversant le corridor toujours armée de son fusil plasma, mais maintenant vêtue d'un kimono cramoisi dont le bas touchait le sol. Ce kimono était un autre de ce qu'elle appelait ses « souvenirs », des objets qui lui rappelaient une aventure ou une autre. Elle possédait une jolie collection dans ses quartiers, un bric-à-brac allant de vêtements et bijoux aux armes. La plupart d'entre eux étaient liés à des exploits que j'aimais mieux ne pas connaître, mais de temps en temps, elle me racontait l'origine d'un de ces objets. Elle me lança un sourire en poursuivant sa route, curieuse, j'en étais sûre, de voir ce que Viss et Baden avaient découvert.

Dans l'infirmerie, Yuskeya m'ausculta rapidement pour détecter toute côte cassée, puis leva ma manche et marmonna d'un air désapprobateur.

— Je ne peux pas croire que cette blessure ait été causée par une arme, dit-elle en nettoyant le sang coagulé. On dirait plutôt qu'il essayait de... Je ne sais pas, de vous piquer ou de prendre un échantillon et l'instrument a raclé la peau, avant de la percer. Ce n'est pas une blessure nette.

— Tu as raison. Je fronçai les sourcils, tentant de me rappeler. Ce n'était pas durant l'attaque que ça s'est produit, enfin, ça ne semblait pas une attaque au sens habituel. Il avait une sorte de techmod.

Elle étendit un gel transparent sur la blessure, cela avait un effet rafraîchissant et calmant, et plaça une bande soignante sur ma peau.

— Bien, tout semble propre, donc, à moins que l'instrument n'ait été contaminé...

— Ou empoisonné?

Elle se figea.

— Je n'y avais pas pensé! Vous croyez que c'est possible?

Je haussai les épaules, un violent élancement dans ma poitrine me fit faire la grimace. Le *bastardo*, il m'avait bottée violemment.

— J'en doute, mais il n'était pas ici pour m'inviter à dîner.

— Je vais faire un test sanguin, déclara-t-elle, tirant une sonde médicale placée sur une tablette au-dessus de ma tête. Qu'est-ce qui se passe? Je vous ai vu grimacer.

— Bah, il m'a frappée, aussi. Probablement une ecchymose, rien de sérieux. Je ne crois pas que le test sanguin soit nécessaire non plus.

J'aurais mieux fait de me taire. Si ça se trouve, même s'il avait en tête de m'empoisonner, ça ne fonctionnerait sûrement pas. J'ai survécu à bien des événements dangereux, au cours des soixante dernières années, et aucun d'entre eux n'a même laissé une cicatrice. Je voulais vraiment retourner voir les autres et vérifier ce qu'ils avaient trouvé.

Cependant, Yuskeya, elle, n'était pas au courant de mon système immunitaire apparemment invincible ou du fait que, même sans aucun traitement, la blessure allait disparaître complètement d'elle-même en moins de vingt-quatre heures. Elle secoua la tête, inflexible.

— Ça ne prendra qu'une minute. Je ne pourrai pas fermer les yeux tant que je n'aurai pas vérifié, maintenant.

Elle appuya la sonde médicale sur mon implant pendant quelques secondes, puis la déplaça à l'intérieur de mon poignet et, finalement, dans mon cou. Elle appuya sur une commande à l'écran et observa le dispositif pendant que l'analyse progressait.

— *Okej*, dit-elle après un moment. Pas de toxine. Je crois que tout va bien.

— Désolée de t'avoir inquiétée.

— Non, vous aviez raison. En fait, j'aurais dû y penser moi-même.

Elle vérifia ensuite ma poitrine et mon abdomen, puis plissa les yeux en lisant les résultats.

— Pas de fracture non plus. De la glace et des analgésiques devraient faire l'affaire, dit-elle en souriant.

Elle rangea la sonde sur la tablette et nettoya le léger désordre que nous avions créé, mais seulement après m'avoir regardée avaler quelques cachets qu'elle m'avait donnés.

— Que pensez-vous qu'il cherchait, Capitaine?

— Aucune idée, dis-je en glissant de la table roulante, mais j'ai bien l'intention d'aller voir si nous avons des indices à ce sujet. Tu viens?

Elle hésita, comme si elle voulait ajouter quelque chose, mais se contenta plutôt de hocher la tête.

— Et comment! répondit-elle et nous quittâmes la station de premiers soins ensemble.

— Nous sommes ici, lança Rei de la galerie, alors que nous trottions le long du couloir.

À notre arrivée, nous aperçûmes un étrange tableau. Hirin était installé dans l'un des immenses fauteuils dotés de larges accoudoirs, l'air heureux d'avoir été invité à se joindre à cette réunion. Viss, Baden et Rei étaient debout, autour de l'énorme table centrale, et sur la table, étendu, se trouvait l'intrus vêtu de noir qui m'avait assaillie. Il ne bougeait pas et l'immobilité peu naturelle de sa poitrine me portait à croire que c'était peu probable que cela change.

— *Morta*? demandai-je.

— Autant qu'un explorateur de tunnels cosmiques imprudent, rétorqua Viss. Il avait ceci, ajouta-t-il, me tendant un techmod polyvalent en métal brillant, mais pas grand-chose d'autre. Pas d'identité et regarde ça.

Il souleva le bras gauche de l'homme, roula la manche de sa biocombinaison. Une bande soignante avait récemment été apposée à l'endroit où son implant aurait dû être logé sous sa peau.

— Pas d'implant? Mais c'est illégal!

Baden secoua la tête.

— Tout comme utiliser ce techmod pour corrompre les protocoles de la cale et le système d'alarme, modifier les systèmes internes à sa guise...

— Comme la lumière-phare, précisa Rei.

— ... et essayer de prendre un échantillon de sang et de chair sans ta permission, termina Baden. Quiconque est prêt à faire tout ça ne se cassera pas la tête lorsqu'il est question d'enlever sa biopuce personnalisée pour un moment.

Je secouai la tête.

— Non, ne pas avoir de biopuce, c'est plus grave... C'est un crime aux termes des Lois élémentaires. Il prenait un risque énorme, tout comme la personne qui l'a envoyé.

Les lois planétaires sont adoptées et appliquées par les gouvernements planétaires, qu'il s'agisse d'une société, d'un protectorat ou d'un groupe indépendant. Les Lois élémentaires, en revanche, ont été mises en place par le Conseil administratif des Mondes de l'Espace proche et elles s'appliquent à tous les citoyens de l'Espace proche. C'étaient des crimes plus graves, et de loin; ne pas avoir de biopuce personnalisée était considéré comme une offense très grave. Tous les gouvernements de l'Espace proche dépendaient de ces biopuces pour recenser leurs citoyens et suivre les déplacements des criminels. S'il avait été attrapé, on aurait pu identifier l'intrus grâce aux renseignements consignés dans la base de données sur les habitants de l'Espace proche, à l'aide d'une vérification de ses rétines, de ses empreintes digitales, de son ADN et de son hologramme. Tout un chacun devait donner des échantillons et était fiché dès la naissance, les renseignements étaient mis à jour régulièrement. Seuls les hauts placés des gouvernements avaient un accès illimité à la base de données.

Ils retirèrent le masque. J'étudiai son visage. De hautes pommettes, un nez qui avait probablement été brisé une fois ou deux, une mince cicatrice plus pâle sur le côté de la mâchoire. Je ne le reconnaissais pas.

— Je n'ai aucune idée qui c'est.

— Nous non plus. Mais nous sommes prêts à parier sur qui l'a envoyé, lança Viss.

— PrimaCorp? suggérai-je.

— PrimaCorp, confirma Rei d'un ton laconique. Ils deviennent de plus en plus emmerdants. Baden nous a raconté l'histoire du virus intégré.

Bon, je ne lui avais pas demandé de garder le secret. Tout ce que j'avais dit, c'est qu'il ne pouvait pas me poser de question à ce sujet. Je poussai un soupir. Est-ce que ça valait vraiment la peine de garder tous ces secrets, dans ces conditions?

— Je me demande si c'est lié à cette navette qui m'a suivie en revenant de Nouvelle-Écosse, le jour de notre arrivée?

Hirin prit un air inquiet.

— Quelqu'un t'a suivie? Tu n'en avais pas parlé.

— Je sais, répondis-je en haussant les épaules. Ça me semblait anodin, le pilote est resté à une certaine distance, mais il m'a suivi jusqu'à l'anneau d'amarrage, puis la navette s'est envolée à nouveau. Ce n'est pas comme si nous avions tenté de dissimuler l'endroit où nous étions accostés.

— Ils ont pu t'observer? demanda-t-il.

— Oui, bien sûr. Je ne me suis pas cachée et j'ai traîné près du bureau de location pour essayer de les apercevoir, si possible. Personne n'est sorti de cette navette et il n'y avait aucun signe distinctif sur le véhicule.

Il jeta un coup d'œil pensif à mon assaillant.

— Donc, si quelqu'un voulait confirmer ton identité, pour te reconnaître à une date ultérieure...

J'eus soudain la chair de poule alors que je suivais son regard. La coupure sur mon bras m'élança à nouveau.

— Tu penses qu'on a profité de l'occasion pour me montrer à quelqu'un? Peut-être à ce type ?

— Cela me semble logique. S'il avait l'intention de t'attaquer, il voulait te reconnaître sans l'ombre d'un doute.

Je frissonnai.

— Beurk.

— Tu devrais peut-être nous le dire la prochaine fois qu'on te suivra, suggéra Rei d'un ton légèrement sarcastique.

J'opinai du chef.

— Si ça ne dérange pas, Capitaine, annonça Viss, tentant visiblement de changer de sujet, j'aimerais reprendre le techmod. J'aimerais bien lui jeter un coup d'œil un peu plus approfondi. Ça pourrait être un bidule intéressant à avoir sous la main, un jour.

Je le lui rendis, sachant qu'il pouvait difficilement retenir son envie de le mettre en pièces pour voir comment le mod fonctionnait et ce qu'il pouvait faire.

— C'est de la tech de contrebande, Viss. Garde-le pour toi.

Son visage se fendit d'un large sourire.

— Capitaine, tu devrais me faire davantage confiance... Où PrimaCorp pourrait-elle mettre la main sur des mods du genre pour ses agents? demanda-t-il. C'est un dispositif médical ou de recherche. On ne peut pas juste entrer quelque part et commander une tonne de mods contenant une tech illégale.

Chacune des grandes sociétés possédait sa propre spécialisation et elles tentaient généralement de rester dans leur domaine. Envahir une nouvelle sphère risquait de provoquer un conflit avec une autre société et elles avaient appris qu'il était plus productif, globalement, de simplement éviter de jouer dans les platebandes de l'autre.

— Techniquement, on pourrait le faire – sans mauvais jeu de mots – si on n'a pas trop peur de se faire prendre la main dans le sac, confirma Yuskeya. PrimaCorp a acheté GintenoTech il n'y a pas longtemps, non?

— Mais GT a toujours créé des techmods inoffensifs, par contre, réfuta Baden. Je ne crois pas que GT puisse faire quelque chose comme ça. C'est bien en dehors de leur domaine.

Viss secoua la tête.

— Qui sait dans quelle direction PrimaCorp peut les avoir poussés, si elle avait une idée en tête. Et si elle envoie des espions, maintenant, ils ont vraiment dépassé toutes les bornes.

— Capitaine, interrompit Yuskeya soudainement, et j'étais certaine qu'elle pensait à ma suggestion que l'intrusion pouvait être liée à une tentative d'assassinat, y a-t-il autre chose que vous devriez nous dire?

Je ne répondis pas immédiatement, le regard fixé sur cet homme qui était venu voler le bien le plus personnel qui soit et avait choisi de mourir plutôt que d'être pris vivant. Il devait savoir qu'il avait très peu de chance de survivre à cette chute.

— Probablement, dis-je après un moment, mais pas maintenant.

Ils devraient se contenter de ça.

— Alors, qu'est-ce qu'on fait de lui? demanda Viss. Tu veux appeler la police ?

Je croisai les bras et fixai à nouveau l'intrus d'un air peu amical. Oui, il était mort, mais il était entré par effraction sur mon vaisseau et m'avait attaquée. Toutefois, si j'appelais les services policiers, notre horaire de départ serait complètement chamboulé — j'imaginai les interrogatoires, les dépositions et une enquête d'envergure… L'idée de déclencher ce cirque me répugnait, car cela pourrait m'empêcher de rencontrer ma mère, si c'était réellement elle sur Kiando. Mais je pouvais difficilement expliquer mon hésitation à l'équipage. En revanche, j'avais d'autres bonnes raisons.

— Si c'est un agent de PrimaCorp, ça me semble plutôt inutile, non?

Rei ricana, sarcastique.

— Quoi? Essayer de convaincre la police d'une planète appartenant à PrimaCorp d'agir contre PrimaCorp? Je ne vois pas où est le problème.

Viss approuva.

— Tu as entièrement raison. S'il travaille pour PrimaCorp, on ne pourra jamais rien prouver sur Terre.

— Alors, que pensez-vous de ce plan, commençai-je. On l'installe dans le compartiment secret, jusqu'à ce qu'on soit mieux placés dans le puits gravitationnel… Puis, on le tasse dans une caisse de marchandise et on le déménage sur un charmant astéroïde bien isolé, où il ne soulèvera pas de questions auxquelles nous préférons ne pas répondre. Toutefois, si nous avons un jour besoin de lui, nous saurons où le trouver.

Tout vaisseau marchand est muni d'un compartiment secret – après tout, dans l'espace, on ne sait jamais à quoi s'attendre. Je ne l'avais jamais utilisé pour entreposer un cadavre, dans le passé, mais ça me semblait la meilleure cachette. Je ne peux pas dire que je raffolais de mon plan, particulièrement parce que ça me semblait irrespectueux, mais je pouvais accepter cette situation. Personne ne souleva d'objection, non plus. Viss prit une photo de son visage.

— On ne sait jamais, expliqua-t-il. J'ai quelques amis à qui j'aimerais montrer cette photo. Quelqu'un pourrait l'avoir déjà croisé.

Je me doutais que les amis de Viss pouvaient aller d'un agent secret du Protectorat à un seigneur de guerre du monde interlope, alors je ne posai pas de question. Nous mîmes notre fardeau dans une capsule à marchandise. Le compartiment était situé sur le pont, alors nous choisîmes une capsule réfrigérée pour éviter une situation... déplaisante.

Une fois ces mesures prises, je réussis à m'endormir rapidement dans mon propre lit et dès que les dernières marchandises furent chargées, le lendemain matin, nous décollâmes. Le poids qui s'évapora de mes épaules lorsque nous dépassâmes les frontières de l'atmosphère était au moins aussi lourd que la pression de la gravité elle-même.

Je n'aurais pas dû me réjouir si tôt.

Chapitre 6
Frères d'armes

Lorsque Baden communiqua avec l'Administration centrale des quais de Mars, un jour et demi plus tard, afin de livrer la marchandise destinée à la planète rouge, nous fûmes cyberinterpellés par la police planétaire martienne, qui nous demandait de poursuivre un vol orbital géosynchrone. Ce n'était qu'une procédure de routine, nous assura-t-on, on posait les mêmes questions à tous les vaisseaux qui avaient quitté l'espace circumterrestre au même moment que nous.

Tous les mondes indépendants et commerciaux possédaient leur propre police planétaire, tandis que le Protectorat assurait la protection des mondes dont il était responsable, ainsi que des secteurs entre les planètes. Mars relevait de la société Schulyer, mais la plupart des planètes avaient conclu des accords de réciprocité quant à la gestion des questions juridiques. Je suis certaine que la même pensée nous traversa l'esprit lorsque le message de l'officier résonna dans le vaisseau. Mais cela ne pouvait pas vraiment être lié au corps qui reposait dans le compartiment... n'est-ce pas?

Baden accusa réception de la demande et Rei nous plaça en orbite. Tous levèrent les yeux vers moi.

Je haussai les épaules.

— Aucune raison de s'inquiéter avant de savoir ce qu'ils nous veulent.

— Bien sûr que non, répondit Baden, mais je crois que je vais aller jeter un coup d'œil pour vérifier si notre marchandise est bien en sécurité, puisque nous sommes coincés ici de toute façon.

— C'est probablement une simple coïncidence, ajouta Rei. Ils peuvent être à la recherche de voleurs de données, de contrebandiers, de pirates...

— Ou de criminels locaux, de fugitifs, de technologies illégales, termina Yuskeya.

Je me demandais ce que Viss avait fait du techmod de notre invité indésirable. Je savais bien que nous pensions tous la même chose, alors je le dis tout haut.

— Ou ils sont à la recherche d'agents de PrimaCorp manquant à l'appel. Attendons, nous verrons bien.

Baden revint après quelques minutes et annonça que tout était en place. Peu après, la PPM nous interpella à nouveau. Je demandai à Baden de brancher la communication sur l'écran principal.

— Je suis la Capitaine Luta Paixon. Que puis-je faire pour vous?

L'agent de la PPM à l'écran était un homme d'un certain âge, mal rasé, qui semblait croire qu'il avait répété cette scène bien trop souvent. Il soupira et hocha la tête.

— Je suis l'officier de vol Halderan. Merci de votre patience, Capitaine. Pourriez-vous m'envoyer la liste de vos marchandises, de l'équipage et des passagers par connexion directe?

— Ce n'est pas un problème, assurai-je en faisant un signe de tête en direction de Baden. Je comptais transmettre ces renseignements sous peu à l'Administration centrale, de toute façon. Y a-t-il un problème, officier?

— Je vais devoir vous demander d'attendre quelques instants, Capitaine, conclut-il, ignorant du même coup ma question et coupant le signal de communication.

Les mots « Prière d'attendre » se mirent à clignoter sur l'écran en esper, nouvel asia, visilien, lobor et en quelques autres langues terrestres. Je fis signe à Baden d'interrompre notre communication sortante et je me tournai vers les autres.

— Que pensez-vous? Vous croyez qu'il soupçonne quelque

chose ou il est juste particulièrement impoli?

Baden secoua la tête.

— Notre liste ne contient rien qui puisse attirer l'attention. Ce sont les mêmes renseignements que nous donnons à toutes les administrations des quais. Bon, à l'exception de certains détails sur la marchandise.

— Et nos deux passagers, lui rappela Rei.

— Je ne crois pas que quiconque soit à leur recherche, réfutai-je en secouant la tête.

— Un vaisseau est en route, en provenance de la planète, interrompit Yuskeya. Selon la signature, c'est un Aile d'acier de la PPM.

— Alors, nous avons de la visite.

Je pris une profonde inspiration, souhaitant vainement que le corps de l'intrus soit en train de flotter ailleurs, quelque part entre la Terre et Mars. J'avais décidé d'attendre qu'on soit davantage éloigné de la Terre avant de nous en débarrasser, mais maintenant, il me semblait que c'était une mauvaise idée.

— Très bien, écoutez tous, nous allons coopérer. Si la PPM trouve quelque chose que nous préférerions leur cacher, alors je leur raconterai toute l'histoire et je prendrai le blâme. PrimaCorp n'est pas aussi populaire sur Mars que sur Terre, alors on pourrait s'en tirer sans trop de mal.

La voix rocailleuse de Viss résonna dans le système de comms, en provenance de l'Ingénierie.

— Juste comme ça, Capitaine, le Tane Ikai pourrait contourner un Aile d'acier de la PPM et sortir du système avant même que le pilote ait pu déchiffrer notre signature.

Je souris.

— Bien noté. Toutefois, j'aimerais mieux que nos noms ne figurent pas sur la liste des fugitifs de l'Espace proche, si on peut l'éviter. Et nous avons des marchandises à livrer.

— Ce n'était qu'une suggestion, Capitaine.

— Hèle le vaisseau, Baden. Je dois sans doute endurer leur procédure, mais je n'ai pas à faire semblant que ça me plaît.

Lorsqu'il me fit signe que tout était prêt, je réclamai : « Au vaisseau de la police planétaire martienne en direction du vaisseau marchand Tane Ikai. Veuillez répondre à cette comm et préciser votre objectif. »

Le visage qui apparut sur l'écran n'étant pas celui de l'officier de vol épuisé qui nous avait interpellés plus tôt, mais une femme, beaucoup plus jeune, dont les traits anguleux affichaient un air résolu.

— Capitaine Paixon, ici l'Aile rouge de la PPM Arla Jansen et mon officier de vol, Tamri Ongolonan, à mes côtés. Nous souhaitons discuter avec vous, à bord de votre vaisseau, si vous le permettez.

— Puis-je savoir à quel sujet? J'estime que notre conversation se fait très bien par comm.

Elle ne serait pas facilement convaincue, même si elle ne cessait de regarder ses commandes plutôt que de soutenir mon regard.

— J'ai reçu l'ordre de ne discuter avec vous qu'en personne, Capitaine. Nous enquêtons actuellement sur divers crimes et nous aimerions obtenir votre aide à ce sujet.

J'allais céder lorsqu'une autre voix intervint dans le système de comm.

— Nous vous remercions, Aile d'acier de la PPM. Le Protectorat de l'Espace proche a décidé de prendre en charge l'interrogatoire des membres de ce vaisseau. Vos nouveaux ordres devraient apparaître sous peu sur votre système de commande.

Je retins un sourire et conservai un air impassible. Cette voix, je la connaissais très bien. Les lèvres de l'Aile rouge Jansen se pincèrent en regardant son système de commande. Elle ne leva pas les yeux pour me regarder.

— Absolument, *Admiralo*, conclut-elle froidement. *Bonan tagon*, Capitaine.

L'écran de commsdevint noir pendant un instant, avant de reprendre vie quelques secondes plus tard. Cette fois, le visage à l'écran souriait.

— *Saluton*, sœurette! *Kiel vi fartas*?

— Je vais très bien, merci, mais c'est grande sœur pour toi, tu te souviens? Ton titre d'*admiralo* ne te donne pas le premier rang en tout, tu sais.

Il éclata de rire, découvrant des dents blanches, parfaitement alignées. Aucune trace de gris dans ses cheveux noirs et pas une seule ride sur son visage, comme le mien. Il n'avait pas l'air d'avoir quatre-vingts ans, pas plus que je ne ressemblais à une femme de quatre-vingt-quatre ans.

— D'accord, tu es encore la plus vieille. Alors, qu'as-tu fait pour embêter la police martienne?

Je pris un air aussi innocent que possible.

— Rien, je t'assure! Je passais, en chemin vers un autre système, j'allais déposer des marchandises quand...

— Ils ont décidé de t'interroger sans aucune provocation de ta part, bien entendu. Tu attires vraiment les problèmes, Luta.

Il secoua la tête d'un air faussement compatissant. J'entendis Baden rire sous cape. Du coin de l'œil, je vis Rei lui balancer un coup de poing sur le bras. L'équipage savait, bien sûr, que Lanar était mon frère et tous semblaient tirer un plaisir excessif de ses taquineries à mon égard.

— Bon, il y a peut-être quelques trucs que je n'ai pas vraiment envie de leur raconter, admis-je. Mais ce n'est pas de leurs affaires, de toute façon.

— Pas de voleurs de données à bord? demanda-t-il. J'ai entendu dire que PrimaCorp était décidée à attraper un fugitif qui avait réussi à éviter tous leurs pièges, de la Terre jusqu'aux Cassiopées. Il semble qu'il ou elle a une conception plus libre de la propriété des données que PrimaCorp et la société n'aime pas particulièrement ça.

Je secouai la tête.

— Non, pas de voleur de données à bord, de ce que j'en sais.

— Mmm. Parce que tu me le dirais, bien sûr.

Une étincelle d'amusement brilla dans ses yeux gris. Il recula contre le dossier de sa chaise et je vis qu'il était dans son bureau, sur son vaisseau. La plaque fixée au mur derrière lui portait l'insigne et le mot d'ordre du Protectorat et encadrait son visage sur l'écran.

— Bon, tu as entendu parler de disparitions mystérieuses avant ton départ de la Terre?

Mon cœur bondit dans ma poitrine, mais je gardai mon calme.

— Non, mais si c'est Alin Sedmamin qui est porté disparu, je dois admettre que je n'en pleurerai pas.

Lanar gloussa.

— *Azeno*! Il t'ennuie encore?

— Je peux m'en tirer. Il a toutefois dit quelque chose qui m'a laissée songeuse. Quelque chose au sujet d'un vent de changement qui serait favorable à PrimaCorp. Tu sais de quoi il est question?

Lanar plissa les lèvres.

— Il a dit ça en communication directe?

Je fis signe que oui.

— Comme d'habitude, il essayait de me persuader de rendre les armes et de lui faire une visite. — Je suis surpris qu'il ait dit ça. On aurait dit un aveu, non?

Le visage de Lanar était impénétrable.

— C'est possible, mais je ne suis pas sûr de comprendre de quoi tu parles.

Il prit un air songeur, pendant un instant.

— Ce n'est pas encore le bon moment, Luta. Mais oui, nous pensons que PrimaCorp prépare quelque chose.

— Ah, mais quelle surprise...

Il sourit.

— Tu peux me rendre service? Où t'en vas-tu, après Mars?

— J'ai des marchandises pour Eri, dis-je d'un ton prudent.

Je ne voulais pas annoncer que nous comptions traverser la Fissure ensuite. Lanar tenterait de me faire changer d'idée et je n'avais aucune envie de me quereller avec lui.

— Génial! Tu pourrais transporter une puce pour l'administration centrale du Protectorat, là-bas? Ça m'éviterait un arrêt.

— Pas d'information confidentielle qui risque de me transformer en cible vivante? J'ai assez de problèmes comme ça.

— Promis, dit-il d'un ton solennel. J'étais en chemin pour aller la prendre des mains du surintendant sur Mars, mais je vais lui envoyer un message disant que... Qui ira la chercher? Viss?

— Oui, d'accord, il a probablement quelques pièces ou d'autres gadgets à aller chercher de toute façon. Mais tu m'en dois une, l'avertis-je. Ce n'est pas moi qui me suis portée volontaire pour faire les courses du Protectorat.

Lanar rigola.

— Je ne fais pas tant de courses que ça, depuis que je suis amiral, mais ça ne me dérange pas de te devoir une faveur.

Ma curiosité prit le dessus.

— Non, tu ne me dois rien, bien sûr. Pas que je veuille me plaindre, Lanar, mais pourquoi es-tu intervenu, avec la PPM? Tu ne crois pas que j'avais vraiment un problème, n'est-ce pas?

Il ricana à nouveau.

— Non, je voulais te parler, c'est tout, et je n'avais pas envie d'attendre une heure que la PPM ait fini de jacasser. Je sais ce qu'ils cherchent et ça ne te concerne pas de toute façon. Ils visitent tous les vaisseaux qui ont quitté l'espace circumterrestre au cours des trois derniers jours.

Je me sentis quelque peu coupable de trahir sa confiance, compte tenu de ce qui était caché dans le compartiment secret, mais je me repris immédiatement.

— Alors, quoi de neuf?

Il devint soudainement sérieux.

— Nous étions accostés à la station Sagan, j'ai parlé avec Karro. Il m'a raconté, au sujet de Hirin. Je... Ce sera une immense perte, pour toute la famille. Il est avec toi?

— Oui, je sais. Je séchai une larme qui avait surgi de nulle part, trop rapidement pour que je puisse la retenir. Il va bien, pour l'instant, et il est heureux. Vraiment heureux. Il est dans sa cabine. Tu veux lui parler?

— Je suis content que tu puisses lui offrir cette chance. Oui, tu peux me transférer? Je dois me rendre dans le Lambda Saggitae, les ordres sont affichés, mais j'ai quelques minutes. Oh, sœurette..., ajouta-t-il avec un sourire narquois, essaie de ne pas te mettre les pieds dans les plats, d'accord? Je vais dire à la PPM de te laisser passer, cette fois, mais je ne serai pas toujours là pour intervenir si la police planétaire ou d'autres personnes tentent de t'embêter.

Je lui tirai la langue.

— Je n'ai pas besoin de gardienne, tu sais, mais je te remercie. Tu m'as épargné un bon retard, au moins.

— Pas de problème. On se reverra quelque part dans l'Espace proche, lança-t-il, et je fis signe à Baden de transférer l'appel vers les quartiers de Hirin.

Après avoir communiqué avec l'Administration des quais de Mars et organisé le transfert des marchandises, je remarquai que Lanar n'avait pas parlé de Mère. Il me demandait généralement, de façon très détournée, si j'avais réussi à trouver une piste, même si je crois qu'il avait, pour sa part, abandonné depuis longtemps l'espoir de la retrouver.

Je tentai d'oublier de détail. C'était une courte conversation, il était pressé... Cependant, cette observation accentua la douleur sourde dans ma poitrine, ce doute détestable qui m'incitait à croire que peu importe mes efforts, jamais je ne la retrouverais.

Chapitre 7
Assaillants décédés et autres cas de mortalité

Je terminais ma séance matinale de tae-ga-chi lorsque Rei m'interpella par le système de comms. Nous étions à sept jours de la Terre, à deux jours de l'espace de Jupiter et du tunnel vers MI 2 Eridani.

— Un bon endroit pour larguer notre marchandise indésirable, conseilla-t-elle. La seule chose visible sur les sondes est un gros astéroïde; si je calibre correctement le système, je peux le balancer directement là-bas.

Je me demandais si quelqu'un d'autre à bord était aussi dévoré que moi par la culpabilité à l'idée de larguer un corps embarrassant de cette façon. Bon, d'accord, il s'était introduit par effraction sur mon vaisseau, m'avait attaquée et avait essayé de voler mes secrets génétiques. Toutefois, méritait-il vraiment d'être expulsé sans plus de cérémonie sur un astéroïde anonyme dans l'immense vide de l'Espace proche? Cela me faisait tiquer. Je me sentais encore coupable d'avoir menti à Lanar à ce sujet et je m'inquiétais de voir à quelle vitesse la nouvelle de la disparition de l'inconnu s'était répandue vers les planètes voisines de la Terre. En revanche, nos options étaient limitées. Il reposait pour l'instant dans les confins réfrigérés de la capsule 2, mais il y était depuis déjà une semaine et il ne pouvait pas y rester éternellement.

— Bon, Rei, donne-moi vingt minutes et je serai sur le pont.

Elle se mit à chantonner quelques mesures mélancoliques de ce que je devinai être une marche funèbre érienne, puis rigola et interrompit la communication. Je n'aurais pas dû être surprise. Rei trouvait un aspect comique à presque toutes les situations et en inventait un au besoin. Avec vigueur.

Je me glissai hors de ma combinaison moulante d'exercice et tirai des vêtements d'un tiroir. Le tae-ga-chi n'est pas un exercice qui me laisse toute en sueur, mais il me force à prendre conscience de mon esprit et de mon corps à un tel point que je bouge au ralenti pendant un moment, après coup. J'étais à moitié habillée lorsqu'on cogna à la porte de ma cabine.

La voix de Hirin appela : « C'est moi, Capitaine ».

— Entre, Hirin.

Il pénétra dans la cabine et referma rapidement la porte derrière lui. Lorsqu'il vit l'état de mes vêtements, ou plutôt leur absence, il me lança un regard étonné.

— Je te jure, si seulement j'avais vingt ans de moins...

— Tu serais quand même tout ridé, gloussai-je, m'avançant pour poser un baiser sur sa joue. Ses bras m'enserrèrent dans une étreinte étonnamment forte et il bougea la tête pour m'embrasser sur les lèvres. Son baiser me surprit par son ardeur.

Lorsqu'il me relâcha, mon pouls était considérablement plus élevé que pendant mon entraînement. Je reculai, surprise, et le regardai d'un air soupçonneux.

— Hirin Paixon, te sentirais-tu mieux par hasard?

Il éclata de rire, puis répondit : « Honnêtement, Luta, je ne sais pas. Je me sens plus fort que lorsque j'étais sur Terre, tu ne peux même pas imaginer la différence. Le docteur Ndasa m'a d'ailleurs fait un commentaire à ce sujet, hier. »

Je l'examinai attentivement, recensant les changements qui étaient lentement survenus en lui depuis notre départ de la Terre, une semaine plus tôt. Non seulement se tenait-il plus droit, mais sa démarche avait perdu ce glissement caractéristique et son visage semblait plus épanoui. Sa respiration semblait plus profonde et elle n'était plus sifflante. C'était comme si la version délavée avait retrouvé ses couleurs.

D'accord, la gravité artificielle du vaisseau n'atteint que 80 % de celle de la Terre et l'air est plus riche en oxygène, mais ces détails ne pouvaient pas vraiment expliquer toutes ces différences... non? Cela me semblait un changement incroyable en seulement sept jours.

— A-t-il une explication?

— Je ne sais pas. Il m'a demandé s'il pouvait faire quelques examens. Je crois qu'il veut commencer aujourd'hui.

— Et le virus?

Hirin haussa les épaules.

— Je vais lui demander s'il peut trouver ce qui se passe actuellement. Lorsque j'ai décidé de venir ici, je n'avais pas l'intention de m'en inquiéter, je comptais laisser les choses aller, jusqu'à la fin. Mais maintenant... J'aimerais comprendre ce qui a changé.

— Moi aussi.

Je finis de m'habiller en vitesse. J'avais réussi à me faufiler dans la chambre de Hirin à quelques reprises depuis notre départ de la Terre et nous dormions blottis l'un contre l'autre, savourant le plaisir de pouvoir être ensemble à nouveau. Toutefois, si la santé de Hirin continuait de s'améliorer... une de ces visites nocturnes pourrait comporter un nouvel aspect.

Lorsque nous quittâmes ma cabine, Hirin se dirigea vers la galerie, afin de rejoindre le docteur Ndasa pour une tasse de thé, alors que je me mis en route vers le pont. Le reste de l'équipage était là, une fête d'au revoir impromptue pour une persona non grata.

— Il est dans sa boîte, dans le tube largueur, prêt pour le départ, lança avec Baden un sourire moqueur à mon arrivée.

— Mais pourquoi est-ce que vous trouvez ça si drôle? répondis-je d'un ton cassant. Cet homme est mort. Il ne part pas en vacances.

Tous se turent.

— Rei, vérifie les calculs et réglons tout ça. Je veux en finir au plus vite.

— D'accord, Capitaine, dit-elle. Tout est prêt. Tu veux que j'active le radiophare de la boîte?

Je réfléchis. Il était, somme toute, peu probable que nous voulions vraiment retrouver cet astéroïde-là à nouveau. En fait, je me disais que si je ne le revoyais jamais, je n'en serais que plus heureuse. Mais les radiophares émettent un signal plutôt faible et il fallait connaître les codes de calibration pour le détecter. Il arrivait que des vaisseaux perdent des boîtes de marchandises de temps à autre, alors le radiophare pouvait être utile pour les retrouver, mais ce n'était pas comme si tout vaisseau passant à proximité pouvait le remarquer et enquêter pour trouver la source.

— Oui, vas-y, Rei. Expulse-le dès que tu es prête.

Il fallut moins d'une minute pour que l'image de cette boîte de marchandise à l'aspect anodin flotte à l'écran, alors qu'elle s'écartait du côté du vaisseau. L'astéroïde que Rei avait visé comme lieu d'atterrissage était suspendu au loin, une forme ronde grêlée suivie d'une pluie de petites roches. Nous contemplâmes la scène tandis que la boîte glissait silencieusement dans le vide, en route vers sa dernière demeure. J'étais sur le point de m'en détourner lorsqu'elle disparût. Quelqu'un émit un hoquet de surprise. Je clignai des yeux.

— Mais qu'est-ce... s'exclama Viss.

— Rei, trouve cette boîte, ordonnai-je.

Ses doigts voletèrent sur la console pendant quelques secondes, puis elle annonça : « Je n'arrive pas à la localiser. Elle n'est plus ici. »

— Mais elle doit bien se trouver dans les parages, répliqua Yuskeya. Tu as ajusté les paramètres pour le radiophare?

Elle s'assit à l'un des écrans de sonde et lança plusieurs balayages, un à la suite de l'autre. Puis, elle se recula et laissa tomber ses mains sur ses cuisses, ses yeux noirs confus.

— *Okej*, elle n'est vraiment pas ici.

— Tunnel cosmique? suggéra Viss, mais Yuskeya secoua la tête.

— Nous serions au courant s'il y en avait un si près. Merde, on serait presque à l'intérieur. Et sans un moteur de saut, la boîte aurait simplement été rejetée presque immédiatement.

Baden claqua des doigts.

— Peut-être pas, si c'est un trou cosmique.

Il s'installa et donna rapidement une série de commandes à la console de communications.

— J'ignorais qu'il y avait des trous cosmiques dans le coin, s'étonna Rei.

— Oh, je ne le savais pas et je crois que personne n'est au

courant, en fait, répondit Baden, tout sourire. Si j'en trouve un nouveau, je peux le nommer.

— Si ça mène à un endroit utile, lui rappela Yuskeya. Les trous de communications ne servent pas à grand-chose s'ils portent ton message dans un système inexploré comme Zeta Tucanae.

— Hé, tu veux bien ne pas gâcher mon plaisir? Attends au moins que nous en soyons certains.

— Excusez-moi, interrompis-je en m'éclaircissant la voix. Votre Capitaine est juste ici! Quelqu'un veut-il bien m'expliquer comment une boîte de marchandise d'une longueur de trois mètres peut disparaître dans un trou cosmique? Parce qu'on dirait que c'est ce que vous êtes en train de dire et je n'ai jamais entendu parler d'une telle situation. Je pensais que ces trous ne servaient qu'à transmettre des messages.

— Grosso modo, c'est le cas, expliqua Baden sans lever les yeux de son écran, mais certains d'entre eux sont suffisamment larges pour que de petits objets ou des boîtes puissent s'y glisser. Et tu as raison, c'est très rare. En plus, ils ne fonctionnent pas comme les tunnels cosmiques, c'est vraiment un phénomène complètement différent. Ils semblent avoir une force interne qui tire des deux côtés et qui permet un flot continu jusqu'à la fin du tunnel. C'est pourquoi la matière Krasnikov n'est pas nécessaire pour les stabiliser. Et ça explique aussi pourquoi les messages peuvent y voyager si rapidement sans être corrompus, même si ce n'est pas aussi rapide qu'un vaisseau traversant un tunnel.

— Merci, Baden. Maintenant, tu peux me dire où va ce tunnel? Et particulièrement, où il a mené notre fort peu regretté invité?

Il me regarda avec un sourire narquois.

— Pas encore. J'ai envoyé une sonde virtuelle, mais elle doit traverser le trou, recueillir des données à l'autre extrémité, rebondir sur la boîte et revenir de ce côté du trou pour qu'on puisse vérifier les résultats. Je n'en saurai pas davantage d'ici là.

— Combien de temps ça prendra?

Tout cela me semblait bien incertain.

— De dix secondes à une semaine, répondit Baden.

— Une semaine? On ne peut pas rester ici une semaine!

Baden secoua la tête.

— Non, je ne crois pas que ce sera si long. Il faut une semaine pour recevoir un message par le trou cosmique qui relie MI 2 Eridani et le système Keridre et Gerdrice, mais ce délai est attribuable à la distance dans le système. Je m'attends à ce qu'on en apprenne davantage au sujet de ce trou beaucoup plus rapidement que ça.

À quel point tenais-je vraiment à savoir où cette damnée boîte était passée? C'était le cœur de la question. Je poussai un soupir.

— Une journée, tranchai-je. Nous ne pouvons pas attendre plus d'une journée pour cela. Rei, maintiens cette position durant vingt-quatre heures. La boîte n'a aucun signe distinctif, alors il serait impossible de faire un lien avec nous de toute façon. Je peux attendre une journée pour voir si Baden aura l'honneur de baptiser un trou cosmique, mais pas plus longtemps.

Je tournai les talons et quittai le pont avant que quiconque ne passe un commentaire ou ne se plaigne. Tout d'un coup, je ne voulais que m'esquiver et réfléchir, au moins pour un moment. Un des principaux problèmes des voyages dans l'Espace proche sur un vaisseau marchand, c'est qu'il semble si petit après quelques jours... Ma cabine mesurait bien quatre mètres et demi par près de trois et elle était plus grande que celles des passagers ou de l'équipage, mais on s'y sentait tout de même incroyablement à l'étroit, parfois. La galerie était plus grande, mais rarement déserte. Je la dépassai, Hirin et le docteur y riaient en buvant un thé; je continuai pour descendre dans l'écoutille et atteindre le pont de l'Ingénierie.

C'était un des endroits les plus vastes du vaisseau, mais il était fort probable que Viss reviendrait sous peu, alors je poursuivis ma descente. J'arrivai finalement à un pont de métal suspendu au-dessus de la cale 4. C'était ma cachette lorsque je voulais réfléchir. C'était le plus grand espace vide du vaisseau, plus de six cents mètres carrés, et c'était une sensation divine.

L'expulsion du corps de mon mystérieux assaillant m'avait poussée à penser à des choses que j'avais préféré ignorer depuis notre départ de la Terre. Que me voulait vraiment PrimaCorp? Bon, bien entendu, ils voulaient savoir si mon corps contenait quelque chose dont ils pouvaient revendiquer la propriété intellectuelle. Mais quoi? Je croyais avoir une réponse, ou du moins une théorie que les événements récents m'avaient aidée à étayer. Ici, dans ce relativement vaste et tranquille entrepôt, je voulais me pencher sur la question.

Les faits? D'abord, je ne vieillis pas. Lorsque j'ai atteint la cinquantaine, j'ai demandé à mon docteur de m'examiner de toutes les façons possibles et inimaginables. Le résultat l'avait laissé bouche bée. « Luta, tu es en excellente forme pour une personne de cinquante ans », m'avait-il dit. Nous savions tous les deux, toutefois, que c'était un euphémisme sans pareil. Si ce n'était que moi, je n'aurais peut-être pas fait le lien avec ma mère, mais Lanar affichait ce même air de jeunesse éternelle. Ça me semblait logique. C'est à ce moment que j'ai commencé à la chercher avec plus d'empressement.

En outre, je ne tombais jamais malade. Le virus du messager électronique n'était qu'un exemple parmi tant d'autres. Hirin et moi avions tous deux été exposés de la même façon au virus qui l'avait laissé dans un si mauvais état sur Vileyra. Je m'en étais tirée sans une égratignure. Pas de rhume, jamais eu la grippe, aucune infection, rien.

Si je n'étais pas immunisée contre les blessures, j'étais à tout le moins protégée. Les fumées toxiques n'avaient jamais endommagé mes organes respiratoires, les poisons étaient évacués de mon système sans aucun effet, les coupures et les ecchymoses disparaissaient d'elles-mêmes en une ou deux journées. Je n'avais jamais mis mon corps à l'épreuve d'une blessure vraiment grave, comme une brûlure au plasma ou une collision, mais j'ai été tentée à quelques reprises de le faire, juste pour voir le résultat. Par chance, ma curiosité n'a jamais eu le dessus.

Je ne pouvais pas nier que quelque chose me protégeait, quelque chose à l'intérieur de moi, et que ce n'était pas un mécanisme naturel du corps humain. J'avais deux théories à ce sujet. Au début, je croyais que c'était lié à l'accouchement, parce que j'avais cessé de vieillir après avoir donné naissance à Maja. Toutefois, le fait que Lanar semblait bénéficier de la même protection réfutait cet argument. Ma deuxième idée, c'est que ma mère y était pour quelque chose et qu'elle avait, d'une manière qui dépassait mon entendement, activé cette protection pour nous deux, Lanar et moi. Même dans cette situation, aucun test sanguin ou d'ADN n'avait révélé quoi que ce soit qui sort de l'ordinaire, pas même les premiers tests que j'avais permis à PrimaCorp de réaliser.

Pourtant, Baden avait découvert cette étrange « entité » lorsqu'il avait fait un balayage pour le virus. Une entité qui était difficile à déceler, qui se rendait invisible immédiatement après avoir été observée, qui apparemment pouvait changer son apparence moléculaire à volonté. Peut-être pour éviter d'être repérée? Ce que je traînais dans mon corps avait plus de soixante ans, mais peut-être la technologie avait-elle finalement rattrapé ce que ma mère avait créé alors. L'entité trouvée par Baden me poussait à me demander si ce progrès était attribuable aux admirables petits robots que nous appelons biopilleurs. Ils existaient depuis au moins la moitié du vingt et unième siècle, dont des robots protéines qui pouvaient endiguer les effets de certaines toxines, comme les gaz neurotoxiques. Les recherches avaient progressé à une vitesse fulgurante pendant un certain temps, permettant de créer des biopilleurs pour contrer le cancer et d'autres maladies précises, sans oublier les nanobiopilleurs pour la guérison des traumatismes. C'est à ce moment que la Guerre chronienne a mis un frein à toutes les recherches. Une fois la guerre terminée, les techs ont fait un lent retour tout au long des trente quelques années qu'a duré la Rétrogression. Tout d'abord, nous étions trop occupés à essayer de sauver l'espèce de l'extinction pour vraiment nous demander combien de temps nous pourrions vivre si cette damnée guerre se terminait, puis nous fûmes trop pris à être reconnaissants d'être encore en vie et à réfléchir sur notre propre salut. La technologie semblait être une des choses qui nous avait mis en mauvaise posture en attirant l'attention des Chrons, il valait mieux éviter ce domaine pendant un certain temps...

Enfin, nous sommes revenus à ces fameuses questions : comment pouvons-nous prolonger la vie de notre corps? Comment le garder en santé, le réparer et lui permettre de durer plus longtemps? C'est à ce moment que ma mère entre en jeu. J'imagine qu'elle avait réussi à faire une percée qui, pour une raison ou pour une autre, l'a forcée à se séparer de PrimaCorp. Qui a poussé notre famille à vivre comme des fugitifs. Une percée que Nicadico et son traitement Longévité ont tenté de reproduire, avec des résultats désastreux.

L'intrus qui s'est faufilé à bord du Tane Ikai cherchait à

obtenir des échantillons de mon ADN, du sang et des tissus, si on se fie à son techmod. Et s'il avait espéré y trouver quelque chose de plus, pas ces informations précisément, mais quelque chose d'autre qui pourrait s'y cacher? Quelque chose comme un nanobiopilleur datant de plus de soixante ans, capable de faire toutes les choses que ses prédécesseurs pouvaient faire, et bien plus, simultanément? Un tel mini-robot vaudrait une véritable fortune pour quelqu'un qui pourrait l'analyser, le désassembler et découvrir ses secrets...

Il pourrait répondre à beaucoup de questions. C'était sensé. Ce n'était toutefois que des hypothèses.

Il était plus important que jamais que je mette la main sur ma mère. Peu importe ce que c'était, c'était elle qui avait probablement injecté cette entité dans mon corps. Et elle était la seule personne capable de m'expliquer ce qu'elle pouvait vraiment faire et combien de temps elle pouvait durer.

Si on avait planifié pour moi une vie « éternelle », j'aimais mieux pouvoir m'y préparer. Si ce n'était pas le cas, j'aimerais bien savoir quelle était la date d'expiration de cette entité. La médecine et les miroirs n'étaient pas parvenus à me dire quoi que ce soit d'utile.

La voix de Baden dans les comms du vaisseau interrompit mes réflexions.

— Capitaine, pourrais-tu venir sur le pont? J'ai reçu des nouvelles de notre trou cosmique.

Je poussai un soupir. Peu importe combien de temps je consacrais à ressasser ces questions, les réponses ne se trouvaient simplement pas dans ma tête.

— J'arrive immédiatement.

Je commençai l'ascension pour atteindre le pont et à mi-parcours, je remarquai que je chantonnais. Cette mélodie avait un ton particulièrement lugubre dans l'écoutille. Perplexe, je réfléchis pendant un moment, tentant de me rappeler à quel endroit j'avais entendu cette chanson. Soudainement, je me souvins. C'était la petite marche funèbre qui avait fait rigoler Rei plus tôt dans la journée.

Je repris mon ascension, en silence cette fois.

Chapitre 8
Questions de trous cosmiques, de tunnels et de vide au cœur

— Nous l'avons reçu!, jubilait Baden alors que j'arrivais sur le pont. L'excitation illuminait son visage.

— Le signal de ta sonde?

Il opina.

— Et tu ne devineras jamais où se trouve l'autre extrémité de ce trou.

— Tu as parfaitement raison, je n'en ai aucune idée. Alors, dis-moi.

— C'est dans le système Keridre-Gerdrice! Il n'existe qu'un seul autre trou fiable vers ce système et il est toujours surchargé. De plus, ce trou est à des années-lumière des planètes habitées, alors la transmission des messages prend une éternité. Si celui-ci est stable, je vais être célèbre! J'ai même obtenu des données provenant de Nellera, alors le point de sortie n'est vraiment pas loin des planètes du système.

Je tentai de ne pas froncer les sourcils.

— Est-ce que ça veut dire que notre boîte est sortie à proximité d'un monde habité ?

— Oui, mais je ne m'inquiéterais pas à ce sujet. Personne ne remarquera le radiophare et, même si c'était le cas, il n'y a aucun signe distinctif qui permet d'établir un lien entre nous et la boîte, ou même avec le corps. À moins que quelqu'un ne la trouve et fasse une recherche dans la base de données gouvernementale de l'Espace proche, mais vraiment, quelle est la probabilité que ça se produise?

— Peu probable, convins-je, même si j'avais quand même un doute. Je lui souris. Alors, comment vas-tu le nommer?

— Je ne sais pas encore. Il faut que j'y réfléchisse. Son visage se fendit d'un sourire malicieux. Je pensais le nommer en l'honneur de Rei, puisque c'est un trou de communication et que personne ne parle autant que...

Il se pencha pour éviter le coup qu'elle lui balançait.

— Oh, tu n'auras pas à t'inquiéter de mon envahissant bavardage, dit-elle avec hauteur. Capitaine, pourrais-tu demander à ton agent de communication s'il a terminé ce qu'il voulait faire ici ou si nous devons rester immobiles indéfiniment pendant qu'il se vante de sa découverte?

— Non, répondis-je. Les membres de cet équipage ne sont pas autorisés à ignorer leurs collègues lorsqu'ils sont en devoir. Ordres du capitaine. Rei, rétablis notre itinéraire dès que Baden a terminé les lectures ou les balayages dont il a besoin. Je vais à la galerie, question de prendre un thé et de parler à des adultes, pour une fois.

La seule personne que je trouvai lorsque j'arrivai dans la galerie était le docteur Ndasa, complètement absorbé par la tablette posée devant lui. Il ne leva les yeux qu'après que je me sois servi un chai bien chaud et que je me sois assise devant lui à la table.

— Oh, bonjour, Capitaine, dit-il d'un ton distrait, les yeux toujours rivés à l'écran. Je regardais justement les données que Hirin m'a confiées lors de mon entrevue avec lui, sur Terre. Je n'avais pas fait d'examen, mais sa condition s'est considérablement améliorée, si j'en juge mes propres observations.

J'approuvai.

— Oui, j'ai remarqué la même chose. Vous avez une idée de ce qui a causé ce regain?

— J'ai quelques idées, oui, mais rien de concret, dit-il. La gravité moins prononcée et l'atmosphère plus riche à l'intérieur du vaisseau y sont probablement pour quelque chose. Il mange sûrement mieux, qu'on parle de qualité même de la nourriture et des effets d'avoir une compagnie plus stimulante avec qui partager ses repas, mais il est impossible de dire exactement ce qui se passe. Même maintenant, nous ne sommes pas certains de comprendre tous les effets des voyages interplanétaires sur le corps, humain ou visilien. La plupart des scientifiques se demandent comment gérer les effets indésirables... Maintenant, je crois qu'il pourrait y avoir des aspects positifs que nous avons sous-estimés.

— Ce serait merveilleux.

Je me rappelai Hirin lorsqu'il était plus jeune... Lorsque nous étions ensemble.

— Il m'a raconté au sujet du virus. Nous en avons discuté lorsque nous étions sur Terre et à nouveau lorsque nous avons commencé le voyage. Je suis curieux de savoir si le voyage interstellaire a une incidence sur son évolution dans le corps de Hirin. Cela pourrait être une information précieuse.

Son visage illuminé semblait être une version extraterrestre de celui de Baden, quelques minutes plus tôt. Je pris une petite gorgée de mon thé prudemment. Le thé embaumait les épices et était presque trop chaud pour être bu. Je sentis la chaleur descendre dans ma gorge, comme un chatouillement.

— Il a mentionné que vous aimeriez faire quelques tests.

— Oui. Vous ne m'en voudrez pas si j'utilise les installations de votre infirmerie? J'ai remarqué qu'elle était bien équipée, davantage que les simples sondes médicales à fonction unique et les bandes soignantes que l'on voit d'habitude.

— Aucun problème. Je crois qu'un des propriétaires antérieurs du Tane Ikai souffrait de problèmes de santé et il a veillé à ce que le vaisseau soit équipé pour répondre à d'autres besoins que les simples urgences médicales.

Je parlais de Hirin, mais je n'avais aucune intention de le lui dire.

— Je vous remercie, Capitaine. Il sourit d'un air timide, la peau ambrée autour de ses yeux se plissant. Je suis surpris de trouver que le voyage interstellaire est plus... ennuyeux que ce que je croyais, pour être parfaitement honnête.

J'éclatai de rire.

— On ne peut pas constamment traverser des tunnels et s'émerveiller devant des nébuleuses, docteur. Nous aurons suffisamment d'excitation bientôt, nous ferons notre premier saut demain et nous n'aurons ensuite qu'une semaine de voyage avant de traverser la Fissure.

Il sirota son thé et frissonna. Le liquide s'était probablement refroidi bien avant que je n'arrive.

— Bien, il y a plusieurs formes d'excitation, ne croyez-vous pas, Capitaine? Je ne peux pas dire que j'ai particulièrement hâte à cette partie du voyage, maintenant, même si ça semblait incroyablement fascinant lorsque j'étais sur Terre.

— Moi non plus, acquiesçai-je en terminant mon thé, puis je repoussai ma chaise. Attendez avec intérêt de voir l'autre côté de la Fissure, docteur. C'est du moins ce que je vais faire.

Nous arrivâmes au trou qui nous mènerait hors du système Sol juste passé midi, heure du vaisseau, le lendemain. Bien qu'il n'y ait pas vraiment de cycle jour et nuit dans l'espace, nous avions instauré un système suivant les heures de la Terre, ou de toute autre planète ayant une rotation similaire, question de préserver notre rythme biologique autant que possible. Les humains semblent avoir une grande difficulté à s'adapter à une journée de six heures ou de quarante heures. Nos rythmes circadiens sont enracinés depuis trop longtemps dans nos gènes pour être réajustés en moins de deux siècles de voyages interstellaires.

Rei arrêta le vaisseau à une bonne distance du point noir presque invisible qui marquait l'entrée du tunnel. Comme n'importe quel tunnel, c'était difficile à percevoir. En fait, on ne saurait jamais les trouver sans les sondes qui nous indiquent où regarder. C'est comme chercher un chat noir par une nuit sans lune, ou encore une ombre sur la pupille de l'œil. Le relais de communication, installé quelques centaines de mètres plus loin, était toutefois une balise difficile à manquer.

Traverser les tunnels normaux est devenu une façon de voyager tout ce qu'il y a de plus banale, même si c'est toujours intéressant de voir la réaction des passagers qui font leur premier saut. Ils sont toujours les bienvenus sur le pont, dans la mesure où ils ne nuisent pas à l'équipage. C'est le seul endroit dans le vaisseau qui soit doté d'un bon écran. Même pour le voyageur invétéré, l'intérieur d'un tunnel est toujours une source d'émerveillement.

C'est vraiment un endroit magnifique. Toute la radiation absorbée par le tunnel est pulvérisée en hautes fréquences et réagit avec la mince couche de matière Krasnikov générée par le moteur de saut pour maintenir le tunnel ouvert. Cela entraîne un maelström de couleurs changeantes à couper le souffle, comme si une centaine d'arcs-en-ciel tourbillonnaient autour de nous. Lorsque le moteur démarre et que le vaisseau se met à rebondir d'un côté à l'autre du tunnel, l'effet est étourdissant. Plus d'un repas a été rendu lors de sauts... Bien sûr, les rayons X et les gammas nous tueraient instantanément si les champs protecteurs cessaient de fonctionner, mais nous évitons de mentionner ces détails aux passagers.

Hirin et le docteur Ndasa s'étaient tous deux joints à nous sur le pont pour observer le saut. Hirin souriait comme un enfant et le docteur semblait nerveux, sa peau dégageant à nouveau cette odeur de pamplemousse. J'étais heureuse d'avoir Hirin à mes côtés. S'il devait avoir un problème à la suite du saut, je voulais qu'il soit près de moi. Il vint et se tint derrière ma chaise flottante pendant que l'équipage s'affairait à terminer les derniers préparatifs.

— Je n'aurais jamais cru que je verrais un autre tunnel, murmura-t-il. Merci, Luta.

Je tournai la tête pour lui sourire et je constatai qu'il avait les larmes aux yeux.

— Tu es le bienvenu, soufflai-je. Maintenant, retourne t'asseoir près du docteur, avant que tu ne me pousses à ruiner notre mascarade!

Je me retournai vers l'écran. Il serra mon épaule et s'éloigna à grands pas pour aller s'installer près du Visilien.

— Les rapports de sonde indiquent qu'il n'y a aucun autre vaisseau dans le tunnel ou à proximité de la sortie, annonça Rei. Nous commençons la séquence du moteur de saut.

Elle me jeta un regard pour obtenir mon approbation et dès qu'elle le reçut, elle nous propulsa dans le tunnel.

Peu importe le nombre de sauts qu'on a fait dans notre vie, la beauté irréelle de l'intérieur d'un tunnel est toujours aussi saisissante. J'observai du coin de l'œil la réaction du docteur, une fois la bouche du tunnel fermée derrière nous et les couleurs du tunnel dansant au-dessus de nos têtes. Il fixait l'écran, absorbé, sa bouche légèrement ouverte, approuvant du chef un commentaire que Hirin lui faisait. Ses longs doigts enserraient l'accoudoir de sa chaise flottante tandis que le premier bond nous projeta de l'autre côté du tunnel, mais c'était tout.

Hirin me regarda et me fit un clin d'œil, alors je cessai de m'inquiéter à son sujet. Une minute plus tard, nous étions dans le système MI 2 Eridani, en direction d'Eri, la seule planète habitée du système et également le lieu de naissance de Rei. Nous ne resterions qu'une journée sur Eri pour y décharger des marchandises et refaire le plein de carburant, puis nous reprendrions notre voyage vers le GI 892.

Nous étions sur le point de quitter Eri lorsque Maja nous rattrapa. Je sais très bien que j'eus l'air perplexe lorsque Baden m'annonça : « Communication directe pour toi, Capitaine. Maja Tacan. »

— Quoi? Où est-elle?

Ce ne pouvait pas être une communication directe si Maja était encore dans le système Sol. Mon cœur s'emballa violemment dans ma poitrine. Si Maja était ici, ou suffisamment près de nous pour envoyer une communication directe, quelque chose allait mal.

— Maja Tacan, le message provient du du P. Keinen, quai 34.

Baden se tourna à demi dans sa chaise flottante, me jetant un regard perplexe.

— Quelque chose ne va pas, Capitaine?

Je secouai la tête.

— Non, Baden, tout va bien. C'est... C'est la fille de Hirin. Il est endormi, je vais prendre la comm dans mes quartiers. Connexion sécurisée.

J'avais les genoux qui flanchaient alors que je me dépêchais vers ma cabine.

— Maja? Que se passe-t-il? demandai-je dès que je vis son visage apparaître à l'écran.

— Bonjour Capitaine, dit-elle.

Son visage affichait cet air décidé que je connaissais bien. Elle n'avait aucune envie de se quereller avec moi aujourd'hui. Peu importe ce qui l'avait poussée à venir ici, c'était important. Pourtant, elle ne semblait pas bouleversée.

— C'est une connexion sécurisée, Maja, je suis seule dans

mes quartiers. Où es-tu?

— Je suis sur Eri, Mère. Tout va bien. Comment se porte papa?

Je savais bien qu'elle n'avait pas parcouru toute cette distance, elle qui détestait tant les voyages stellaires, juste pour me demander des nouvelles de son père.

— Il se porte bien, Maja. En fait, sa santé s'est améliorée depuis qu'on a quitté la Terre. S'il te plaît, peux-tu me dire pourquoi tu es venue ici?

Elle prit une profonde inspiration, clairement audible par la comm directe.

— J'ai décidé... J'ai décidé que je voulais être là, avec papa. À la fin. J'aimerais venir avec vous, si tu as un peu de place.

Sa voix était sèche. C'était difficile pour elle de me demander un service.

— Maja, tu détestes les voyages interplanétaires!

— Je sais. C'est sans importance.

— Et Taso, qu'en pense-t-il?

Maja secoua la tête, pinçant les lèvres jusqu'à ce qu'elles ne soient plus qu'une mince ligne avant de répondre.

— Taso et moi sommes séparés depuis six mois, Mère. Le divorce devrait être officiel bientôt. Ça ne le concerne pas.

Je l'observai. Je ne dis pas « Merde, mais pourquoi ne m'as-tu rien dit? », parce que je savais très bien la raison. Je lui demandai plutôt si son père était au courant.

— Je ne voulais pas l'inquiéter. Il semblait si fragile...

Sa voix s'éteignit, mais ses yeux étaient braqués sur les miens. Ma fille avait une volonté de fer que j'admirais lorsqu'elle ne s'obstinait pas à l'utiliser contre moi. Peut-être que je n'avais pas amélioré la situation en acceptant et en imitant son attitude froide et distante.

— Et le travail?

— Absence autorisée, répondit-elle. Ce ne sera pas un problème.

Je lui souris, soulagée que les nouvelles ne soient pas si dévastatrices.

— D'accord, tu sembles avoir pensé à tout. Viens à bord, Maja, nous pourrons en discuter. Il y a de la place pour toi si tu veux venir avec nous. Ton père sera content de te voir et je pense que tu auras une belle surprise lorsque tu le verras.

Je fis semblant de ne pas remarquer le doute dans ses yeux lorsque je coupai la communication. Étant donné que l'heure de notre départ approchait, je passai la tête par la porte du pont avant d'aller visiter Hirin.

— Léger retard pour tous les préparatifs. Il semble que nous aurons un passager supplémentaire. Yuskeya, puisque le docteur Ndasa occupe les deux cabines orientées vers le couloir, peux-tu aller jeter un coup d'œil aux cabines donnant sur l'espace, voir si elles sont présentables?

— Aucun problème, Capitaine. Devrais-je m'en occuper immédiatement?

— S'il te plaît.

Rei me jeta un regard interrogateur et fronça les sourcils. Elle devrait attendre pour obtenir une explication, toutefois.

— Rei, tu peux vérifier l'inventaire et t'assurer que nous ayons suffisamment de ressources pour une autre bouche? Nous ne devrions pas attendre très longtemps, elle était déjà au port spatial, alors tout le monde, soyez prêts pour le départ, *okej*?

Je m'élançai ensuite dans le corridor pour atteindre la chambre de Hirin avant que qui que soit ne me pose des questions. J'ouvris la porte doucement, comme si je m'attendais à ce qu'il soit endormi, mais il était debout au centre de sa petite cabine, les bras et le corps bougeant au rythme fluide du tae-ga-chi. Il s'interrompit lorsqu'il m'aperçut, tout sourire.

— Je me souviens de ma routine, s'écria-t-il fièrement. Et maintenant, je peux la faire à nouveau.

— Hirin, c'est merveilleux! Mais nous avons de la compagnie.

Ses yeux se réduisirent à une mince fente, il ressemblait à un bulldog féroce et rabougri.

— PrimaCorp?

Je secouai la tête.

— Maja.

— Que... Maja est ici?

— Sur Eri, oui, et en route vers le Tane Ikai. Je viens de lui parler. Elle nous a suivis parce qu'elle ne voulait pas être loin de toi... à la fin.

Hirin ferma les yeux et secoua doucement la tête.

— Maja déteste les voyages dans l'espace.

Je fis quelques pas pour le serrer dans mes bras.

— Mais elle t'aime.

Hirin poussa un soupir.

— Elle t'aime aussi, Luta.

— Peut-être, admis-je en reculant d'un pas. Peu importe. Elle arrive bientôt. Tu veux que je l'amène ici?

Il réfléchit pendant quelques secondes.

— Non, je ne crois pas que ce soit une bonne idée. Elle ne verra pas le même homme à qui elle a dit adieu sur Terre. Je ne suis pas un invalide et je crois que j'aimerais mieux la rencontrer dans la galerie. Elle pourrait changer d'idée lorsqu'elle me verra.

— Ou ça renforcera sa position. Si elle veut venir avec nous, je ne l'en empêcherai pas.

— Non, moi non plus, acquiesça-t-il. Mais ça risque de compliquer les choses.

— C'est toujours le cas.

Je posai un baiser sur sa joue et m'en allai à la rencontre de ma fille, qui arriva dix minutes plus tard.

— *Saluton,* Mère, me salua-t-elle, une fois le dispositif de verrouillage du sas arrière ouvert et après avoir vérifié que j'étais seule.

— Bonjour, Maja, répondis-je avec un sourire prudent. Je n'arrive pas à croire que tu aies fait tout ce chemin.

Elle haussa les épaules.

— Ça me semblait être la bonne décision. Et je n'avais aucune raison de ne pas le faire.

— Je suis désolée, pour Taso.

Maja acquiesça.

— Je savais que tu le serais. Tu l'as toujours aimé.

Ce n'était pas ce que j'avais voulu dire, mais je décidai de ne pas réagir, sachant bien qu'un jour, il faudrait que je cesse d'ignorer ses remarques perfides. Je voulais lui poser des questions au sujet de son mariage, lui offrir de l'écouter si elle voulait en parler, mais nous n'avions plus ce genre de relation depuis longtemps. Nous avions passé dix secondes ensemble sans nous quereller et j'avais la ferme intention de prolonger ce cessez-le-feu aussi longtemps que possible.

— Bien, ton père t'attend dans la galerie. Je fis un geste vers le corridor. Par là.

— Je sais, Mère, j'habitais ici, tu te souviens?

Je ravalai une réplique et la suivis en silence le long du couloir. Quinze secondes...

Hirin était assis à la grande table, deux tasses de double caff posées devant lui. Il ne se leva pas lorsque nous arrivâmes dans la pièce. J'imagine qu'il ne voulait pas trop surprendre Maja. Son apparence, à elle seule, devait être un choc.

— Bonjour, ma chérie, l'accueillit-il d'une voix ferme et au timbre puissant, si bien que Maja s'arrêta soudainement dans le milieu de la pièce. Que se passe-t-il?

Je glissai silencieusement le long du mur pour pouvoir observer leurs visages. Elle le regardait d'un air perplexe.

— Papa? Tu... Tu sembles être en bonne forme.

Il opina.

— Je me sens beaucoup mieux, Maja, tu ne peux pas deviner.

Elle traversa la pièce pour atteindre la chaise où il était installé et s'assit à ses côtés, se penchant brièvement pour lui faire un câlin. Puis, elle posa la main sur sa joue.

— Tu as l'air plus en santé.

— Regarde ça.

Il repoussa la chaise avec aisance, se leva, droit comme un homme n'ayant pas la moitié de son âge, marcha d'un pas assuré jusqu'à l'un des gros fauteuils et s'y cala. Il croisa les jambes et posa ses bras sur les accoudoirs, visiblement fier de lui-même.

— Qu'en penses-tu?

Maja secoua la tête, émerveillée par la petite scène qu'il avait concoctée, et se tourna vers moi.

— Que lui as-tu fait? interrogea-t-elle, ses yeux saphir assombris par le doute.

— Rien.

Je haussai les épaules.

— Le docteur Ndasa pense que ça pourrait être en raison de la gravité moins intense et un air plus riche. Une meilleure nourriture. Ou autre chose. Vraiment, nous ne sommes pas certains.

— Mais tu aurais dû le ramener sur Terre pour que ses docteurs...

Elle s'interrompit lorsqu'elle vit l'expression de Hirin. Maja se réinstalla sur la chaise et croisa les bras.

— Alors j'imagine que tu penses que ça me fera changer

d'idée et que je retournerai à la maison.

Hirin se leva et retourna à la table.

— Tu es la bienvenue, si tu le veux, Maja, répondit-il. Mais si tu venais pour assister à des funérailles, tu risques d'être déçue. Non, vraiment, trésor, si tu préfères retourner à la maison, je crois que tu auras au moins l'esprit tranquille. Je ne suis plus si sûr que ce sera mon dernier voyage.

Maja me jeta un regard et je me contentai de hausser les épaules.

— Ta décision, Maja. Nous avons une cabine libre si tu veux, mais je suis d'accord avec ton père. Ce ne sera probablement pas le voyage auquel tu t'attendais. Et je sais que tu n'aimes pas ce type de voyage...

Je pouvais lire l'expression sur son visage avant même qu'elle ne prononce un seul mot.

— Je ne comprends pas ce qui se passe, commença-t-elle lentement, et j'ai des doutes. Tu pourrais tomber malade à nouveau, papa. Je veux quand même venir. Je peux payer ma cabine, peu importe le prix que tu demandes d'habitude.

— Chérie, l'argent n'a pas d'importance. Ma famille est toujours la bienvenue sur le Tane Ikai.

Étonnamment, elle ne sembla pas insultée.

— *Okej*, approuva-t-elle.

— Par ici, alors. Nous nous préparions à partir lorsque j'ai reçu ton message.

Nous passâmes par la porte au fond de la galerie pour atteindre les cabines ayant vue sur les étoiles. Ce sont les cabines que Maja et Karro avaient occupées lorsqu'ils étaient petits. J'aurais préféré qu'une cabine de l'autre côté soit disponible, afin que Maja ne m'accuse pas de l'infantiliser, mais je repoussai cette pensée. Ces cabines sont vides et Maja arrivait sans avertissement. Je la laissai choisir, toutefois.

— Ce sont les deux seules qui soient libres, mais tu peux choisir celle que tu préfères, annonçai-je.

À mon grand soulagement, elle ne fit aucune remarque et choisit son ancienne chambre. Elle ouvrit la porte et je la suivis à l'intérieur de la pièce. Comme toujours, Yuskeya avait été efficace : la chambre semblait aussi propre et invitante que possible pour une cabine de vaisseau marchand.

— Je demanderai à Baden d'amener tes bagages.

— Rien de mieux que d'être à la maison... J'imagine que je dois t'appeler Capitaine? s'enquit-elle, regardant autour d'elle et évitant mon regard. Papa et toi jouez encore cette petite mascarade?

— Tout le monde sait que tu es la fille de Hirin. Seule Rei sait qui je suis par rapport à vous, expliquai-je d'un ton neutre. Oui, ton père et moi aimerions que tu joues le jeu.

Ses yeux se braquèrent dans les miens, les siens aussi froids que le vide sidéral qui nous entourait.

— On dirait que tout ce que cette famille fait, c'est garder des secrets. J'imagine que « la famille est toujours la bienvenue » est assujetti à bien des conditions.

— Je préfère croire que la famille répond à certaines attentes...

Je choisis mes mots avec soin.

— Ton père et moi, nous avons décidé ensemble que c'était la meilleure solution pour nous. Je te demande simplement de respecter ce choix.

— Comme tu as toujours respecté mon opinion?

— Je respecte ton opinion, mais je ne la partage pas toujours.

Je pris une profonde inspiration.

— Maja, écoute. Je n'ai aucune envie de me quereller avec toi. Je sais que nous avons parfois des différends, mais ça ne veut pas dire que je pense que tu as systématiquement tort.

Je poussai un long soupir et m'appuyai contre la porte.

— Est-ce que tu veux vraiment qu'on se dispute maintenant?

Maja soupira à son tour et s'assit sur le lit. J'eus l'impression qu'elle retenait ses larmes, mais je n'en étais pas certaine.

— J'imagine que non. C'est juste que je n'aime pas la situation du tout, résuma-t-elle. Je pensais que j'étais prête à affronter la mort de papa. Je suis venue ici pour ça, même si je savais que ce serait difficile. Maintenant, les choses ont changé à nouveau et qui sait si ça va durer?

— Je n'en ai absolument aucune idée. Mais pour l'instant, je préfère vivre un jour à la fois. Pour le bonheur de ton père, j'aimerais qu'on essaie de s'entendre.

Je ne peux pas dire qu'elle sourit, mais ses traits s'adoucirent et elle acquiesça.

— Nous pouvons essayer, approuva-t-elle, même si elle ne

semblait pas convaincue.

— Défais tes valises, nous parlerons plus tard, conclus-je.

Je la quittai sur cet accord de paix temporaire.

Rei me lança un regard compatissant lorsque je passai la tête par la porte du pont pour demander à Baden de s'occuper des bagages de Maja. Je devinai qu'elle avait appris qui était notre nouveau passager. Je souris et haussai les épaules. Pour l'instant, je me contentais d'encaisser les coups.

Je dois admettre que Maja fit tous les efforts possibles pour s'entendre avec l'équipage du mieux qu'elle le pouvait. Elle accepta gracieusement l'offre de Baden de visiter le vaisseau, puisqu'elle pouvait difficilement lui expliquer que c'était en fait la maison de son enfance; elle se présentait à l'heure pour tous les repas et se tenait loin du pont. Hirin me raconta qu'elle avait tenté de le dorloter pendant les quelques premiers jours, mais qu'elle semblait finalement persuadée qu'il pouvait prendre soin de lui-même. Elle jouait des parties de quozit avec Yuskeya dans la galerie, discutait politique avec Viss et riait aux blagues de Baden.

Elle ne me parlait pas beaucoup, mais c'était juste sa façon d'éviter les conflits. Elle ne fit rien qui puisse révéler la nature de notre relation. En revanche, Hirin s'inquiétait pour elle.

— Elle semble distraite, Luta, me confia-t-il quelques jours après notre départ d'Eri, alors que nous étions seuls dans la galerie pour dîner. Elle est inquiète...

— Elle s'inquiète pour toi, lui rappelai-je. J'ajoutai quelques tomates réhydratées à nos salades et lui tendit un plat. C'est pour ça qu'elle est venue ici.

— Non, je pense qu'il y a autre chose. Elle essaie encore de me dorloter de temps à autre, mais en général, je pense qu'elle a finalement compris que je me sens mieux. T'a-t-elle dit quelque chose à propos de Taso?

Je m'installai à la table et il tira la chaise à côté de moi. Je secouai la tête.

— Qu'un résumé de la séparation. Nous ne sommes pas exactement portés sur les confidences mère-fille, au cas où tu ne l'aurais pas remarqué.

— Elle ne m'a pas donné de détail non plus. Tu penses que je devrais lui parler?

Je lui souris et poussai un soupir.

— Non, je pense que je devrais essayer de lui parler. Je suis sa mère. J'imagine que j'essayais de repousser le moment... Je ne sais pas si elle me parlera de Taso. Il est plus probable qu'elle se fâche.

Hirin plaça une main sur la mienne.

— Peut-être pas. Peut-être a-t-elle besoin d'en parler à quelqu'un. Elle sera peut-être touchée que tu lui poses la question.

Je tirai ma main de sous la sienne et lui caressai le bras.

— Je pensais que tu n'étais plus sénile.

— Très drôle. Les gens changent, tu sais.

— Bon, ça vaut la peine d'essayer. Et si ça tourne mal, je te promets de ne pas te balancer un « je te l'avais bien dit ».

J'attendis une journée avant d'aller la trouver. Elle lisait dans sa cabine.

— Je peux entrer, juste quelques minutes? demandai-je lorsqu'elle ouvrit la porte.

Elle haussa les épaules et retourna s'asseoir sur le lit.

— J'imagine. Papa va bien?

— Il va bien.

Je fermai la porte derrière moi et m'installai sur la chaise du bureau.

— Maja, je voulais te parler de Taso. Comment vas-tu?

— Je vais bien. Tu penses sûrement que c'était ma faute.

— Non, et je ne veux pas être indiscrète. Ce sont des choses qui arrivent, mais ce n'est jamais facile. Je voulais seulement savoir comment tu t'en tirais.

Je souris.

— C'est l'instinct maternel.

Elle hésita, baissant les yeux sur sa tablette.

— On s'est juste perdus de vue, je crois. Et alors, il a trouvé quelqu'un d'autre.

Je n'étais pas certaine de sa réaction si j'essayais de la prendre dans mes bras, alors je restai assise.

— Chérie, je suis vraiment désolée.

— Elle est pas mal plus jeune, ajouta Maja. L'histoire typique, j'imagine.

Elle pinça les lèvres et je me demandai ce qu'elle avait été sur le point de dire. Je fis un signe de la tête.

— Tout est arrangé, alors? La maison?

— Il ne la voulait pas, alors on a séparé les choses de sorte que je puisse la conserver, répondit-elle. L'argent n'était pas un problème. J'ai pris congé de l'école pour ce semestre, je ne voulais pas que ma situation personnelle influence la façon dont j'enseigne aux enfants.

Je souris.

— Tout est sous contrôle, comme toujours.

Elle soupira.

— Sauf les choses que j'aimerais contrôler. C'est tout ? Je vais bien, vraiment, mais... Merci de me l'avoir demandé.

— Bien, c'est ce que font les mères, s'inquiéter au sujet de leurs enfants.

J'ignorais si elle était sincère ou si elle disait ça pour se débarrasser de moi, mais peu importe, je n'avais pas l'intention d'argumenter. C'était la première conversation sans confrontation depuis très longtemps et je ne voulais pas tenter le destin.

— Je suis contente de savoir que tu vas bien. Si tu veux parler, tu sais où me trouver. On se voit au souper.

Une fois à l'extérieur, je poussai un long soupir. Voilà qui n'était pas mal du tout et elle semblait aborder sa rupture avec cette attitude imperturbable qui lui était caractéristique. Finalement, ce voyage ensemble pourrait s'avérer salutaire pour nous deux. Si Maja et moi pouvions tenir quelques autres conversations comme celle-ci, nous pourrions nous entendre. Je ne voulais pas me faire de faux espoirs, toutefois, et cela n'expliquait pas ce qui la préoccupait. Enfin, si quelque chose la préoccupait. Hirin avait peut-être juste senti son inquiétude constante à son égard. Je lui raconterai notre conversation, décidai-je, il pourra décider par lui-même. S'il pensait encore que quelque chose la troublait, il pourrait tenter sa chance à son tour pour découvrir ce que c'était. Pour ma part, je n'avais pas envie de prendre ce risque.

Partie 2

— Espace proche

Chapitre 9
Du corps, de l'esprit et des autres secrets bien gardés

Maja se terrait dans sa cabine lorsque nous fîmes le saut de MI 2 Eridani vers le système inhabité GI 892, boudant, je crois, car elle s'était disputée avec Hirin; elle lui reprochait sa présence sur le pont durant le saut. Elle pensait que c'était trop dangereux, alors qu'il en riait et lui avait dit qu'il se sentait suffisamment bien pour piloter le vaisseau lui-même. À part ce petit heurt, trois jours avaient passé et nous étions confortablement installés dans notre routine. Vers le milieu de l'après-midi, nous arrivâmes à proximité de la Fissure.

Viss et Rei s'affairèrent, pendant un certain temps, à passer en revue tous les systèmes possibles du vaisseau : stabilisateurs, intégrité de la coque, moteur de saut, systèmes de plasma, générateurs de champs protecteurs, propulseurs directionnels et probablement une douzaine d'autres choses. Pendant ce temps, Yuskeya vérifiait les calculs se rapportant à tout ce qui était connu de la Fissure et saisissait ses analyses dans l'ordinateur de navigation.

Hirin était sur le pont avec eux. Il s'était mérité une place parmi l'équipage, étant le seul à avoir piloté un vaisseau dans la Fissure dans le passé, même s'il y avait de ça plus de trente ans.

Les générateurs de saut et le générateur de champ Ford-Roman n'avaient apparemment pas beaucoup changé depuis, car il discutait de points techniques avec Rei et Viss et semblait parfaitement à l'aise. Assise à la station de commandement, je l'admirais discrètement. Tous les changements survenus étaient positifs, il semblait maintenant aussi près de mourir que n'importe qui à bord du vaisseau.

Maja était dans sa cabine, prétendant ne pas être intéressée par ce qui se passait, mais je m'attendais à ce que le docteur et elle se pointent le bout du nez avant que le moteur de saut ne soit mis en marche.

J'essayais tant bien que mal de ne pas gigoter comme un ver et je devinais, par le regard compatissant qu'il me jeta, que Baden partageait mon impatience. Nous n'avions rien pour nous tenir occupés pendant que nous attendions et le suspense était difficile à supporter. Je ne fus pas surprise lorsque le docteur Ndasa apparut dans le chambranle qui menait au pont.

— Puis-je rester ici avec vous? demanda-t-il timidement, tiraillant le bout de sa longue tresse autour de son doigt. C'est quelque peu... stressant, attendre là-bas, sans savoir ce qui se passe.

— Je comprends tout à fait, lui dis-je, me tournant dans mon siège et lui adressant un sourire chaleureux. Je comptais vous contacter avant le saut pour vous offrir de vous joindre à nous sur le pont. Pour l'instant, nous avons encore des vérifications à terminer, mais vous pouvez vous mettre à votre aise à l'une des stations libres.

Comme je l'ai déjà dit, j'ai déjà traversé la Fissure, dans le passé. Toutefois, étant donné que j'étais aux prises avec un extraterrestre — un pirate lobor qui tentait de m'étrangler — et que j'entendais Hirin jurer parce qu'il ne pouvait pas quitter les commandes pour m'aider à me débarrasser de mon assaillant, je ne peux pas vraiment témoigner de l'apparence de la Fissure. Tout ce que j'en sais, c'est que ce n'est pas un tunnel comme les autres. Apparemment, c'est tout ce que Hirin avait remarqué à l'époque, puisque son attention était, pour sa part, divisée entre piloter un vaisseau et observer sa femme se battre contre un pirate extraterrestre. J'avais hâte de faire ce saut, j'espérais pouvoir laisser les autres faire tout le travail pendant que j'admirais le spectacle qui se déroulait sous nos yeux.

Rei s'installa à son poste à nouveau et prit une profonde inspiration.

— Je pense que nous sommes prêts, déclara-t-elle, se tournant vers moi et me décochant un sourire. Ça risque d'être intéressant.

Je soulevai un sourcil.

— Pas trop intéressant, j'espère. Amène-nous de l'autre côté sains et saufs et ce sera suffisamment d'amusement pour moi, je te remercie.

— Pas de problème, Capitaine! lança-t-elle en me faisant un salut irrévérencieux.

— Viss? demandai-je.

Il opina.

— Aussi prêt que possible. Le vaisseau, je veux dire. Il est en bon état, pour ce que j'en sais. Je vais surveiller les systèmes à l'aide de la console d'ingénierie, ici.

Il sourit.

— Je préfère ne pas être coincé en bas, sur un pont inférieur, et rater tout le plaisir.

— Yuskeya?

— Tout est prêt. Toutes les données que nous possédons ont été compilées et téléchargées dans les ordinateurs de nav et les compensateurs du moteur de saut.

Hirin gloussa.

— Lorsque j'ai piloté à travers la Fissure, commença-t-il avec un ton de vieux grincheux, nous sommes arrivés dans ce secteur à toute vitesse, nous avons lancé les générateurs de champs immédiatement. Nous n'avions pas vraiment de données sur le tunnel, juste des rumeurs, et j'ai dû tout faire moi-même pendant que l'équipage devait s'occuper... Devait régler une urgence. Rei est une pilote *perfekta* et ce vaisseau est en excellent état. Allons-y, assez perdu de temps!

— J'imagine que je n'ai rien à ajouter, après ça, conclus-je en souriant. J'espère que tu es toujours aussi chanceux, mon vieux. Vas-y, Rei. Droit devant.

Rei et Viss s'affairèrent à leurs stations tandis que le vaisseau reprenait vie avec son grondement caractéristique. Le ronronnement du moteur de saut remplaça bientôt le battement réconfortant du moteur principal. Après un moment, le son se transforma en bruit d'arrière-plan, mais durant les premières minutes suivant le démarrage, on aurait cru que le vaisseau était envahi par une horde d'abeilles géantes de mauvais poil. On pouvait facilement deviner que quelque chose d'inhabituel était sur le point de se produire. C'était généralement à ce moment que les passagers arrivaient sur le pont.

Juste à ce moment, Maja pénétra sur le pont et, lorsque Hirin lui fit signe de s'approcher, elle fit glisser une chaise flottante d'une console vide pour la tirer à ses côtés sans mot dire. Nous commençâmes à avancer vers le tunnel, le trou noir où les étoiles ne brillent pas mais s'assombrissent à notre approche. De l'extérieur, la Fissure ressemblait à n'importe quel autre tunnel.

La différence était toutefois évidente une fois dans la bouche du tunnel. Le tunnel qui s'étirait et se courbait devant nous affichait le même tourbillon de couleurs d'un côté, mais le côté opposé présentait une sorte de voile grisâtre à peine visible, à la fois opaque et éthéré. Le tout me donnait un vertige qui était complètement différent de celui provoqué par la beauté irréelle des autres tunnels. C'était plutôt comme se tenir sur le bord d'un précipice alors que la falaise est sur le point de s'écrouler.

— Tout est réglé pour un trajet de cent quatre-vingts degrés, annonça Rei, un léger tremblement à peine discernable dans la voix. Je lance le générateur de matière Krasnikov à plein régime.

On aurait dit que nous descendions une colline enneigée sur un traîneau : la moindre hésitation lors de la descente et nous risquions d'être propulsés hors course. Nous bondissions sur la paroi du tunnel comme un caillou sur un lac, en ricochet sur la moitié translucide et tentant de défier la gravité.

— Les moteurs sont à plein régime, indiqua Viss. Pas de problème.

Les couleurs étaient magnifiques, mais je ne pouvais pas détacher mes yeux de cette section grise qui annonçait une mort presque certaine. Elle me semblait presque douce, invitante. Je m'efforçai de regarder ailleurs. Ma curiosité suicidaire semblait resurgir, mais j'avais bien d'autres vies à protéger, pas seulement la mienne.

Nous glissions le long du tunnel à pleine vitesse, maintenant, et les couleurs se brouillaient en un mélange presque pénible à observer. J'entendis le docteur Ndasa émettre un hoquet, mais je ne me tournai pas vers lui.

— Rei? Comment ça va?

Ses mains voletaient sur l'écran tactile comme des petites araignées frénétiques, faisant de légers ajustements sans arrêt pour nous empêcher de faire un bond fatal sur cette moitié grise.

— *Okej...*

On aurait dit que ses dents étaient soudées.

— Le vaisseau s'obstine à vouloir faire un saut complet. Difficile de le maintenir à cent quatre-vingts degrés.

— Devrait-on réduire la vitesse?

Elle secoua la tête en signe de négation.

— Non, je crois que ça empirerait la situation. Je ne sais pas exactement comment la gravité du tunnel nous affecte.

Un tremblement secoua soudainement le Tane Ikai, juste un petit tremblement, mais quiconque connaissait ce vaisseau l'avait ressenti. Viss se mit à ajuster les systèmes. Je me tournai et vit que Maja tenait la main de Hirin, son visage semblait presque fantomatique dans la lumière vive du pont. Mes propres doigts s'enfonçaient douloureusement dans l'accoudoir de la chaise. Je dus faire un effort pour les relâcher. À chaque bond, nous semblions nous approcher davantage de la bordure de la paroi colorée, mais c'était peut-être seulement un tour que me jouait mon imagination et je ne voulais pas mettre plus de pression sur Rei.

— Combien de temps? demanda Rei.

Je lui jetai un coup d'œil et remarquai que sa peau, sous ses pridattii, était très pâle.

— Probablement à moitié du trajet, lui répondit Baden.

Les muscles de sa mâchoire semblaient contractés. Pour un homme comme Baden, l'inaction était incroyablement pesante dans ces moments cruciaux. À cet égard, il ressemblait beaucoup à Hirin, songeai-je. Cette constatation provoqua un élancement sourd en moi.

— Luta, hoqueta Hirin soudainement.

Je me tournai vers lui. Son visage était couleur cendre, le même gris que cette demi-paroi dans le tunnel. Il tenait sa poitrine d'une main et le bras de Maja de l'autre. Maja le dévisageait, la bouche ouverte. Les crises cardiaques surviennent de temps à autre lors de sauts. Ces mots horribles s'imprimèrent clairement dans mon esprit.

— Hirin!

Je plongeai hors de ma chaise vers lui. Le docteur et Yuskeya n'étaient qu'une fraction de seconde derrière moi.

— Luta?

C'était Rei, dont la voix trahissait l'angoisse.

— Ne t'occupe pas de nous! hurlai-je. Veille à ce que le vaisseau reste stable.

Nous installâmes Hirin confortablement hors de sa chaise, sur le sol métallique froid du pont, le docteur Ndasa défit sa chemise. Maja ne disait rien, mais agrippait toujours la main de son père. Yuskeya se releva et lutta contre les forces inexorables qui la tiraient, s'efforçant d'atteindre l'infirmerie.

— Son pouls est erratique, dit le docteur Ndasa.

L'odeur métallique de son inquiétude contredisait le calme de sa voix.

— Je... pas respirer, murmura Hirin entre deux hoquets. Trop serré...

— Papa... croassa Maja.

— Tout va bien, Hirin.

Je saisis son autre main. Elle était glacée.

— Nous sommes là pour t'aider, murmurai-je en regardant le docteur Ndasa, pleine d'espoir, mais ses yeux sombres étaient indéchiffrables.

Yuskeya se rua sur le pont et se laissa tomber à genoux à nos côtés. Je n'avais aucune idée ce qu'elle et le docteur tentaient de faire, penchés ainsi sur Hirin. Une sonde médicale. Un balayage. Un injecteur à médicament. D'autres dispositifs dont j'ignorais le nom.

Les yeux de Maja croisèrent les miens pendant une seconde, assombris par la peur et par quelque chose que je préférais ne pas nommer. Je ne pouvais pas laisser aller la main de Hirin, même si la faiblesse de sa poigne me terrifiait. Je devais être complètement folle, croire que je pouvais supporter cette situation. Lorsque je regardai Hirin à nouveau, je pus lire dans son regard une irrévocabilité, de l'amour et du regret. Il se portait mieux! Ce n'était pas juste!

— Luta!

Quelque chose n'allait pas. Rei criait.

Puis je le sentis. Le vaisseau vibrait comme si nous entrions dans une atmosphère trop rapidement, avec la mauvaise inclinaison.

— Que se passe-t-il?

— La force centrifuge est trop forte. Je n'arrive pas à nous maintenir le cap à cent quatre-vingts degrés!

— Il le faut!

— Vingt secondes, Rei, s'écria Baden. Juste vingt secondes de plus!

— Je n'y arrive pas! Nous échouerons de l'autre côté dans deux bonds, à ce rythme!

— Viss? Tu peux faire quelque chose?

Il ne me répondit pas immédiatement.

— Viss!

Ses mains ne cessaient pas de s'agiter sur la console d'ingénierie, mais il secoua la tête.

— J'essaie! Rien ne fonctionne.

Hirin souffla quelque chose. Yuskeya se pencha au-dessus de lui.

— Quoi?

— Le moteur principal, répéta-t-il plus fort d'une voix rauque. Fermez-le.

— Nous ne pouvons pas fermer le moteur principal, objecta calmement Viss. Le frein nuirait aux sauts et j'ignore ce que ça ferait au vaisseau.

— Rei?

— Aucune idée, répondit-elle d'une voix plus affolée que jamais. Le vaisseau se romprait probablement en morceaux.

— Non, répliqua Hirin légèrement plus fort. Le générateur de plasma a commencé... un flux de résonance avec le moteur de saut. C'est ça, le problème. Il faut... il faut le fermer. Maintenant.

Il tenta de sourire, mais le résultat ressemblait davantage à une grimace.

— Fais-moi confiance.

Je lâchai la main de Hirin et me levai, me balançant en tentant de résister aux forces qui tiraient le vaisseau.

— Viss, fais ce que Hirin suggère.

— Mais Capitaine...

— Ferme-le, bordel! Maintenant!

Il ne dit rien de plus et sa main n'hésita pas lorsqu'il saisit la commande pour fermer le moteur principal. La vibration cessa immédiatement et le vaisseau se propulsa vers l'avant à une vitesse encore plus rapide.

— Hé!

Les mains de Rei continuaient à voleter sur la console, mais je pouvais deviner par cette exclamation qu'elle avait repris le contrôle du vaisseau et de sa peur. L'arc des bonds diminua peu à peu et, dix secondes plus tard, nous étions expulsés du tunnel dans le vide étoilé du système Delta Pavonis.

— Aidez-moi à le transporter à l'infirmerie, ordonna Yuskeya, plaçant les bras de Hirin contre sa poitrine pour faciliter le déplacement.

Je tremblais tellement que je savais bien que je n'arriverais pas à supporter son poids, aussi laissai-je Baden me pousser gentiment de côté pour prendre la place. Maja tenait toujours la main de Hirin et refusait de me regarder. Avant de les suivre, je plaçai une main sur l'épaule de Rei. Elle tremblait également.

— Bon travail.

Elle secoua la tête en signe de négation.

— J'ai presque perdu la tête.

— Ce n'est pas de ta faute. Tu nous as fait traverser, nous sommes en un seul morceau.

— Et Hirin?

— Je ne sais pas. Il est vivant et nous sommes sortis du tunnel.

Elle frissonna.

— Si...

— Je sais. Mais il voulait venir. Yuskeya et le docteur Ndasa prendront soin de lui. Il voulait venir...

— Oh, Luta, murmura-t-elle, ses yeux dorés versant des larmes qui glissèrent le long des magnifiques entrelacs sombres sur ses joues.

— Je sais, Rei, répondis-je, les larmes aux yeux. Je sais.

Une semaine plus tard, Hirin était toujours vivant. Il était toutefois extrêmement faible, avait le souffle court, tremblait sans arrêt et était épuisé en permanence. Le docteur prescrivit un repos complet, mais ce n'était pas nécessaire, Hirin aurait difficilement pu faire plus de quelques pas seul. Maja prit soin de lui sans arrêt tandis que Yuskeya et le docteur veillaient, à tour de rôle, à ses besoins médicaux immédiats et essayaient de comprendre ce qui se passait dans son corps. Il avait subi une sorte d'attaque, le résultat d'une étrange poussée du virus à notre entrée dans la Fissure. Mais il n'y avait pas vraiment d'explication. Même le docteur Ndasa était, dans l'ensemble, mystifié.

J'attendais encore que la colère de Maja à mon endroit éclate, mais cette fois, rien. Elle ne disait pas grand-chose et ses yeux brûlaient parfois lorsqu'elle me regardait, mais aucune querelle. C'était inquiétant. Finalement, je le mentionnai à Hirin alors que je mangeais en sa compagnie dans sa cabine.

— Qu'est-ce qui se passe avec Maja?

— Que veux-tu dire? demanda-t-il en s'efforçant de s'asseoir dans le lit.

— Je veux dire qu'elle n'a pas essayé de m'arracher la tête pour t'avoir fait traverser la Fissure.

Je m'installai sur le côté du lit et lui tendis le bol. Il le prit d'une main tremblante.

— Cette fois, me confia-t-il avec son sourire caractéristique malgré sa voix chevrotante, je dois avouer, j'y ai mis mon grain de sel.

L'effort de parler l'avait épuisé, toutefois, et il se pencha pour que je reprenne le bol de ses mains. Je pris une cuillerée du bouillon épicé de couleur safran et la portai à ses lèvres.

Tu lui as demandé de ne pas se fâcher contre moi?

Il avala et hocha la tête.

— Je ne me rappelle pas que tu aies réussi ce genre de petit miracle dans le passé, lui fis-je remarquer, préparant une nouvelle cuillerée de bouillon. Comment l'as-tu convaincue?

Hirin avala prudemment avant de me répondre.

— Je lui ai dit que si j'apprenais que vous êtes en froid, commença-t-il avant de prendre une longue inspiration, cela me tuerait probablement.

Je le dévisageai, quelque peu interloquée. Je n'avais jamais vu Hirin utiliser ce genre de chantage émotionnel dans le passé. Il haussa les épaules.

— Je me suis dit que si j'avais encore un peu de temps à vivre, je ferais mieux de l'utiliser pour vous forcer toutes deux à vous comporter de façon civilisée, se justifia-t-il.

Il prit quelques profondes respirations, rassembla ses forces.

— Vous pourrez reprendre vos chamailleries une fois que je serai mort.

Je pinçai les lèvres, ravalant mes larmes.

— Bien, je ne peux pas dire que j'accepte ton discours défaitiste, mais je te remercie. Au point où on en est, je me fous de ses raisons, je suis juste trop fatiguée pour m'inquiéter à d'autres sujets.

Hirin prit ma main, même si son étreinte était incroyablement faible.

— Luta, j'aimerais tant que vous appreniez à vous entendre. Vous serez seules lorsque...

— Je sais, je sais, l'interrompis-je. Je ne veux pas t'entendre le répéter, encore et encore.

Je me penchai pour poser un baiser sur son front ridé.

— Continue à dire des choses positives à mon sujet, si tu le peux. Maja pourrait t'écouter, un de ces quatre.

— Je ferai de mon mieux, murmura-t-il, fermant les yeux pour une autre sieste.

Je m'en fus à la recherche du docteur pour lui demander, probablement pour la centième fois, s'il avait trouvé quelque chose de nouveau. Il était en compagnie de Yuskeya, buvant un triple caff dans la galerie. Il fit l'étrange frétillement qui était pour les Visiliens l'équivalent de secouer la tête.

— Je n'y comprends toujours rien. Les examens que j'ai faits juste avant d'arriver à la Fissure indiquaient que le virus était dormant et l'était probablement depuis que Hirin a quitté la Terre. J'étais sur le point de commencer l'extrapolation des données théoriques pour essayer de trouver une explication.

— Vous croyez vraiment que le seul fait d'être dans l'espace aurait poussé le virus dans un état de dormance? demandai-je, le cœur gros.

Si c'était le cas, j'aurais gardé Hirin sur le Tane Ikai plutôt que de l'installer dans un centre d'hébergement sur Terre. Cependant, à cette époque, il semblait que sa situation ne faisait qu'empirer. Il haussa les épaules.

— J'espérais pouvoir vérifier cette théorie. Cela pourrait être lié aux conditions dans l'espace, ou cela pourrait être les conditions qu'il a quittées sur Terre. Ce sont les deux côtés de la médaille, mais comprendre le lien de causalité pourrait nous donner des informations précieuses qui pourraient s'appliquer à d'autres maladies, ou à des personnes souffrant de ce virus ou d'un virus semblable. Étant donné qu'il s'agit d'un virus synthétique...

— Un virus synthétique? l'interrompis-je.

Les médecins n'avaient jamais mentionné ce détail.

— Qu'est-ce que ça veut dire?

— Le virus qui a infecté Hirin est une entité génétiquement fabriquée, ce n'est pas un organisme qui existe à l'état naturel, m'expliqua-t-il patiemment. En fait, on dirait qu'il s'agit d'une version recombinante de deux virus qui étaient distincts à l'origine auxquels a été ajouté un élément synthétique. C'est la première fois que je pouvais vraiment l'observer, en traitant Hirin depuis... depuis sa rechute, dit-il. Je croyais que vous saviez tout cela.

Yuskeya remarqua prudemment : « Mais je croyais que la fabrication de virus était illégale. »

— Hé bien, oui, ça l'est, confirma le docteur, à moins que cela ne fasse partie d'un projet où la création du virus n'est pas le but ultime et que tout soit détruit une fois le travail terminé. C'est une pratique relativement commune, en fait, et parfois... Bien, parfois, les protocoles ne sont pas suffisamment rigoureux et le virus s'échappe et s'épanouit dans la nature.

— Alors, cela veut dire que ça devrait être plus facile à traiter? demandai-je. Je veux dire, puisqu'on sait de quoi le virus est composé?

Le visage du docteur se fendit d'un mince sourire.

— Oh, si seulement c'était aussi simple! contredit-il. En réalité, c'est pourquoi les virus génétiquement modifiés sont illégaux, à l'exception de leur utilisation dans des conditions strictement contrôlées pour la recherche. Il se trouve que les virus synthétiques sont souvent plus résistants et plus difficiles à traiter.

— Est-ce que son cœur a beaucoup souffert?

J'avais tenté de repousser cette question autant que possible. Yuskeya fronça les sourcils.

— C'est la partie la plus étrange. Son cœur, enfin le muscle en soi, ne semble pas avoir subi de dommages importants et pourtant, sa condition ne s'améliore pas. C'est comme si le virus était enragé maintenant et que tout son corps est affecté.

— Même si nous sommes revenus aux mêmes conditions que lorsque le virus était dormant, ajoutai-je. C'est à n'y rien comprendre.

— Ah, mais nous ignorons si ces conditions sont exactement les mêmes, répliqua le docteur, car nous ne savons pas quelles étaient les conditions en question. Nous sommes dans une autre partie de l'univers, ne l'oubliez pas! Ce qu'on voit par l'écran du vaisseau se ressemble, mais chaque système possède des différences subtiles que nous ne pouvons même pas détecter. Des particules, des rayons, qui sait? Même si nous lançons des sondes et des balayages complexes, il se peut qu'il y ait des choses que nous ne pouvons pas voir.

Cela me semblait assez sinistre.

— Avez-vous la moindre idée de ce qui pourrait l'aider? demandai-je, détestant le ton suppliant de ma voix. Nous sommes presque arrivés à Rhea, nous devons y livrer des marchandises. Je pourrais aller sur la planète et y trouver tout ce dont vous avez besoin...

Le docteur Ndasa hocha la tête lentement, les rides autour de ses yeux se plissant alors qu'il réfléchissait à ma demande.

— Il pourrait y avoir quelques choses, si vous pouvez les trouver, dit-il d'un ton pensif. Je préparerai une liste ce soir.

Les larmes me piquaient les yeux.

— Merci.

Il tendit la main et caressa doucement la mienne.

— Je ne peux pas faire de promesse, rappela-t-il d'un ton grave. Il se peut qu'il n'y ait aucune amélioration.

— Je sais, répliquai-je en clignant des yeux. Mais ça vaut la peine d'essayer.

Maja insista pour se joindre à mon expédition sur Rhea afin d'essayer de trouver tous les objets demandés par le docteur Ndasa. Sa demande me surprit.

— Je pensais que tu préférerais rester ici avec ton père.

Étrangement, elle rougit.

— Oui, mais j'aimerais avoir l'impression de faire quelque chose pour lui, répondit-elle. Ça te dérange si je t'accompagne?

Sa voix avait perdu ce ton belliqueux qu'elle avait dans le passé. Elle me demandait simplement une faveur.

— Non, non, ça ne me dérange pas, acceptai-je. Je serais

contente d'avoir de la compagnie.

Une fois accostés au port spatial à proximité des mines d'Undola, les clients commencèrent à décharger leurs marchandises et nous nous glissâmes sur la voie courante vers la ville. Nous aurions pu louer une navette, mais Maja suggéra que, puisque la journée s'annonçait douce, nous devrions profiter de l'air frais. Nous avions été coincés dans le vaisseau pendant un bon moment, alors j'étais plutôt d'accord avec sa suggestion. Pendant que nous marchions, je sentais une partie de la pression des derniers jours se dissiper dans l'air frais.

La ville était une de ces anciennes cités, une des premières à être fondées après que les humains ont découvert le tunnel menant au système Delta Pavonis et exploré les deux magnifiques planètes Renata et Rhea. L'écorce de Rhea était constellée de riches dépôts d'uranium et la plupart des colonies s'étaient implantées à proximité de centres miniers. Les mines d'Undola, en revanche, s'étaient transformées au fil des décennies pour passer de simple station minière à une large ville cosmopolite. Je n'aurais jamais su où commencer nos recherches pour les produits demandés par le docteur si la ville n'était pas parsemée de petits kiosques électroniques fort conviviaux. J'appuyai ma tablette sur l'écran et l'ensemble de la ville apparut dans ma main, une carte pratique qui faciliterait notre exploration.

Maja n'était pas aussi impressionnée que moi, mais elle était occupée à absorber le paysage qui l'entourait. Il y avait une importante population lobore sur Rhea et Renata et Maja observait les extraterrestres à l'apparence de loup avec un vif intérêt. Il y avait des Lobors sur Terre également, mais il n'était pas si commun d'en croiser un.

— Cesse de les dévisager, murmurai-je.

Elle se tourna vers moi, impatiente, puis aperçut mon sourire et se mit à rire.

— J'imagine que je n'étais pas très discrète. Je n'avais jamais compris ce que je manquais en restant sur Terre durant tout ce temps.

Je consultai ma tablette et nous nous mîmes en route vers une rue plutôt large bordée de boutiques. Des voitures électriques ronronnaient en nous dépassant dans toutes les directions et les trottoirs étaient noirs de monde.

— C'était une chose que ton père et moi adorions, me rappelai-je. Arriver dans un endroit complètement différent de tout ce que nous avions vu dans le passé.

Mauvaise idée. À la mention de Hirin, l'air sembla se glacer, laissant un froid entre ma fille et moi.

— Par ici.

Nous tournâmes dans une ruelle moins bondée, mais quand même vibrante d'activité. Nous trouvâmes l'endroit que nous cherchions rapidement. Le Lobor derrière le comptoir était rapide et professionnel, consultant notre liste sans questions ni commentaires. Je surpris Maja à regarder avec intérêt la peau couleur terre de ses mains et la ligne de la fourrure dense et rousse qui apparaissait lorsque ses manches se retroussaient sur ses poignets, puis fixer ses propres pieds. Il avait presque tous les objets que le docteur demandait, à deux exceptions près.

De retour dans la rue, je consultai ma tablette à nouveau. Nous pourrions, avec un peu de chance, trouver ce que nous cherchions dans une boutique de taille plus modeste dans la liste. C'était de l'autre côté de la ville et trop loin pour y aller à pied, mais le système de voies courantes surplombait les rues bondées. Nous grimpâmes quelques marches pour atteindre la voie courante la plus près. Elles étaient considérablement plus lentes que le trafic, mais c'était tout de même deux fois plus rapide que de marcher.

Maja semblait plus calme, alors je profitai de l'occasion pour essayer de discuter avec elle.

— Tu sembles bien ajustée au voyage spatial, après tout. Ce n'est pas aussi horrible que dans tes souvenirs?

— Ça va.

Elle regardait par-dessus la rampe, observant le trafic sous la voie courante. Je tentai ma chance à nouveau.

— Tu me sembles un peu distraite, par contre, et inquiète. Y a-t-il quelque chose dont tu aimerais parler?

Cette fois, elle se retourna.

— Je suis inquiète pour papa, bien entendu, grinça-t-elle.

Ma fille et son tempérament enflammé.

— Je sais bien, dis-je doucement. Mais il pensait que tu étais préoccupée par autre chose, avant même que nous n'arrivions à la Fissure et qu'il tombe malade à nouveau. Je me demandais si Taso...

Elle fit signe que non de la tête, ses cheveux blonds flottant autour de son visage dans la brise.

— Non, je te l'ai déjà dit, je vais bien. En fait, après un certain temps, c'était... C'était presque libérateur. Nous étions ensemble, mais pas de quelque façon substantielle.

Elle semblait sur le point d'ajouter quelque chose, mais demeura silencieuse.

— *Okej*. Je me tournai légèrement. Je voulais juste être certaine.

Nous poursuivîmes notre chemin en silence. Notre dernier arrêt se trouvait dans une partie bien plus calme de la ville, loin des principales artères. Les rues semblaient un peu plus sombres, pleines de racoins, même si le ciel était clair au-dessus de nos têtes.

Les édifices étaient miteux et difficiles à reconnaître, les ruelles étroites et tordues. Nous marchions lentement, tentant de voir par des fenêtres couvertes de poussière et de déchiffrer les signes écrits en visilien, en lobor et en esper. L'endroit était pratiquement désert, mais je ne me retournai pas pour regarder lorsque j'entendis des pas derrière moi. J'étais absorbée par ma tablette, essayant de trouver la boutique, lorsqu'une paire de bras drapés de noir m'encerclèrent violemment par-derrière. Je sursautai, échappant ma tablette, alors que Maja criait.

Par réflexe, je tentai de donner un coup de pied derrière moi, mais manquai la jambe de mon assaillant et tombai vers l'avant. Il était prêt, toutefois, et ne relâcha pas sa prise. Je fis un nouvel essai, balançant ma tête vers l'arrière pour le frapper dans le visage, mais il évita mon coup à nouveau. J'entendis un ricanement malveillant. Je tournai la tête pour voir Maja. Elle était dans le même état que moi, retenue dans les bras d'un homme vêtu d'une biocombinaison sombre. J'aperçus son visage, mais ne le reconnus pas. Une ecchymose s'assombrissait sous son œil gauche; Maja devait avoir été plus chanceuse que moi pour le frapper. J'étais légèrement surprise de cette constatation, mais je n'eus pas le temps d'y réfléchir. J'eus brièvement l'impression de voir deux ou trois autres silhouettes vêtues de noir. Je sentis un petit objet froid contre ma nuque, puis entendis le claquement d'un injecteur à médicament. Mon champ de vision s'assombrit. Une vague de nausée déferla dans ma poitrine.

J'entendis Maja s'écrier : « Mais qu'est-ce que vous faites?

Pas maintenant! », avant de perdre conscience, me demandant, confuse, ce qu'elle voulait dire.

Chapitre 10
Divers objets volés et retrouvés

J'ignore ce qu'ils m'avaient injecté, mais le but n'était pas de me tuer ni de m'immobiliser pour une longue période — ou peut-être mes mystérieuses défenses internes me protégèrent-elles encore une fois. Je luttai pour reprendre connaissance, comprenant que j'étais ligotée à une plateforme de marchandise, les mains liées devant moi. Pendant un instant, je crus que la plateforme signifiait que nous étions de retour au port spatial, mais je ne reconnaissais pas le bruit rythmique qui résonnait autour de moi; j'ouvris prudemment un œil et constatai que j'étais à l'intérieur d'une sorte d'entrepôt ou d'une usine. L'air était alourdi par une odeur huileuse que je n'arrivais pas à replacer.

Je ne voulais pas trop bouger de peur d'attirer l'attention de mes ravisseurs, mais je pouvais entendre le bruit d'une autre plateforme derrière moi, transportant probablement Maja. Nos ravisseurs marchaient d'un pas léger et ne pipaient mot. Je devinai par le bruit qu'environ cinq ou six d'entre eux étaient encore avec nous.

Finalement, nous nous arrêtâmes et quelqu'un saisit un code sur un pavé numérique fixé au mur. La plateforme se remit en mouvement et pénétra dans une pièce sombre. La deuxième plateforme se logea contre la mienne et quelque chose heurta le sol avec un bruit sourd. J'entrevis la chevelure dorée de Maja avant qu'ils ne ferment la porte, nous laissant dans le noir complet. L'odeur huileuse était moins prononcée ici et le claquement rythmique, assourdi.

Je tentai de m'asseoir et compris que mes chevilles étaient également liées. Un violent étourdissement me saisit lorsque je levai la tête. Je me sentais sur le point de tomber sur le côté à nouveau, mais je relevai la tête et luttai contre la sensation déplaisante. Le seul autre son dans la salle était la respiration stable de Maja. Elle ne semblait pas avoir bougé pour l'instant.

Je touchai mes chevilles pour tenter de deviner ce qui les retenait; je fus déçue de sentir les contours définis et la texture douce de menottes en ultraplas et non pas les bonnes vieilles cordes bourrées de nœuds. Mes poignets étaient sans aucun doute retenus par des menottes également, puisque je ne sentais aucune forme d'attache. Je pris une profonde respiration et glissai sur le bord de la plateforme pour essayer de me lever, titubant légèrement alors que je reprenais mon équilibre. Ce n'était qu'une petite réussite, mais ça me permit de me sentir mieux.

Glissant aussi silencieusement que je le pouvais, je me penchai sur Maja et murmurai son nom. Pas de réaction. Elle gisait sur le côté, son visage tourné à l'opposé de moi, presque en position fœtale. Je tâtai ses poignets et ses chevilles, seulement pour constater qu'ils étaient liés de la même façon que les miens. Je la poussai, gentiment d'abord, puis avec plus de vigueur, mais elle ne semblait pas revenir à elle du tout. Pendant un instant, je craignis que la panique ne m'envahisse. Je me répétai qu'elle allait bien, que sa respiration était stable et normale. Ils avaient dû lui injecter la drogue après moi, ou lui avoir donné une dose plus forte que la mienne. Ou mon entité m'avait permis de me réveiller plus tôt qu'elle.

Cela me prit un moment, mais je me rappelai l'implant-guide de ma biopuce personnalisée : si je parvenais à l'activer, le Tane Ikai saurait que j'avais des problèmes et mon équipage pourrait suivre le signal jusqu'à moi. Je n'avais pas pensé à cet implant jusqu'au jour où Baden m'avait posé des questions à ce sujet, mais ça valait la peine d'essayer. Si l'implant fonctionnait toujours, bien sûr. Baden ne blaguait pas lorsqu'il disait que c'était désuet. Et si l'usine dans laquelle nous nous trouvions n'était pas isolée contre les transmissions. Et s'il y avait quelqu'un sur le vaisseau qui se trouvait sur le pont et entendait l'alarme. Les menottes en ultraplas liaient fermement mes poignets ensemble, je ne pouvais pas atteindre mon avant-bras pour l'activer. Une simple pression, c'est tout ce qu'il me fallait, mais c'était impossible avec ces menottes. Je jurai entre mes dents. Je regardai autour de moi pour trouver quelque chose qui me permettrait d'atteindre l'implant, mais c'était si sombre que je ne voyais rien. Il fallait que je réveille Maja et qu'elle m'aide.

Peu importe à quel point je la secouais, toutefois, elle ne reprenait pas connaissance. Je soufflai à son oreille aussi fort que possible sans attirer l'attention, mais toujours pas de réaction. Finalement, je me faufilai de l'autre côté de la plateforme et me penchai à nouveau au-dessus d'elle, essayant de placer ses doigts engourdis sur mon implant. Si je pressais son doigt suffisamment fort, me dis-je, je devrais activer l'implant-guide. Juste au moment où j'estimais avoir réussi, la porte s'ouvrit, déversant une lumière bleutée sur nous. C'était trop tard pour prétendre être inconsciente, alors je me relevai comme si j'avais simplement essayé de réveiller Maja et fit face à mes ravisseurs en affichant une assurance feinte.

— L'enlèvement est un crime aux termes des Lois élémentaires, vous savez, lançai-je d'un ton désinvolte à la silhouette qui se dessinait dans l'embrasure de la porte.

L'inconnu ne dit rien mais tendit la main vers le mur. Des lumières s'illuminèrent soudainement au-dessus de nos têtes et je clignai des yeux dans la clarté soudaine. Une fois mes yeux ajustés à la lumière ambiante, je remarquai que trois personnes se tenaient dans la pièce avec nous. Tous portaient des biocombinaisons noires, deux hommes et une femme. Je n'en reconnaissais aucun. Un d'entre eux ferma la porte.

Le plus petit des trois, un homme trapu pratiquement chauve dont le peu de cheveux gris étaient parsemés sur le dessus de son crâne et qui arborait une cicatrice dentée sur la lèvre supérieure, tira une chaise d'une console informatique et la poussa vers moi.

— Asseyez-vous, Capitaine Paixon, dit-il. Votre fille et vous pourrez partir dans quelques minutes.

Parce que j'allais le croire? J'hésitai, je détestais l'idée de lui obéir, mais je voyais mal ce que je pourrais faire pour lui résister. Mes mains et mes pieds étaient liés par des menottes en ultraplas, n'importe lequel d'entre eux pouvait me plaquer au sol en une seconde sans même être essoufflé.

— Pourquoi ma fille ne s'est-elle pas encore réveillée? demandai-je en m'asseyant.

— Parce qu'elle n'a pas été inconsciente aussi longtemps que vous, répondit le même homme, détachant un techmod de sa ceinture.

Ce techmod avait quelque chose de familier, mais je ne saisis pas immédiatement pourquoi.

— Elle devrait se réveiller sous peu, ajouta-t-il.

Comme si elle l'avait entendu, Maja remua la tête et émit un grognement.

— Est-ce que vous comptez me dire ce qui se passe au juste? interrogeai-je pour cacher mon soulagement.

— Voyons, Capitaine, je crois que vous le savez déjà.

Il s'affairait sur l'écran de son techmod et j'en profitai pour observer ses deux comparses. Ils se tenaient près de la porte, le visage impassible. L'un deux était l'homme dont l'ecchymose s'assombrissait sous son œil, la peau autour du point d'impact était tendue et enflée. Maja avait probablement réussi à lui asséner un bon coup. L'homme trapu leva les yeux de l'écran et me sourit d'un air malveillant.

— Et si vous ne saisissez toujours pas, votre fille pourra tout vous expliquer lorsqu'elle se réveillera.

Il fit signe à un de ses gardes, la femme se plaça derrière moi et plaqua ses mains sur mes épaules. Le trapu appuya l'extrémité de son techmod sur mon avant-bras et lorsque je penchai les yeux, je compris où j'avais vu ce dispositif. L'assaillant sur le Tane Ikai avait en sa possession le même genre de tablette modifiée. Je ne l'avais vu que quelques secondes avant que Viss ne le prenne pour l'étudier plus en profondeur, mais j'étais certaine que c'était le même type d'appareil. Tout d'un coup, je ressentis la piqûre d'une aiguille à l'endroit où le techmod touchait mon bras. Je me débattis, mais les mains de la femme me tenaient fermement en place et je ne parvins pas à déloger pas l'aiguille.

— Presque fini, dit l'homme, retirant le techmod de mon bras.

Il le déplaça à proximité de ma biopuce, se préparant à y

accéder. Je me souvins que la tablette de Baden avait émis un signal lorsqu'elle avait détecté l'implant-guide. S'il accédait à ma biopuce, il saurait que j'avais activé l'implant. Je devais essayer de le retarder pour donner à quelqu'un de mon équipage le temps de nous trouver. La garde derrière moi avait relâché sa poigne lorsque l'homme avait retiré son techmod; j'en profitai pour me tourner vers le côté, balançant mes poignets menottés vers le techmod. L'impact provoqua un bruit sourd et le techmod vola hors de ses mains avant d'atterrir plus loin sur le plancher, dans l'alcôve d'où il avait tiré ma chaise. Malheureusement, la tablette ne se brisa pas.

Il attrapa mon visage et serra suffisamment fort pour que je sente les larmes me monter aux yeux. J'entendis Maja hoqueter.

— Mère! s'exclama-t-elle, essayant tant bien que mal de s'asseoir. Laisse... Laisse-les faire. Ils nous laisseront partir ensuite.

Je me détournai pour la regarder. Son visage était impassible, mais ses yeux trahissaient sa frayeur. « Votre fille pourra tout vous expliquer lorsqu'elle se réveillera », avait dit l'homme trapu.

— Et comment peux-tu en être sûre? lui demandai-je.

L'homme trapu avait entre-temps retrouvé son techmod et tentait de le régler pendant que les mains de la femme se plaquaient à nouveau contre mes épaules, sa prise était encore plus ferme cette fois. Maja pinça les lèvres et dit rapidement : « Ils veulent seulement des échantillons. Nous pourrons partir ensuite. Je... Ce n'était pas censé se passer ainsi. » Elle fixa l'homme qui, lui, ne lui accordait aucune attention.

— Ils devaient attendre...

— Attendre quoi, exactement?

J'étais surprise du ton calme de ma voix. Elle s'était retrouvée droguée et immobilisée tout comme moi, mais il semblait bien que Maja savait en avance ce qui allait advenir. Je n'arrivais pas à comprendre ce qui se passait.

Je devrais cependant attendre pour obtenir une explication. Le trapu s'avançait à nouveau vers moi, techmod en main, le visage sévère. La femme agrippa mes épaules solidement. Je ne pourrais pas les surprendre une deuxième fois.

L'instant d'après, la pièce fut plongée dans le noir. L'homme jura.

— Va voir ce qui se passe, aboya-t-il en direction de l'homme qui se tenait près de la porte.

J'entendis le déclic du loquet, mais aucune lumière ne se déversa lorsqu'il ouvrit la porte. Le bruit sourd avait également cessé, remarquai-je, laissant l'édifice entier enveloppé par un silence inquiétant.

J'espérais que cela voulait dire que quelqu'un venait à notre rescousse, mais c'était absolument impossible que l'équipage nous ait retrouvées si rapidement, même si j'avais réussi à activer mon implant-guide. J'eus soudain conscience que je retenais mon souffle et je me forçai à pousser un long soupir silencieux.

— Sors d'ici et dis-moi ce qui se passe, se hérissa le trapu.

Tandis que mes yeux s'ajustaient à nouveau à la faible lumière qui luisait dans la large salle adjacente, je vis le garde se diriger vers la porte.

J'entendis un faible bruit sourd à l'extérieur, puis deux rayons de lumière perçante jaillirent dans la pièce, se promenant rapidement et se fixant sur nos deux assaillants.

La voix de Baden lança d'un ton calme : « Ces rayons sont en fait les viseurs de fusils plasma à faisceau concentré. Laissez les dames partir et vous n'aurez pas à vérifier par vous-mêmes si les brûlures au plasma sont vraiment aussi douloureuses qu'on le dit. »

Je ne pouvais pas comprendre comment c'était possible, mais mon corps s'affaissa sous le coup du soulagement.

L'homme et la femme n'avaient visiblement pas l'intention de mourir pour leur cause, contrairement à l'intrus du Tane Ikai. Ils ne bougèrent pas de l'endroit où ils se tenaient, mais la femme relâcha sa prise. Une autre personne se glissa dans la pièce en prenant bien soin de ne pas traverser les viseurs. Quelques secondes plus tard, je sentis la main de Yuskeya sur mon bras. Elle tapota les menottes et s'enquit : « Viss, tu peux rallumer les lumières dans cette pièce? Je dois voir le pavé pour saisir le code de déclenchement qu'un de nos nouveaux amis ici va nous donner. »

— Bien sûr, acquiesça Viss.

Un instant plus tard, la lumière baignait à nouveau la pièce. Les viseurs s'estompèrent sous la lumière artificielle, mais ils étaient toujours visibles, petits points lumineux fixés sur la poitrine de nos ravisseurs. Je remarquai que Viss tenait dans sa main un techmod semblable à ce que l'homme avait utilisé sur mon bras, celui qu'on avait saisi sur le corps de l'intrus. Je ne pus m'empêcher de sourire. Il avait dit que ça pouvait s'avérer utile et, comme toujours, il avait eu raison.

Yuskeya regarda le trapu d'un air entendu et ce dernier cracha le code de déclenchement des menottes.

— Tout va bien, Capitaine? me demanda-t-elle alors que je frottais mes poignets là où l'impitoyable ultraplas les avait liés.

— Nous ne sommes pas blessées.

Je jetai un coup d'œil à Maja alors que Yuskeya saisissait le code pour déclencher ses menottes. Elle évitait mon regard. Je ne me sentais pas bien du tout, sachant que ma fille était d'une façon ou d'une autre impliquée dans cette histoire, mais je voulais bien attendre que nous soyons seules pour régler cette question. Je me levai et arrachai le techmod des mains de l'homme, qui n'offrit aucune résistance.

— Alors, que faire d'eux ? m'interrogea Baden.

— Bien, ce serait vraiment triste de ne pas utiliser ces merveilleuses menottes.

Je les donnai à Yuskeya.

— Et au moins un d'entre eux a un injecteur à médicament qui contient probablement encore quelques doses. Ils étaient plus que trois, toutefois.

Viss me fit signe de la tête.

— On s'en est déjà occupés, Capitaine.

— Tu penses que ce joli techmod peut extraire des noms et des données personnelles de biopuces, Viss? demandai-je.

Il fit un large sourire.

— J'en suis certain, Capitaine.

Tandis que Yuskeya les ligotait solidement, Viss recueillit leurs données.

— Nous avons ici Sylvana Kirsch, Ben D'Epiro et Anshum Chieng, Capitaine, résuma-t-il une fois qu'il eût terminé.

Aucun de ces noms ne m'était familier. Je retrouvai le sac qu'ils avaient jeté dans la pièce avec nous. À l'intérieur se trouvaient ma tablette et les objets que nous avions achetés pour le docteur Ndasa. J'y ajoutai le deuxième techmod et traversai la pièce pour confronter l'homme trapu, assis à son tour sur la chaise que j'occupais quelques instants plus tôt.

Yuskeya avait lié ses mains et ses pieds et tenait l'injecteur près de son cou.

— Une seconde, l'interrompis-je. Je plaçai mon visage près du sien. Préviens tes patrons à PrimaCorp que la prochaine fois, les corps qu'ils trouveront ne seront pas vivants. Tu es chanceux, aujourd'hui, monsieur D'Epiro. Tiens-toi loin de moi et de ma famille.

Il ne répondit pas et je fis signe à Yuskeya avant de quitter la pièce. J'avais l'estomac retourné par une colère si intense que je pouvais goûter la bile qui remontait dans ma gorge. Le reste de l'usine était dans le noir, mais lorsque les autres me suivirent, quelques secondes plus tard, Viss utilisa le techmod pour allumer les lumières à nouveau. Personne ne dit un mot avant de sortir de l'édifice. Viss et Baden chargèrent rapidement leurs armes dans une navette qui attendait à proximité, une Rei au visage anxieux assise dans le siège du pilote. Je grimpai à l'intérieur.

— Je ne comprends toujours pas comment vous êtes parvenus à nous trouver si rapidement. Je n'étais même pas sûre d'avoir activé l'implant-guide et vous êtes arrivés à peine quelques minutes plus tard.

Baden, assis sur le siège avant, se retourna et me fit un sourire, l'air gêné.

— Tu te rappelles lorsque j'ai mis à jour tes protocoles antivirus, après que PrimaCorp t'a envoyé ce virus?

Je fis signe que oui. Rei démarra le moteur de la navette, nous nous élevâmes alors au-dessus de la rue et dépassâmes les voies courantes surélevées.

— Hé bien, je me suis dit que si PrimaCorp avait l'intention de faire des coups bas, je ferais probablement mieux de mettre cet implant-guide à jour aussi. J'ai lié le signal à toutes les tablettes de l'équipage. Dès que tu es tombée inconsciente, nous avons été informés. Nous étions probablement déjà sur le point d'arriver lorsque tu as essayé de l'activer.

Je pris une profonde inspiration. Je voulais le serrer dans mes bras, mais je devais agir comme une capitaine d'abord.

— Et tu n'as pas cru nécessaire de m'informer de ces petites modifications?

— Tu m'aurais dit de ne pas perdre mon temps, rétorqua-t-il en haussant les épaules.

Je souris. Je n'étais pas encore prête à en rire.

— Tu as probablement raison. Merci, Baden. C'est rassurant de savoir que je peux compter sur vous tous.

Maja était assise à mes côtés, mais j'évitais de regarder dans sa direction. Il y avait une personne dans cette navette sur qui je ne pouvais décidément pas compter. Une fois de retour au Tane Ikai, j'avais l'intention de savoir de quoi il retournait. Je dus laisser Yuskeya et le docteur Ndasa s'inquiéter à notre sujet pendant quelques minutes et j'en profitai pour donner au docteur les objets de sa liste que nous avions réussi à dénicher.

— Je veux aller voir Hirin, question de savoir comment il va, lui dis-je, mais j'ai quelques petites choses à régler d'abord.

Il hocha la tête et ses yeux brillèrent de ce que j'en étais venue à reconnaître comme de l'inquiétude, version visilienne. L'odeur cuivrée de ses émotions avait envahi l'infirmerie.

— Vous devriez vous reposer, Capitaine. Vous avez eu une expérience traumatisante, aujourd'hui.

Je lui tapotai le bras.

— Je sais et j'ai l'intention de me reposer. Je vais aller parler à Maja pour voir comment elle se porte.

Il semblait sur le point de protester, alors je me dépêchai d'ajouter « Puis j'irai m'étendre, *okej*? »

Maja avait réussi à s'esquiver vers sa cabine, mais elle n'allait pas s'en sortir si facilement. Je devais savoir quel rôle elle avait joué dans les événements de la journée. J'étais perplexe, parce que si elle savait de toute évidence quelque chose au sujet de ce qui s'était passé, ils l'avaient droguée et menottée aussi. En chemin vers sa cabine, je m'arrêtai à la galerie pour me servir un triple caff. Alors que je tenais la tasse remplie de liquide fumant, je constatai que mes mains étaient glacées et pas aussi stables que d'habitude. Je serrai la tasse fermement pour en calmer le tremblement.

Elle ne répondit pas lorsque je sonnai à sa porte, mais alors que je m'apprêtais à presser le bouton à nouveau, la porte s'ouvrit devant moi. Elle s'installa sur un côté du lit, la tête entre les mains, les yeux fixés au sol. Je traversai la pièce et m'assis sur la chaise du bureau, plaçant la tasse de caff sur la table près de moi.

— Je suis désolée, dit-elle d'une voix étouffée après une minute de silence. Je suis tellement, tellement désolée.

J'étais encore furieuse; même si je parvins à garder un ton calme, ma voix semblait froide et cassante à mes oreilles.

— C'est merveilleux et je suis bien contente de le savoir, Maja, mais je ne suis même pas certaine de savoir pourquoi tu es désolée. Comment t'es-tu trouvée impliquée dans ce qui s'est passé aujourd'hui?

Elle se redressa et se racla la gorge. Ses yeux étaient bouffis et rouges.

— Je n'avais rien à voir avec ça. Je n'étais pas impliquée. Mais j'ai deviné dès le début ce que c'était, même si ce n'était pas censé se passer comme ça.

Elle s'interrompit et prit une longue respiration.

— Je t'écoute.

Elle évitait de me regarder.

— Une femme nommée Dores Amadoro m'a contactée après ton départ de la Terre, commença-t-elle. Elle travaille pour PrimaCorp, pour Alin Sedmamin.

— Je sais qui elle est, répliquai-je d'un ton sec.

— Elle m'a dit que tu refusais encore de coopérer avec PrimaCorp même s'ils avaient le droit de te demander ce qu'ils voulaient, que des échantillons pour leurs recherches.

— Et tu l'as crue, bien sûr.

— Oui, je l'ai crue. Je... . Je pensais que ça ressemblait à quelque chose que tu ferais, termina-t-elle en me regardant d'un ton de défi. Tu as toujours détesté PrimaCorp, une haine irrationnelle, selon moi. Et tu ne suis pas toujours les règles, Mère. Même papa est forcé de l'admettre.

— Pas plus que ton père, mais je suis d'accord avec toi sur ce point.

Je pris une petite gorgée de caff.

— Amadoro, que te demandait-elle? Que tu viennes avec nous pour me tendre une embuscade, d'une façon ou d'une autre? C'est pour ça que tu es venue?

— Non! J'avais déjà réservé mon billet pour me rendre sur Keinen afin d'essayer de vous rattraper. Amadoro le savait lorsqu'elle m'a contactée. Elle savait que papa était mourant. Elle a fait preuve d'une grande compassion.

— J'en suis certaine.

Je me mordis les lèvres. Je voulais la laisser raconter son histoire à sa façon, mais ma colère ne cessait de s'insinuer dans son récit.

— Tout ce qu'elle me demandait, c'était d'installer un radiophare sur le vaisseau après que papa... Après son décès. Je n'avais pas l'intention de rester à bord après ça. Elle m'a dit que tout ce qu'elle voulait, c'était savoir où tu te rendais, de façon à pouvoir poursuivre les démarches juridiques appropriées pour obtenir les échantillons. Elle disait que tu ne restais jamais suffisamment longtemps où que ce soit pour te suivre et te faire signifier les avis.

— Alors tu as dit oui.

Elle braqua son regard dans le mien.

— Oui. Ça ne me semblait pas si important. Et... J'étais certaine que tu avais tort.

Je voulais lui dire que le fait de trahir sa propre mère était en effet une « chose importante » à mes yeux, mais je me tus.

— Mais lorsque la santé de ton père s'est améliorée plutôt que de se détériorer...

— Je ne savais pas quoi faire, conclut-elle.

Je la regardai, essayant de deviner à quel point exactement elle me détestait.

— Lorsque Amadoro t'a dit qu'elle voulait simplement me suivre, tu l'as crue?

Elle détourna les yeux. Elle ne cessait de se tordre les mains sur ses cuisses.

— Oui. Enfin, je me suis persuadée que je la croyais. Mais aujourd'hui, lorsqu'ils nous ont attaquées... J'ai compris que je me leurrais.

— As-tu installé son radiophare?

Elle secoua la tête en signe de négation.

— Non. Elle m'avait dit que la cale serait le meilleur endroit, mais je ne l'ai jamais fait.

Elle se dirigea vers le bureau et ouvrit un tiroir. Elle en tira une petite boîte brillante portant son nom et en sortit un bouton de la taille d'un ongle, qu'elle me tendit.

— Tu peux demander à Baden ou à Viss de l'examiner. Il n'a jamais été activé.

Elle le laissa tomber dans ma main.

— Il semble bien que PrimaCorp n'avait pas l'intention d'attendre que tu l'utilises, de toute façon. Merde, se pourrait-il qu'ils t'aient roulée?

— Écoute, tu n'as pas besoin de me dire que j'ai agi comme une idiote, se fâcha-t-elle. Mais je n'ai pas activé ce radiophare et je n'ai rien à voir avec ce qui s'est passé aujourd'hui. J'ai essayé de les arrêter après qu'ils t'ont droguée.

— C'est pour ça qu'ils t'ont droguée, toi aussi.

Nous nous tûmes toutes deux pendant un moment. Puis Maja demanda : « Je me demande comment ils ont réussi à nous trouver, aujourd'hui? »

Je haussai les épaules.

— Il n'y a pas grand-chose que PrimaCorp ne trouve pas si elle le veut vraiment, enfin, pas sur Terre, du moins. Dores Amadoro aurait facilement pu identifier les planètes où je devais livrer des marchandises et demander aux agents de PrimaCorp de surveiller les ports spatiaux pour avoir l'occasion de m'intercepter. Lorsqu'ils en ont eu la chance, ils sont intervenus.

— Alors pourquoi voulaient-ils que je place un radiophare?

Je me levai.

— Parce que mon plan de vol s'arrête à un certain point. Une fois que j'aurai déposé les dernières marchandises provenant de la Terre, ils n'auront aucune idée où je vais.

Maja humecta ses lèvres avec sa langue.

— J'imagine que j'avais tort de faire confiance à cette Amadoro. Je suis désolée, Mère.

J'avais choisi d'ignorer bien des incartades de Maja au fil des ans, même depuis qu'elle était arrivée à bord du vaisseau, ne serait-ce que pour préserver la paix au sein de ma famille. Cette fois, je n'étais pas prête à tirer un trait.

— Moi aussi, Maja.

Je quittai sa cabine sans qu'elle n'essaie de m'arrêter.

Nous ne perdîmes pas de temps pour quitter Rhea. Les mesures prises par PrimaCorp, ces derniers temps, dépassaient ce que j'avais vu de leur part dans le passé, alors c'était impossible de prédire ce qu'ils comptaient faire ensuite. Nous avions des marchandises à livrer sur Renata, mais j'avais la ferme intention de le faire le plus rapidement possible et ne pas laisser qui que ce soit quitter le vaisseau. Puis, nous devions faire le saut vers Mu Cassiopée afin de découvrir si ma mère était toujours sur Kiando.

La nuit précédant notre arrivée sur Renata, je fis un nouveau rêve. *Comme toujours, je cours dans les couloirs bondés de la station spatiale. Les murs argentés se courbent en suivant l'alignement de la station, je ne vois aucune ligne droite devant moi. Je sais que ma mère est là, dans cette foule, mais je ne peux même pas l'apercevoir cette fois. Je me faufile entre humains, Lobors, Visiliens, mais je ne semble pas me rapprocher d'elle.*

Lorsque j'atteins finalement l'anneau d'amarrage, elle n'y est pas. Je l'ai manquée. Je cours quand même vers l'anneau, tapant fébrilement un code d'accès de mes doigts engourdis. Les portes de l'anneau d'amarrage s'ouvrent, mais il n'y a aucun vaisseau, aucun signe de ma mère. Cette fois, j'observe les couleurs miroitantes d'un tunnel à l'extérieur du vaisseau, alors qu'une soudaine poussée menace de m'éjecter hors de la station. Je m'agrippe au chambranle, me hisse vers l'intérieur de la station et ordonne aux portes de se fermer. Épuisée, je me penche sur un hublot que je n'avais pas remarqué auparavant. Je sursaute en voyant un corps qui flotte à l'extérieur, sans combinaison EVA. Le corps tourne lentement, flottant comme s'il était dans l'eau, et j'aperçois le visage du mort.

Hirin.

Je ne crois pas avoir vraiment crié, mais je me redressai, éveillée, dans mon lit, le visage inondé de larmes. Assise dans le lit, j'étais essoufflée, mon cœur battait furieusement, la brûlure de l'adrénaline chatouillant mes bras et mes jambes. J'étais incapable de lever les yeux vers le hublot au-dessus de ma tête. Mon cœur palpitait douloureusement. Une seule pensée tournoyait dans ma tête, une pensée que je m'étais efforcée d'ignorer au cours des quelques derniers jours. Je ne pouvais pas forcer Hirin à traverser un autre tunnel. Pas dans son état. Pas après ce qui lui était arrivé dans la Fissure. À moins... À moins que je ne mette mon plan à exécution.

Je sortis du lit et me mis à marcher en rond dans la petite pièce. Une idée m'était venue après ce qui s'était passé sur Rhea, mais cela me semblait si fou que je ne savais pas vraiment quoi en penser. J'avais gardé cette idée pour moi, la laissant mijoter sans arrêt dans ma tête, pendant que j'attendais de voir si la santé de Hirin s'améliorerait grâce aux bons soins du docteur. Mais il n'allait pas mieux et je ne pouvais pas attendre plus longtemps. Je continuai à marcher dans la cabine aux proportions mal adaptées pour ce genre d'exercice, en souhaitant pouvoir arpenter le long couloir. Toutefois, je préférais ne pas réveiller qui que ce soit et je ne voulais surtout pas devoir répondre à leurs questions. Je retournai finalement au lit et me forçai à regarder par le hublot, admirant le vide constellé d'étoiles. Je ne retrouvai pas le sommeil cette nuit-là.

Le matin, après déjeuner, je me précipitai pour parler à Hirin. Il était assoupi lorsque j'entrai dans sa cabine. Il n'y avait aucune raison de le garder dans l'infirmerie, dont la couchette était de style plutôt martial, alors nous avions transféré l'équipement que nous pensions être utile en toute hâte, installant le tout dans le quartier des invités. La petite pièce était pleine à craquer. Pour une fois, Maja n'était pas à ses côtés. Il devait avoir senti ma présence, même si j'essayais de me déplacer silencieusement, car il ouvrit les yeux alors que je m'approchais du lit.

— Tu viens me tenir compagnie? me demanda-t-il. Ça va aller, Luta, vraiment. Ça ne devrait pas être une surprise, ni pour toi ni pour moi.

— Je sais bien.

Je m'installai sur le côté du lit et saisis sa main ridée dans la mienne. Sa peau était fraîche et fragile à nouveau.

— Ça ne rend pas la situation plus facile.

Il secoua la tête avec regret.

— Non, ça ne facilite rien, n'est-ce pas?

— Où se trouve Maja?

— Elle est allée faire une sieste lorsque je lui ai dit que j'allais me reposer un moment.

Hirin poussa un soupir.

— Je devais l'appeler par les comms aussitôt que je me réveillais.

Bon, pas de temps à perdre, alors.

— Hirin, j'ai une idée.

— Mmm? Devrais-je m'inquiéter?

Je souris.

— Probablement. C'est un peu fou, mais tu pourrais juger que ça vaut le coup d'essayer. Je te laisse décider toi-même, par contre.

— Je n'ai jamais été de ceux qui refusent d'écouter une idée folle, particulièrement lorsqu'elle vient de toi.

— Laisse Yuskeya te donner une transfusion sanguine… De mon sang. Nous avons des types sanguins compatibles, alors ce n'est pas un problème.

Il fronça légèrement les sourcils.

— Non, ce n'est pas un problème, mais pourquoi?

Les mots déboulèrent hors de ma bouche.

— Penses-y, Hirin. Je ne vieillis pas. Je ne tombe jamais malade. Je n'ai pas attrapé ce virus même si nous y avons tous deux été exposés. L'incendie chimique sur Eri, tu te souviens? Ou la morsure de serpent lorsque nous escaladions cette montagne au Brésil. Rien ne m'affecte. Pourquoi? Et si c'était quelque chose dans mon sang?

— Mais tu as subi toute une batterie de tests, réfuta-t-il en secouant la tête. Personne n'a trouvé quoi que ce soit.

— Je sais bien, mais si c'était simplement dû au fait que la technologie ne pouvait pas le trouver, avant ? Baden a fait un balayage antivirus pour moi, lorsque nous avons quitté la Terre. Lui, il a trouvé quelque chose. Quelque chose que les sondes médicales ne peuvent pas analyser. Peut-être que ça explique pourquoi PrimaCorp me pourchasse à nouveau, parce que de nouveaux gadgets peuvent trouver cette entité et l'analyser. Maintenant, je me demandais : et si c'était quelque chose que je pouvais transférer… Que je pouvais te transférer? Nous n'avons jamais eu d'explication, mais si c'était quelque chose qui n'était pas naturel ou qui avait été génétiquement modifié? Quelque chose qui serait… Complètement autonome, par exemple? Cela pourrait t'aider. C'est tout ce que je veux dire. Ça pourrait t'aider.

J'étais à bout de souffle et je devais lutter contre les larmes. Il tendit la main pour caresser ma joue, sa main rugueuse était tendre sur ma peau douce et lisse.

— Et si tu as tort, je n'ai pas grand-chose à perdre, n'est-ce pas?

J'éclatai de rire.

— C'est toi qui le dis, mon vieux.

Je serrai sa main dans les miennes.

— Ce ne sont que des hypothèses, des choses que j'essaie de comprendre sans avoir beaucoup d'information pour étayer mes théories. Même si j'ai partiellement raison et si c'est bien quelque chose qui est dans mon sang, ça se peut que ça ne s'applique qu'à moi. Cela pourrait tuer une autre personne, leur corps pourrait le rejeter, ou...

— Chut... Je sais bien. J'ai pensé à tous ces problèmes pendant que tu parlais, parce que je ne suis pas encore tout à fait sénile.

Hirin se tourna sur le côté, ce qui lui demanda un effort considérable, et se releva sur un coude.

— Luta, les dernières semaines, avant la Fissure... C'était les meilleurs jours que j'ai eus depuis des années. Être ici, avec toi, je me sentais mieux pour la première fois depuis une éternité...

Il secoua la tête avec regret.

— Je pense que je suis prêt à prendre tous les risques qui soient plutôt que de retourner à mon état d'invalide.

Mon cœur s'emballa violemment dans ma poitrine

— Alors tu veux bien essayer?

Je compris que j'avais eu peur de sa réponse, que ce soit oui ou non.

— Maja n'aimera pas ça.

Je sentis ma mâchoire se serrer, mais je n'avais pas parlé de la trahison de Maja à Hirin et je n'avais aucune envie de déverser cela sur lui maintenant.

— Maja, répliquai-je, sera *freneza*. Mais ce n'est pas à elle de choisir.

Il opina.

— Je lui parlerai. Comment vas-tu expliquer tout ça à Yuskeya?

— Ça, aucune idée.

Je me passai la main dans les cheveux.

— Honnêtement, je suis tellement fatiguée d'essayer de dissimuler la vérité que j'aimerais mieux tout lui dire, à elle et à tout l'équipage. Enfin, au moins une partie de ce qui se passe réellement. Ils savent garder des secrets. Je pense qu'ils comprendront.

— Et le docteur Ndasa?

J'hésitai.

— Je ne suis pas certaine. Je veux dire, je l'aime bien, pas d'erreur là-dessus, et ça n'a rien à voir avec le fait qu'il est visilien. C'est juste que je ne le connais pas si bien. Je crois que j'aimerais mieux continuer à jouer le jeu, avec lui du moins.

Mais une bonne partie de la pression serait dissipée.

Hirin se coucha à nouveau sur le lit.

— Tu crois qu'il voudrait aller sur la planète, à notre arrivée à Renata? Lorsque nous déposerons les marchandises?

— Je crois, oui. Il a mentionné qu'il avait un collègue sur Renata, il espérait pouvoir le voir si nous restions suffisamment longtemps sur la planète. Je ne comptais pas vraiment laisser qui que ce soit sortir du vaisseau, mais si je lui dis qu'il a suffisamment de temps pour sa visite, je crois qu'il ira.

— Alors nous pourrions tout expliquer à l'équipage et faire la transfusion pendant son absence. Cela faciliterait les choses.

— C'est ce que je pensais. Hirin, es-tu certain que tu es prêt à prendre ce risque?

Il me tendit une main tremblante et tira ma tête près de la sienne, posant ses lèvres doucement sur ma joue.

— Le prix n'est jamais trop élevé, me confia-t-il, si le résultat en vaut la peine. Dis à Rei d'amener cette boîte de conserve spatiale à Renata aussi vite qu'elle le peut. Et tu ferais mieux de dire à Maja que je veux lui parler.

Maja entra comme une tornade dans ma cabine peu après, sans même prendre le temps de cogner à la porte. J'étais prête à la recevoir.

— Comment ose-tu? vociféra-t-elle, avant même d'avoir fermé la porte derrière elle. Ses yeux étaient enragés et elle ne s'approcha pas du bureau, où j'étais assise.

C'était étrange, mais j'étais encore si furieuse contre elle que ses émotions ne m'émurent pas comme c'était habituellement le cas. Je posai ma tablette doucement sur le bureau.

— Maja, je crois que c'est sa seule chance.

— Et il fera tout ce que tu veux, même si ça le tue, rétorqua-t-elle d'un ton amer. Il le fait toujours.

Je secouai la tête.

— Ce n'est pas juste et tu le sais très bien. Ton père a toujours pris ses propres décisions.

— Juste? Tu veux qu'on parle de justice?

Elle traversa en coup de vent la distance qui la séparait de mon bureau et se pencha, les yeux brillant de rage fixés sur moi.

— Est-ce juste qu'il t'écoute, toi, alors que j'étais celle qui était à ses côtés pendant tout ce temps? La seule qui ne se baladait pas dans tout l'Espace proche alors qu'il mijotait dans cet endroit? J'y allais tous les jours. Tous les jours! Est-ce juste que je sois toujours celle qui est à l'écart, dans cette famille? Est-ce juste que tu ressembles à ça, me cracha-t-elle au visage en me pointant du doigt, alors que j'ai l'air de ceci?

Elle ne l'avait jamais admis ni dit à voix haute, avant, et mon estomac se retourna. Bon, enfin. Le chat était sorti du sac. Je me levai.

— Alors c'est pour ça que tu m'as trahie? Parce que la vie n'est pas juste? Il est temps que tu vieillisses un peu, Maja.

Pendant une seconde, elle sembla craindre que je ne la gifle.

— Je n'ai pas placé le signal!

— Parce que tu n'en as pas eu l'occasion.

— Arrête d'essayer de changer de sujet. Je suis venue pour parler de papa.

— Très bien.

Je croisai les bras et pris une profonde inspiration.

— Je pense que c'est sa meilleure chance, maintenant. Nous en avons discuté des centaines de fois. Je ne peux pas changer ce que je suis, Maja. Je ne le comprends pas, je n'ai certainement pas demandé à être comme ça et je t'ai déjà dit tout ce que je sais à ce sujet. Ne crois-tu pas que si je savais comment le donner à d'autres personnes, je l'aurais fait il y a des années?

— Je ne sais pas, dit-elle, de mauvaise foi. Tu sembles savoir comment le transférer maintenant.

— Maja, j'ai une théorie, c'est tout. Je ne sais pas si ça fonctionnera pour ton père. C'est quelque chose à quoi j'ai pensé récemment, à la suite de tout ce qui s'est passé.

— Bien sûr.

— Pense à ce qui s'est passé sur Rhea. PrimaCorp semble croire qu'il y a quelque chose en moi qui vaut la peine de causer tous ces problèmes.

Elle ignora ce que je disais.

— Alors ce plan est quelque chose à quoi « tu viens juste de penser ». Comme c'est pratique.

Je levai les mains au ciel.

— *Dio*! Tu crois vraiment que je veux vous survivre, vivre sans ton père, sans toi, Karro et les enfants? Vous regarder vieillir, mourir, et ne rien y faire? Tu me prends pour un monstre?

— Et si ça le tuait? Tu n'y as pas pensé?

— Bien sûr que si. Mais, dans la mesure où il est concerné, il est déjà pratiquement mort. Il était prêt à mourir lorsque nous avons quitté la Terre. Est-ce vraiment mieux pour lui de simplement s'asseoir et de le regarder souffrir? Ne peux-tu pas accepter que ce soit ce qu'il veut?

Ses yeux bleus perçants fixèrent les miens.

— Oh, je n'essaierai pas de l'en empêcher. De toute façon, il semble que je n'ai pas mon mot à dire. Je peux te promettre une chose, par contre. S'il meurt à cause de ton idée, siffla-t-elle entre ses dents, je ne t'adresserai plus jamais la parole.

— Il se meurt déjà, Maja.

Ma voix était plus sèche que prévu. Elle ne dit rien. Je voulais la secouer, lui demander pourquoi elle tenait à tant à lui et si peu à moi.

— Et si ça le guérit? Tu comptes me pardonner, alors?

Elle ne me répondit pas. Elle tourna les talons et sortit de la cabine. Je n'essayai pas de la retenir.

Chapitre 11
Risques et révélations

Nous arrivâmes sur Renata vers le milieu d'une matinée plutôt grise. Les premiers mots de bienvenue provenaient d'un message statique envoyé par Dores Amadoro, ce qui n'améliora nullement mon humeur. J'en pris connaissance dans mes quartiers tandis que l'équipage terminait les procédures d'amarrage.

Réception : de [205152.59.68], division principale de PrimaCorp
Message électronique statique : 25,7
Cryptage : securetext/novis/noaud
Avis de réception : activé
Auteur : « Adjointadmin Dores Amadoro »
*<admin.amadoro.primacorp*web>*
Destinataire : « Luta Paixon » <ID 59836254471>
Date : Le lundi 25 novembre 2284, 1 h 42 min 13 s — 0500

À l'attention de Luta Paixon
Conformément à notre dernière conversation et selon les directives du président Alin Sedmamin, veuillez prendre note que j'ai ordonné à notre service juridique d'entreprendre les démarches pour obtenir une dérogation aux dispositions de la

Loi sur la protection du matériel génétique *dans le but d'obtenir des échantillons de vos tissus et de votre sang. Les mêmes procédures sont entamées à l'égard de votre frère, Lanar Mahane, et de votre mère, Emmage Mahane.*

Veuillez informer la division de PrimaCorp la plus proche de vos déplacements dans l'Espace proche au cours des six prochains mois, de façon à ce que nous puissions vous signifier les documents nécessaires au fur et à mesure qu'ils seront produits. Cette démarche facilitera le processus pour toutes les personnes concernées.

Tout renseignement détenu au sujet du lieu où se trouve votre mère, la susmentionnée Emmage Mahane, doit immédiatement être transmis à l'une des divisions de PrimaCorp pour éviter le dépôt ultérieur d'accusations d'obstruction ou de complicité.

Dores Amadoro , adjointe administrative, au nom du président Alin Sedmamin

Je fixais l'écran, ulcérée. Alors Sedmamin, le *bastardo*, avait maintenant ordonné à son esclave de me pourchasser en utilisant les moyens conventionnels, puisque ses plans illégaux avaient échoué? Cela ne lui ressemblait pas, mais c'était quand même possible. Cela pouvait également être lié à l'influence de cette nouvelle peste, cette frigide Dores Amadoro. J'effaçai le message de ma tablette d'un glissement de doigt rempli de mépris. Comme si j'allais annoncer à PrimaCorp où me trouver. J'aimais mieux les laisser me pourchasser aux quatre coins de l'Espace proche.

Qu'ils aient l'audace de me demander, non, d'exiger que je les informe de l'endroit où se trouve ma mère! Si Sedmamin avait été présent, je lui aurais probablement asséné un bon coup dans son visage porcin et j'aurais profité de l'élan pour gifler Dores Amadoro en même temps. Je me levai, repoussant violemment ma chaise flottante de l'autre côté de la pièce, qui rebondit avec fracas contre le lit. Mes quartiers me semblaient soudainement trop petits, alors je sortis dans le couloir et marchai sans arrêt du pont jusqu'à la galerie, refaisant le trajet sans discontinuer. Le son de mes pas sur le métal du pont avait un effet apaisant et l'équipage savait que lorsque je marche ainsi, il vaut mieux ne pas poser de questions. Ils me laissaient tranquille.

Cette Amadoro devait être très sûre d'elle pour tenter de traîner mon frère dans cette histoire. Lanar avait l'appui du Protectorat de l'Espace proche et le Protectorat avait clairement demandé à PrimaCorp, quelques années plus tôt, de cesser d'embêter leur protégé. Peut-être Sedmamin avait-il oublié de l'avertir à ce sujet? Ou alors ce revirement était lié, d'une façon ou d'une autre, aux changements auxquels Sedmamin avait fait référence lors de notre conversation. Je décidai d'envoyer un message à Lanar dès que j'aurais terminé mon rituel, question de savoir s'il avait eu des nouvelles de PrimaCorp et lui demander si nous pouvions nous rencontrer quelque part pour discuter. Bien sûr, mes voyages imprévisibles et ses patrouilles rendaient la chose complexe, mais nous pourrions trouver un arrangement.

Je continuai de marcher de long en large pendant un moment, puis je décidai que c'était tout ce que je ferais : je ne communiquerais pas avec la division de PrimaCorp sur Renata, je ne leur dirais rien du tout. Si c'était encore une de leurs manœuvres, je préférais ne pas jouer le jeu et si c'était autre chose, je m'en occuperais en temps et lieu. J'enverrais ce message à Lanar, mais pour l'instant, prise entre la rencontre avec mon équipage et la santé de Hirin, j'en avais assez sur les épaules. Le reste devrait attendre.

La capitale de la colonie méridionale, Serous, était dotée d'un port spatial reconnu pour son hospitalité. Certains m'avaient lancé un regard interrogateur lorsque j'avais annoncé à l'équipage que nous avions une réunion avant qu'ils ne soient autorisés à quitter le Tane Ikai pour faire des courses, boire un verre ou se divertir à leur goût, une fois sur la planète.

— Vaut mieux que ce soit important, entendis-je Baden grommeler alors qu'ils se rassemblaient tous dans la galerie.

J'avais déjà confié à Rei une partie de ce que je voulais leur dire, aussi lui jeta-t-elle un regard qu'il dut comprendre facilement, puisqu'il fronça les sourcils et eut immédiatement l'air plus vigilant. Le docteur Ndasa était déjà parti pour rencontrer son ami, ce collègue universitaire, avec l'autorisation de ne revenir qu'à l'heure du souper. J'avais déjà accompagné

Hirin à la galerie, l'aidant à s'installer dans l'un des deux gros fauteuils aux larges accoudoirs qui flanquaient l'entrée de la pièce. Maja se percha sur un des accoudoirs, près de lui, évitant mon regard. Les autres s'installèrent sur les chaises autour de l'énorme table.

— Nous avons environ une heure avant que les premières marchandises ne soient livrées, lançai-je sans préambule, et je dois vous expliquer quelques petites choses... Ça risque de prendre un moment. Alors, je vais sauter dans le vif du sujet, vous comprendrez de quoi il est question au fil du récit.

Ils semblaient tous très sérieux et je me demandais à quoi ils s'attendaient de ma part. Si la situation n'avait pas été aussi grave, j'aurais sans doute éclaté de rire.

Je commençai en leur dressant un portrait de ma mère, leur disant qu'elle avait travaillé pour PrimaCorp lorsque j'étais petite et qu'elle concentrait alors ses recherches sur l'antivieillissement. Je devinai qu'ils se demandaient quel était le lien entre mon histoire et ce que j'avais à leur dire, alors je lançai la première bombe.

— Je crois, sans avoir aucune justification autre que mes propres observations pour étayer ma théorie, que son travail est la source de quelque chose d'étrange à mon sujet. Je vais vous dire mon âge réel. Je sais bien que la plupart des femmes ne s'en formalisent plus, de nos jours, mais j'ai de bonnes raisons de ne pas en parler. J'aurai quatre-vingt-cinq ans l'an prochain.

Baden gloussa, puis se tut. Regards sceptiques et exclamations incrédules accueillirent ma déclaration et je restai silencieuse afin de donner à tous le temps de bien saisir cette nouvelle. Trois paires d'yeux me regardaient comme ils ne l'avaient jamais fait auparavant; je savais qu'ils observaient chaque détail de mon apparence en fonction de ces nouveaux paradigmes.

— *Okej*, souffla Viss d'une voix traînante. Alors les cinquante dernières années ont été plutôt tendres envers toi, Capitaine. Et tu crois que la recherche sur l'antivieillissement que menait ta mère lorsque tu étais enfant aurait quelque chose à voir avec tout ça?

J'opinai.

— Mon frère Lanar est dans la même situation. Ça me semble sensé.

— Et quel âge a votre frère, Capitaine? demanda Yuskeya d'un ton sec.

— Quatre-vingts, mais personne ne peut le deviner juste à le regarder.

— Et c'est pour ça que PrimaCorp te pourchasse? Parce que ta mère les aurait roulés il y a plus d'un demi-siècle? interrogea Baden, incrédule. *Ho la*, ils ont la mémoire longue.

— C'est plus que ça, Baden. N'oublie pas le désastre du traitement Longévité et Nicadico. Ils ont déjà Vigour-Eux, mais PrimaCorp adorerait être la société qui trouve un traitement comme Longévité, seulement cette fois, une version qui ne tue pas tous les gens qui l'utilisent.

— Oui, ça pourrait être une amélioration intéressante, confirma Viss.

— PrimaCorp semble croire que certaines des recherches de ma mère dans ce domaine sont encore en circulation, quelque part dans l'Espace proche. Pour être plus précise, dans mon corps, poursuivis-je.

— Et vous pensez qu'ils ont raison? s'enquit Yuskeya.

Je haussai les épaules.

— Fort possible. Cela seul expliquerait mon apparente immunité aux maladies, aux toxines et au vieillissement, à tout ce qui pourrait affecter normalement le corps humain.

— Cette entité que mon programme antivirus ne parvenait pas à identifier? interrompit Baden.

— Je crois, oui, avouai-je.

— Alors, pourquoi nous en parler maintenant? demanda Yuskeya. Je peux comprendre pourquoi vous avez gardé ce secret si longtemps, mais qu'est-ce qui a changé?

— Je crois que c'est ma faute, répondit Hirin d'une voix toujours rauque et faible depuis sa crise cardiaque.

— Bombe numéro deux.

Je traversai la pièce pour atteindre la chaise de Hirin et m'installai sur l'accoudoir libre.

— Hirin et moi sommes mariés depuis soixante ans. Maja est notre fille.

— Malheureusement, je ne partage pas l'immunité de ma femme, comme vous pouvez le constater, ajouta Hirin.

Maja, elle, ne dit rien.

— J'en étais certain! Baden éclata de rire. Je pensais que

c'était une de ces relations du genre mai-décembre, mais je le savais. Hirin, je dois l'avouer, j'ai tenté de mon mieux de séduire ta femme lorsque je suis arrivé à bord du Tane Ikai, mais elle a résisté avec une aisance qui écraserait les ego les plus solides.

Maja conserva un visage de pierre, mais Hirin sourit.

— Je ne peux blâmer quiconque a tenté de la séduire, dit-il. Elle est sans aucun doute la plus belle octogénaire que j'ai jamais vue.

Baden éclata de rire à nouveau.

— Je ne comprends toujours pas...

— Je sais, Yuskeya. Et voici le moment où toutes les pièces du casse-tête se mettent en place.

Je me levai à nouveau, marchai jusqu'au comptoir et me servis un double caff.

— S'il y a une chance que ce qu'il y a dans mon système puisse aider Hirin à combattre le virus, même si elle est minime, nous voulons que tu lui fasses une transfusion, de mon sang. Nous devons faire le dernier saut vers Kiando dans une semaine et demie, par le tout nouveau tunnel. Il se peut que ce ne soit pas seulement la Fissure qui a provoqué le virus et bousillé le cœur de Hirin.

Elle fronça les sourcils.

— Mais une transfusion! Alors qu'on ne sait rien au sujet de ce qui pourrait être ou ne pas être dans votre sang? Ça me semble trop risqué. Et si...

— Je suis désolée de t'interrompre à nouveau, mais nous avons déjà épuisé tous les « et si », lui répondis-je. Hirin est prêt à courir ce risque et moi aussi, mais c'est trop lourd de garder ce secret plus longtemps, du moins, de vous le cacher à vous tous. Si quelque chose arrive après cette transfusion, nous ne pourrons plus dissimuler les faits. Je suis fatiguée de cette charade, nous avons besoin de votre aide pour réussir.

— Et le docteur Ndasa? interrogea Viss.

Je secouai la tête.

— Je ne suis pas encore prête à en parler avec quiconque à l'extérieur de cette pièce. En fait, je pourrais ne jamais être prête à le faire. Je dois vous faire confiance pour m'aider à dissimuler la vérité à toute autre personne. Ce serait beaucoup plus facile si vous étiez dans le coup, avec nous.

— Tu peux compter sur moi, dit Viss sans hésiter. Toute cette histoire est si fascinante, je serais prêt à me taire juste pour savoir ce qui va se passer par la suite.

— Moi aussi, renchérit Baden. Dans la mesure où personne ne raconte que j'ai tenté de séduire une petite vieille. Ma réputation en souffrirait...

Rei lui balança un coup de poing sur l'épaule. Et pas très tendrement. Il grimaça.

— Je veux bien essayer de faire la transfusion, concéda Yuskeya. Mais comment garder tout ça secret avec le docteur? Ce ne sera pas facile.

— Nous voulons la faire maintenant, pendant qu'il est sur la planète.

Je pris la main de Hirin. Sa peau était fraîche et ridée comme une feuille desséchée.

— S'il se rétablit, Hirin refusera tout autre test proposé par le docteur en disant qu'il est simplement content de se sentir mieux et qu'il préfère ne pas recevoir davantage de soins médicaux pour l'instant. S'il ne se rétablit pas...

— Il sait déjà que je suis malade, termina Hirin. Ce ne sera pas une grande surprise si je meurs. Ne le laissez pas faire une autopsie, par contre, ricana-t-il.

Le rire se coinça dans sa gorge et il se mit à tousser, serrant ma main plus fort à chaque spasme. Comme lorsque nous étions sur Terre, songeai-je. Oh, pourvu que ça fonctionne.

— Une dernière chose, ajoutai-je.

— *Dio*! Ce n'est pas tout? s'exclama Baden, écarquillant les yeux et feignant la surprise.

— Oui. Cette chercheuse que le docteur veut rencontrer sur Kiando? Une des raisons qui m'ont poussée à aller jusque-là, c'est que j'espère qu'il s'agit de ma mère.

Maja secoua la tête impatiemment, mais personne ne sembla y prêter attention.

— Ta mère ? Attends, Luta, elle devrait avoir...

— Je sais, je sais. Pas besoin de faire le calcul. Si elle est vivante, elle aurait pratiquement cent trente ans. Mais je crois qu'elle n'en a pas l'air.

Viss me fit signe de la tête.

— Tu crois qu'elle a utilisé son propre corps comme cobaye?

Je haussai les épaules.

— Je ne l'ai pas vue depuis mes quatorze ans, mais je me

souviens d'elle et de son apparence. Je peux vous dire une chose : elle n'aurait jamais utilisé quelque chose sur nous si elle ne l'avait pas déjà utilisé sur elle-même d'abord.

— Bon, le temps file, camarades, conclut Yuskeya en se levant de table. Je vais aller préparer le matériel. Quinze minutes?

Je croisai le regard de Hirin et il me fit signe de la tête, résolu.

— Quinze minutes, confirmai-je à l'attention de Yuskeya, sera *perfekta*.

Je donnai à Viss, Rei et Baden tous les renseignements dont ils pouvaient avoir besoin pour superviser la livraison des marchandises et leur accordai l'autorisation de visiter Serous aussitôt cette tâche terminée. Hirin et moi traversâmes lentement le couloir en direction de l'infirmerie, nous arrêtant pour observer le port spatial depuis l'écran central. Il fourmillait d'humains et de Visiliens, certains humains provenant d'autres mondes affichaient une telle diversité culturelle qu'ils auraient bien pu être extraterrestres. Nous échangeâmes un coup d'œil, nous rappelant à quel point c'était excitant de visiter un nouveau port spatial pour la première fois, il y a bien longtemps, lors de nos premiers voyages interplanétaires.

Yuskeya voletait dans l'infirmerie, créant une pile de sondes médicales et d'autres instruments sur la couchette.

— Mais qu'est-ce que tu fais? lui demandai-je lorsque nous entrâmes, Hirin s'appuyant lourdement sur mon bras. Je pensais que Hirin devait s'allonger ici.

Elle secoua la tête en signe de négation.

— Nous devrions nous installer dans la cabine de Hirin, expliqua-t-elle. Je suis désolée, j'aurais dû vous prévenir. Il n'y a pas suffisamment de place ici pour que vous soyez tous deux confortables. Attendez une seconde...

Elle interrompit ce qu'elle faisait et plaça ses mains sur les hanches.

— Il n'y a pas vraiment de place dans sa cabine non plus. Nous devrons faire la transfusion dans votre cabine, Capitaine, à moins que vous ne préfériez utiliser la galerie.

— Non, si le docteur Ndasa revient plus tôt que prévu, j'aimerais mieux ne pas être trop exposée. Mes quartiers conviendront parfaitement. Nous nous y rendons.

Hirin et moi retournâmes dans le couloir.

— J'aurai fait suffisamment d'exercice pour le reste de la journée, du moins, blagua-t-il.

Ses pieds glissaient silencieusement sur le métal du pont.

— Tu t'installes sur le lit, ordonnai-je une fois arrivés dans mes quartiers, et je m'allongerai sur le fauteuil. Je n'ai qu'à le pousser pour qu'il soit suffisamment près du lit. Est-ce qu'il fait trop froid, ici?

Mes mains étaient glacées. Hirin secoua la tête en signe de négation.

— Non, je ne crois pas. Probablement juste les nerfs.

— Peut-être, oui. J'espère que ça fonctionnera.

— Moi aussi. Maintenant qu'ils savent que nous sommes mariés, je pourrais passer toutes les nuits dans ta chambre.

Je ne pus m'empêcher d'éclater de rire.

— Ah, les hommes. Ils ne changeront jamais.

Maja entra dans la cabine et s'installa sans mot dire sur le sol, adossée au mur. On devinait sa fureur, mais cela pouvait également être lié à la culpabilité qu'elle ressentait pour avoir conspiré avec Amadoro contre moi. Hirin lui sourit et ne reçut qu'un demi-sourire tiède en réponse.

Yuskeya arriva en trombe, les bras chargés de matériel.

— Installez-vous confortablement.

— Mais qu'est-ce que c'est que tout ce barda? J'avais imaginé quelques aiguilles et une sorte de tube nous reliant l'un à l'autre. N'était-ce pas comme ça que ça fonctionnait, dans le passé?

Yuskeya me jeta un coup d'œil agacé.

— Disons que je préfère ne pas courir de risques. Je vous rappelle que je n'ai jamais fait ça avant... Les transfusions de personne à personne n'ont jamais été vraiment dans les normes et, depuis la création du sang artificiel, il est plutôt rare que nous en recueillions pour l'entreposer. J'ai dû improviser.

Elle tenait quelque chose qui ressemblait à une sonde médicale dotée de tubes en bioplas des deux côtés.

— C'est le dispositif qui vous reliera. Je vais vous brancher chacun à un déviateur transcutané, puis j'y attacherai le tube en bioplas. Je vais d'abord utiliser le dispositif dans le milieu pour m'assurer que votre sang est compatible...

— Nous avons le même groupe sanguin, interrompis-je.

— Oui, merveilleux, mais je vais quand même effectuer un test de compatibilité croisée, si ça ne vous dérange pas, dit-elle d'un ton froid. Je suis le médecin, ici, d'accord? Peu importe... ou plutôt, en raison de ces entités particulières qui flottent dans votre sang, je veux d'abord m'assurer qu'il ne causera pas d'effet indésirable à Hirin. Je suis certaine que vous ne voulez pas le tuer, plutôt que le sauver.

Je déglutis.

— Non, bien sûr que non. Combien de temps ça prendra?

— Seulement quelques minutes, grâce à ceci.

Elle leva le dispositif dont elle avait parlé et je pressai mon doigt sur un tampon doux en plastique transparent. Je sentis une petite piqûre alors que l'appareil prenait un échantillon. Elle répéta la démarche auprès de Hirin.

— Nous sommes chanceux. Cette partie prenait presque une heure, dans le passé, avant d'avoir le résultat, expliqua-t-elle en lisant le rapport à l'écran. Puis, elle leva les yeux en souriant.

— Tout semble parfait.

Je relâchai la respiration que je retenais. Je n'avais pas envisagé que mon plan pouvait échouer avant même que nous n'ayons commencé.

Yuskeya plaça la sonde sur la table de nuit.

— Bon, cette sonde contrôlera le flux sanguin, de façon à ce qu'on ait une bonne transition sans heurt.

Elle tendit une deuxième sonde.

— Hirin, je vais vous brancher à celle-ci, aussi. Cela me permettra de surveiller votre pression artérielle pour m'assurer qu'on ne transfère pas trop de sang, trop rapidement. Combien de sang devrait-on transfuser?

Je n'avais pas réfléchi à ce détail.

— Un litre, plus ou moins? Est-ce que ça semble adéquat?

Maja ouvrit la bouche, puis la referma sans piper mot. Yuskeya haussa les épaules.

— Comment définir ce qui est « adéquat »? Personne n'a fait ce genre de procédure dans le passé, ou du moins, pas pour les mêmes raisons. Vous avez dit vous-même que c'était entièrement théorique.

— C'est le cas... Bon. Essayons un demi-litre et voyons comment ça se passe. J'imagine que ce que je voulais dire par « adéquat », c'est « puis-je perdre cette quantité de sang et

Hirin, la gagner, sans provoquer d'autres problèmes physiologiques »?

— Probablement. C'est pourquoi je vais surveiller sa pression artérielle et ses autres fonctions vitales. Juste pour être certaine.

— D'accord. Allons-y.

Une fois les discussions et les préparatifs de Yuskeya terminés, la transfusion en soi prit environ quarante-cinq minutes.

— Dans le passé, ça aurait été un peu plus rapide, s'excusa Yuskeya, les yeux rivés sur la sonde et surveillant les signes vitaux de Hirin, mais pour cela, j'aurais dû trouer vos veines à l'aide d'une aiguille. La transfusion transcutanée est plus lente, mais moins douloureuse et moins envahissante. Je préférais ne pas exacerber la pression artérielle de Hirin.

En vérité, je ne sentis presque rien, seulement une pression sur mon bras, à l'endroit où Yuskeya avait fixé l'extracteur transcutané, et les affres de ma propre angoisse : et si ça ne fonctionnait pas? En comparaison avec l'inquiétude qui me dévorait, un léger inconfort physique me semblait bien anodin.

Yuskeya vérifiait nos fonctions vitales de temps à autre durant la procédure et à nouveau lorsque ce fut terminé. Elle alla chercher des verres de jus de fruit bien froid et nous suggéra de nous reposer pendant un moment avant d'essayer d'aller où que ce soit sur le vaisseau. Maja et elle veilleraient à tout nettoyer, sans tenir compte de mes protestations pour les aider.

— Je viendrai prendre des nouvelles plus tard, lança Maja en sortant de la cabine.

J'ignorais si elle parlait uniquement à Hirin ou à nous deux, mais elle me jeta un regard énigmatique que je ne parvins pas à interpréter.

Au moment de nous quitter, Yuskeya fit une pause.

— Prompt rétablissement, souhaita-t-elle en souriant, dans le chambranle de la cabine. À tous les deux.

Hirin me regarda.

— Je me demande ce qui se passe, maintenant?

Je pris une profonde inspiration.

— Je ne sais pas. Nous devrons attendre et voir ce qui se passe.

Il opina.

— Merci, Luta, dit-il doucement. Je sais que ça n'a pas été facile...

— Chut.

Je me levai, hésitante, franchis en titubant légèrement les quelques pas qui me séparaient du lit et je m'allongeai à ses côtés. Il gigota pour me faire un peu de place.

— Cela n'a pas été facile ni pour toi ni pour moi. Mais nous avons toujours fait de notre mieux et cela a marché jusqu'à présent. Enfin, à l'exception de Maja, j'imagine.

Il m'encercla de son bras et ferma les yeux.

— Tu as bien raison. Et Maja ira bien. Nous devons juste avoir confiance, attendre que les choses se placent, encore une fois.

Nous nous endormîmes alors, sans comprendre les forces en jeu à l'intérieur de nos corps, mais heureux de savoir que c'était une chose de plus que nous partagions.

Les quelques jours suivants me laissèrent l'impression d'avoir fait une terrible erreur. Hirin souffrit d'une fièvre intense qui dépassait les 40 degrés, une fièvre qui refusait de se calmer pendant deux jours complets, malgré les médicaments que Yuskeya lui administrait régulièrement. Il délirait parfois, son esprit vagabondait sur les chemins du passé, lointain ou récent. Il parlait à Karro et à Maja comme s'ils étaient à ses côtés, encore jeunes enfants, me promettait que nous continuerions à chercher ma mère, peu importe combien de temps cela nous prendrait, et citait des données pour des sauts que nous avions faits des années plus tôt. Nous dûmes inventer des excuses pour tenir le docteur Ndasa à l'écart, de peur que ce que Hirin racontait et les tests médicaux qu'il voulait réaliser ne vendent la mèche.

Je m'efforçais de passer autant de temps que possible avec Hirin sans éveiller la curiosité du docteur. Maja était présente presque en permanence et semblait prête à prendre de l'avance sur sa promesse de ne plus jamais m'adresser la parole. Nous parlâmes à peu près autant que des étrangers se croisant dans un ascenseur gravitationnel. Yuskeya donna un coup de main pour tenir le docteur à l'écart, expliquant que Hirin était déprimé par son état de santé et qu'il avait demandé à passer un peu de temps seul avec sa fille et avec moi, seuls membres de sa famille sur le vaisseau.

Elle me raconta plus tard que le docteur lui avait demandé : « Quel est le lien entre Hirin et le Capitaine? Je n'ai jamais demandé... »

— Je lui ai dit que vous étiez une nièce, ou quelque chose du genre, me confia-t-elle. Est-ce que ça va?

— Bien sûr. Pour autant que je me rappelle de raconter la même histoire s'il me pose des questions.

Quatre jours après la transfusion, la fièvre de Hirin tomba soudainement. Il était éveillé et exigeait de la « vraie » nourriture. Trois jours plus tard, il était hors du lit et de retour à la normale. J'étais si soulagée que j'étais presque prête à pardonner Maja ce pacte avec Dores Amadoro. Elle semblait également s'adoucir à mon égard. En fait, elle ne semblait plus fâchée, juste silencieuse et distante.

— Je n'arrive pas à croire à quel point son état s'est amélioré, avoua le docteur Ndasa, alors que nous étions réunis pour partager le déjeuner dans la galerie. Hirin s'était joint à nous et fouillait dans le congélateur dans l'espoir d'y trouver quelque chose d'alléchant.

Je poussai un soupir.

— C'est un immense soulagement, je peux vous le dire. Merci pour tout ce que vous avez fait pour lui, docteur.

Il secoua la tête.

— Je ne sais pas si j'ai vraiment fait une différence. Il semble avoir réussi à combattre la maladie par lui-même. C'est un homme robuste.

Hirin me fit un clin d'œil par-dessus la tête du docteur.

— Un mode de vie sain, de la bonne nourriture et tous les vices avec modération, c'est ma devise.

— Hé bien, cela semble avoir fort bien fonctionné pour vous. Dites-moi, Hirin, me permettrez-vous de faire quelques examens bientôt pour voir comment se comporte le virus? Vous sentez-vous suffisamment bien pour cela? J'aimerais bien savoir ce qui se passe dans votre corps.

Hirin s'installa en face du docteur.

— J'aimerais bien le savoir également, Doc, mais pour vous dire la vérité, j'en ai assez des sondes médicales et des examens pour le moment. J'aimerais juste profiter de mon état, le temps que ça durera.

Le docteur eut l'air vaguement déçu et une odeur de pain frais émana de sa peau, mais il acquiesça.

— J'imagine que je peux vous comprendre. Mais vous me le direz, lorsque nous pourrons reprendre ces examens, n'est-ce pas?

— Oh, absolument, Doc. Je vous tiendrai au courant, n'ayez aucun doute.

Il entama son déjeuner avec un grand *gusto*.

Il était encore meilleur menteur maintenant que jamais dans sa jeunesse, mais j'étais contente de voir que ça l'amusait. Je les laissai discuter, le docteur et lui, et me dirigeai vers le pont pour vérifier ce qui se passait de ce côté. J'en avais déjà suffisamment sur les épaules alors que nous nous approchions de Kiando concernant ce que nous pourrions y trouver — ou qui nous pourrions y trouver.

Avant même de sortir du système Delta Pavonis, toutefois, j'allais découvrir une nouvelle source d'inquiétude bien différente.

Chapitre 12

Piraterie et autres passe-temps peu recommandables

Nous avions quitté Renata depuis une semaine lorsqu'un appel urgent provenant des comms du vaisseau me tira d'un profond sommeil.

— Capitaine, c'est Yuskeya.

— Je l'écoute.

Je m'efforçai de revenir à la réalité. Hirin, à mes côtés, s'assit également.

— Je suis seule sur le pont et il y a un vaisseau qui s'approche de nous rapidement. J'ai tenté de communiquer avec le pilote, mais pas de réponse. Je n'aime pas beaucoup cette situation.

Sa voix était sèche et professionnelle.

— J'arrive. Réveille Baden, Viss et Rei, convoque-les sur le pont.

— Oui, Capitaine.

Je balançai mes jambes par-dessus Hirin et tentai de retrouver mes jeans que j'avais abandonnés sur la chaise du bureau. Hirin était tout juste derrière moi.

— Tu restes ici, ordonnai-je en enfilant un haut à manches courtes. Tu dois te reposer. Je suis certaine que ce n'est rien. Nous sommes tous un peu nerveux.

Il avait déjà commencé à attacher sa combinaison.

— C'est ce que tu penses, dit-il d'un ton sans appel. Je me sens bien et j'ai encore un intérêt substantiel dans ce vaisseau, je te rappelle.

Je ne voulais pas argumenter davantage, puisque c'était évident que je perdais mon temps de toute façon. Le vaisseau fit une violente embardée vers la gauche juste au moment où j'ouvris la porte, me projetant de façon fort peu élégante dans le corridor.

— Bordel, jurai-je à voix haute, avant de me mettre à courir vers le pont.

Yuskeya y était encore seule. Elle ne leva pas les yeux de la console de pilotage lorsqu'elle m'entendit arriver.

— C'est un vaisseau Dard sans marque distinctive, me lança-t-elle, et sa signature est brouillée. Je n'ai aucune idée de ce qu'il essaie de faire. Il ne nous a pas hélés, il n'a pas utilisé ses armes contre nous. Il essaie juste de se placer sous notre vaisseau. J'ai effectué des manœuvres évasives.

Je me demandai où Yuskeya, une navigatrice, avait appris à effectuer des manœuvres évasives, mais elle semblait savoir ce qu'elle faisait et je n'avais pas vraiment le temps de l'interroger. Rei et Viss arrivèrent tous deux sur le pont à cet instant. Rei se glissa à la console de pilotage secondaire tandis que Yuskeya lui répétait ce qu'elle venait de me raconter. Viss s'installa, pour sa part, à la console d'Ingénierie et alluma l'écran.

— Viss, essaie de trouver sa signature. Merde, mais que fait-il?

Baden apparut sur le pont en courant et s'élança vers la console des comms.

— Que se passe-t-il?

Avant que je ne puisse lui répondre, Viss aboya : « Merde! Le dispositif de neutralisation du sas de la cale 1 vient d'être engagé! »

— Baden, tu peux me dire...

Le vaisseau fit une nouvelle embardée.

— Le sas extérieur de la cale 1 est ouvert! hurla Viss.

— Quoi? Ferme-le!

Viss saisit des commandes dans l'ordinateur, mais secoua la tête en signe de négation.

— Impossible. Quelque chose paralyse les contrôles. Je

descends.

Il se précipita hors du pont avant que je ne puisse le lui interdire. Yuskeya était deux pas derrière lui.

— Merde! Baden, viens avec moi! Hirin, tu as les commandes du pont, lançai-je par-dessus mon épaule alors que j'emboîtais le pas à Viss et Yuskeya.

Le casier à armes était ouvert, j'en tirai les deux fusils plasma restants et en tendis un à Baden. J'entendis un bruit, probablement Viss qui glissait le long de l'échelle de métal menant à l'Ingénierie, au pont inférieur. Baden me fit signe de la main pour que je le laisse passer en premier et nous descendîmes dans l'écoutille.

— C'est quoi, ce merdier? me demanda Baden alors que nous descendions. Y a-t-il quelque chose dans la cale 1?

— Non, Viss pensait qu'on devrait la laisser vide si nous voulions traverser la Fissure. Ils peuvent avoir choisi cette cale par hasard, pour prendre le vaisseau d'assaut.

Prendre le vaisseau d'assaut. Mes propres mots me donnèrent la chair de poule. La piraterie existait dans l'Espace proche, mais le Protectorat s'efforçait de garder la situation sous contrôle. Ceux qui s'y adonnaient quand même étaient des brutes endurcies et sans merci, pas des gens que je souhaitais rencontrer.

Nous atteignîmes l'Ingénierie et sautâmes de l'échelle sur le pont. Le vaisseau fit une nouvelle embardée vers la gauche; je titubai et manquai de peu de tomber dans l'écoutille ouverte. J'attrapai un barreau de l'échelle pour me ramener sur le pont. L'écoutille béait vers la cale 4 plus bas et je n'avais aucune envie de faire le même saut que l'intrus masqué avait choisi de faire, quelques semaines plus tôt.

— Tu es *okej*? hoqueta Baden.

Je lui fis signe que oui. Nous traversâmes l'Ingénierie pour atteindre l'écoutille menant à la cale 1, située à l'avant du vaisseau. Les cales n'étaient pas reliées au niveau inférieur, chacune était munie de son propre sas et de son dispositif de verrouillage. Les pas de Viss sur le métal du plancher résonnaient alors qu'il courait, en avant, le long du corridor encadré des capsules servant à l'entreposage du carburant. Je n'avais aucune idée où était passée Yuskeya, mais elle n'était pas devant nous. L'écoutille menant à la cale était située au bout du couloir. Viss y était agenouillé lorsque nous le rattrapâmes.

— Viss! l'apostrophai-je. Il s'interrompit et leva les yeux sur moi, une main posée sur le levier permettant d'ouvrir la porte.

— Rouge, la lumière est rouge!

La lumière d'alerte à côté de l'écoutille était cramoisie, indiquant que la cale en dessous n'était pas pressurisée. L'écoutille n'aurait pas dû pouvoir s'ouvrir sans un code, de toute façon, mais j'ignorais si qui que ce soit, dans mon équipage, avait les idées claires, en ce moment.

Viss lâcha le levier, se leva et donna un violent coup de pied sur le côté de l'écoutille. Aucun de nous n'avait pris le temps de mettre une combinaison EVA, alors l'écoutille devait rester fermée. Il tourna les talons, me dépassa et courut en direction de l'Ingénierie pour prendre les combinaisons EVA qui y étaient entreposées. Il faillit entrer en collision avec Yuskeya. Elle avait les bras chargés de combinaisons EVA, Maja à sa suite, également les bras pleins. Je clignai des yeux. Les cheveux blonds de Maja étaient encore ébouriffés d'avoir été tirée de son sommeil et elle ne portait qu'une courte veste par dessus sa combinaison de nuit, mais elle semblait en parfait contrôle d'elle-même. De toute évidence, elle s'était arrêtée au casier à armes pour saisir un pistolet, puisqu'elle avait en main un Vipère à faisceau concentré en main. J'étais consciente que je la dévisageais. Elle laissa passer Viss et se précipita dans le couloir pour nous rejoindre.

— Comment vas-tu? Que se passe-t-il? m'interrogea-t-elle.

— J'aimerais bien le savoir. Des pirates, apparemment. Qu'est-ce que tu fais ici?

— Tu t'attendais à quoi? Que je me terre dans ma cabine alors que le vaisseau est attaqué? rétorqua-t-elle.

Viss revenait vers nous. Il avait fermé et scellé les cloisons de l'Ingénierie derrière lui, au bout du corridor. Il saisit la combinaison que Yuskeya lui tendait.

— Mettez-les, vite! ordonna-t-il. S'ils démolissent cette écoutille de l'autre côté...

Merde, je n'y avais pas pensé! Le Tane Ikai était doté de cloisons hermétiques entre chaque pont, mais nous ne les fermions pratiquement jamais. Je touchai ma puce personnalisée pour communiquer avec le pont.

— Rei et toi, sautez dans des combinaisons EVA, juste au cas où, dis-je à Hirin. Réveillez le docteur Ndasa. Étant donné que les portes de la cale sont ouvertes...

— Déjà fait, répondit Hirin. Que se passe-t-il là-dessous?

— Je te tiens au courant.

Je me battis avec la combinaison EVA, m'efforçant de l'enfiler le plus rapidement possible. Mes doigts tremblaient alors que je me demandais si les intrus ouvriraient l'écoutille de la cale dépressurisée avant que nous ayons mis ces combinaisons. Les autres se dépêchèrent également. Baden donna un coup de main à Maja pour fermer les attaches inhabituelles.

— Qu'est-ce qu'ils font là-dedans? me demandai-je à voix haute. Il n'y a rien dans cette cale et on dirait qu'ils ne tentent pas de monter.

Viss me jeta un regard indéchiffrable et lança « Je vais ouvrir l'écoutille. » Il avait été le premier à revêtir la combinaison et se tenait debout, impatient, attendant que nous ayons terminé d'enfiler les nôtres.

— Ils la surveillent probablement, l'avertit Baden. Sois prudent.

Viss lui fit un large sourire avant de tirer le levier de l'écoutille. Immédiatement, des coups de fusil plasma retentirent dans la cale. Viss me jeta un coup d'œil puis s'élança dans l'écoutille ouverte. Yuskeya et Baden le suivirent dans une pluie de coups de feu.

— Reste ici, ordonnai-je à Maja avant de m'élancer dans l'écoutille à leur suite.

Lorsqu'on saute par l'écoutille d'une cale, deux options s'offrent à nous. On peut descendre les quelque cinq mètres qui nous séparent du plancher à l'aide de l'échelle de métal ou on peut s'élancer sur le côté pour atteindre les passerelles suspendues sur le côté de l'écoutille. Puisque j'y allais à l'aveuglette, j'atteignis la passerelle, m'y laissai tomber et rampai vers la droite. Il n'y avait aucune lumière dans la cale, même si Viss avait probablement activé le commutateur lorsqu'il avait quitté le pont. Les lumières étaient faibles, en train de chauffer, alors la cale était plongée dans une obscurité presque totale.

Je pouvais deviner le contour de quelques objets. Les portes étaient toujours ouvertes, même si elles étaient presque entièrement bloquées par le Dard qui s'était fixé à la coque du Tane Ikai, juste à l'extérieur de l'entrée. Les portes de la cale du Dard étaient également ouvertes et on pouvait voir une pile de boîtes à l'intérieur. Quelques silhouettes vêtues de combinaisons EVA étaient agenouillées derrière ces boîtes, tandis qu'une autre personne essayait de se protéger derrière une boîte sur le sol de notre propre cale. Ce tableau n'avait aucun sens pour moi. Ils avaient envahi notre vaisseau pour déposer des boîtes dans notre cale?

Quelques coups de fusil plasma retentirent du Dard, mais les assaillants étaient trop loin et ne purent nous atteindre sur la passerelle. Le dernier pirate profita des tirs de protection pour quitter le Tane Ikai et retourner vers le Dard, tandis que Viss tira à quelques reprises. Le premier coup manqua sa cible, mais le second atteignit le pirate à la jambe, le faisant glisser et tomber. Il se mit à ramper sur le sol en direction de la porte ouverte. Il laissa derrière lui son arme et un techmod, appliquant une main contre la chair et le tissu calcinés sur son mollet et tentant de se hisser par le chambranle de la porte de l'autre vaisseau. Il cessa de ramper, se remit sur pied puis réussit à se propulser suffisamment loin pour traverser l'espace séparant les deux cales au moment où la porte du Dard se fermait, bloquant ainsi notre vue. Viss poussa un cri de rage assourdi par son casque et se laissa glisser le long de l'échelle. Yuskeya tira en direction du Dard, mais il était hors de portée et le plasma se dispersa sans causer de dommage à quoi que ce soit.

Au même moment, Maja sauta sur la passerelle et roula immédiatement sur le côté, se redressant avec le Vipère bien en main alors qu'elle regardait autour d'elle. J'étais bouche bée.

Elle me décocha un sourire.

— Cours d'autodéfense Guerrier Chi. Je devais trouver une façon de passer ma colère lorsque Taso m'a quittée.

Bon, voilà qui expliquait cette vilaine ecchymose faite à l'agent de PrimaCorp, sur Rhea.

Dès que la porte du Dard se ferma, le vaisseau se détacha de la coque et s'éloigna, tout d'abord avec lenteur, puis de plus en plus rapidement. J'aurais souhaité que les cales à torpilles du Tane Ikai soient bien remplies, à cet instant, pour ordonner que ce petit *bastardo* disparaisse de la circulation, mais c'était inutile. Je ne conservais pas de torpilles à bord depuis que Hirin et moi avions choisi de passer de marchandises vraiment excitantes à des livraisons plus inoffensives. De plus, avec les patrouilles du Protectorat, l'idée des pirates s'était estompée pour ne devenir qu'un mauvais souvenir d'une ère depuis longtemps révolue.

Viss se rendit au panneau de contrôle adjacent aux portes ouvertes et saisit quelques commandes. Les portes de la cale se fermèrent doucement. Une fois scellée, la cale pourrait être pressurisée à nouveau. Pour l'instant, nous devions parler par le système des comms. J'abandonnai mon fusil plasma sur la passerelle et descendit l'échelle, Baden et Maja sur les talons. Yuskeya était déjà en bas et recueillait l'arme et le techmod du pirate.

La voix de Hirin retentit par les comms.

— Luta? Que se passe-t-il? Devons-nous les poursuivre?

Je réfléchis à toute vitesse.

— Non, ça ne vaut pas la peine. Nous ne rattraperons jamais un Dard, trop rapide. Tout le monde est *okej*, en haut?

— Tout va bien. De ton côté ?

— Aucun problème. Vous pouvez probablement vous débarrasser des combinaisons EVA.

Pendant cette conversation, j'avais eu le temps d'atteindre le plancher et je réalisai qu'il y restait encore une douzaine de caisses entassées dans les sangles. Lentement, ma confusion s'estompa... du moins en partie. Les pirates n'essayaient pas de charger quelque chose dans la cale; ils étaient en train de se servir. Toutefois, cette cale était censée être vide.

— Mais c'est quoi, tout ça? demandai-je.

Personne ne répondit et la question resta en suspens dans les airs, créant une soudaine tension.

— J'imagine que je pourrais te dire de demander à ton frère, mais ça ne suffira pas, n'est-ce pas? suggéra Viss.

Je me tournai vers lui, mains sur les hanches.

— Non. Non, ça ne suffira pas. Qu'est-ce que Lanar a à voir avec tout ce bordel?

Viss soupira.

— Tu veux retourner à la galerie, question de prendre un triple caff? Ça risque de prendre un moment pour tout expliquer.

Je fusillai Viss du regard, mais c'est franchement difficile de vraiment communiquer sa colère lorsqu'on a un casque EVA sur la tête.

— Je crois que nous devrions plutôt nous rendre sur le pont.

Je n'avais pas souvent l'occasion de voir Viss penaud, mais c'est bien l'air qu'il avait lorsque nous fûmes tous rassemblés. On voyait à l'écran une magnifique nébuleuse qui tourbillonnait au loin, mais personne n'y fit attention. Viss et moi étions face à face, près de ma chaise de commandement, mais je ne m'assis pas. Les autres étaient installés aux diverses stations, les chaises tournées pour regarder dans notre direction. On pouvait presque entendre le grondement de la tension, comme si le moteur de saut s'échauffait.

— Tu es sûre que tu ne veux pas qu'on en discute en privé? me demanda Viss.

Je le dévisageai.

— Tu as mis tous les membres de cet équipage en danger. J'estime qu'ils ont le droit de savoir ce que tu as à dire.

— Il pourrait y avoir... Disons, des forces supérieures... qui n'aimeraient pas particulièrement ça, me prévint-il.

— Tes forces supérieures peuvent aller se faire voir. Tu as une seule chance de t'expliquer, et la voici. Cesse de perdre ton temps.

En règle générale, je m'entendais particulièrement bien avec Viss, pas parce que j'avais quelque illusion que ce soit au sujet de son passé trouble, ou de son présent, pour ce que ça changeait, mais plutôt parce que je croyais que nous partagions la même philosophie pour les questions morales. La possibilité de ce genre de trahison ne m'avait jamais même traversé l'esprit. D'abord Maja, et maintenant Viss. Cette pensée me laissa un goût amer.

— J'imagine que je ne suis pas un très bon contrebandier, dit-il avec un demi-sourire.

Que je ne lui rendis pas.

— Oh, je n'en suis pas si sûre, tu m'as bien eue, et c'est mon vaisseau. Que contiennent ces caisses dans la cale?

— De la tech illégale, me répondit-il.

Je fermai les yeux. Transporter de la tech illégale était un crime aux termes des Lois élémentaires qui pouvait nous envoyer en prison pour un séjour qui serait, même pour moi, très, très long.

— Et pourquoi est-ce à bord de mon vaisseau?

Viss déglutit.

— Parce que ton frère m'a demandé de l'amener sur Kiando, ou aussi près de Kiando que possible, en son nom.

— Son frère? interrompit Yuskeya. Tu veux dire l'*Admiralo*?

— C'est le seul qu'elle ait, pour autant que je sache, répondit Viss d'une voix traînante.

— Je n'y crois pas.

Yuskeya se cala dans sa chaise flottante et croisa les bras, l'air aussi furieux que moi.

— Jamais il ne mettrait la Capitaine en danger comme ça.

Je me passai la main sur les yeux.

— Vaut mieux que tu me racontes toute l'histoire.

— Puis-je m'asseoir? demanda-t-il, tirant une chaise flottante de la console de pilotage secondaire sans attendre ma réponse. Il la tourna de façon à me faire face et s'y installa, se penchant vers l'avant, les coudes appuyés sur les genoux.

— Voici ce que je sais. L'*Admiralo* a communiqué avec moi alors que nous étions sur Terre et à nouveau juste avant notre départ. J'ai accordé quelques... faveurs, disons, au Protectorat dans le passé, alors ce n'était pas si inhabituel. Il m'a dit que le Protectorat tenait PrimaCorp à l'œil depuis un bon moment, quelque chose lié à des activités irrégulières au sein d'une filiale de tech, et il a réussi à... obtenir... des techs illégales appartenant à PrimaCorp.

Il fit une pause.

— J'ai mes propres problèmes avec PrimaCorp, mais je vois mal en quoi c'est lié.

Il haussa les épaules.

— En fait, il n'y a aucun lien. Tu vois, le Protectorat voulait avoir la chance d'examiner ce matériel, mais il fallait d'abord amener la tech sur une planète contrôlée par une autre société. Le Protectorat doit être prudent, lorsqu'il traite avec PrimaCorp, il ne veut pas que qui que ce soit sache qu'il est impliqué. Envoyer un de leur vaisseau pour le transport, c'était trop risqué. Mais nous allions vers Kiando de toute façon, ce n'était pas un gros chargement et je savais que nos cales n'étaient pas pleines... Si je pouvais te convaincre de garder une cale vide...

— Et que se passait-il si nous étions arrêtés avec de la tech illégale à bord de notre vaisseau? demandai-je.

— L'*Admiralo* m'a dit qu'il veillerait à ce que ça n'arrive pas et que, s'il ne pouvait pas l'empêcher, il corrigerait la situation. Tu te rappelles, lorsqu'un vaisseau de la police planétaire martienne se dirigeait vers nous, il est intervenu? Je crois que c'est pour ça.

— La tech était déjà à bord, à ce moment.

Viss fit signe que oui, mais il eut au moins la décence de rougir.

— Une fois que je t'ai convaincue de laisser la cale 1 vide, j'avais l'espace nécessaire et la cale n'avait pas à être ouverte à nouveau, alors le secret était bien gardé. Le message de l'*Admiralo* m'est parvenu dès que nous sommes arrivés à proximité de la Terre.

Je levai les mains au ciel.

— Et qui est là pour me protéger, maintenant? Je n'ai pas vu de vaisseau du Protectorat venir à notre rescousse lorsqu'un pirate s'est introduit sur mon vaisseau et nous a attaqués!

Viss fronça les sourcils.

— Je ne crois pas qu'il s'attendait à ça... L'*Admiralo* n'a pas mentionné que quelque chose comme ça pouvait arriver.

— Bordel, qui sont ces pirates?

— Aucune idée.

Viss caressa distraitement sa barbe poivre et sel.

— Je suis un peu inquiet, pour être honnête. Ils savaient exactement où nous trouver et où chercher, sur le vaisseau, pour trouver les marchandises.

— À moins que ce ne soit qu'une coïncidence, suggéra Yuskeya, mais elle ne semblait pas particulièrement convaincue par sa théorie. Elle fixait Viss d'un regard glacial.

— Viss, as-tu mentionné à Lanar que nous allions vers Kiando? demandai-je. Le message aurait pu être intercepté?

Il secoua la tête, l'air grave.

— Non, Capitaine, parce que je ne lui ai pas mentionné ce détail. Je lui ai dit que je verrais jusqu'où je pourrais les transporter et que je l'informerais quant à l'endroit où le Protectorat pourrait recueillir ses marchandises. Nous avons... des amis communs, disons. J'étais certain que je pourrais organiser quelque chose. Je savais que tu voulais garder le secret, au sujet de Kiando.

— Je pense que c'est PrimaCorp, s'exclama soudainement Baden.

— Pourquoi?

— Si la société a un espion au sein du Protectorat, elle a découvert où la tech allait et comment elle y serait transportée, elle aurait pu décider d'essayer de la récupérer.

— PrimaCorp aurait un espion au Protectorat? Impossible, rétorqua Yuskeya, secouant la tête.

Hirin prit la parole.

— Si PrimaCorp devait se donner tout ce mal, commença-t-il, pourquoi ne pas défoncer cette écoutille pour entrer dans le vaisseau et venir chercher Luta en même temps? Nous savons qu'ils sont toujours à ses trousses. Une pierre, deux coups.

Tout le monde se tut, essayant probablement d'imaginer le scénario. C'est ce que je faisais, et je n'étais pas très heureuse d'y penser. Rei gloussa doucement.

— Différentes divisions? suggéra-t-elle. Ces gars ne savent probablement rien au sujet de Luta. PrimaCorp est immense… Une organisation suffisamment grosse pour rendre le Protectorat nerveux. Les employés ne sont pas nécessairement au courant de ce que les autres font.

— Super, rétorquai-je. Donc, nous avons deux groupes d'agents de PrimaCorp à nos trousses, maintenant? Ça me donne envie de tenter ma chance et de me précipiter dans le tunnel inexploré le plus près.

Je me retournai vers Viss.

— Lanar a-t-il expliqué pourquoi le Protectorat se fait discret autour de PrimaCorp? Cela me semble curieux.

Viss secoua la tête en signe de négation.

— Il n'a pas vraiment dit quoi que ce soit. Simplement que PrimaCorp prépare quelque chose, sans précision, et que le Protectorat s'efforce de l'empêcher. Il a mentionné que c'était une « opération délicate ».

— Si le Protectorat est inquiet, alors je suis inquiet aussi, s'exclama Baden.

Yuskeya semblait sur le point d'ajouter quelque chose, mais se renfrogna et garda le silence.

Je poussai un soupir.

— *Okej*, alors retournons à nos moutons. Viss, descends et

vérifie l'intégrité de la cale. Je veux savoir comment ils ont réussi à ouvrir les portes et s'ils ont endommagé le vaisseau de quelque façon que ce soit. Yuskeya, règle les paramètres radar pour une portée maximale dans le système et fait un balayage continu. Je veux être informée à l'avance, très longtemps à l'avance si quelqu'un d'autre veut nous rendre visite.

Viss hocha la tête et se leva.

— Viss, tu sais que je vais devoir vérifier ton histoire auprès de Lanar.

Son visage se fendit d'un large sourire.

— J'aurais moins de respect pour toi, Capitaine, si tu ne le faisais pas, me répondit-il. En fait, je suis un peu surpris que tu n'aies pas encore ordonné de m'enfermer dans mes quartiers.

— Ce n'est pas parce que je n'y ai pas pensé. Maintenant, dégage.

Viss me décocha un sourire et se dirigea vers le pont des cales.

— Baden, tu veux bien aller vérifier les caisses qui sont encore dans la cale? Assure-toi juste qu'elles sont bien sanglées.

— Oui, Capitaine, répondit-il.

Je remarquai l'étincelle dans ses yeux.

— Et n'ouvre pas les caisses. Je sais que tu aimerais bien mettre la main sur certains de ces techmods, mais c'est strictement interdit, compris? Peu importe ce qui reste, je veux les rendre à Lanar intacts.

— Oh, Capitaine! Juste un coup d'œil? Je te jure que je ne prendrai rien.

Je secouai la tête.

— Tu n'ouvres pas les caisses. Je lui souris. Je sais que tu serais incapable de résister à la tentation. Dis-toi que je te protège de tes propres instincts.

— Tu es bien sévère..., lança-t-il en secouant la tête, avant de quitter le pont.

Maja le suivit. Je me levai, même si j'avais l'impression que mon corps avait à peine l'énergie pour bouger.

— Rei? Je m'étirai, sentant les nœuds dans mes muscles. Dès que tu as le feu vert de Viss et de Baden, remets le vaisseau en route vers le tunnel menant à Mu Cassiopée, s'il te plaît. Une fois que nous serons en route, je veux qu'on double les veillées sur le pont. Personne ne travaille seul. Je retourne me coucher et si qui que ce soit me réveille avant le matin, je convertis une des cales en prison.

De retour à ma cabine, je m'étendis sur le lit sans prendre le temps de changer de vêtements. Je voulais envoyer un message à Lanar immédiatement, question de lui reprocher en premier lieu d'utiliser le Tane Ikai comme mule et ensuite de ne pas m'avoir soumis son problème plutôt qu'à Viss. Je savais bien que Lanar préférait croire que j'étais toujours restée du bon côté de la loi dans mon travail, mais cela me blessait qu'il n'ait pas demandé mon aide.

Toutefois, ce n'était pas prudent d'envoyer ce genre de message. PrimaCorp possédait, par une de ses filiales, un monopole sur pratiquement tous les systèmes de communication de l'Espace proche, c'était simplement trop risqué que le message soit intercepté ou vérifié. Je pensai demander à Viss s'il comptait un voleur de données au nombre de ses amis peu recommandables, mais je décidai de ne pas poser la question. Le vaisseau était déjà dans une situation suffisamment problématique, avec cette tech de contrebande dans ses cales. Je n'avais pas à y ajouter d'autres activités illégales.

D'ailleurs, j'étais trop furieuse contre Viss pour lui demander un service. Je soupirai, me tournant dans le lit. Je m'efforçai de mettre de côté toutes mes préoccupations et de me reposer un peu. Cela a dû marcher, car je n'eus pas connaissance lorsque Hirin s'installa à mes côtés.

Chapitre 13
Face à face avec une irréalité certaine

La santé de Hirin s'améliorait de jour en jour. Nous étions tous deux certains que les petits elfes mystérieux qui vivaient dans mon corps étaient maintenant à l'œuvre dans le sien. Il avait maintenant récupéré la bonne forme que nous avions remarquée au tout début du voyage et semblait prêt à dépasser cette limite. N'empêche, la seule pensée du prochain tunnel me terrorisait.

Notre rencontre avec les pirates eut toutefois des conséquences positives. Maja et moi arrivâmes dans la galerie au même moment, le lendemain matin. Je compris que dès le moment où elle avait sauté dans l'écoutille, Vipère en main, j'avais cessé d'être furieuse contre elle.

— Merci de nous avoir aidés, la nuit dernière.

Je tirai des doubles caffs de la machine pour nous deux. Elle eut un sourire timide.

— Je n'ai pas fait grand-chose, en fait.

— Mais tu étais là.

— Parfois, les familles doivent se tenir les coudes, sans se poser de question, riposta-t-elle en me tendant une assiette de *pano* et me décochant un sourire inhabituel. Les attaques de pirates entrent dans cette catégorie.

Rei entra au même moment et nous nous tûmes, mais je

sentais qu'il y avait peut-être encore un peu d'espoir pour nous deux.

Nous avions encore une journée avant de faire le saut vers le système Mu Cassiopée lorsque Baden me héla à l'aide des comms du vaisseau. Hirin et moi étions en train de disputer une partie de quozit dans mes quartiers.

— Capitaine, une communication Vaste pour toi, mais le signal est faible. *Admiralo* Lanar Mahane, à bord du vaisseau-patrouille du Protectorat S. Cheswick.

— Merci, Baden.

Je changeai de canal pour lancer la communication. Hirin me fit signe qu'il se rendait à la galerie pour une collation et je hochai la tête. Le visage de mon frère apparut à l'écran, son large sourire constellé de pixels en raison de la mauvaise réception.

— *Saluton*, sœurette! Content de te voir à nouveau!

Cette fois, je ne dis rien au sujet du « sœurette ». J'étais trop fâchée pour jouer le jeu avec lui, mais j'étais également consciente que la comm pouvait être surveillée, alors je choisis mes mots avec soin.

— *Hola*, Lanar. Tu appelles pour parler à Viss?

— Non, pourquoi est-ce que...

Il s'interrompit et son sourire s'estompa. Il déglutit.

— Oh, comment se porte Viss, alors?

— Il a eu une mauvaise surprise lorsque des pirates ont réussi à prendre mon vaisseau d'assaut. Ils étaient à la recherche de marchandises que je transporte.

— *Dio*! Tout le monde va bien?

Il semblait sonné et j'en tirai une satisfaction perverse.

— Oui, ils n'ont pas réussi à s'emparer de grand-chose. Ce que je n'arrive pas à comprendre, c'est comment ils ont su que nous transportions ces marchandises en particulier. Ils devaient avoir des renseignements privilégiés... J'imagine que l'expéditeur n'a pas pris suffisamment de précautions.

— J'imagine que tu voudras lui parler dès que possible, répondit-il d'un ton prudent.

— Oui, toute cette histoire m'a rendue furieuse. Je vais lui dire ma façon de penser la prochaine fois que je le vois.

— J'imagine qu'il se sent plutôt coupable...

— Il vaut mieux pour lui! rétorquai-je d'un ton cassant. Alors, que se passe-t-il? Je ne croyais pas que je te reverrais si tôt.

Il semblait soulagé que je change le sujet.

— J'aurais préféré que la réception soit meilleure... Nous sommes à proximité du tunnel vers les Bérénices Beta Comae, nous nous apprêtions à faire le saut. Je me suis dit que je devrais te parler avant que tu ne quittes le système.

— Tu as réussi, mais tout juste. Apparemment, nous n'avions pas beaucoup de temps. Hirin se porte mieux. En fait, sa santé n'a pas été aussi bonne depuis des années.

— Vraiment? Ce sont de merveilleuses nouvelles, Luta! Que s'est-il passé?

Je lui souris.

— On pourrait dire que j'ai utilisé mes charmes pour l'aider.

Ses yeux gris se plissèrent, fixés sur moi.

— Et je me demande bien ce que ça veut dire? Je pense qu'on devrait se rencontrer, en personne, bientôt.

— Tu as parfaitement raison. Tu as reçu le message de PrimaCorp? Au sujet des procédures juridiques?

Je ne me souciais pas particulièrement du fait qu'ils pourraient connaître mes sentiments au sujet de cette mascarade. Lanar gloussa.

— Je l'ai reçu! Je pense que c'est de l'esbroufe.

— Je ne sais pas. De ce que j'ai vu de leur part récemment, on dirait qu'ils sont un peu plus brutaux qu'avant.

— Tu as raison.

Il se pencha vers l'écran, l'air soudainement sérieux.

— Tu les as... rencontrés plus d'une fois?

— Oui, mais je crois qu'on devra attendre d'être face à face pour que je te raconte les détails. Écoute. Est-ce que c'est lié à ces changements dont Sedmamin parlait? Ils t'ont généralement évité, dans le passé.

Les lèvres de Lanar se pincèrent pour ne devenir qu'une fine ligne.

— Je dirais que c'est connexe, oui. Je m'attendais à ce que Sedmamin joue de façon plus discrète, par contre, mais il a tendance à oublier que les gens peuvent comprendre par eux-mêmes ce qui se passe.

— J'adore discuter avec toi, Lanar, mais les énigmes, ça

devient énervant, avec le temps, soupirai-je.

Il éclata de rire.

— Tu as probablement raison, mais c'est tout ce que je peux te dire pour l'instant. Tout va bien, alors?

Je fis signe que oui.

— Je vais bien. J'ai un passager qui se dirige vers un système externe et je compte y faire un tour, visiter l'endroit lorsque nous arriverons à destination.

— Hmmm... Quelque chose d'intéressant, là où tu vas?

— Peut-être, dis-je en haussant les épaules. Peut-être pas. Je te tiens au courant.

— S'il te plaît.

Il fit une pause.

— Tu crois que quelqu'un te suit?

Je secouai la tête.

— Non, je ne pense pas, mais je ne peux pas être certaine non plus. Yuskeya a lancé un balayage du système continu, alors on devrait avoir une bonne longueur d'avance si des visiteurs se pointent. Il ne devrait pas y avoir d'indication quant à ma destination dans les dossiers publics. Je pourrais fort bien prendre n'importe lequel des tunnels sortant de Delta Pav.

— Bon, si quelqu'un te suit, rappelle-toi que tous les mondes ne sont pas sous la coupole de PrimaCorp. Il y a d'autres sociétés, ailleurs, comme Schulyer et Duntmindi, qui n'aiment pas PrimaCorp plus que nous. Tu seras mieux protégée là-bas.

— Je ne crois pas que ce soit un problème.

— Tu as l'intention de communiquer avec eux, au sujet des procédures juridiques?

— Tu veux rire? La seule chose que j'aimerais leur dire, c'est qu'ils peuvent bien aller voir mes propulseurs de près...

Il éclata de rire à nouveau.

— Bonne idée! J'aimerais bien voir la tête de Sedmamin si tu lui envoies ce message. Mais écoute, Luta, dit-il d'un ton sérieux, ne t'inquiète pas trop, d'accord? Peu importe ce que tu penses, je suis là pour toi. Et fais attention à ces baies de Quil!

La réception commença à se dégrader.

— Que... Lanar!

Il sourit et je lus sur ses lèvres *gis la revido*. Je secouai la tête et lui fit un signe d'au revoir, alors que la communication Vaste se fragmentait.

— Oui, on se voit bientôt, frérot.

— Qu'est-ce que Lanar avait à raconter? me demanda Hirin, revenant avec du *kuko* au miel pour nous deux.

Je poussai un long soupir.

— Il a eu la décence d'avoir l'air coupable lorsqu'il a compris que j'étais au courant de son entente avec Viss. Et d'une façon ou d'une autre, il sait que nous allons vers Kiando.

— Quoi? Je croyais que tu n'avais pas consigné cette information.

— Non, je ne l'ai pas consignée. Et Viss affirme qu'il n'a pas mentionné à Lanar où nous allions.

Je fronçai les sourcils.

— Mais il m'a dit de faire attention aux baies de Quil. Je suis tombée malade, lorsque nous étions enfants, après en avoir trop mangé, lors d'une visite sur Kiando. C'est ce qu'il voulait dire.

— Étrange, murmura Hirin en secouant la tête. Ça doit être un truc du Protectorat. Peut-être est-il au courant, pour le docteur Ndasa?

Je haussai les épaules.

— Je ne sais pas. Il m'a dit de ne pas trop m'inquiéter, qu'il était là pour moi. Alors il doit me tenir à l'œil... D'une façon ou d'une autre. Je ne sais pas ce qu'il peut vraiment faire, par contre, étant donné que dans dix minutes, nous ne serons même pas dans le même système. Et si Lanar sait où nous allons... Alors, si PrimaCorp a vraiment un espion au sein du Protectorat?

Hirin ricana.

— N'est-ce pas un des proverbes du Protectorat? « L'inquiétude ne mène pas à la victoire »?

— Quelque chose du genre. Tout ce que je savais, c'est que j'aurais aimé partager l'assurance de Lanar.

Nous arrivâmes au tunnel menant à Mu Cassiopée vers minuit, heure du Tane Ikai, onze jours après la transfusion. Je n'avais même pas pris la peine d'aller au lit, sachant que nous étions si proches du tunnel. Cependant, à part Viss qui était de garde sur le pont, le vaisseau était plongé dans le silence. J'étais certaine que tous s'étaient retirés pour la nuit. Je passai la soirée seule dans ma cabine à lire, calée dans mon fauteuil. C'était difficile de me concentrer sur le livre, mais je savais que rien d'autre ne pouvait me distraire. Le tunnel dont nous approchions rapidement représentait beaucoup de problèmes potentiels auxquels je réfléchissais sans arrêt depuis une semaine et demie.

J'étais soulagée par les progrès de Hirin, mais j'étais tout de même inquiète. Si ce saut provoquait une nouvelle crise cardiaque, il n'y survivrait peut-être pas. Même s'il survivait, je ne pourrais jamais prendre le risque d'un nouveau saut tant qu'il était à bord. Cela voulait dire que le Tane Ikai et moi devrions rester dans le système Mu Cassiopée à jamais. Le système contenait deux planètes habitées, Kiando et Cengare, et bien que ce soit de jolies places à visiter, je n'étais pas certaine de vouloir y être coincée. Je ne croyais pas non plus que mon équipage accepterait cette situation, ce qui voulait dire les laisser partir, et ça me briserait le cœur. Après beaucoup d'essais et erreurs, j'avais réussi à rassembler un équipage qui fonctionnait bien ensemble et le perdre serait difficile.

En outre, même si je pouvais trouver un peu de travail en transportant des marchandises entre les deux planètes, un vaisseau spécialisé dans les missions éloignées serait un gouffre financier pour des trajets intrasystèmes et demanderait trop de ressources pour son entretien. Même si l'équipage se résumait à Hirin et moi et même si nous avions piloté ce vaisseau seuls dans le passé, je devrais probablement l'échanger contre un plus petit vaisseau. Je détestais cette idée.

Si ma mère n'était pas sur Kiando, je serais incapable de suivre sa trace, si elle en avait laissé une. PrimaCorp finirait bien par me trouver et je n'aurais nulle part où me cacher.

Plongée dans mon livre, j'avais réussi à mettre de côté ces problèmes, du moins pour un moment. C'est pourquoi je sursautai lorsque la voix de Viss retentit dans le système de comms du vaisseau.

— Capitaine, nous y sommes, dit-il d'une voix douce.

Je savais que tous étaient inquiets au sujet du saut, cela me touchait de savoir qu'ils se souciaient tant de Hirin, pour son propre bien et pour le mien.

— Tu veux qu'on le fasse maintenant, ou tu préfères attendre au matin? poursuivit-il. Cela ne coûte rien d'attendre un peu.

L'idée de retarder le saut était tentante, mais pendant que j'y réfléchissais, un coup retentit à ma porte. Hirin, me dis-je. Pas d'erreur, c'était lui. Il passa la tête dans l'entrebâillement sans attendre ma réponse.

— On arrive bientôt? me demanda-t-il en souriant.

— Nous y sommes. Tu préfères attendre le matin, pour faire le saut?

Il haussa les épaules.

— Je crois que nous sommes tous réveillés, quoique je sois certain que Rei peut piloter un saut même endormie, si nécessaire. Et si on en finissait?

Il avait l'air si sûr de lui, tellement comme le Hirin que je connaissais, que je me sentis un peu mieux.

— *Okej*, Viss, nous allons faire le saut immédiatement. J'arrive. J'imagine que tu devrais informer les autres.

Viss gloussa dans le système de comms.

— En fait, Capitaine, ils sont déjà sur le pont. Sauf le docteur Ndasa. Je vais l'avertir.

— *Dio*! Suis-je vraiment si prévisible?

Cela m'arracha un sourire, malgré l'inquiétude qui me rongeait.

On entendait le ronronnement du moteur lorsque Hirin et moi arrivâmes sur le pont. Maja était assise sur une chaise flottante, près de Baden, qui s'était installé à la station de comms. Leurs têtes, ses cheveux à lui couleur cacao et les siens, blonds, se touchaient presque alors qu'il lui expliquait quelque chose. Je fus un peu surprise de constater que je les avais souvent vus ensemble, ces derniers jours. J'avais simplement été trop anxieuse pour y prêter attention. Maintenant, c'était différent. Je dus combattre mon instinct maternel qui s'inquiétait des attitudes de séducteur de Baden. Maja était suffisamment vieille pour prendre soin d'elle-même. Par contre, je garderai un œil sur la situation. Cet instinct est difficile à ignorer...

Je m'efforçai de diriger mon attention sur l'écran plutôt que sur ma fille, cherchant la tache noire qui révélait l'entrée du tunnel. De ce point de vue, la bouche semblait suspendue dans l'espace, seules quelques étoiles brillaient au loin, alors cette tache où aucune étoile ne brille n'était pas aussi facile à distinguer et il me fallut quelques instants pour la trouver. Nous retournâmes chacun à notre place assignée, pratiquement les mêmes que celles que nous occupions lorsque nous avions traversé la Fissure, à l'exception de Maja qui ne quitta pas son siège, près de Baden, même si elle se tourna pour observer son père. Hirin me fit signe que tout allait bien et j'ordonnai à Rei de nous lancer dans le tunnel.

Ce tunnel était « normal », pas divisé comme la Fissure, et le tourbillon de couleurs était aussi spectaculaire que celui de tous les autres tunnels que j'avais franchis dans le passé. Toutefois, cette fois, ils me rappelaient péniblement mon mauvais rêve et je fixais Hirin d'un œil anxieux. Il semblait bien se porter et tout le monde se calma au fur et à mesure que nous avancions. Environ quinze bonds plus tard, nous étions éjectés hors du tunnel, dans la noirceur étoilée à nouveau. Rei éclata de rire, soulagée, et les hommes lancèrent des cris de joie. Maja serra brièvement Baden dans ses bras et mon instinct maternel s'emballa à nouveau. Même le docteur lâcha un profond soupir, comme si un poids lourd venait d'être levé de ses épaules.

Seule Yuskeya gardait les yeux obstinément sur son écran. Elle fronçait les sourcils alors que ses doigts voletaient sur les contrôles holographiques.

— Quelque chose ne va pas, Yuskeya? demandai-je.

Elle se secoua la tête en signe de négation.

— Je ne sais pas... Enfin, je ne crois pas.

Elle se tourna pour me faire face et lança un regard éloquent vers le docteur Ndasa.

— Une lecture qui semblait étrange, mais tout semble être rentré dans l'ordre, maintenant.

Hirin affichait un large sourire.

— Je me demande si vous êtes contents que je m'en sois sorti en un morceau ou si vous avez simplement hâte de profiter des plaisirs qu'offrent les vins de jarlais de Kiando... Peu importe, que diriez-vous si je vous offrais un verre, lorsque nous serons sur la planète, on pourra célébrer mon rétablissement?

Tous semblaient se réjouir à cette idée alors qu'ils se dirigeaient vers leurs cabines, mais je restai derrière pour parler à Yuskeya. Lorsque Viss, elle et moi fûmes seuls, elle expliqua : « Les capteurs ont saisi une signature, quelque part derrière nous, alors que nous entrions dans le tunnel. Mais elle a juste... disparu. Le tunnel pourrait avoir coupé le signal, ou la signature pourrait avoir été volontairement brouillée. »

— Tu as pu obtenir des données? interrogea Viss.

Elle se pinça les lèvres.

— Ça pourrait être une signature de PrimaCorp, mais je ne suis pas certaine. Je me suis dit que je ferais mieux de le mentionner, par contre.

— Ils devaient être loin derrière nous si la signature a tout juste été saisie, réfléchit Viss. Mais je vais continuer les balayages du système à portée maximale, juste au cas où.

— Merci, tous les deux. Je suis contente de voir que tout le monde reste vigilant.

Je les laissai, mon esprit bondissant loin de PrimaCorp, de Maja et des vins de jarlais, obsédée que j'étais par les réponses que j'espérais pouvoir trouver sur la prochaine planète que nous visiterions. Maintenant, je devais simplement trouver une bonne excuse pour convaincre le docteur Ndasa de m'amener avec lui lorsqu'il irait rencontrer la chercheuse pour qui il avait franchi une telle distance. Et décider ce que je lui dirais si c'était bel et bien la femme que je poursuivais depuis cinquante ans.

Finalement, obtenir une invitation au palais du président se révéla fort aisé. J'offris au docteur de lui donner un coup de main pour transporter la pile titanesque d'équipement et de bagages en toute sécurité vers sa nouvelle demeure. Il accepta avec joie.

— Je ne voulais pas déranger le président en quémandant de l'aide, alors que je viens juste d'arriver, me confia-t-il. Il m'a déjà invité à assister à une petite soirée informelle qu'il organise, ce soir, et me suggérait d'inviter qui je voulais. Je crois qu'il aime rassembler une gamme de visiteurs intéressants lors de ces salons, s'il le peut. Ce sont des événements réguliers, enfin, pour ce que j'en sais. Croyez-vous que les autres aimeraient se joindre à nous?

Je lui répondis que j'en étais absolument certaine, mais je devinais que quelque chose le troublait.

— C'est... C'est que le président les dit « informelles », mais je crois qu'il aime que ses invités soient habillés pour faire sensation, si vous voyez ce que je veux dire.

Il rougit, la nuance rosée de sa peau normalement ambrée s'assombrissait pour ressembler à un humain qui rougirait d'embarras. Je luis souris.

— Docteur, ne vous inquiétez pas. Le fait que nous préférons généralement les biocombinaisons toutes simples lorsque nous travaillons ou, dans mon cas, les jeans et les chemisiers, ne veut pas dire que l'équipage du Tane Ikai ne sait pas célébrer avec style. Je sais que Rei, pour ne citer qu'elle, sera absolument ravie à l'idée de revêtir ses plus beaux atours, pour une fois. Non, pas d'inquiétudes à avoir. Nous ne vous ferons pas honte.

— Oh, ce n'est pas ce que je voulais dire...

— Pas un mot de plus à ce sujet. À quelle heure devons-nous être prêts? Nous rangerons vos biens dans la voiture terrestre de la cale 2 et nous ferons une entrée remarquée.

Je fis le tour de mon équipage et informai tout un chacun de notre invitation.

Arrivée à l'Ingénierie, je m'enquis auprès de Viss : « Combien de temps pour vider la cale 1? J'aimerais mieux ne pas avoir ces boîtes plus longtemps que nécessaire. »

Il fit un large sourire.

— C'est déjà planifié, Capitaine. Tout sera parti dans moins d'une heure. Tu veux plus de détail?

Je l'interrompis d'un geste de la main.

— Non, merci. Informe-moi lorsque tout sera parti et ça me suffira.

— Oui, oui, répliqua-t-il avec un salut irrévérencieux.

Je m'en fus pour terminer ma mission. Tout le monde était ravi à l'idée d'assister à une fête, mais j'eus un problème lorsque j'annonçai à Maja nos plans pour la soirée. Elle secoua la tête en signe de négation.

— Je crois que je n'irai pas.

— Et pourquoi pas? Ça nous fera tous du bien de nous amuser un peu, pour une fois.

Elle se tourna pour observer le paysage par le hublot situé au-dessus de la commode.

— Je n'ai rien qui puisse convenir à ce genre d'événement.

J'étais certaine que ce n'était qu'une excuse.

— Je suis sûre que tu pourrais emprunter quelque chose à Rei ou à Yuskeya.

Je tentai de la faire rire.

— Je te prêterais bien quelque chose moi-même, mais ma garde-robe ne regorge pas de robes...

Elle sourit timidement et haussa les épaules.

— Peut-être que je n'ai pas envie de faire la fête, c'est tout.

Ma réaction initiale fut de laisser tomber, mais cette fois, j'insistai. Lorsqu'elle avait sauté sur la passerelle, à mes côtés, j'avais aperçu un nouveau côté de Maja que je ne connaissais pas et je voulais apprendre à connaître cette personne. Aucune chance d'y parvenir si je m'écartais d'elle à nouveau. Je me penchai contre la porte.

— Tu n'es pas obligée de venir, Maja, mais j'aimerais bien que tu viennes avec nous, lançai-je.

— Est-ce un ordre, Capitaine? me demanda-t-elle.

Toutefois, ses mots avaient perdu leur ton mordant. Je sentais que c'était simplement une réaction automatique, comme la mienne l'avait d'abord été.

— Non, c'est juste une demande. Honnêtement, je ne sais pas ce que nous allons trouver ici, ou qui nous allons rencontrer. Si c'est ta grand-mère, j'aimerais que tu sois avec moi. Si c'est quelque chose d'autre, comme un piège tendu par PrimaCorp, je serai heureuse d'avoir une guerrière Chi pour protéger mes arrières.

Je risquai un nouveau sourire. Elle me regardait d'un air pensif.

— Tu n'es pas exactement comme je me souvenais, Mère, dit-elle. Des fois, je ne sais pas...

Sa voix s'éteignit et elle haussa les épaules.

— Je ne sais pas à quoi m'attendre.

Je hochai la tête.

— J'ai remarqué la même chose. Tu me surprends.

Je lui souris.

— Et j'aime ça.

— J'imagine que j'ai quelque chose de seyant pour ce soir, admit-elle finalement.

Je souris. J'avais l'impression d'approcher un animal timide, cette nouvelle Maja, et je ne voulais pas l'effrayer. Le bonheur gonflait ma poitrine, mais je gardai un ton léger.

— Génial.

J'ouvris la porte.

— Merci, Maja.

Elle sourit à son tour.

— Pas de problème.

C'est le cœur plus léger que prévu que je plongeai donc dans les affres de ma propre garde-robe.

L'équipage respecta ma parole. Lorsque nous nous rassemblâmes dans la cale, je clignai des yeux tellement nous offrions un magnifique spectacle. Rei était resplendissante dans une robe composée d'écharpes ambre et dorées arrangées avec goût, mais qui semblaient dangereusement sur le point de se retrouver en pile autour de ses chevilles lorsqu'elle bougeait, et une chaîne dorée qui ressemblait à un artefact de l'Égypte antique.

Lorsque je lui posai des questions au sujet de ses atours, elle répondit « Oh, c'est un souvenir d'une aventure sur Xaqual... avec ce directeur de l'IndioCorp... » Je levai la main pour l'interrompre.

— Non, oublie ça. Tu me raconteras ça autour d'une bouteille de vin de jarlais.

— C'est une bonne histoire... glissa-t-elle avec un sourire malicieux. Ça pourrait demander deux bouteilles.

Baden portait une biocombinaison gris pâle filée de fibres nano-optiques qui illuminaient discrètement les courbes de son corps. Yuskeya avait un air majestueux dans sa robe aux couleurs chatoyantes qui épousait ses courbes et semblait se mêler à la cascade de ses cheveux. Même Viss avait mis de côté sa biocombinaison bleue pour un ensemble en biosoie noire sherwani. J'ignorais même qu'il possédait de tels vêtements!

Maja était radieuse dans sa tunique bleu myosotis et argentée. Elle me fit un signe de tête avec une étincelle dans les yeux. Je me demandais si sa bonne humeur était provoquée par notre paix provisoire ou par l'effusion de compliments dont Baden l'inondait. Je la trouvai toutefois anxieuse, dissimulant quelque chose sous son sourire et me lançant des coups d'œil discrets lorsqu'elle pensait que je ne regardais pas. Baden? Ou Hirin? Notre conversation? La possibilité de rencontrer sa grand-mère? Je n'eus toutefois pas la chance de lui poser la question.

J'étais inquiète au sujet de la tenue de Hirin. Je savais qu'il n'avait pas amené grand-chose à bord et rien, j'en étais certaine, qui pourrait convenir à une réception officielle. Il m'avait dit de ne pas trop m'inquiéter à ce sujet, toutefois, et il fit son entrée vêtu d'un veston qui me coupa le souffle. Je le reconnus... Cette soie cramoisie brodée de deux dragons rampants ébène, les élégants poignets blancs évasés et le petit symbole du yin yang placé juste au-dessus de son cœur... Il le portait lorsque nous nous sommes mariés. Mes yeux se remplirent de larmes et je dus me tourner pour que le docteur Ndasa ne le remarque pas.

Viss avait offert de conduire la voiture et je m'installai sur le siège le plus éloigné du siège du conducteur. Comme je l'espérais, Hirin dépassa les autres pour s'asseoir à mes côtés et le docteur resta à l'avant, avec Viss. Hirin se pencha vers moi et me chuchota à l'oreille.

— Je l'avais amené pour le porter lorsque tu éjecterais mon corps, dit-il d'un ton sarcastique. J'ignorais que je devrais assister à des fêtes!

— C'est magnifique, lui murmurai-je à mon tour. Je n'y croyais pas.

— Et tu es absolument *bela*, admira-t-il. Où as-tu trouvé ça?

« Ça » était une robe que j'avais achetée sur Quma quelques années plutôt et je devais admettre que je l'adorais. C'était un tissu hybride de fibres biosynthétiques et de velours pourpre, la jupe était parsemée de minuscules petits rayons optiques qui brillaient comme de petites étoiles. Elle était cintrée et dotée d'une encolure haute alors que les manches étaient un mélange de broderie argentée et de velours.

Peu importe ce que le président penserait de nous, il ne pourrait pas nous reprocher notre habillement.

Le port spatial s'étendait à la périphérie d'Ando, la capitale de Kiando. Si les rues n'étaient pas en trop mauvais état, les quartiers que nous traversions avaient un air désolant de pauvreté, comme s'il n'y avait pas assez d'argent pour que tout soit en bon état et, conséquemment, les tous bâtiments en souffraient juste un peu. La ville bourdonnait d'activité, même à cette heure où les trottoirs commencent à baigner dans la lueur des lumières-phares nocturnes et où certaines boutiques ferment leurs portes.

Cependant, l'atmosphère changea sensiblement alors que nous approchions du palais du président. La société Duntmindi, le conglomérat propriétaire des mines de métaux lourds qui criblaient le paysage de cette région de Kiando, dirigeait la planète avec la bénédiction des autorités de l'Espace proche. Le président Buig était à la tête de cette société depuis trente ans et la rumeur courait qu'il aimerait conserver ce poste à jamais.

D'où son intérêt pour la technologie se rapportant à l'antivieillissement, j'imagine. Il dirigeait la société comme un moteur de saut bien entretenu, gagnant la loyauté de ses travailleurs et veillant à ce que ses actionnaires soient satisfaits. Son seul ennemi, vraisemblablement, était le temps et il voulait faire de son mieux pour en réduire les effets.

Il était évident que l'argent gravitait autour du palais du président comme une lune en orbite autour de sa planète. Alors que nous approchions de notre destination, les maisons étaient plus cossues, les rues étaient plus larges et les gens, de toute évidence, plus riches. Certains nous regardaient avec une curiosité non déguisée. J'étais certaine qu'une voiture terrestre provenant d'un vaisseau spatial était un peu étrange, dans ce quartier.

Le palais lui-même, lorsque nous y arrivâmes, ressemblait davantage à ce que j'aurais appelé un manoir, mais si le président aimait l'appeler son palais, qui étais-je pour le contredire? Peu importe comment on l'appelait, c'était une demeure magnifique dont le style reflétait l'architecture terrestre de la fin du vingt et unième siècle, une juxtaposition de chrome et de briques, d'espaces verts et d'ultraplas. Je remarquai que la sécurité était minime; nous traversâmes une aire de stationnement après que le docteur eut confirmé son identité au seul garde qui semblait présent.

Je dis « semblait », car le président était de toute évidence un fin observateur et, sans aucun doute, il aimait donner l'illusion de portes ouvertes alors qu'en réalité, la fête était étroitement surveillée.

De luxueuses voitures terrestres et des navettes constellaient le stationnement en petits groupes, comme si elles tenaient leur propre réception. Viss gara la voiture près d'un groupe de navettes et je me demandai, dans mon élan fantaisiste, si notre véhicule aurait des histoires intéressantes à raconter pour joindre leur conversation.

À l'intérieur du palais, un messager électronique consigna nos noms et notre apparence, puis un robot multibras nous débarrassa de nos manteaux tout en nous offrant une gamme de rafraîchissements. Une fois notre choix arrêté, un robot-guide nous invita à le suivre le long du couloir aux dalles de marbre vert jusqu'à deux portes françaises dorées lourdement décorées qui assourdissaient le son des conversations sans toutefois le couper complètement. Les portes s'ouvrirent silencieusement lorsque le guide s'approcha du capteur et nous eûmes soudainement une vue panoramique des invités rassemblés dans la pièce.

La salle était gigantesque. Le plafond voûté, créé par des arcs féériques au-dessus de nos têtes, était peint d'une nuance bleu foncé qui rappelait le ciel de minuit et était parsemé « d'étoiles », de petites lumières qui étincelaient et brillaient faiblement, trop pâles en fait pour illuminer la pièce. À l'opposé, le sol était constitué de dalles émettant une pâle lumière de toutes les couleurs; des appliques murales complétaient l'éclairage. Des tables et des chaises rassemblées en petites grappes invitaient les convives à s'asseoir et à discuter tout en mangeant les victuailles empilées sur les tables placées le long des murs. D'ailleurs, c'était exactement ce que bon nombre des invités faisaient. Une aire ouverte au milieu de la salle aurait pu inciter à la danse, si la musique l'avait permis, mais elle était principalement occupée par de petits groupes de gens discutant entre eux, un verre à la main. Quelques têtes se tournèrent lorsque les portes s'ouvrirent, mais la majeure partie de la foule semblait trop prise par ces discussions pour prêter attention aux nouveaux venus. Certains de ceux qui se tournèrent pour nous observer nous fixèrent du regard de façon étonnamment impolie, particulièrement pour la société kiandone. Les cinq colonies de Kiando avaient la réputation de suivre des rituels sociaux très stricts et d'être obsédées par l'étiquette.

Un homme fit davantage que simplement se tourner et observer notre arrivée. Il était de haute stature, ses cheveux grisonnaient et il semblait sûr de lui. Il traversa la salle pour nous accueillir immédiatement. Son costume deux-pièces en biosoie était d'un noir impeccable à l'exception du petit logo blanc de la société Duntmindi, souligné de quatre petits cercles blancs, sur le revers gauche de sa veste. Le bas asymétrique de sa veste tombait au genou d'un côté et à la cheville de l'autre. Cet homme, sans aucun doute, devait être le président Buig en personne. Le docteur Ndasa fit un pas devant pour le saluer.

— Vous devez être le docteur Ndasa! Entrez, entrez! Vos invités aussi.

Il nous embrassa du regard avec un sourire, mais j'eus

l'étrange impression qu'il avait hésité lorsque ses yeux s'arrêtèrent sur moi. Il s'arrêta suffisamment loin des portes pour que nous puissions tous entrer dans la salle, tandis que les portes se fermaient derrière nous. Il serra ses mains près de son cœur et s'inclina à deux reprises vers l'avant, le geste de salutation kiandone.

— Bienvenue, vous êtes mes invités.

— Je suis le docteur Ndasa et je suis très heureux de vous rencontrer, Président.

Le docteur rendit l'inclinaison sans hésitation et y ajouta le geste de salutation visilien, portant la paume à ses yeux, ses lèvres et son cœur. Puis, il se tourna vers nous.

— J'aimerais vous présenter mes amis du vaisseau Tane Ikai, ajouta-t-il, en commençant par son incomparable capitaine, Luta Paixon.

Je fis le geste de salutation kiandone pour un visiteur imprévu, la même inclinaison du torse, mais seulement une révérence. Buig fronça légèrement les sourcils à la mention du nom de mon vaisseau et je savais qu'il avait fait le lien. Il était de toute évidence fasciné par la recherche sur l'antivieillissement pour saisir une référence aussi obscure. Je me demandais quelle serait sa réaction s'il apprenait mon âge.

— Je vous remercie pour votre généreuse invitation, lui dis-je. Votre demeure est absolument magnifique.

En relevant la tête, je le surpris à m'observer, nullement décontenancé, de ses yeux bleu pâle; il recomposa son visage, affichant d'un sourire charmeur. Il semblait heureux, peut-être soulagé que je connaisse ses coutumes et puisse y répondre de façon appropriée.

— Je vous en prie, promettez-moi de m'en dire plus au sujet de votre vaisseau plus tard, capitaine Paixon, répondit-il avant que le docteur ne poursuive les présentations.

Buig me lança un autre regard lorsque le docteur présenta Hirin, mais il était trop poli pour demander quelle était notre relation. Son regard s'attarda longtemps, admiratif, sur Rei, Yuskeya et Maja. Je me demandais si le fait d'être séducteur était une façon pour le président de prolonger sa vie. Ce n'était pas le même genre de regard qu'il avait posé sur moi, par contre; aurais-je dû me sentir insultée?

Le président nous encouragea d'un geste à nous joindre aux

invités et à profiter des merveilles offertes aux diverses tables débordant de victuailles et de boissons. Finalement, après m'avoir regardé une dernière fois, il se déplaça pour discuter avec le docteur, comme le voulaient les convenances.

Hirin se pencha vers moi et me chuchota à l'oreille : « Je vais chercher quelque chose à manger. Nous avons eu à quitter des fêtes en vitesse trop souvent, je n'ai pas oublié ma vieille règle d'or : manger d'abord. »

Je retins un gloussement et l'observai alors qu'il trottinait en direction de la table la plus près, où il se servit une généreuse portion. Il créa une tour vertigineuse de salade rougeâtre, de pièces de viande épicée, accompagnée d'une sélection de petites bouchées à l'air appétissant. Si son appétit était un bon indicateur, il allait sans doute beaucoup mieux. Maja le suivit, lui posant une question que je n'entendis pas, puis regarda par-dessus son épaule dans ma direction.

Viss, Rei, Yuskeya et Baden étaient encore regroupés, se tenant près les uns des autres, sirotant leur verre et regardant discrètement autour d'eux. Je me dirigeai vers eux.

— Du calme, sifflai-je. On dirait que vous évaluez la place pour tout dévaliser plus tard.

— Tu as vu le plancher? demanda Rei. Une telle quantité de lumipierre coûte probablement autant que le Tane Ikai!

Je devais en convenir, c'était magnifique, les blocs multicolores étaient parfaitement taillés et agencés, ils émettaient une douce lumière sous nos pas. Le plancher semblait vivant, respirant la couleur alors qu'il interagissait avec les autres créatures de la pièce. La lumière n'était jamais crue, juste un halo qui nimbait la moitié inférieure de la pièce d'un tourbillon de bleu, de rose et de mauve.

— Hé bien! Ne restez pas là, bouche bée! leur ordonnai-je. Promenez-vous, parlez, apprenez à connaître les autres invités. Je ne crois pas que qui ce soit d'entre vous soit gêné ou introverti!

Ils éclatèrent de rire et se lancèrent dans la mêlée, deux par deux, à la recherche d'une bonne conversation. Seule pendant un instant, j'eus l'impression que la moitié des gens me regardaient du coin de l'œil. Bien que ma robe ne soit pas conçue pour détourner l'attention, elle n'était certainement pas la plus extravagante dans la salle et elle n'avait jamais causé un tel émoi auparavant.

Je sentis quelqu'un toucher mon épaule. Le président Buig avait fait le tour des invités et était revenu vers moi.

— Je vous remercie d'avoir transporté le docteur Ndasa de la Terre jusqu'ici, commença-t-il. C'est un long trajet, j'en suis conscient.

Son regard, d'un bleu glacial, était ferme et intense. J'eus envie de faire un pas en arrière pour m'y soustraire.

— Nous sommes heureux d'avoir eu cette possibilité, sans compter qu'un nouveau tunnel nous a permis de raccourcir considérablement le trajet.

— Oui, j'en ai entendu parler. Nous pourrions avoir plus de visiteurs dans le futur.

Je ne pouvais pas deviner s'il considérait cette perspective comme une bonne chose ou pas.

— Mais dites-moi, au sujet de votre excellent vaisseau, poursuivit-il. Je reconnais ce nom. Une Japonaise qui a joui d'une longévité hors du commun, sur Terre, au vingtième siècle.

Je fis signe que oui.

— Effectivement. Bien entendu, mon vaisseau n'est pas si vieux.

Il émit un petit rire poli.

— Vous l'avez baptisé? Ou possédait-il déjà sa personnalité propre lorsque vous l'avez acquis?

— Non, j'ai choisi son nom. J'ai toujours eu un certain intérêt à l'égard des recherches sur la longévité.

Je devinais qu'il tournerait autour du pot toute la soirée avant de me poser la question. Il n'était pas du genre à parler sans d'abord réfléchir.

— Personnellement, je ne comprends pas pourquoi il n'y a pas plus de gens fascinés par ce domaine, commenta-t-il en hochant la tête. Vieillir, mourir. Ce sont les seules choses que nous avons vraiment en commun, n'est-ce pas?

Enfin, la plupart d'entre nous, pensai-je.

— Le docteur Ndasa a mentionné qu'il joignait des collègues, ici, afin de travailler aux recherches sur l'antivieillissement. Je suis surprise que vous offriez un tel soutien pour ces travaux. Toute recherche scientifique a un prix...

— Effectivement, dit-il d'un ton grave, c'est une entreprise bien onéreuse. J'ai dans mon équipe seize chercheurs émérites, le docteur porte ce nombre à dix-sept. C'est l'un des plus gros groupes de scientifiques travaillant ensemble à cette question dans tout l'Espace proche. Certains croient encore que ce n'est qu'un passe-temps frivole pour moi, mais ils se trompent. Seuls les groupes de PrimaCorp, sur Terre, et de Schulyer, sur Mars, sont plus importants.

— Vraiment? Les chercheurs sont-ils présents, ce soir? J'aimerais beaucoup en rencontrer quelques-uns, si c'est possible.

Il hocha la tête, regardant autour de lui d'un air quelque peu agité.

— Oui, il y a quelqu'un en particulier que j'aimerais vous présenter. Certains d'entre eux sont déjà ici... Je vois le docteur Admelison, là-bas, qui s'entretient avec *Sinjoro* Paixon. Vous êtes parents? C'est un nom inhabituel.

— Parents éloignés, mentis-je avec aisance. Il connaît le problème du vieillissement, mais il désirait avoir la chance de retourner dans l'espace une dernière fois. J'étais heureuse de pouvoir lui offrir une place sur le Tane Ikai.

— C'est très louable, complimenta-t-il. Bon, où sont les autres ? Je croyais qu'ils viendraient tous, ce soir. Peut-être, si vous me le permettez, je peux les réunir, particulièrement... Enfin. Amusez-vous bien durant mon absence.

Il s'éloigna, mais je le vis tirer une petite tablette et y taper quelque chose. Appelait-il quelqu'un? Ou prenait-il des notes à mon sujet, comme tout bon directeur d'entreprise, afin qu'il puisse se « souvenir » de moi plus tard?

Je me dirigeai vers Baden et Rei qui avaient chacun une assiette bien remplie de fruits exotiques aux couleurs vives couverts d'une sauce à l'odeur sucrée.

— Quelque chose vous semble étrange, à vous?

Rei sourit en léchant délicatement ses doigts.

— Voilà une bonne énigme... Il y a plus de gens qui t'observent, toi, que moi. C'est définitivement nouveau. Et tu sais que je te trouve magnifique, Luta.

— Je sais bien, tu n'as aucune malveillance en toi, Rei.

La pièce vibrait sous le murmure de conversations à voix basse alors que les invités me regardaient du coin de l'œil.

— C'est ce que j'ai remarqué aussi. C'est *bizara*.

— Je devine que tu ne l'as pas aperçue, murmura Baden.

— Non, même si je tiens compte qu'elle peut avoir beaucoup changé, je ne vois personne qui pourrait être ma mère. Le président Buig m'a dit que tous les chercheurs devaient assister à la fête, il est parti avec l'intention de les rassembler. Je devrais savoir sous peu si elle est ici ou pas.

Hirin arriva près de nous et serra ma main discrètement.

— Toujours rien?

Je secouai la tête.

— Non, bientôt, par contre, je crois.

Il hésita pendant un instant.

— L'homme avec qui je parlais, le docteur Admelison, disait qu'aucun des chercheurs n'avait plus de soixante-dix ans.

— Elle pourrait ne pas avoir l'apparence d'une personne de soixante-dix ans.

— Je sais, répondit-il, mais je déteste l'idée de te voir déçue à nouveau.

Maja arriva derrière moi.

— Mère, je pensais à ce que tu racontais plus tôt... Ça pourrait être un piège. Si tu ne la vois pas, peut-être devrait-on partir. J'ai un mauvais pressentiment..., chuchota-t-elle.

Le silence se fût dans la salle, comme si quelqu'un avait soudainement baissé le son en jouant avec un commutateur. Une autre porte s'était ouverte, une porte qui menait vers l'intérieur du palais, et une femme s'y avançait. Même le président Buig cessa de parler à son interlocuteur, de l'autre côté de la pièce, et se retourna pour regarder la nouvelle venue. C'est comme si toute la salle attendait son arrivée et retenait maintenant son souffle.

Ses vêtements étaient exquis, une robe longue couleur émeraude en velours organique et bordée de brocard doré. Un haut col où étaient cousus de petits rubis solaires et des perles de lune encadrait son visage et s'élevait au-dessus de la masse de boucles auburn, amassées avec goût en un chignon sur sa tête. Elle était belle à en couper le souffle. Elle entra dans la salle avec assurance, gracieuse, un sourire aux lèvres, s'arrêta pour regarder autour d'elle, surprise par le silence soudain et inattendu. Mon cœur bondit dans ma poitrine, comme s'il avait sauté un battement alors que ce moment s'étirait indéfiniment.

C'était moi.

J'entendis le souffle rauque de Hirin, comme s'il était très,

très loin, et je sentis la main de Maja toucher mon bras. D'une lenteur frôlant la torture, le regard interrogateur de la femme balaya la pièce, s'attardant sur chaque visage, tour à tour, jusqu'à nous. Jusqu'à moi.

Le temps qui s'était arrêté sembla rattraper son cours en un instant. La main de la femme s'éleva vers sa gorge et elle fit un pas en avant, murmurant un nom.

Luta.

Puis elle s'écroula en silence sur le sol de lumipierres et la salle sombra dans le chaos autour d'elle.

Chapitre 14

Le chat de Schrödinger se porte bien et vit sous un nom d'emprunt

J'ignorais si le président Buig avait déjà vu une telle commotion dans ses soirées dans le passé, mais j'en doutais fort. Alors que ma mère s'effondrait, le bruit dans la salle gonfla pendant un instant avant de sombrer dans un silence aussi complet que le chaos qui l'avait précédé. Buig lui-même accourut du fond de la pièce pour se rendre à ses côtés, mais Yuskeya, qu'elle soit louée, y était déjà et avait posé la tête de ma mère sur un confortable petit coussin qu'elle avait réussi à tirer de nulle part avant que Buig ne lui ordonne de s'écarter.

Quant à moi, j'étais paralysée sur place. J'avais l'impression que j'avais sauté du côté sûr de la Fissure vers le vide grisâtre. Je ne ressentais aucune exultation à la conclusion de ma quête qui avait duré cinquante ans, pas de sentiment de soulagement ou d'incrédulité, ou même de simple satisfaction. C'était comme si le monde s'était évaporé sous mes pieds et que je flottais dans l'espace sans combinaison EVA. Je n'avais simplement aucune idée de ce que je devais ressentir. Les seules choses qui me semblaient réelles étaient la présence de Hirin et de Maja à mes côtés.

Il y avait suffisamment de médecins dans la salle, sans

compter le docteur Ndasa. Sa présence donnait à la scène un aspect encore plus irréel. Il avait traversé toute cette distance pour la rencontrer et voilà qu'il devait la soigner à peine quelques secondes après son entrée. Il ne fallut qu'un moment pour que ma mère reprenne connaissance, mais elle était si pâle qu'on pouvait pratiquement voir à travers sa peau. Dès qu'elle fut de nouveau sur pied, Buig la saisit par le bras et, d'un geste péremptoire de la tête, nous fit signe de les suivre alors qu'il la menait hors de la pièce en passant par une autre porte. Les regards que les autres invités nous lançaient n'étaient plus discrets ou méfiants, mais plutôt ouverts et nullement intimidés à l'idée qu'on les remarque. Je marchai la tête bien haute aux côtés de Hirin, Maja tenant mon autre bras fermement. Ma respiration était saccadée, on aurait dit que je n'arrivais pas à remplir mes poumons. J'entendis Hirin demander au docteur Ndasa de nous accompagner, d'une voix qui me semblait étouffée, comme si elle venait de très loin.

La pièce dans laquelle nous entrâmes était un petit salon et dès que la porte fut fermée derrière nous, ma mère abandonna le bras du président, se tourna vers moi et me tendit les bras. Ses mains tremblaient comme des feuilles durant un orage. Toutefois, lorsque j'avançai pour profiter de son étreinte, le tremblement cessa et elle me serra comme si elle ne voulait plus jamais me laisser partir.

J'ignore quel effet les larmes peuvent avoir sur le velours organique, mais je pleurai abondamment sur son col.

— Voilà qui est remarquable, commenta le président Buig d'une voix faible. Elles doivent bien être jumelles. J'en croyais à peine mes yeux lorsqu'elle est entrée dans la salle de bal. Demmar, tu ne me l'avais jamais dit!

Personne ne répondit à son commentaire, car nous n'avions bêtement jamais réfléchi à l'histoire que nous allions raconter si nous réussissions un jour à la retrouver. J'imagine qu'après tant d'années, je n'y croyais plus vraiment. J'espérais, mais j'avais abandonné mes attentes depuis longtemps. Elle se reprit plus rapidement que moi, me repoussant à bout de bras et m'examinant, tout en s'adressant d'un ton distrait au président.

— Je suis désolée d'avoir causé un tel émoi, Gusain. Il y a longtemps, bien longtemps que Luta et moi ne nous sommes vues.

Une petite partie de moi observait la scène et le fait qu'ils utilisent leurs prénoms respectifs avec tant d'aisance me semblait particulièrement éloquent. Je me demandais si tous ses chercheurs se comportaient de façon aussi amicale.

— Tu savais que j'étais ici, donc?

La question semblait anodine, mais l'intensité de son regard, rivé au mien, révélait son importance réelle.

— Une rumeur. J'étais surprise du ton calme de ma voix. Je souris.

— Et mon travail m'amenait dans la région de toute façon.

Elle éclata de rire, ce rire dont je me rappelais avec un vague mélange de joie et de douleur. Elle me serra dans ses bras à nouveau.

— Bien, tant que tu n'as pas fait de détour pour venir me voir!

Le président Buig s'éclaircit la voix.

— Alors, Demmar, tout va bien?

— Je vais bien, maintenant. Tu peux retourner auprès de tes invités. Est-ce que ça te dérange si nous restons ici un moment?

— Non. Non, bien sûr que non. Prenez tout le temps nécessaire.

Il ricana.

— Je vais aller voir si je peux arrêter le moulin à rumeurs...

— Bonne chance, murmura Hirin alors que le président sortait de la pièce.

Par la porte ouverte, nous vîmes des groupes de gens qui avançaient les conjectures les plus saugrenues. Une fois la porte refermée, le visage de ma mère se décomposa à nouveau.

— Luta, c'est bien toi?

Sa voix semblait rauque; je soupçonnais que c'était en raison des larmes qu'elle retenait depuis si longtemps qu'elles refusaient de couler, même maintenant. Je serrai sa main.

— C'est bien moi. Voici mes amis, mon équipage... et ma famille. Ils... Ils en savent pas mal.

Elle jeta un regard à la ronde.

— Si tu leur fais confiance, alors moi aussi, conclut-elle après un moment.

— J'aimerais te présenter, ajoutai-je en tirant Hirin à mes côtés, mon mari, Hirin Paixon.

Il la salua, inclinant son torse aussi bas qu'il le pouvait.

— C'est un immense honneur de pouvoir finalement vous rencontrer, dit-il.

Les yeux de ma mère se remplirent de larmes à ce moment.

— Oh, Luta, je suis tellement désolée! Non. Je veux dire... Hirin, je suis si heureuse de vous rencontrer... Je sais, bien sûr... À quel point ça doit être difficile... C'est que... Je dois avoir rendu les choses difficiles, impossibles pour vous deux, j'en suis consciente...

Il secoua la tête et glissa son bras autour de mes épaules.

— Je vous en prie. Ce fut un plaisir et un honneur pour moi d'épouser Luta, affirma-t-il avec élégance. Je n'aurais jamais échangé un seul moment de notre vie, vous pouvez me croire sur parole.

Elle sourit, les larmes coulant toujours sur ses joues.

— Oh, je vous crois, je peux le voir dans vos yeux. Merci, Hirin.

— Et voici notre fille, Maja.

Elle se tenait derrière moi, immobile et muette.

— Ta petite-fille.

Maja sourit et fit un hochement de tête timide en direction de ma mère. C'était difficile de croire au lien qui les unissait, en les regardant côte à côte. Maintenant que je pouvais la voir de plus près, c'est vrai que ma mère semblait plus vieille que moi : on pouvait remarquer quelques petites rides autour de ses yeux, ses mains affichaient davantage les rigueurs de l'âge que les miennes, mais elle était déjà plus âgée que moi lorsqu'elle avait... Lorsqu'elle avait fait ce qu'elle avait fait. Maja et elle auraient pu être du même âge. En fait, Maja aurait pu être la plus vieille des deux et prononcer ces mots rendait cette réalité incroyablement évidente.

— Maja, je n'arrive pas à croire que je peux enfin te rencontrer! Ma magnifique petite-fille! Je sais déjà tout de Karro et toi, naturellement, confia ma mère, les yeux brillants. Je suis désolée d'avoir dû rester cachée, mais crois-moi, ce n'est pas parce que je ne m'intéressais pas à ma famille.

Maja semblait chercher la réponse appropriée, alors je sautai à sa rescousse.

— Il y a quelqu'un ici qui a franchi une grande distance pour te rencontrer, interrompis-je, me tournant vers le docteur Ndasa.

Il s'était retiré au fond de la salle, derrière les autres. Il semblait pâle, enfin, l'équivalent visilien de « pâle », une couleur grisâtre maladive avait remplacé les nuances rosées de sa peau. Je fis un pas vers lui, en tendant la main. Son odeur, lorsque je la sentis, était un mélange que je n'arrivais pas à discerner, mais il ne dit rien.

— Comme vous l'avez sûrement deviné, docteur, Demmar et moi sommes parentes.

Il me regarda intensément, la peau ambrée autour de ses yeux plissée.

— Alors, Capitaine, pendant tout ce temps, pendant que nous voyagions... Vous saviez qui elle était?

Je souris et secouai la tête.

— Non. Je l'espérais et j'y croyais... Mais je ne le savais pas. En fait, je devrais vous remercier.

— Vous la cherchiez donc aussi.

Il secoua la tête un instant, comme s'il essayait de s'éclaircir les idées, puis déglutit. Je sentis cette odeur de pamplemousse annonçant l'anxiété qui se dégageait de lui, comme je l'avais perçue sur le pont, avant le premier saut.

— Ce... Ce n'est pas ce à quoi je m'attendais.

Ma mère fit le rituel de salutation visilien d'un geste fluide.

— Je suis très heureuse de vous rencontrer, docteur.

— C'est un immense honneur que de vous rencontrer, *Sinjorino* Holsey, répondit-il vaillamment en lui rendant la salutation rituelle. Je... je... Oh, *dio*, voilà qui est bien déplaisant.

À ma grande surprise, il s'affala sur une chaise qui, par chance, se trouvait derrière lui et cala sa tête dans ses mains. Il y eut un bref moment de silence. Je sentis que mon équipage était à nouveau en état d'alerte. Ne me demandez pas comment je le savais, mais je le savais, c'est tout. Je me laissai tomber à genoux aux côtés du Visilien.

— Qu'y a-t-il? Que se passe-t-il?

Je jetai un coup d'œil vers ma mère. On pouvait facilement lire l'inquiétude sur ses traits. Le docteur Ndasa ne bougeait pas. Je posai la main sur son bras et le secouai gentiment.

— Docteur Ndasa, qu'est-ce qui ne va pas? Vous devez me le dire.

Je changeai de ton, utilisant ma voix de capitaine.

— C'est un ordre.

Il se redressa et poussa un long soupir.

— J'ai un message pour la docteure Holsey, expliqua-t-il faiblement. Mais sous un autre nom, que... je ne suis pas certain que je devrais le mentionner ici.

Il regarda autour de lui et déglutit à nouveau. L'odeur de pamplemousse était presque accablante, maintenant.

« Un message? De la part de qui? » La voix de ma mère était dure.

« PrimaCorp? » Je pouvais à peine prononcer ce nom.

— De la société Schulyer, répondit le docteur Ndasa, d'une voix à peine plus forte qu'un murmure.

Le Visilien ne leva pas les yeux vers moi. Il dégageait une odeur humide et froide, comme de la terre mouillée. Viss se déplaça en silence pour se planter derrière la chaise où était assis le Visilien.

— Docteur.

J'attendis, mais il ne leva toujours pas les yeux.

— La société Schulyer sait-elle que nous sommes ici, maintenant?

— Oui, grommela-t-il, le regard toujours fixé sur la table. Mais ils ne viendront pas ici. Personne de Schulyer ne nous a suivis, ajouta-t-il rapidement.

— Vous en êtes sûr?

Il opina.

— Et PrimaCorp?

— Je n'ai rien à voir avec eux.

Je devinais que Viss mourait d'envie de le secouer.

— Vous avez dit que vous aviez un message pour la docteure Holsey?

Le Visilien poussa un long soupir et releva finalement la tête. Il commença à parler lorsqu'il trouva ma mère, perchée, affichant une certaine inquiétude, sur le rebord d'un des fauteuils de brocard.

— J'ai un message, commença-t-il, pour la docteure Emmage Mahane. On m'a montré un holo, m'expliqua-t-il en tournant les yeux vers moi, même si vraiment, ça n'était pas tellement nécessaire...

Voilà qui explique pourquoi il avait eu l'air si surpris lors de notre première rencontre et les regards interrogateurs que j'avais surpris à l'occasion. Pas un truc extraterrestre, après tout. Juste de la curiosité.

— J'ignorais que vous n'étiez pas au courant de sa présence ici, précisa-t-il, ses yeux violets affligés. J'ai l'impression d'avoir trahi votre hospitalité.

— Transmettez votre message, interrompit ma mère d'un ton cassant.

Elle s'était assise plus confortablement dans le fauteuil et avait croisé les bras sur sa poitrine.

— Voilà ce dont j'avais vraiment besoin. Une autre société qui me pourchasse partout où je vais.

Le docteur Ndasa secoua la tête avec véhémence, sa tresse noire dans son sillon.

— Non, non. Je vous en prie, ce n'est pas ça du tout. Je suis ici pour solliciter votre aide, rien de plus.

Ma mère le regarda en plissant les yeux.

— J'écoute.

— La société Schulyer tente de développer une nouvelle technologie liée à l'antivieillissement depuis vingt ans, résuma-t-il. Les mots se bousculaient dans sa bouche, comme s'il en avait assez de les retenir. C'est semblable à Longévité, mais oui, ils sont parvenus à résoudre les problèmes qui y étaient associés. Ils ont acheté toutes les recherches de Nicadico, il y a des années, pour trouver où était le problème. Ils sont certains que les données élémentaires sont fiables, ajouta-t-il avec conviction, probablement parce que ma mère avait déjà commencé à secouer la tête. Mais il y a eu... des incidents.

— Des incidents? Alors les données ne doivent pas être aussi fiables que vous le croyez.

Le Visilien pencha la tête.

— Non. Ce n'est pas ce que je veux dire. Ils croient que quelqu'un tente de saboter leurs efforts. Et vous savez déjà sûrement qui ils soupçonnent... Des données modifiées en douce. Des problèmes avec les échantillons. Des tentatives pour avoir accès à des données confidentielles, même si nous ne croyons pas qu'ils aient réussi à les consulter. La société veut que les travaux, particulièrement les fondements de la recherche, soient vérifiés par une personne externe crédible, par quelqu'un qui travaille dans ce domaine depuis plus longtemps que quiconque. Par vous, docteure.

— Comment m'ont-ils trouvée? voulut savoir ma mère.

Le docteur Ndasa fit jouer ses épaules, l'équivalent visilien d'un haussement d'épaules.

— Ils ne m'ont pas confié cette information, seulement qui vous êtes et pourquoi c'était si important de vous retrouver.

— Et pourquoi vous ont-ils envoyé, vous, en particulier?

Elle le fixait, les yeux plissés. Il rougit, sa peau s'assombrissant pour passer d'ambre à ocre.

— Peut-être parce qu'ils savaient qu'une fois que je saurais, à votre sujet, je voudrais vous rencontrer. Je partage votre obsession, docteure, et je n'ai pas caché ce fait. Et probablement aussi parce que je suis si... si inoffensif.

Il tenta un demi-sourire en sa direction, puis redevint sérieux.

— Je vous en prie, docteure, je n'ai pas à vous dire à quel point cela pourrait être important. Je sais que vous comprenez...

— Trop bien, hélas.

Ma mère soupira et se tourna vers moi.

— Luta, j'imagine que tu n'étais pas au fait des machinations de la société Schulyer?

Je ne pouvais pas deviner ce qu'elle pensait. Le cri de protestation outrée était sur mes lèvres, mais je ne dis rien. Comment pouvait-elle vraiment savoir quoi que ce soit à mon sujet, après tout ce temps? Pouvais-je la blâmer d'être méfiante?

— Non. Il a raconté à Hirin qu'il avait entendu parler d'une chercheuse travaillant dans le domaine de la longévité qui faisait des recherches pour le président, sur Kiando, et qu'il avait réussi à soutirer une invitation pour joindre ses collègues ici. Hirin m'a confié la nouvelle. C'était seulement un pari, suivre la trace d'une rumeur, mais j'ai cru que ça valait la peine d'essayer.

— C'est tout ? Elle haussa les sourcils. C'est plutôt mince, comme rumeur.

— J'ai commencé à suivre des rumeurs encore moins étoffées il y a déjà bien longtemps.

Je regrettai mes mots lorsque j'aperçus une expression peinée traverser son visage et secouai la tête.

— Ne t'excuse pas. Je suis presque certaine de comprendre pourquoi...

Un coup sec retentit et la porte s'ouvrit devant le président

Buig. Il entra et ferma la porte derrière lui rapidement. Il ne semblait pas très heureux. La peau autour de ses yeux pâles était tendue et des rides causées par l'inquiétude sillonnaient son front.

— Pardonnez mon intrusion, s'excusa-t-il, alors que des yeux, il cherchait ma mère. Demmar, nous devons parler. C'est urgent.

Elle resta calme en apparence, mais je remarquai qu'elle serrait légèrement le poing.

— Gusain, que se passe-t-il?

Il nous jeta un coup d'œil.

— Peut-être devrions-nous discuter en privé...

Elle secoua la tête en signe de négation.

— Non, tout va bien. Peu importe ce que c'est, tu peux en parler ici.

Il poussa un long soupir, l'air encore plus renfrogné, si c'était possible.

— Je viens de recevoir une communication déconcertante de la part d'un vaisseau qui est en route vers notre planète, expliqua-t-il. Je crois vraiment que nous devrions en parler en privé, mais...

Il dut reconnaître l'air buté dans les yeux de ma mère, car il sembla soudainement se décider.

— C'est un vaisseau provenant de la Terre, un croiseur interstellaire de PrimaCorp, le Trident. Apparemment, il appartient à leurs services policiers. Il vient tout juste de sortir du tunnel de Delta Pavonis. Ils affirment qu'ils ont un mandat d'arrêt contre toi, bien que sous un nom différent, pour le vol de données d'entreprises et d'autres crimes aux termes de lois planétaires. Ils ont aussi un deuxième mandat pour obtenir des échantillons génétiques. Ils ont un holo pour l'identification... C'est bien toi, Demmar. Ils allèguent que je suis forcé, par les lois interplanétaires de l'Espace proche, de te détenir jusqu'à leur arrivée et te livrer à eux.

Ma mère ne dit rien et Buig se tourna alors vers moi.

— Ils ont un mandat semblable pour vous, mais seulement pour les échantillons génétiques. J'imagine que si vous leur permettez de les recueillir, ils n'auront aucune raison de vous détenir.

Je surpris le regard de Maja. Elle secoua la tête en signe de négation, un mouvement à peine perceptible. « Je n'ai rien à voir avec eux ». *Damne.* Mon estomac fit des siennes et je me sentis malade, un étrange écho du petit tour qu'Alin Sedmamin m'avait joué avec son virus. Cette sensation, toutefois, était provoquée par mes propres émotions. Ils m'avaient probablement suivie, d'une façon ou d'une autre, malgré toutes mes précautions. J'avais mené PrimaCorp directement à ma mère.

— Président Buig, ont-ils précisé dans combien de temps ils arriveraient? demandai-je.

— Pas avant plusieurs heures. C'est un croiseur et ils sont encore à la périphérie du système.

Ma mère prit alors la parole. Sa voix, froide et dénuée d'émotion, donnait l'impression qu'elle était devenue complètement glacée.

— Et tu leur as dit ce que tu comptais faire?

Il ne se laissa pas décontenancer par son regard.

— Je leur ai annoncé que je n'étais pas certain de l'endroit où vous vous trouviez, l'une ou l'autre, mais que je ferais mon possible pour vous retrouver. Son visage se fendit d'un mince sourire. On appelle ça gagner du temps.

Ma mère relâcha la respiration qu'elle retenait en un léger rire et je sentis mon estomac se délier. Il semblait bien que le président Buig, au moins, était notre allié.

— Pourquoi vous donneraient-ils un avis si tôt? Pourquoi ne pas simplement se pointer et exiger ce qu'ils veulent? interrompit Baden.

— C'est bien PrimaCorp, répondit ma mère, un sourire dépourvu d'humour aux lèvres. Si sûrs de leur propre puissance... Ça ne leur a pas traversé l'esprit que Gusain puisse mettre en doute leur autorité ou refuser de leur obéir. Il travaille pour une société moins importante.

— Hé bien, ils ne nous connaissent pas très bien non plus, alors, rétorqua Rei. Alors, quel est le plan? On se sauve?

— S'ils sont encore en périphérie, on peut facilement les semer, ajouta Viss. Les croiseurs ne sont pas construits pour être rapides.

Ma mère se tourna vers moi et me décocha un mince sourire.

— Vous êtes amarrés près d'ici?

Je saisis sa main.

— Mon vaisseau est au port de transition. Et quand nous disons « nous », tu en fais partie. Pas question que je te laisse t'éclipser maintenant. Pas avant longtemps.

Je souris.

— Maintenant, tu es au courant.

Elle serra ma main en retour.

— Tu ne pourrais pas te débarrasser de moi, même si tu le voulais. Tu peux me laisser quelques minutes, pour ramasser quelques objets personnels ? Je ne perdrai pas une seconde.

Gusain Buig ouvrit la bouche comme s'il voulait protester.

— Je resterai ici, fut ma réponse.

Et sans hésitation, elle ouvrit la porte qui menait au salon. Le président lui emboîta le pas et ils s'enfoncèrent dans la foule. Je le vis la rattraper et lui saisir le coude alors qu'il se penchait vers elle pour lui murmurer quelque chose à l'oreille.

— Mais nous devons nous dépêcher, lança Yuskeya. C'est complètement fou que tout le monde attende ici. Pourquoi n'irais-je pas avec eux, je la ramènerai à la voiture? Si nous nous rencontrons là-bas, nous pourrons partir plus rapidement.

— Et si le président me donne accès à son équipe de communication, je pourrais avoir davantage de renseignements sur le type de vaisseau et combien de temps il lui faudra pour arriver ici, suggéra Baden.

J'acquiesçai.

— Excellentes idées. Allez-y, nous nous retrouvons à la voiture.

Les deux se précipitèrent à la suite de ma mère et du président. Je me tournai vers le docteur Ndasa.

— Docteur, j'ai bien peur de devoir insister pour que vous veniez avec nous, jusqu'à ce que tout soit tiré au clair, dis-je. Nous avons suffisamment de problèmes sur les bras. Je ne peux pas me permettre de courir de risques supplémentaires.

Il sembla interloqué, mais hocha la tête.

— Amène-le, ordonnai-je à Viss.

Il saisit le bras du docteur sans attendre et le Visilien ne tenta pas de se soustraire à sa poigne. Maja se glissa dans la foule et trouva un serveur à qui nous demandâmes de nous indiquer la sortie la plus proche, en évitant le salon. Il garda un air impassible en écoutant notre étrange requête, peut-être parce que des invités préféraient parfois sortir sans être vus, et nous mena dans un labyrinthe de couloirs. Tous ces corridors étaient couverts de moquettes dispendieuses et éclairés par la douce lumière de délicats chandeliers en verre soufflé. Finalement, nous tournâmes dans un couloir et le serveur nous indiqua une porte cachée menant vers le stationnement. Durant tout ce trajet, alors que nous suivions le serveur, j'essayais de calmer le battement affolé de mon cœur, terrorisée à l'idée d'avoir amené les ennemis de ma mère vers son sanctuaire.

Les lunes de Kiando brillaient dans le ciel, déversant de petits halos de lumière sur le sol et de grandes ombres sous les véhicules stationnés, tandis que nous attendions près de la voiture. Les autres n'étaient pas arrivés encore, mais je ne pouvais pas me décider à monter dans la voiture pour les y attendre. Hirin et le docteur s'y installèrent, Maja s'assit pour sa part sur le capot alors que je marchais nerveusement de long en large près de la voiture baignée par la lumière argentée. J'avais l'impression d'avoir tout juste ouvert la boîte pour constater que le chat de Schrödinger était sain et sauf, mais sans promesse quant à sa santé future.

Rei se cala contre la voiture, croisant les bras sur sa poitrine et me regarda.

— Félicitations, Capitaine, lança-t-elle soudainement. Attends une minute, tu veux bien? Relaxe. Tu as réussi! Je veux dire, tu as vraiment réussi, tu l'as retrouvée. Après tout ce temps...

Elle me sourit.

— Si on oublie PrimaCorp, c'est une bonne chose!

Je m'arrêtai et pris une longue respiration, fermant les yeux.

— Merci, Rei. Tu as raison. Je crois que je suis encore sous le choc, en fait.

Du coin de l'œil, je remarquai que Viss consultait sa tablette.

— Je déteste dire ça, mais si elle ne revient pas? interrogea-t-il doucement. Elle a dit qu'elle ne perdrait pas de temps et le vaisseau de PrimaCorp s'approche un peu plus à chaque minute qui passe.

— Elle va revenir. Je l'avais lu dans ses yeux... Elle ne sauvera pas à nouveau. Enfin, pas maintenant, au moins.

Baden tourna le coin à la course et s'immobilisa presque en dérapant, s'accota contre la voiture, à bout de souffle.

— Je craignais que vous ne partiez sans moi, dit-il en tentant de reprendre son souffle.

— Oh, nous serions partis sans toi si Yuskeya et la mère de Luta avaient décidé de te faire la course, se plaignit Rei. Enfin, puisque tu es ici, tu as trouvé quelque chose d'utile?

Il fit une pause pour lui tirer la langue.

— Si on en croit les indications temporelles des signaux de comms entre le vaisseau et le président, nous devrions pouvoir décoller de la planète avant qu'ils soient à portée de sonde. Même s'ils accélèrent énormément entre-temps, nous avons encore un bon moment pour nous échapper.

Il tourna son regard vers le palais du président.

— Pour autant que nous ne perdions pas trop de temps.

Je me remis à marcher de long en large. Mais qu'est-ce qui pouvait leur prendre tant de temps? J'imaginais que ma mère, après tant d'années à se sauver et à se cacher de PrimaCorp, pouvait ramasser ses biens et partir en moins de temps qu'il ne faut pour le dire. À moins que Gusain Buig ne tente de l'en dissuader. Ou peut-être n'était-il pas de notre côté après tout. Mais Yuskeya était avec eux et elle était plus que compétente pour veiller à ce que ma mère puisse venir avec nous. Je lui envoyai un court message à partir de ma tablette.

Où êtes-vous?

On arrive!

Mais cinq minutes plus tard, elles n'étaient toujours pas là. Je lui envoyai un nouveau message. *Tout va bien?* Cette fois, pas de réponse. Bon, peut-être ne prêtait-elle pas attention à sa tablette, si le son était coupé. Ou elle essayait de presser ma mère ou discutait avec le président. Après cinq minutes à marcher de long en large et deux autres messages laissés sans réponse, je vérifiais ma tablette toutes les trente secondes et les lunes étaient hautes dans le ciel…

— Je n'en peux plus. Je dois aller voir… m'écriai-je.

Mes mots furent interrompus par l'apparition d'un garde en uniforme du président dans le chambranle de la porte que nous avions utilisée pour accéder au stationnement. Il tenait la porte ouverte et me faisait signe de venir. Je m'élançai vers lui, même si j'entendis Viss hurler : « Capitaine, attends! Ça pourrait être… »

Puis j'entendis le son de ses pas derrière moi. Je savais bien que les autres me surveillaient depuis la voiture, alors rien ne pouvait vraiment m'arriver. Une fois près du garde, mon cœur se serra douloureusement dans ma poitrine. Sur la luxueuse moquette du couloir, près du garde, une silhouette gisait sur le sol. Je reconnus immédiatement ses longs cheveux ébouriffés. Sa robe multicolore était étalée autour d'elle comme des fragments d'arc-en-ciel.

Yuskeya.

Chapitre 15

Perdue et retrouvée, et perdue à nouveau

Je dois m'être arrêtée, sous le choc, car Viss était à ses côtés avant moi, agenouillé près d'elle et vérifiant son pouls dans le cou. Je sentis une main sur mon bras : Maja s'était précipitée à notre suite également.

— Elle est inconsciente, mais autrement, elle semble en santé. Le président l'a trouvée dans un couloir et m'a dit de l'amener... m'expliqua le garde.

— Où se trouve le président ? l'interrompis-je. Une chercheuse était avec elle, une femme aux cheveux roux, me ressemblant énormément...

Il secoua la tête et fit un signe vers Yuskeya, que Viss avait soulevée du sol. Il la tenait contre son torse comme si elle n'était pas plus lourde qu'un enfant. Je constatai distraitement qu'il semblait inhabituellement pâle. Le front de Yuskeya arborait une ecchymose foncée, le coup qu'elle avait reçu avait provoqué une bosse à l'aspect peu encourageant.

— Je n'ai pas vu d'autres personnes, s'excusa le garde. Le président vous demande de communiquer avec lui sur ce canal.

Il sortit un morceau de papier chiffonné de sa poche et me le tendit.

— Je dois le voir... commençai-je, mais Viss me coupa la parole.

— Capitaine. Nous n'avons pas beaucoup de temps. Transportons Yuskeya dans la voiture et tu pourras l'appeler, alors. Pas besoin de courir dans tous les sens à sa recherche.

— Tu n'as qu'à l'appeler, Mère, me supplia Maja. Ce sera plus rapide.

Damne. J'avais envie de saisir le garde par le collet, de le secouer et d'exiger qu'il me mène à Gusain Buig, mais Viss et Maja avaient raison. Nous n'avions pas le temps. Et j'ignorais à qui je pouvais faire confiance. Jurant à voix basse, je saisis le code inscrit sur le morceau de papier dans ma tablette. Le président apparut à l'écran presque immédiatement.

— Que se passe-t-il, Président? demandai-je.

J'étais surprise du ton calme de ma voix. Son visage était pâle et il poussa un soupir de soulagement en me voyant.

— Capitaine, vous allez bien. Demmar est-elle avec vous?

Mes doigts se resserrèrent par réflexe autour de la tablette.

— Non, dis-je d'un ton neutre. La dernière fois que je l'ai aperçue, elle était avec vous, tout comme ma navigatrice qui est maintenant à mes côtés, inconsciente.

Son image semblait instable à l'écran et je compris qu'il marchait d'un pas rapide pendant qu'il me parlait. Les chandeliers de verre étincelaient derrière lui alors qu'il les dépassait.

— Je ne comprends pas, protesta-t-il. Les membres de votre équipage nous ont rattrapés. Elle, votre navigatrice, j'imagine, a suivi Demmar. J'ai mené votre agent de communication, monsieur Methyr, vers une console et lui ai donné accès à ma station de comms. J'ai dit à mes employés de lui donner tous les renseignements dont il avait besoin.

Nous avions atteint la voiture à ce moment et Baden entendit la fin de ce que le président racontait. Il confirma le récit d'un hochement de tête. Buig disait vrai, du moins, jusqu'à ce point.

— Ensuite?

Je me tenais debout, près de la voiture, alors que Rei et Viss installaient Yuskeya à l'intérieur du véhicule. Elle n'avait pas encore repris connaissance. Ils la glissèrent sur un des sièges, sa tête contre l'épaule de Viss, qui l'entourait de son bras. Baden s'installa au volant. Buig se passa la main sur le front. De petites perles de sueur brillaient sur sa peau et sa main tremblait légèrement.

— Alors, je me suis mis à la recherche de Demmar. Je voulais… Je voulais lui dire au revoir, un vrai au revoir. Pour lui demander où elle irait et à quelle moment j'aurais de ses nouvelles. Mais elle n'était pas dans sa chambre, alors je craignais de les avoir manquées. J'étais en route pour vous rattraper, dans le stationnement, lorsque j'ai trouvé votre navigatrice évanouie. J'ai appelé un garde.

Il avançait dans un couloir plus sombre, la lumière de sa tablette soulignant ses traits de façon presque caricaturale.

— Où êtes-vous maintenant? Je pouvais sentir le regard de mes compagnons sur moi : Hirin, Rei, Baden, Viss, le docteur Ndasa. Attendant que je leur dise ce que nous allions faire.

— J'essaie de la retrouver, bordel! s'écria Buig. Mais on dirait qu'elle s'est évaporée. J'espérais qu'elle avait trouvé une façon de vous rejoindre.

Je tournai la tête, fouillant le stationnement du regard. Les deux lunes baignaient l'endroit d'une lumière blanche et crue qui se reflétait sur les véhicules encombrant encore le site. Mais aucun mouvement, pas un son : à l'exception de nous, le stationnement semblait complètement désert.

— Je ne la vois pas. Elle n'est pas à l'extérieur.

— Pourrait-elle être allée directement à votre vaisseau?

Buig leva les yeux de son écran, regardant autour de lui minutieusement alors qu'une lumière crue illuminait les lieux subitement. La salle fut à nouveau plongée dans le noir et il reporta son regard sur sa tablette.

— Elle n'est pas au laboratoire.

— Je n'ai pas mentionné le nom de mon vaisseau… Qui sait, elle pourrait le connaître quand même.

J'essayais de penser clairement, logiquement, mais mon esprit sautait de situations affreuses à pis encore. Qu'est-ce qui était le pire ? Qu'elle ait été enlevée pratiquement sous mon nez ou qu'elle se soit esquivée une fois de plus, malgré ce qu'elle avait dit?

Je sentis une main ferme se refermer sur la mienne et, levant la tête, je rencontrai les yeux gris-bleu de Hirin. Ils étaient sombres et graves.

— Allons-y. Vérifions le vaisseau. Il est possible qu'elle y soit. Nous ne pouvons pas faire grand-chose ici... Nous ne connaissons même pas les environs.

Je déglutis. Il avait raison, comme d'habitude.

— Je vous appellerai de mon vaisseau, Président, annonçai-je. Continuez à chercher.

Et si vous osez me mentir... Je grimpai à mon tour dans la voiture, aux côtés de Hirin, et nous plongeâmes dans la nuit kiandone.

Le trajet de retour vers le port spatial, à travers les rues désertes, sembla s'éterniser et le silence me faisait perdre la tête. Il devait y avoir une partie de la ville plus animée où les bars, les boîtes de nuit et les boutiques étaient ouverts jusqu'aux petites heures, puisque c'était une colonie minière et il y avait toujours des mineurs qui sortaient du boulot. Notre route traversait toutefois des zones plus résidentielles et commerciales, où les lumières étaient éteintes pour la nuit et les rues étaient abandonnées dans une douce noirceur.

Personne ne pipait mot. J'étais déchirée entre la certitude que je ne devrais pas me diriger dans la direction opposée à l'endroit où j'avais vu ma mère pour la dernière fois et le fait dévastateur que c'était peut-être exactement ce qu'elle voulait. Pouvait-elle m'avoir roulée sur toute la ligne? Est-ce que je m'étais trompée à ce point à son sujet? J'ignorais ce qui préoccupait les autres, mais j'imagine que nous étions tous trop inquiets ou trop fâchés, ou les deux à la fois, pour parler. Hirin et moi surveillions la route derrière nous, mais personne ne nous suivit.

Une fois arrivés au port de transition, Baden sauta hors du véhicule pour désactiver les alarmes et ouvrir les portes de la cale. Je comptais appeler le président Buig à nouveau, mais je n'avais pas l'intention de le faire avant d'être dans une des zones isolées contre les transmissions, au-dessus des cales. Le pont et l'Ingénierie étaient dotés d'un système de blocage des transmissions qui effectuait un balayage constant et brouillait les comms, de façon à ce que les communications à bord soient privées. Toutefois, les cales n'étaient pas équipées de ce système, car les éléments électroniques auraient imposé des restrictions quant aux marchandises que nous transportions.

J'étais contente que nous ayons pris le temps, durant le trajet vers Kiando, d'apporter des modifications en ce qui a trait à la sécurité, mais j'étais soudainement un peu désolée de ne plus transporter des torpilles, particulièrement si PrimaCorp avait décidé d'envoyer des croiseurs à ma poursuite. À tout le moins, le cabinet à armes était bien rempli pour les situations d'urgence.

La main de Hirin sur mon bras me ramena à la réalité et je constatai que la voiture terrestre était garée dans le vaisseau. Baden et Maja étaient en train de la sangler. Viss souleva Yuskeya avec précaution hors de la voiture tandis que Rei tenait le bras du docteur Ndasa. Heureusement qu'ils savaient instinctivement ce qu'ils devaient faire, car j'avais trop de choses en tête pour penser à tout. Je rassemblai les plis lourds de ma robe pourpre et descendis de la voiture à mon tour.

— Tu peux y aller, Capitaine, me lança Baden. Je vais aider Viss à transporter Yuskeya sur le pont supérieur.

— Déposez-la à l'infirmerie, insistai-je, avant de m'élancer vers l'escalier de métal qui avait été fixé à proximité du vaisseau lorsque nous étions arrivés.

Il menait directement au sas ouvrant sur le pont. Le geste rythmique et automatique de grimper l'escalier me calma un peu et je n'arrêtai pas avant d'avoir atteint l'écoutille. Hirin était juste derrière moi pendant tout ce temps. Il ne me vint pas à l'esprit que c'était une longue ascension pour lui et que je devrais ralentir, mais il suivit mon rythme sans se plaindre.

Je pris cinq minutes pour me changer, troquant ma robe contre des jeans et un haut noir, puis je me dirigeai à grands pas vers le pont. À peine assise, j'appelai Buig. Hirin fit glisser une chaise flottante près de la mienne. Maja vint nous rejoindre et s'installa à la console des communications, étant donné que Baden n'était pas encore arrivé sur le pont.

— Alors? demandai-je sans préambule dès que le président apparut à l'écran.

Il secoua la tête avec regret. Il semblait légèrement plus calme, maintenant, mais toujours aussi inquiet.

— Tout ce que je peux présumer, c'est qu'elle savait que ça arriverait un jour et avait déjà préparé un plan, dit-il. Elle est très débrouillarde.

— Ou elle pourrait avoir été enlevée! m'écriai-je, tentant de garder un ton calme. Sans grand succès. Quelqu'un a assommé ma navigatrice, et je doute fort que ce soit ma... Demmar.

— Comment se porte votre navigatrice?

— Toujours sans connaissance. Vous ne croyez pas que Demmar aurait pu être enlevée de force?

J'essayais de mettre de côté ma colère et mon inquiétude pour deviner ce qu'il pensait. Il disait avoir trouvé Yuskeya évanouie, mais je n'avais que sa parole. Et s'il l'avait assommée lui-même? Toutefois, si c'était le cas, pourquoi me permettre de la retrouver?

— Il se peut que Demmar ait été enlevée, répondit le président, mais j'en doute. Pourquoi PrimaCorp ferait-elle ça? Un geste criminel et quelque peu risqué... Ils pouvaient simplement l'arrêter et partir avec elle de toute façon.

— Alors, qui a attaqué ma navigatrice?

Il secoua la tête en fronçant les sourcils.

— Je suis désolé, je l'ignore. Peut-être ont-elles été interceptées par quelqu'un, des coups ont été échangés, mais Demmar est parvenue à s'enfuir. Votre navigatrice pourra peut-être nous en dire davantage lorsqu'elle reviendra à elle.

J'avais envie d'enfouir mon visage dans les mains et d'éclater en sanglots, mais il n'y avait pas de temps à perdre.

— Vous continuerez à chercher de votre côté ?

Il me regarda, l'air sérieux, ses yeux assombris par l'inquiétude. S'il mentait, il était vraiment doué.

— Oui. Que comptez-vous faire?

— Consulter mon équipage. Je vous rappelle bientôt, conclus-je avant d'interrompre la communication.

Rei fit irruption sur le pont. Elle aussi avait pris le temps de se débarrasser de sa fine robe dorée pour revêtir une biocombinaison bleue toute simple et avait attaché ses longs cheveux châtains en une queue de cheval.

— Le docteur est de retour dans sa cabine.

— Tu crois qu'il va se tenir tranquille?

Elle hocha la tête.

— Il semble plutôt dépassé par toute cette histoire. De plus, j'ai verrouillé la porte de l'extérieur, ajouta-t-elle avec un grand sourire.

Viss et Baden surgirent par le chambranle menant aux sondes.

— Yuskeya est installée dans l'infirmerie, annonça Baden. Ses signes vitaux sont stables, elle dort pour l'instant.

Viss me tendit un sac à bandoulière en cuir couleur chocolat. Les coins étaient un peu racornis, comme s'il avait été témoin de bien des aventures.

— C'était glissé autour des épaules de Yuskeya, m'expliqua-t-il. Je ne savais pas si tu l'avais remarqué... Je ne l'ai jamais vu auparavant et je ne crois pas qu'elle l'avait avec elle lorsque nous sommes partis vers le palais du président.

Je le saisis, intriguée.

— Je lui poserai la question lorsqu'elle se réveillera, dis-je.

— Merci.

Rei s'était glissée dans la chaise de pilotage.

— J'imagine qu'on dégage? demanda-t-elle, activant des commutateurs pour lancer les moteurs et réchauffer les propulseurs.

Les écrans du pont s'animèrent.

— Je...

Je m'interrompis. Je ne voulais pas quitter la planète sans savoir ce qui était arrivé à ma mère. Hirin plaça une main sur la mienne.

— Peu importe ce qui s'est passé, tu ne veux toujours pas que PrimaCorp mette la main sur ces échantillons, non?

Je poussai un profond soupir et secouai la tête.

— Non.

— Le président peut sans doute protéger ta mère si elle est encore là-bas, mais il ne peut pas faire quoi que ce soit pour nous si nous restons ici, bien en vue. Je sais que c'est difficile de partir...

Il serra ma main.

— Mais on peut toujours revenir.

Les larmes me montèrent aux yeux et je clignai pour les combattre. Je déglutis.

— Bien sûr. Tu as raison. Rei, sors-nous d'ici, vite. Baden, tu peux essayer de trouver la signature du vaisseau de PrimaCorp? Peu importe où il est, on prend la direction opposée. Une fois hors de portée de leurs sondes, on décidera ce qu'on fera ensuite.

— Je vais aller m'asseoir près de Yuskeya, au cas où elle se réveillerait et se demanderait ce qui se passe, proposa Maja.

Elle abandonna la station de comms à Baden et se dirigea en hâte vers l'infirmerie. Baden contacta les autorités portuaires pour leur annoncer que nous partions. Après une courte discussion au sujet des frais d'amarrage, elles acceptèrent de relâcher les pinces d'attache. Viss s'installa à la console d'Ingénierie secondaire.

— Une fois qu'on aura décollé, je vais descendre pour apporter quelques modifications au moteur principal. Je crois que je peux altérer la signature du moteur légèrement : si PrimaCorp tente de nous repérer, ce sera plus difficile de nous détecter. C'est seulement temporaire, mais ça pourrait marcher.

— Merveilleux. Sommes-nous prêts à décoller?

Rei opina.

— J'active les propulseurs à l'instant.

Au cours des trente dernières secondes, un ronronnement faible et constant avait envahi le vaisseau et la force du bruit augmenta soudainement lorsque Rei décolla. Autrement, c'était un décollage en douceur. Probablement pas assez brusque pour réveiller Yuskeya. Même sous la pression, Rei avait la main stable lorsqu'elle pilotait. En fait, probablement plus stable lorsqu'elle était sous pression. Je me préparai à communiquer avec le président Buig à nouveau.

— Luta, regarde, m'interpella Rei soudainement, même si elle ne détourna pas les yeux de son écran. Une carte du système Mu Cassiopée apparut sur mon écran. Le croiseur de PrimaCorp vient de sortir du tunnel provenant de Delta Pavonis. Peu importe quel tunnel nous décidons de franchir, nous devons attendre que le croiseur soit amarré ici pour nous diriger vers les trous cosmiques... Plutôt que de se sauver en vitesse de l'autre côté du système pour rester hors de portée de leur sonde, pourquoi ne pas se cacher derrière la planète, jusqu'à ce qu'ils atterrissent à Ando? Une fois la rotation de la planète faite, le port sera dos au tunnel que nous souhaitons traverser, on se glisse hors de l'ombre et on s'esquive en vitesse pour atteindre le point d'entrée.

J'hésitai.

— Et ça nous épargne combien de temps pour atteindre le tunnel?

— Tout dépend de la vitesse du croiseur et de l'endroit où on veut aller... Mais ils arriveront d'ici quelques heures. Si nous passons ce temps à essayer de les distancer, nous devrons ensuite faire le trajet inverse...

Elle avait raison.

— C'est bon, Rei, mais sois prudente. Bloque toutes les transmissions externes, sauf pour le pont. Je parlerai au président si nécessaire pendant que nous nous cachons, mais autrement, je ne veux pas de communications sortantes que PrimaCorp pourrait détecter.

J'envoyai un signal au président et il apparut sur mon écran. Je résumai notre plan.

— Pouvez-vous m'envoyer un message crypté lorsque PrimaCorp atterrira à Ando?

— *Certe*, promit-il.

— Que comptez-vous leur dire? demandai-je.

Un demi-sourire se dessina sur ses lèvres.

— Ah, mais que *Sinjorino* Holsey s'est absentée pour aller visiter quelqu'un au port spatial et que je ne l'ai pas revue depuis ce temps. Bien entendu, je demande à mes gens de poursuivre les recherches.

— Et vous éviterez de parler de nos petites conversations?

Son visage se fendit d'un large sourire. Il était charmant lorsqu'il souriait.

— J'ignore de quelles conversations vous parlez, Capitaine. J'ai également demandé aux autorités portuaires « d'égarer » la documentation afférente à votre départ.

Il n'y avait pas grand-chose à faire outre s'asseoir et observer Rei piloter pour nous dissimuler derrière la planète. À l'écran, Kiando tournait lentement sous nos yeux, les tourbillons ocre des nombreux déserts parsemés de petites oasis verdoyantes et de mers d'un bleu vif. Ma mère se trouvait-elle toujours quelque part, là-bas? Un certain nombre de petits vaisseaux et de véhicules miniers avaient décollé depuis la réception du message du croiseur de PrimaCorp. Le port spatial d'une colonie minière florissante était rarement tranquille et un vaisseau de ligne argenté orbitait autour de la planète, une ligne constante de petites navettes le reliant à la surface. Mais si elle voulait quitter la planète, pourquoi ne pas simplement venir avec moi?

— Nous sommes parfaitement placés, annonça Rei.

— Oh, tant mieux... lança une voix, près de la porte.

Je levai les yeux et aperçus Yuskeya, très pâle, la tête

entourée d'un pansement plus ou moins bien fait, appuyée contre Maja. Sa robe était chiffonnée et défraîchie, mais elle ne semblait pas s'en rendre compte.

— Elle insistait... s'excusa Maja, secouant la tête.

Yuskeya fixait le sac posé sur mes genoux.

— Où est votre mère ?

Je me levai d'un bond et me dirigeai vers elle.

— J'aimerais bien le savoir. Mais je sais par contre où, toi, tu devrais être. Couchée, lui dis-je.

Elle secoua la tête, les yeux à demi fermés, et pointa la chaise flottante libre à sa station de nav. Maja et moi l'aidâmes à s'y rendre et je m'agenouillai à ses côtés.

— Mais qu'est-ce qui s'est passé?

Yuskeya ferma les yeux.

— J'espérais que vous pourriez me le dire. Nous avions récupéré le matériel de votre mère, elle m'avait demandé de transporter un sac pour elle, et nous sommes parties vous rejoindre...

Elle toucha du bout des doigts la bosse sur sa tête et frémit.

— Peu importe qui m'a frappée et avec quel objet, je n'ai rien vu. Tout ce que je sais, c'est que je me suis réveillée à l'infirmerie.

— Qui était avec vous?

Je voulais confirmer l'histoire de Gusain Buig.

— Votre mère et moi, c'est tout, répondit-elle. Le président a accompagné Baden pour lui donner accès au centre de comms. M'avez-vous envoyé un message?

Elle plissa les yeux comme si elle tentait de se souvenir de quelque chose. J'acquiesçai.

— Plusieurs. Tu n'as répondu qu'au premier.

J'avais envie de me gifler moi-même. Mon message était probablement la source de distraction qui avait permis à l'assaillant d'attaquer Yuskeya par surprise.

— Je suis désolée, m'excusai-je.

Elle secoua la tête et frémit à nouveau.

— Non, c'est moi qui suis désolée. Ça n'aurait pas dû arriver.

Je lui caressai la main et retournai vers ma chaise, où j'avais abandonné le sac de cuir. Je me sentais un peu comme une voyeuse de fouiller le contenu, mais je justifiais ma curiosité en me disant qu'il y avait peut-être là un indice qui me dirait où se trouvait maintenant ma mère. Pour être honnête, je crois que je voulais simplement me sentir un peu plus près d'elle. Je me calai dans ma chaise et l'ouvris.

C'était un sac de voyage plutôt ordinaire. Je le fouillai avec précaution. Un haut à manches courtes bleu et une paire de jeans roulés en boule. Un minuscule ensemble d'écouteurs. Un étui à puces électroniques. Un sac d'objets personnels contenant un tube de dentifrice, une brosse à dents, un savon et d'autres articles de toilette. Des chaussettes. Des menthes. Une toute petite lampe et un véritable livre en papier, *Le Royaume des larmes* de Juris Lell. Une carte dessinée à la main des tunnels de l'Espace proche, un crayon rouge, une liasse de papiers remplis de diagrammes scientifiques et de notations qui n'avaient aucun sens pour moi.

Je poussai un soupir. C'était plutôt normal et exactement ce à quoi je m'attendais. Ces objets auraient pu appartenir à pratiquement n'importe qui, mis à part le matériel scientifique. Et la carte des tunnels, j'imagine. Mais... Il y avait l'étui à puces. Je le tirai et l'ouvris. Il contenait six emplacements pour des puces, mais seulement trois puces y étaient logées. Deux d'entre elles étaient étiquetées NB2897 et PC35411, respectivement. La troisième était marquée L/L. Luta/Lanar? Ou étais-je complètement idiote et sentimentale?

— Yuskeya, dis-je lentement, ma mère a-t-elle dit quelque chose au sujet de ce sac? Ou de quelque chose à l'intérieur?

— Non, elle m'a simplement demandé de le transporter. Elle avait plusieurs sacs.

— Rei, tout va bien pour l'instant, n'est-ce pas? demandai-je.

Elle hocha la tête, s'écarta de la console de pilotage et croisa les bras.

— Jusqu'à ce que le président Buig nous informe que le vaisseau de PrimaCorp est arrivé, nous devons simplement rester en orbite géosynchrone.

— Alors je vais dans mes quartiers pour un moment. Hirin, Maja, pourriez-vous m'accompagner?

Je les vis échanger un regard interrogateur, mais tous deux se levèrent pour me suivre.

— Yuskeya, ajoutai-je, va t'étendre, d'accord? Tu ne peux rien faire ici et un peu de repos te ferait du bien.

Elle sourit et acquiesça.

— Je me suis déjà sentie mieux, je dois l'admettre. Merci, Capitaine.

Je savais bien que ce n'était pas nécessaire, mais je lançai « Tu veilles sur elle, Viss? »

— Oui, Capitaine.

Je saisis le sac et me dirigeai vers ma cabine. Hirin et Maja m'emboîtèrent le pas et nous nous arrêtâmes à la galerie pour prendre des boissons chaudes.

— Que se passe-t-il? me demanda Hirin en se servant un thé chai.

Yuskeya semblait l'avoir converti à sa boisson favorite.

— Peut-être rien, répondis-je. Mais j'ai peut-être un message de ma mère. J'aimerais avoir un peu de soutien moral si c'est bien ce que je crois.

Hirin serra ma main et Maja hocha la tête, versant du sucre dans son propre thé.

— Nous sommes ici pour ça, dit Hirin.

Nous nous installâmes dans ma chambre, Hirin assis dans mon gros fauteuil, Maja sur le bord du lit et moi, au bureau. Je poussai l'écran de façon à ce que nous puissions tous le voir. Lorsque j'insérai la puce marquée L/L, un message apparut. *Prière d'entrer le mot de passe pour consulter les données.*

Je me laissai tomber contre le dossier de ma chaise.

— Bon, ça risque d'être une rencontre bien courte. Je n'ai pas vu cette femme depuis 70 ans, je ne crois pas que je puisse deviner son mot de passe.

— Il n'y a rien dans l'étui, ou dans le sac? interrogea Maja.

Je lui passai le sac et ouvris l'étui afin de le leur montrer.

— Deux autres puces, rien d'autre. Tout, dans le sac, semble plutôt banal.

Tandis que Maja parcourait le contenu du sac, j'essayai de consulter les deux autres puces, mais elles étaient également protégées par un mot de passe. Je réinsérai la première puce et inscrivis les noms des deux autres puces comme mot de passe. Je me disais que c'était plutôt brillant, mais ça ne fonctionna pas.

Hirin se cala dans le fauteuil et joignit les doigts, sa pose de réflexion caractéristique.

— Bon, réfléchissons. Si c'est bien pour toi et Lanar, elle doit avoir pensé à un mot de passe que vous pouvez deviner.

— Si notre hypothèse est correcte, oui, j'imagine. Je ne suis même pas sûre de ce que L/L signifie, mais partons de cette théorie.

— Donc, c'est probablement quelque chose qui est lié à votre vie ensemble, poursuivit-il, avant qu'elle ne parte.

— Bien, je n'avais que neuf ans lorsqu'elle a quitté PrimaCorp, et quatorze lorsqu'elle a disparu, lui rappelai-je. Je ne crois pas que je me souvienne de grand-chose de cette époque. Et si c'était quelque chose qu'elle jugeait important, mais pas moi?

— On peut toujours essayer.

Pendant dix minutes, nous entrâmes noms de rue, d'animaux, d'écoles, le nom de mon père et de mes grands-parents, tout ce qui nous traversait l'esprit et qui pouvait être lié à cette vie passée. Nous essayâmes ensuite les noms des endroits où nous avions vécu, le nom d'amis, d'enfants, sans plus de succès. Je me passai les doigts dans les cheveux, frustrée.

— Qu'est-ce que ta mère et toi avez en commun? suggéra Maja.

J'inscrivis « cheveux roux », mais ce n'était pas ça.

— Très drôle, commenta-t-elle. Non, sérieusement. Vous avez été séparées pendant des décennies, mais ça ne veut pas dire que vous n'avez rien en commun.

J'essayai PrimaCorp, mais toujours rien. Mortàl'rimaCorp? Non.

— Quelque chose en commun, quelque chose d'important pour toutes les deux... réfléchit Hirin. Mais peut-être quelque chose de plus positif?

Je me calai dans mon siège, fermai les yeux, ressassant la trop courte conversation que nous avions réussi à tenir. Avait-elle semé un indice... « Ce n'est pas parce que je ne m'intéressais pas à ma famille. »

Famille. C'était quelque chose que nous avions en commun. J'écrivis KernenEmmageLutaLanarKarroMaja.

Et ça fonctionna.

Chapitre 16
Échos dans le vide

Il y avait plusieurs fichiers sur la puce L/L, mais tous étaient intitulés *Luta & Lanar vid* suivi d'un numéro. Je fis une longue pause, le temps de prendre une profonde respiration et de me féliciter mentalement d'avoir deviné avec justesse le contenu de la puce. Puis, je pressai sur l'écran pour faire jouer le fichier dont le nom se terminait par -01.

Le visage de ma mère apparut, remplissant l'écran. Elle était assise derrière un bureau en métal couvert de marques; la pièce autour d'elle ressemblait à une de ces petites cabines de passagers comme il y en a des milliers sur les innombrables vaisseaux de ligne interstellaires qui sillonnent l'Espace proche, transportant les gens d'une planète ou d'un système à l'autre. Son apparence physique était à peu près la même que lorsque je lui avais parlé plus tôt, mais elle portait cette fois une veste à col chinois bleu azur et ses cheveux étaient relevés dans un chignon désordonné, le genre de coiffure que je n'avais jamais réussi à maîtriser moi-même.

Elle inspira profondément et commença à parler.

Je ne suis pas certaine qui regardera cette vidéo, Luta ou Lanar, ou peut-être êtes-vous ensemble. Alors bonjour, tous les deux, et avant que j'ajoute quoi que ce soit d'autre, je voulais vous dire que je vous aime. Je suis désolée de ne pas avoir pu vous le dire plus souvent.

Elle cligna pour chasser de ses yeux les larmes qui menaçaient de tomber et sourit.

J'ai tellement de choses à vous raconter. Je ne crois pas pouvoir le faire d'un coup. J'ai étiqueté les fichiers en ordre chronologique, de façon à ce que vous puissiez les regarder dans le bon ordre et comprendre mon histoire. Si vous regardez ces vidéos, cela veut dire que je suis morte, bien que j'espère sincèrement que ce ne soit pas le cas. Sinon, ces fichiers vous sont parvenus sans moi. J'espère que nous pourrons en parler lorsque tout cela sera terminé, mais si ce n'est pas possible, je tiens à tout vous raconter.

Elle sourit.

Ou, enfin, au moins une partie.

— Elle parle comme toi, aussi, souffla doucement Maja.

— C'est vrai, confirma Hirin.

Je n'avais pas vraiment d'opinion sur ce point, puisque j'ignorais comment ma propre voix sonnait, mais mon esprit était préoccupé par autre chose. Je me sentais coupable de regarder cette vidéo sans Lanar. Il méritait d'être ici autant que moi. Je ne pouvais pas lui envoyer de message sans risquer d'alerter le vaisseau de PrimaCorp de notre présence; il fallait que je vérifie s'il y avait quoi que ce soit dans ces fichiers qui m'aiderait à décider ce que je devais faire par la suite. Ma mère reprit la parole.

PrimaCorp me poursuit, parfois en douce, d'autres fois de façon éhontée, et ce, depuis que je vous ai quittés.

Elle poussa un long soupir, expirant très lentement, comme si elle laissait sortir autre chose que sa seule respiration.

Ça fait longtemps. Ils soutiennent qu'ils possèdent la propriété intellectuelle pour toutes les recherches que j'ai menées durant les années où je travaillais pour eux. Parfois, leurs tentatives pour me retrouver paraissaient presque bâclées, mais ils semblent vouloir accélérer les choses maintenant. Ils avaient complètement cessé leur harcèlement pendant un moment, lorsqu'ils ont sorti Vigour-Eux sur le marché, mais ce répit n'a pas duré longtemps. Au cours des deux dernières années, ils semblaient être de plus en plus désespérés. Ils veulent mes données et mon savoir et ils ne veulent pas attendre plus longtemps.

Ma mère fit une pause et prit une gorgée, tout en tenant la tasse de façon à couvrir de sa main le logo du vaisseau qui était imprimé sur le côté. Toujours prudente.

— Ils savent ou, à tout le moins, soupçonnent que les recherches de la société Schulyer portent leurs fruits, commenta Hirin.

Permettez-moi de clarifier la question, reprit ma mère. Légalement, ils possèdent toutes mes données, jusqu'à mon départ. C'est aussi clair que de l'eau de roche dans le contrat que nous avons tous signé lorsque nous avons été embauchés. Je ne peux pas nier ça, d'un point de vue juridique ou éthique. Mais je ne veux pas qu'ils mettent la main dessus.

C'est une histoire compliquée, alors je vais essayer d'être concise. J'ai travaillé pour PrimaCorp pendant quinze ans, je faisais des recherches sur ce qui était alors la prochaine génération de biopilleurs.

Même si elle ne pouvait pas me voir, je hochai la tête, mon cœur bondissant dans ma poitrine. J'avais raison.

Nous cherchions une façon d'incorporer toutes les fonctions des générations antérieures, lutte contre le cancer et les maladies, réparation des traumatismes, purification des toxines, dans une seule super protéine, en plus d'y ajouter une nouvelle fonction : la suppression des changements liés au vieillissement. Si nous pouvions créer des nanobiopilleurs pour gérer les principales causes du vieillissement, comme le bris et le raccourcissement du télomère, la glycation de l'ADN et le stress oxydant, en y intégrant tout ce qu'ils pouvaient déjà accomplir, ce serait un jeu d'enfant. PrimaCorp nous encourageait en insistant sur la valeur philanthropique de nos travaux, répétant que nous allions changer le cours de l'humanité, que leur modèle d'affaires rendrait notre projet accessible à tous. Et nous y avons cru.

Elle sourit. C'était probablement les moments les plus exaltants de ma vie. Nous étions sur le point d'offrir une quasi-immortalité à la race humaine.

C'est alors que nous avons découvert ce que PrimaCorp voulait vraiment en faire. Nous venions tout juste de faire une découverte majeure. Nous avions créé une protéine prototype, un modèle de biopilleurs qui pouvait se recréer lui-même et retarder le vieillissement d'environ soixante-dix ans avant que le porteur n'ait besoin d'une nouvelle infusion de protéines. Par la suite, nous avons découvert une façon de permettre à cette protéine de se répliquer elle-même à l'infini. C'était quelque chose qui était assez proche de l'immortalité humaine.

J'entendis quelqu'un, Hirin ou Maja, prendre une profonde respiration. Je ne pouvais pas détacher les yeux de ma mère. Elle repoussa quelques mèches rebelles de son visage et poursuivit.

PrimaCorp était sur le point d'engranger d'immenses profits, car, peu importe à quel point les biopilleurs étaient efficaces, ils ne pouvaient pas être transmis. Chaque génération devrait recevoir une transfusion initiale.

C'est à ce moment que nous avons découvert que PrimaCorp n'avait pas l'intention d'utiliser pleinement les recherches pour le profit de l'humanité. Ils avaient l'intention de bloquer la recherche à ce point et de ne fabriquer que la version des biopilleurs incapables de se reproduire eux-mêmes. Ils offriraient leur produit aux gouvernements coloniaux et planétaires à des prix exorbitants et une immense campagne de publicité forcerait pratiquement les gouvernements à payer, peu importe le prix demandé. Si les gens apprenaient que la technologie existait, ils exigeraient que les gouvernements l'offrent. Si les autorités refusaient, les gens se révolteraient à coup sûr.

Mère joignit les mains, les posant devant elle sur le bureau.

Lorsque nous avons compris leur plan, certains de mes collègues voulaient discuter avec PrimaCorp pour tenter de les dissuader d'agir ainsi. Quelqu'un a parlé de lancer un recours collectif en se basant sur le fait qu'on nous avait poussés à travailler sous de faux prétextes. Cela n'avait aucun sens pour moi, je devinais ce qui se passerait. Nous avions tous signé un contrat de non-concurrence lorsque nous avions été embauchés, alors nous ne pouvions pas prendre nos recherches ou même notre expérience pour aller travailler pour une autre société de génétique. Nous ne pouvions simplement pas changer de camp pour une société moins avare. Nous aurions été coincés dans des procédures judiciaires pendant des années, et pendant ce temps, PrimaCorp n'aurait qu'à provoquer une fuite dans les journaux, la demande serait alors si grande qu'elle gagnerait de toute façon.

Alors, j'ai décidé d'agir par moi-même. J'étais la chef de projet, après tout, et la plupart des idées originales étaient les miennes. Avant que PrimaCorp ne soupçonne notre mécontentement, j'ai volé toutes les données et je me suis enfuie.

Elle se cala dans son siège et sembla tout d'un coup incroyablement épuisée.

Et je n'ai pas cessé de me sauver depuis.

L'image se figea et je compris que c'était probablement la fin de la première vidéo. J'étais sur le point de lancer la seconde...

— S'ils étaient à sa poursuite pendant si longtemps, comment ont-ils réussi à la retracer, maintenant? demanda Maja.

Je me tournai vers elle, l'air coupable.

— Je crains d'avoir fait quelque chose qui les ait menés ici, répondis-je. Par contre, j'ignore ce que j'ai fait... J'essayais d'être prudente.

Maja tapota ses lèvres du bout des doigts, un écho du geste de son père.

— D'une façon ou d'une autre, ils nous ont retrouvés. Pourraient-ils avoir placé quelque chose sur le vaisseau?

Je haussai les épaules.

— Les transmissions sont bloquées sur tous les ponts, sauf les cales. Ça n'aurait pas marché s'ils avaient tenté de dissimuler quelque chose sur l'un de nous. Un traceur sur des marchandises ne fonctionne pas non plus, puisqu'il pourrait être déchargé n'importe où.

— Et l'intrus? interrompit Hirin soudainement. Tu n'as pas dit qu'il était monté de la cale?

— Quel intrus? demanda Maja.

— C'était avant que nous quittions la Terre, expliquai-je. Quelqu'un, j'imagine Sedmamin, a chargé un agent sans biopuce de s'introduire dans le Tane Ikai et d'obtenir un échantillon biologique sans ma permission. Il n'a pas réussi, ajoutai-je en lisant l'inquiétude sur le visage de Maja.

— Que s'est-il passé?

— Il a essayé de s'envoler du pont vers la cale, sans arrêt à l'Ingénierie entre-temps, indiqua Hirin d'un ton caustique. Mais PrimaCorp avait oublié de lui fournir des ailes d'abord. Il a laissé tout un gâchis sur le sol et nous avons dû laisser ce qui en restait à la périphérie du système Sol.

— Et il a déménagé vers le système Keridre-Gerdrice, pointai-je. Lorsque nous avons expédié son corps, la capsule de marchandises s'est glissée dans un trou de communication. Nous avions prévu de le placer sur un astéroïde jusqu'à ce que nous décidions quoi en faire.

— As-tu été blessée? interrogea Maja.

Je haussai les épaules.

— Une égratignure, rien de plus. Yuskeya m'a soignée.

— J'ignorais cette histoire, murmura Maja en fronçant les sourcils.

— C'était avant que tu nous rattrapes, expliqua Hirin, en caressant sa main.

Elle était toujours pâle et semblait inquiète.

— Aurait-il pu t'injecter quelque chose pour suivre ta trace?

Je n'avais pas pensé à cette possibilité auparavant, mais je me rappelai mon entité.

— Je ne crois pas que ce serait très utile. Je suis presque toujours sur un des ponts où les transmissions sont bloquées.

— Où aurait-il pu aller, sur le vaisseau? interrogea Maja.

Je fis un geste de la main.

— Ouf... N'importe où, j'imagine. Enfin, non, ce n'est pas vrai. Je suis arrivée dans le couloir au moment où il montait sur ce pont. Notre hypothèse était qu'il était entré par un sas, sur le pont de l'Ingénierie. Il aurait pu aller dans n'importe laquelle des cales et dans l'Ingénierie. Je ne crois pas qu'il soit allé où que ce soit sur ce pont avant de tomber sur moi. Enfin, avant que je tombe sur lui.

Je fis la grimace en me remémorant la rencontre. Hirin se leva.

— Il aurait pu placer quelque chose dans une des cales. Avons-nous fait des vérifications après son intrusion?

Je secouai la tête.

— Non, je ne crois pas.

— Alors, allons vérifier.

J'éjectai la puce du lecteur et la remis dans l'étui avant de le glisser dans ma poche. Pas question de le perdre de vue avant d'avoir visionné toutes les vidéos qui m'étaient destinées.

Rei et Baden étaient sur le pont, et Yuskeya y était encore également. Quelqu'un était allé à la galerie, puisqu'ils avaient chacun une tasse vide et une assiette contenant des miettes était placée près de la console, aux côtés de Baden.

— Ne t'ai-je pas dit d'aller te reposer? demandai-je à Yuskeya.

Elle leva les mains en l'air pour capituler.

— Je me repose! Je n'ai pas bougé de cette chaise depuis votre départ. Rei et moi étions simplement en train de discuter, nous avons demandé à Baden d'aller à la galerie pour nous.

— Oh, bon, ça va. La prochaine fois, je te donnerai un ordre.

Je détournai mon attention.

— Baden, des nouvelles du président Buig?

— Pas un mot.

— Viss est dans l'Ingénierie?

— Oui, je crois.

J'ouvris le système de comms vers l'Ingénierie.

— *Okej*, écoutez-moi tous. Nous croyons que l'intrus qui s'est introduit sur le vaisseau avant de quitter la Terre pourrait avoir laissé un traceur dans une des cales.

— Il est entré par la cale 4, Capitaine, précisa Viss. J'ai au moins réussi à extraire cette information de son techmod.

— Très bien, nous commencerons par là. Qu'est-ce qu'on a, pour faire un balayage? C'est probablement minuscule.

Baden leva sa tablette améliorée.

— Ma tablette peut capter toute transmission qui serait suffisamment forte pour nous suivre. Il me suffit de l'ajuster à la bonne fréquence.

— Donc, ce *putra* de vaisseau qui nous suivait lorsque nous avons fait le saut vers Kiando pouvait bien appartenir à PrimaCorp, lança Yuskeya.

Elle était déjà presque rendue à la porte avant que je n'aie pu lui dire de rester assise.

— Je vais aller chercher les sondes médicales de l'infirmerie. Le logiciel pour les implants pourrait nous aider à trouver des transmissions si j'ajuste les paramètres.

— Ma tablette a les mêmes fonctions que celle de Baden, me dit Hirin en emboîtant le pas à Yuskeya. Il m'en a acheté une nouvelle lorsque nous étions sur Renata. Je reviens immédiatement.

Diable. J'ignorais que Hirin possédait une nouvelle tablette. Je crois que je le regardai, bouche bée, pendant un instant. Les changements qui survenaient en lui étaient ahurissants.

— J'ai une nouvelle tablette, moi aussi, offrit Maja doucement. Je l'ai achetée pour le voyage. Je ne connais pas vraiment toutes ses fonctions, mais si Baden me montre comment l'ajuster, je peux aider aussi.

— Et si je ferme le bloqueur de transmission du pont de l'Ingénierie, je peux balayer les cales à partir de la station de diagnostic, ajouta Viss.

— D'accord. À ce rythme, je ne crois pas qu'on puisse manquer ce traceur, s'il existe. Allons-y.

Je ne pouvais pas faire grand-chose pendant ce temps, je devais me contenter de les suivre et d'attendre.

Je me tenais sur le côté, observant leurs mouvements autour de la cale à moitié vide. Je ne savais pas vraiment si je voulais qu'ils trouvent quelque chose ou pas.

Yuskeya se fatigua plus rapidement qu'elle ne l'avait prévu et vint s'asseoir à mes côtés après avoir offert sa sonde à Maja.

— Vous savez, Capitaine, juste traverser la Fissure pourrait avoir été suffisant pour déjouer n'importe quelle filature.

— Je te remercie, Yuskeya, mais PrimaCorp a découvert la cachette de ma mère, d'une façon ou d'une autre, dis-je d'un ton amer. Si c'est ce qui leur a permis de la retrouver, j'imagine que je préfère le savoir.

Mon souhait fut exaucé.

— Je l'ai trouvé!

C'était la voix de Baden, provenant d'un coin éloigné de la cale. Il était à genoux près d'un système de sangles pour la marchandise. Tout le monde se précipita pour le rejoindre.

— Je n'arrive pas à voir le damné bidule, grogna-t-il, mais cette signature ne devrait pas être là. Ça ne peut pas être autre chose.

— Attends, je vais vérifier.

Rei s'agenouilla près de la sangle, repoussa une mèche de cheveux châtains de son visage et pressa quelque chose juste derrière son oreille droite. Un mince rayon de lumière crue surgit quelque part près de sa tempe et suivit l'orientation de son regard.

— Oh, s'étonna Baden.

— Je savais bien que cet implant serait utile un jour, expliqua

Rei, sans lever les yeux. Ah ha! Le voilà.

Elle racla le rebord inférieur du système de sangles à l'aide de son ongle et releva un minuscule petit rond noir et argenté sur le bout de son doigt. Ce n'était pas plus gros que le bouton que Baden portait dans son oreille.

— Merveilleux.

Je hélai Viss par les comms.

— Nous l'avons trouvé. Je te l'amène.

— Excellent, Capitaine, répondit-il, je vais réenclencher le bloqueur de transmission, une fois qu'il sera dans l'Ingénierie, il sera muet. Si je peux le reprogrammer, ce pourrait être un engin intéressant à avoir sous la main, non?

— Bonne idée, approuvai-je.

Une pensée me frappa et me fit frémir.

— Ce truc a-t-il transmis des infos au vaisseau de PrimaCorp depuis que nous avons quitté la planète? Savent-ils déjà que nous sommes ici, cachés derrière Kiando?

Viss ne répondit pas immédiatement, mais Baden réfuta ma question.

— J'en doute. Ce genre de signal se perd facilement une fois arrivé dans l'atmosphère d'une planète, sans parler du bruit continu provenant de la planète et des vaisseaux qui arrivent ou qui partent... N'oublions pas non plus que le Trident est encore assez loin. Je ne crois pas qu'ils aient eu la chance de capter quoi que ce soit.

— *Okej*.

Je ne me sentais pas tout à fait sûre de moi, mais Baden était au fait de ce genre de choses. De toute façon, il n'y avait rien qu'on puisse faire, sinon interrompre la transmission et espérer que tout se passe bien. Nous quittâmes la cale et remontâmes vers l'Ingénierie.

Je tendis le minuscule traceur à Viss.

— Mais si PrimaCorp savait que leur agent avait déjà laissé un traceur sur le vaisseau, pourquoi Dores Amadoro a-t-elle tenté de me convaincre d'en placer un aussi? demanda soudainement Maja.

— Quoi? s'exclama Hirin, fronçant les sourcils, puis plaçant les mains sur ses hanches. On dirait bien que je n'ai pas entendu toute l'histoire...

Les autres, qui ignoraient aussi la façon dont Amadoro avait roulé Maja, la regardaient également d'un air interrogateur. Je levai les mains pour interrompre la discussion.

— Désolée, Hirin, mais tu n'étais pas au courant de tous les détails de cette histoire. Nous te raconterons le reste aussitôt que nous en aurons fini, ici.

Il ne semblait pas particulièrement heureux de devoir attendre, mais il hocha la tête. Je réfléchis à la question de Maja.

— Parce qu'Amadoro ne pouvait pas savoir si le traceur était en place. Tout ce qu'elle, enfin, ce qu'elle et Sedmamin savaient, c'est que le truc du virus n'avait pas fonctionné et que l'agent n'est pas revenu après sa mission. Ils ne pouvaient pas m'empêcher de partir, mais ils pouvaient au moins suivre mes traces.

Avec une délicatesse surprenante, personne ne demanda davantage de renseignements. Rei me lança un regard interrogateur, mais je secouai la tête légèrement et elle n'insista pas.

— Le traceur était probablement réglé pour transmettre un signal après que nous avons fait le premier saut hors de l'espace circumterrestre, pour réduire les risques qu'on le découvre, ajouta Viss.

— Alors, lorsque Amadoro a eu vent que tu voulais nous rattraper...

— Elle a pensé qu'elle pouvait ajouter une police d'assurance, termina Maja d'un ton amer.

Je lui serrai le bras.

— Cesse de t'inquiéter à ce sujet. On a décidé que c'était du passé, non?

Elle hocha la tête.

— Qu'est-ce que tu voulais dire, le truc du virus?

— C'était avant notre départ de la Terre, aussi. Le président Sedmamin m'avait envoyé un messager électronique infecté par un virus pour tenter de me convaincre de visiter PrimaCorp pour « discuter ». Cela ne m'a pas vraiment affectée, contrairement à ce qu'il espérait, alors j'imagine que c'est à ce moment qu'il a ordonné à un agent de s'introduire sur le vaisseau.

— Comment sais-tu qu'il était envoyé par PrimaCorp? interrogea Maja.

— En fait, on ne peut pas en être certain, expliquai-je. Il n'avait aucune marque distinctive, pas même de biopuce personnalisée. Mais il a essayé de me soutirer du sang ou quelque chose du genre. Ça semble logique qu'il soit associé à PrimaCorp.

— Dommage que tu ne puisses pas le prouver, réfléchit-elle à voix haute. Si tu avais des preuves de certaines des choses qu'ils ont faites, tu pourrais les forcer à cesser de t'importuner.

Je l'observai.

— Mais... c'est PrimaCorp, rétorquai-je. Nous n'avons aucune chance contre eux. Tout ce qu'on pourrait dire, ils trouveraient une façon de s'en débarrasser ou de le faire disparaître. En achetant les gens. Je secouai la tête. Ils sont juste trop puissants.

Maja pencha la tête et me regarda.

— C'est PrimaCorp, bien sûr. Mais peut-être qu'ils sont plus puissants dans ta tête parce tu te sens attaquée depuis si longtemps. Ils ne sont pas au-dessus des lois. Ils ne peuvent pas être si puissants que, dans tout l'Espace proche, nous ne pouvons pas trouver d'alliés prêts à s'opposer à eux.

— Elle a raison, fit remarquer Baden, se calant contre l'une des consoles d'Ingénierie et croisant les bras sur sa poitrine. Viss s'éclaircit la voix et Baden se releva soudainement.

— Je veux dire, on semble avoir trouvé un appui, le président Buig. PrimaCorp peut croire qu'il se soumettra, mais il n'a aucune obligation à leur égard. La société Duntmindi a ses propres droits de souveraineté sur ses propres planètes.

— Et ses propres garanties juridiques et son système juridique, ajouta lentement Hirin. Ce qui s'est passé sur Terre et sur Rhea, ce sont des planètes contrôlées par PrimaCorp. Je ne crois pas que nous ayons beaucoup de chance de ce côté. Mais si on réussissait à faire transférer les accusations ici...

Yuskeya claqua des doigts.

— Les pirates! C'est survenu dans l'Espace proche, pas sur une planète, ce qui veut dire que vous pouvez déposer les accusations sur n'importe quelle planète qui est représentée par un ambassadeur au Conseil administratif des Mondes de l'Espace proche.

Mon esprit tourbillonnait.

— Mais nous n'avons pas beaucoup de preuves pour ça. Un

techmod et une arme. Peut-être un peu d'ADN ou une empreinte digitale, si on peut les récupérer de l'arme. Et nous devrions alors prouver que c'est lié à PrimaCorp.

— Oui, mais si on lance les procédures ici, vous pouvez faire transférer les autres incidents, résuma Yuskeya.

Elle s'installa à l'une des consoles secondaires d'ingénierie, mais se pencha vers l'avant sur la chaise flottante, les yeux brillants. Viss ne semblait pas offensé qu'elle s'installe là.

— Il faudrait prouver que tous ces incidents sont liés, vous pourriez alors constituer un ensemble de preuves pour tous ces incidents en même temps.

— Et tu n'as peut-être même pas à gagner le procès, songea Rei. S'il semble que tu as l'ombre d'une chance de gagner, tu pourrais convaincre PrimaCorp de négocier, ou au moins les convaincre de vous laisser tranquilles, ta mère et toi.

Le président Buig, un allié, pensai-je soudainement. Un allié qui avait accès à la base de données de l'Espace proche et qui pourrait accepter de la consulter pour nous.

— Je dois réfléchir, répondis-je.

Ce qui voulait dire que je devais marcher de long en large. J'ouvris l'écoutille menant de l'Ingénierie vers le corridor où étaient entreposées les capsules de carburant le long duquel nous avions dû courir en toute hâte lors de l'attaque des pirates dans la cale 1.

— Maja, tu veux bien accompagner ton père à la galerie et lui servir un double caff pendant que tu lui expliques cette histoire au sujet de Dores Amadoro? Il est patient, mais il a ses limites, ajoutai-je, avant de m'éclipser.

Elle ne semblait pas enthousiaste à l'idée de raconter cette histoire à nouveau, mais elle acquiesça et saisit le bras de Hirin. Je n'étais pas trop inquiète quant à sa réaction. Si j'avais pardonné à Maja, je savais bien qu'il le ferait aussi, mais je devais les laisser régler ce problème eux-mêmes. Il y avait trop de choses auxquelles je voulais réfléchir. Je franchis l'écoutille et refermai la porte derrière moi, indiquant mon besoin de solitude pour les prochaines minutes, et je m'avançai le long du couloir. Je suivis le rythme régulier de mes pas sur le pont pour mettre de l'ordre dans ma tête.

Quelles preuves avions-nous contre PrimaCorp, si on les combinait? Nous avions une photo de l'intrus décédé, ce qui pourrait aider à son identification. Ça ne suffirait pas, seul, à créer des problèmes pour PrimaCorp, mais s'il était identifié, nous saurions s'il était lié à eux. Son techmod n'était pas très utile, puisque Viss l'avait démonté, réarrangé et utilisé depuis l'attaque. Un ensemble de preuves, avait dit Yuskeya. Je souhaitai soudainement de tout mon cœur que nous ayons encore ce corps, mais je mis cette pensée de côté pour l'instant.

J'avais le message d'Alin Sedmamin au sujet du virus. J'avais les noms des bandits qui m'avaient enlevée sur Rhea, j'avais le techmod, l'arme et, si j'étais chanceuse, l'ADN ou les empreintes d'un pirate.

J'atteignis la fin du couloir et me tournai, puis m'accotai contre le mur alors que je me rappelai un fait. Il y avait aussi cette marchandise, cette tech illégale que les pirates n'avaient pas réussi à prendre et que nous, enfin, Viss avait livrée aux agents du Protectorat sur Kiando. Cela voulait dire qu'ils avaient alors des preuves concrètes que PrimaCorp fabriquait des techs illégales. S'ils acceptaient de nous aider. S'ils acceptaient de le faire sans mettre en danger leur propre cause contre la société et ces événements auxquels Lanar avait indirectement fait référence. Je ne pouvais pas parler aux autres à ce sujet pour l'instant. Il fallait que je parle à Lanar, il fallait que je sache ce que le Protectorat pouvait faire pour m'aider.

Je posai ma tête contre le mur de métal froid du couloir, dont le contact me réconforta un peu. Le vaisseau avait cet effet sur moi. Peut-être cette preuve était un peu mince, même si on rassemblait tous ces éléments. Cela ne me disait pas où se trouvait ma mère maintenant ou la raison pour laquelle elle s'était sauvée aussi soudainement que je l'avais retrouvée, mais au moins, ça me donnait quelque chose à faire.

Chapitre 17
Souvenirs et demi-tours

Je me dépêchai de retourner vers l'Ingénierie. Le fait que personne ne m'ait suivie, qu'ils n'aient même pas bougé de l'endroit où ils se tenaient, était éloquent : ils me connaissaient bien. Seuls Hirin et Maja étaient partis.

— Baden, interpellai-je dès que je fus à portée de voix. Tu crois que je pourrais parler au président pendant quelques minutes et lui envoyer des paquets de données sans risquer de révéler notre position par rapport au vaisseau de PrimaCorp?

Baden pinça les lèvres.

— Je crois, oui. Je m'assurerai que la bande passante est aussi étroite que possible. La qualité risque d'en souffrir, mais leur vaisseau est suffisamment loin pour que ça passe inaperçu. Comme je l'ai mentionné, il y a beaucoup de bruit qui permettra de masquer la comm; de toute façon, ils ne devraient pas nous chercher ici. S'ils captent la transmission, ils penseront probablement que nous sommes encore sur la planète.

— *Okej.*

Je résumai la conclusion de ma réflexion.

— S'il accepte de nous aider, je vais lui envoyer la photo de l'intrus, le nom des personnes qui nous ont enlevées et tout ce que nous pourrons relever des objets appartenant aux pirates. Si Buig peut identifier l'un d'entre eux et faire un lien avec

PrimaCorp, nous aurons un bon point de départ.

— Nous pouvons faire mieux que ça, m'interrompit Rei soudainement. Attendez un moment.

Sans mot dire, elle se précipita vers l'échelle menant aux ponts supérieurs. Tous les regards se tournèrent vers moi, mais je me contentai de hausser les épaules. Elle revint en moins d'une minute, un petit objet noir d'apparence souple se balançant dans sa main. Elle me le passa avec précaution lorsqu'elle fut près de moi.

— Je parie qu'on peut obtenir une meilleure identification de l'intrus si on a des cellules de sa peau et peut-être quelques cheveux...

Elle se laissa tomber dans une des chaises flottantes et la laissa tourner doucement, affichant une mine plutôt fière. Je retournai l'objet. C'était le masque de l'intrus.

— Comment...

Rei pencha la tête de côté et me décocha un large sourire.

— Un souvenir, expliqua-t-elle. Je me disais que c'était un bon choix. Je le gardais dans le compartiment secret de ma cabine, pour qu'il ne soit pas à la vue, si quelqu'un venait poser des questions au sujet de cet homme. Je l'ai gardé après qu'on le lui a retiré, cette nuit-là. Je me disais qu'il n'avait pas besoin de chaleur... Personne d'autre ne l'a porté, alors l'ADN qui s'y trouve lui appartient forcément.

Je la serrai dans mes bras.

— Rappelle-moi de ne jamais dire que ton habitude de garder des souvenirs de tes aventures est complètement folle.

Elle me repoussa.

— Tu penses que c'est une habitude débile?

Mais je voyais un sourire dans ses yeux.

— C'est bon, écoutez bien, lançai-je. Voici exactement ce que nous allons faire. Yuskeya, si tu te sens suffisamment bien, pourrais-tu essayer d'extraire des renseignements de ce masque et des objets du pirate, puis préparer un paquet de données pour envoyer les résultats au président Buig? Demande au docteur Ndasa de t'aider. Je vais aller récupérer le message que Sedmamin m'a envoyé au sujet du virus. Viss, tu as pris une photo de l'intrus : peux-tu envoyer une copie à Baden? Et Baden, si tu pouvais rassembler tout ça, faire un paquet aussi petit que possible, et le préparer que je puisse l'envoyer par bande étroite au président une fois que je me serai entretenue avec lui.

Ils accédèrent en chœur à mes requêtes et je menai ma troupe vers l'échelle pour accéder aux ponts supérieurs. Yuskeya indiqua qu'elle avait besoin d'environ une demi-heure. Je me dirigeai vers mes quartiers pour retrouver le message mesquin que Sedmamin m'avait envoyé par le messager électronique. Je m'installai à mon bureau et tentai de mettre la main sur ce billet où il admettait avoir envoyé un virus, mais j'aurais dû, toutefois, me douter qu'il ne serait pas si négligent. Le message était corrompu, un vrai charabia : la lettre était de toute évidence pourvue d'un code d'auto-destruction après lecture. Je fis plusieurs essais pour rétablir le texte ou pour le déchiffrer à l'aide de filtres que Lanar m'avait refilés, mais rien à faire. Je me demandai un instant si Baden pourrait en tirer quelque chose à l'aide de son techmod, plus avancé que ma tablette. J'en doutais. Sedmamin était passé maître dans l'art de brouiller les pistes. Peut-être n'en aurions-nous pas besoin?

Un coup retentit à la porte et détourna mon attention de l'écran. Je traversai la pièce pour y répondre. C'était Maja, elle semblait songeuse.

— Puis-je entrer?

Je hochai la tête et ouvris grand la porte, en faisant un pas à l'intérieur, et lui fis signe de me suivre.

— Bien entendu. Comment s'est déroulée la conversation avec ton père ?

— Oh, bien, dit-elle d'un ton distrait. Il est plus fâché contre Amadoro que contre moi.

Elle traversa la pièce, regardant autour d'elle comme si elle n'y avait jamais mis les pieds, puis se glissa dans mon gros fauteuil. Elle fixa le mur de l'autre côté, en silence, comme si elle cherchait par où commencer. Ses doigts frappaient un rythme nerveux en staccato sur l'accoudoir. Je m'installai sur le lit et attendis. De toute évidence, elle n'était pas venue à la demande de Hirin.

— J'ignorais que tu avais été attaquée, dit-elle finalement. En dehors de notre aventure sur Rhea.

Je haussai les épaules.

— Comme ton père le disait, c'était avant que nous ne quittions la Terre. Ce n'était pas si grave.

Elle fixait le mur au-dessus de mon lit, évitant mon regard.

— Mais... à deux reprises? Je pense que c'était grave. C'est, pas c'était. C'est vraiment grave.

Ses yeux bleus croisèrent les miens, elle semblait plongée dans ses pensées.

— Et ces choses qu'Emmage racontait dans la vid... Ça m'a fait comprendre que je n'ai jamais vraiment écouté lorsque tu tentais de m'expliquer pourquoi les choses étaient comme elles étaient.

Je soulevai un sourcil et fis un demi-sourire à son commentaire.

— J'avais remarqué.

Maja se leva, marchant autour de la chaise lentement, traînant doucement ses doigts impeccables sur le tissu doux.

— Tout ce que je pouvais voir, c'était l'injustice de la situation. J'avais toujours l'impression d'être à part. Toi, papa, Karro, même oncle Lanar, vous adoriez tous les voyages dans l'espace. Je détestais ça. Ne jamais rester au même endroit, vivre sur un vaisseau... Vous pensiez tous que c'était si excitant. Pour moi, c'était juste... déstabilisant.

— Ce n'est pas une vie qui convient à tout le monde. J'imagine que je ne portais pas suffisamment attention à ce que tu voulais. Mais il y avait toujours PrimaCorp et...

— Je comprends maintenant, soupira-t-elle. Mais je pensais que c'était juste une excuse pitoyable, à l'époque. J'ai gardé rancœur à ce sujet pendant longtemps. PrimaCorp ne m'avait jamais donné l'impression d'être une grande menace. Puis, c'est devenu évident que tu ne m'avais pas transmis ce qui te permettait de rester jeune. Je te haïssais pour ça aussi. Et tu ne voulais pas coopérer avec PrimaCorp pour comprendre ce que c'était. Puis, plus tard, continua-t-elle, comme si elle était décidée à faire une confession complète, lorsque papa est tombé malade... C'était aussi ta faute, dans la mesure où ça me concernait. Et je ne pouvais pas te pardonner de l'avoir largué dans cette institution avant de partir.

— Maja, je...

— Non, non. Tu n'as pas à t'expliquer. Je comprends. Enfin, maintenant, je comprends, au moins. Alors, quand Taso et moi... Il m'a quittée pour quelqu'un d'autre.

Elle sourit amèrement.

— Elle était beaucoup plus jeune. Et même si ça n'avait aucun sens, je te blâmais pour ça aussi.

— Chérie. Je suis désolée.

Je ne savais pas quoi dire. Elle secoua la tête en signe de négation.

— C'est sans importance, maintenant. Non, vraiment. C'est juste une chose après l'autre, toutes nos vies, et maintenant, je comprends que j'avais tout faux, depuis le début.

— Je ne dirais pas que tu avais tout faux, non.

Je regardais par le hublot la vaste étendue d'étoiles, si vaste qu'elle dépasse l'entendement. J'avais toujours cru que cela était ma maison. Je n'avais jamais compris que Maja avait besoin de quelque chose d'autre. Je n'avais pas fait attention, je le comprenais maintenant.

— J'ai passé une bonne partie de ma jeunesse fâchée contre ma mère, moi aussi. Cela m'a pris beaucoup de temps, il a fallu que je comprenne la situation, avant que je voie les raisons qui l'avaient poussée à agir de cette façon.

Elle observait le tissu de la chaise, traçant les motifs du doigt.

— Je pense que j'aurais dû être capable de trouver cette clarté plutôt.

— Je ne t'ai pas exactement facilité la tâche. Ce n'était pas une vie normale.

— Non, ce n'était pas une vie normale, consentit-elle avec un demi-sourire. Mais ça ne justifiait rien.

Elle fit le tour de la chaise et s'y cala à nouveau, posant les mains sur ses genoux. Elle avait l'air mélancolique, ses boucles blondes tombant dans ses yeux comme lorsqu'elle était petite.

— Ces dernières semaines, ici, sur le vaisseau, j'ai commencé à voir les choses différemment, même si je n'en avais pas conscience. Alors, lorsque j'ai vu que toi aussi, il y avait des choses que tu ignorais, des choses que tu as apprises d'Emmage... Je ne crois pas que je peux l'appeler Grand-mère, pas encore. C'est là que j'ai compris. Et j'ai compris que PrimaCorp était vraiment une menace. Je ne peux pas la blâmer non plus.

Elle soupira.

— Je ne suis même pas certaine de ce que j'essaie de dire.

Je m'agenouillai et la serrai dans mes bras.

— Que tu ne me détestes pas?

Elle rit un peu à ma remarque, ou c'était peut-être un sanglot, mais peu importe, elle me serra contre elle à son tour.

— Tu as raison, Mère. Je ne te déteste pas.

— C'est bon à savoir, Maja.

Je souris.

— Je ne te déteste pas non plus.

Avant qu'elle parte, je dis à Maja que Rei pourrait leur raconter, à Hirin et elle, les détails de notre plan. Je jetai un coup d'œil à l'horloge : Yuskeya n'aurait probablement pas encore terminé sa part du travail. J'étais parfaitement consciente de la présence de l'étui à puces dans ma poche et du fait qu'il contenait des messages de ma mère que je n'avais pas encore regardés. J'hésitai un court instant avant de tirer la puce L/L et de la glisser dans le lecteur. Je touchai sur le deuxième fichier vidéo pour l'ouvrir.

Le décor avait changé par rapport à la première vid. Ma mère était dans un lieu différent, même si c'était impossible pour moi de dire combien de temps s'était écoulé entre le dernier message et celui-ci. Ses cheveux étaient ramassés en une longue tresse auburn passée par-dessus son épaule. Elle portait un ample tricot à mailles larges de couleur bleu et vert. Des tablettes couvraient le mur derrière elle, mais je ne pouvais pas deviner les titres des livres qui y étaient empilés.

Ma mère sourit, l'air apparemment quelque peu hésitant.

Je me demandais ce que vous penseriez tous les deux de mes décisions et de mes gestes, d'un point de vue éthique, commença-t-elle. *Nous, enfin, la plupart d'entre nous, du moins, pensions que si nous n'avions pas droit de regard aux yeux de la loi, nous avions tout de même un droit moral de décider comment nos recherches seraient utilisées. Finalement, c'est moi seule qui ai posé le geste de soutirer les données et j'en prends toute la responsabilité. Mais c'était il y a soixante-quinze ans. Vous vous demandez peut-être pourquoi je me suis efforcée de garder le secret pendant si longtemps...* Elle inspira profondément. *Vous pensez peut-être que, même s'ils avaient engrangé des milliards de dollars pour le produit, au moins, PrimaCorp l'aurait offert au public. Que des milliers et des milliers de personnes sont mortes depuis ce temps, des gens qui seraient encore vivants s'ils avaient eu accès aux biopilleurs.*

Je ne peux pas compter le nombre de nuits que j'ai passées, éveillée, à penser à ces faits. La voix de ma mère était tendue, les petites rides autour de ses yeux plus prononcées. *J'ai tenté de trouver une façon de communiquer en toute sécurité avec toi, Luta, lorsque Maja et Karro étaient petits, pour te donner le choix. Mais je savais qu'ils vous surveillaient, qu'ils vous tenaient à l'œil. Je devais peser le pour et le contre. Si PrimaCorp mettait la main sur ces données, elle aurait la mainmise sur l'Espace proche en entier. Je pense que j'ai fait le bon choix; regardez comment ils exploitent leur monopole sur le marché de la réjuv, avec leur traitement Vigour-Eux. Si PrimaCorp pouvait offrir une quasi-immortalité, tous les gouvernements de l'Espace proche seraient sous sa coupe. Je ne pouvais simplement pas courir ce risque. J'avais peur du genre de société que je pourrais créer si je laissais les événements suivre leur cours. Aucune société ne devrait détenir autant de pouvoir à elle seule.*

Même les gouvernements extraterrestres, les Visiliens de Damir et les Lobors, auraient succombé à PrimaCorp. Nous avions des échantillons d'ADN visilien et lobor à l'époque, et quelques chercheurs tentaient de modifier les biopilleurs de première et deuxième génération afin qu'ils fonctionnent pour les races extraterrestres. Nous partageons certains traits biologiques élémentaires. Ce ne serait qu'une question de temps avant qu'ils ne mettent au point un prototype qui retarderait le vieillissement de ces races.

Ma mère prit une gorgée d'une délicate tasse de porcelaine placée sur la table, près d'elle. La tasse était ornée de branches d'arbres gracieuses qui s'enroulaient sur le côté et l'anse était courbée d'une façon qui en rappelait le mouvement.

Je me suis souvent posé la question si une autre société parviendrait aux mêmes résultats, un jour, poursuivit-elle, *ou mettrait au point un produit similaire. Je m'étais toujours dit que, si une autre entreprise créait un biopilleur pouvant se répliquer lui-même, je renverrais à PrimaCorp tous les documents et je les laisserais agir à leur guise. Ou peut-être que je créerais une fuite de données dans les réseaux publics, pour qu'au moins, il y ait une certaine concurrence. Personne ne devrait avoir le contrôle sur le vieillissement humain. Cependant, j'avais l'intuition que c'était fort improbable comme situation, pour deux raisons.*

La première, c'est la percée que j'ai mentionnée plus tôt. Tout comme la découverte de la pénicilline au début du vingtième siècle ou encore celle de la matière Krasnikov dont nous avons besoin pour les sauts par tunnels cosmiques, notre percée était en quelque sorte un accident. Nous voulions créer des biopilleurs qui ne combattraient pas seulement les maladies, les traumatismes et le vieillissement : nous voulions qu'ils puissent se recréer eux-mêmes aussi. Leur autoréplication était un obstacle majeur. Et c'est à ce moment qu'on a vécu ce qu'on pourrait appeler un tour du destin. Les échantillons d'ADN visilien? Un d'entre eux s'est accidentellement retrouvé dans une culture d'ADN humain. Nous n'avons jamais su comment c'était arrivé... Probablement juste un technicien qui n'a pas suivi à la lettre les procédures de laboratoire. Mais, une fois cette culture mélangée avec les protéines que nous cultivions... Elle se recula contre le dossier et claqua des doigts. *Et voilà. C'était la solution pour le problème de l'autoréplication.*

Le regard de ma mère s'égara hors champ et l'image se figea. La fin de la vid.

Je me laissai tomber contre le dossier de ma chaise. L'ADN visilien était la clé de la recherche révolutionnaire de ma mère ? Je ne l'aurais jamais deviné. Et, j'imagine, personne d'autre n'y a pensé non plus, puisque la recherche n'avait de toute évidence jamais été reproduite.

À moins que ce ne soit le cas, maintenant, par le docteur Ndasa et la société Schulyer. Je me demandais si cette information serait une révélation pour lui.

Je regardai l'étui à puces qui gisait ouvert sur mon bureau. Deux autres puces qui pouvaient détenir les secrets de la recherche de ma mère. Une preuve de plus contre PrimaCorp. Toutefois, je ne croyais pas qu'elles étaient protégées par le même mot de passe que la puce que j'avais consultée.

J'étais sur le point de regarder la troisième vid de la puce L/L lorsque Yuskeya me contacta.

— Capitaine, Baden et moi avons préparé les données à transmettre.

— J'arrive immédiatement.

Je rangeai les puces à nouveau. C'était plus important, pour l'instant, de transmettre ces données à Gusain Buig. S'il acceptait de nous aider, bien sûr. Je m'en fus donc vers le pont; tout le monde s'y trouvait à l'exception du docteur Ndasa. J'imagine que le Visilien était toujours dans sa cabine, incertain de son statut sur le vaisseau. Je devrais aller lui parler plus tard.

— Où se trouve le Trident? demandai-je.

— Encore très loin, répondit Yuskeya.

— J'imagine que nous allons courir le risque, alors, lançai-je.

— As-tu récupéré le message de Sedmamin? interrompit Baden. Si tu me l'as envoyé, je ne l'ai pas vu.

Je secouai la tête.

— Non, il s'est autodétruit. Nous devons mettre ça de côté pour l'instant et nous concentrer sur ce que nous avons en main. Vas-y, lance une transmission à bande étroite entre le président et moi.

Lorsque le président apparut à l'écran, il secoua la tête. Il semblait aussi exténué que moi.

— J'ai bien peur de ne pas avoir de nouvelles au sujet de votre mère, Capitaine. Et le vaisseau de PrimaCorp n'est pas encore arrivé non plus.

— Je suis désolée de vous importuner, Président, mais j'ai un service à vous demander... Un autre service, devrais-je dire.

Si ma témérité l'irritait, il ne le montra pas, au moins.

— Si je peux vous aider, je le ferai, bien sûr, répondit-il d'un ton posé.

— Président, au cours des dernières semaines, pendant notre trajet pour venir jusqu'ici, il y a eu un certain nombre d'attaques illégales ciblant mon vaisseau et moi-même. Nous avons réussi à relever certains indices quant à l'identité des auteurs de ces attaques, des photos, des échantillons d'ADN... Toutefois, il y a des planètes où nous croyons que nous ne pourrions pas vraiment gagner notre cause.

Le président fronça les sourcils.

— Crimes aux termes de lois planétaires?

— Et des Lois élémentaires, ajoutais-je. La piraterie en fait partie. Je soupçonne que ces attaques ont été menées sous l'ordre d'une personne travaillant pour PrimaCorp.

Son froncement s'intensifia.

— Ce sont des accusations graves, Capitaine.

J'acquiesçai.

— J'en suis consciente. Je ne les fais pas à la légère. Mais la première chose que je dois savoir, c'est si les auteurs des crimes étaient vraiment liés à PrimaCorp. Pour ce faire, je dois connaître leur identité.

— Et c'est le service que vous souhaitez solliciter... termina-t-il. Vous avez besoin d'un accès à la base de données de l'Espace proche.

Je levai les mains pour interrompre la discussion.

— Non. Je ne demande pas l'accès. Je ne voudrais pas vous mettre dans une situation compromettante. Toutefois, si vous aviez les données en question, vous pourriez accéder à la base de données vous-même... Enfin, tout renseignement que vous pourriez me transmettre serait grandement apprécié.

L'instant de quelques battements de cœur, il me regarda intensément. Je devinai qu'il aurait préféré que je sois devant lui en personne pour mieux comprendre mes intentions. Je ne savais pas ce que ma mère avait pu lui raconter à mon sujet, mais ce devait être positif.

—Capitaine Paixon, je serai heureux de vous aider. Toutefois, ce croiseur de PrimaCorp s'approche rapidement. Pouvez-vous m'envoyer les données immédiatement? conclut-il après un moment.

— C'est en route, répondis-je, hochant la tête en direction de Baden. Nous retournerons au silence radio jusqu'à l'amarrage du Trident. Si vous apprenez quoi que ce soit d'ici là, envoyez-le avec ce message. Merci infiniment pour votre aide, Président.

Il sourit.

— Si cela peut aider votre mère à sortir des griffes de PrimaCorp, ce sera suffisant comme remerciement, rétorqua-t-il avant d'interrompre la communication.

Je passai quelques minutes à observer Kiando tourbillonner devant nous, les couleurs se mélangeant et changeant sous les nuages qui entouraient la planète. Cet effet hypnotique me rappela que je n'avais pas dormi depuis une éternité. Les autres devaient partager mon épuisement, pensai-je, coupable, mais personne n'avait rien dit.

— Je crois que nous devrions tous nous reposer, annonçai-je. Nous devons maintenir une garde, mais divisez les quarts et allez dormir un peu. C'est ce que je vais faire.

Rei, Viss et Baden établirent un horaire pour la surveillance en attendant des nouvelles du président et promirent de me réveiller si le vaisseau de PrimaCorp atterrissait sur Kiando ou si quoi que ce soit d'important survenait. Yuskeya demanda sa juste part pour la garde, mais les autres votèrent contre son idée et elle accepta, quoiqu'à contrecœur, qu'elle avait peut-être eu une nuit un peu plus ardue que les autres membres de l'équipage.

Hirin quitta le pont avec moi et s'arrêta près de ma porte.

— Tu veux de la compagnie ? demanda-t-il, et c'est avec joie que je me blottis contre lui.

— Luta? murmura-t-il après quelques minutes de silence, alors que nous étions étendus dans le noir.

— Quoi?

— Ta mère. Tu l'as retrouvée une fois. Tu la retrouveras encore, j'en suis sûr. Et au moins, tu as eu la chance de la voir.

Il était contre mon dos, mais je pouvais deviner le sourire dans sa voix.

— Tu as toujours dit qu'un jour, j'y parviendrais.

— Je suis content d'avoir été là.

Il tendit la main pour caresser ma joue. Sa peau était plus chaude, maintenant, elle avait perdu cet aspect fragile.

— Depuis... Depuis la transfusion. Je me sens tellement mieux.

Je me tournai pour lui faire face. Son visage était partiellement dissimulé dans l'ombre, mais j'en connaissais chaque ligne et chaque facette.

— Je sais. Je crois que ça a fonctionné. C'est une autre raison pour laquelle je veux retrouver ma mère... Je veux comprendre tout ça. Mais je crois que si le docteur Ndasa te faisait passer un examen, le virus serait disparu.

Il hocha la tête doucement.

— C'est ce que je crois aussi. Je ne me suis pas senti aussi bien depuis... Enfin, depuis des années. Merci. Si tu n'avais pas pensé à la transfusion...

— Je suis juste contente que ça ait marché, chuchotai-je. C'est merveilleux de t'avoir ici, avec moi, particulièrement dans les circonstances...

Je devinai plus que je ne vis son sourire dans la pénombre.

— Un vieillard inutile comme moi? C'est tout un compliment.

— Inutile? Jamais! gloussai-je. Et, en toute honnêteté... Tu ne sembles plus si vieux, maintenant. La façon dont tu marches, dont tu parles. Ta posture est plus droite, ta voix est plus forte.

— Tu me crois si je te dis que mes cheveux sont plus foncés? m'interrogea-t-il d'un ton songeur. Et mon ouïe s'est améliorée. J'en suis sûr.

Mes yeux se remplirent de larmes soudainement. On aurait cru que ce qui me gardait éternellement jeune faisait maintenant des miracles dans le corps de Hirin, lui rendant partiellement ce que les années et la maladie lui avaient volé.

— J'aurais dû y penser il y a des années. Je séchai une larme du bout du doigt. Et tu n'aurais pas eu à subir...

— Arrête. Il posa deux doigts doucement sur mes lèvres. Ça ne m'avait jamais traversé l'esprit non plus. Nous ne comprenions pas ce qui se passait... ou du moins, nous n'avions pas fait assez d'hypothèses éclairées. C'est sans importance. Ce qui est important, c'est maintenant.

J'acquiesçai, ses doigts toujours sur mes lèvres. J'y posai un baiser.

— Luta, murmura-t-il à nouveau. Je pense que je... Je me demandais si nous...

Je repoussai sa main et nous nous embrassâmes passionnément, interrompant sa question par ma réponse. Le virus de Hirin avait pratiquement évacué la dimension sexuelle de notre relation des années plus tôt et, si nous nous en accommodions du mieux possible, cette intimité nous manquait. J'avais remarqué qu'une certaine tension croissait entre nous depuis la transfusion. Je l'avais constaté sans vraiment réfléchir à ce que ça pouvait signifier. C'était comme retrouver des vêtements confortables que nous n'avions pas portés depuis longtemps, cette façon dont nous badinions, nous touchions doucement. Je m'étais demandé si nous pourrions éventuellement réanimer cette facette de notre relation ou si je me faisais des idées.

Ce n'était pas le cas. Peu importe ce qui guérissait Hirin, je constatai, cette nuit-là, qu'il faisait un excellent travail.

Chapitre 18

Sur les chasseurs, la chasse et leurs proies, vivantes et mortes

La voix de Baden résonnant dans le système de comms du vaisseau me réveilla quelques heures plus tard. Sa voix était douce, comme s'il détestait l'idée de me réveiller.

— Capitaine?

— Je t'écoute, Baden, dis-je en appuyant sur ma puce personnalisée. Que se passe-t-il?

— Nous avons reçu une demande de transmission du président Buig. Le Trident amarrera au port d'Ando sous peu et il veut te parler au sujet des données que tu lui as transmises.

— Donne-moi dix minutes, répondis-je en me frottant les yeux, essayant d'en chasser le sommeil.

Je ne pouvais pas dire que je me sentais vraiment reposée, mais je me sentais mieux. Hirin était encore endormi et je ne le réveillai pas. *Dio*, il devait être épuisé. Silencieusement, j'enfilai la seule biocombinaison que je possédais, m'éclaboussai le visage d'eau fraîche et m'élançai vers le pont. Baden était seul et le signal de transmission annonçant que le président Buig était en attente clignotait sur mon écran.

— Nous allons profiter de la première occasion qui se présente pour filer en douce de Kiando, lui dis-je. Tu devrais réveiller Viss pour qu'il s'assure que tout est prêt dans l'Ingénierie. Avec un peu de chance, ce que le président a à raconter me permettra de décider à quel moment on veut s'éclipser...

Je renvoyai le message de communication et son image remplit l'écran.

— Nous devons être brefs, lança-t-il d'un ton désolé. Je vais devoir faire acte de présence et parler à quelqu'un du vaisseau de PrimaCorp d'une minute à l'autre.

Je savais qu'il en aurait déjà parlé s'il avait des nouvelles, mais je ne pus m'empêcher de lui demander.

— Rien de la part de Demmar?

Il secoua la tête avec regret.

— Non, mais je ne cesserai pas de la chercher. J'ai mis en scène tout un spectacle pour PrimaCorp, mais les vraies recherches pour la trouver seront plus discrètes. Je ne voudrais pas que PrimaCorp le sache si je la trouve réellement.

— Est-ce que les données que nous avons envoyées vous ont permis de dénicher quelque chose d'intéressant?

— Je crois, oui.

Les données apparurent à l'écran avec une photo d'une personne que je reconnus, même si elle était décédée au moment où je l'avais aperçue. C'était définitivement notre intrus. Je reconnaissais la mince cicatrice qui courait le long de sa mâchoire, entre autres. Le président Buig résuma ce qui était affiché à l'écran.

— Oleg Borrano. Il travaillait pour PrimaCorp depuis un certain nombre d'années. Division de la sécurité, siège social de PrimaCorp. C'est encore ce qui est indiqué comme son emploi actuel et il possède la cote de sécurité la plus élevée, là-bas.

L'écran afficha ensuite trois visages, avec leurs informations personnelles. Je reconnus mes trois ravisseurs de l'entrepôt, sur Rhea.

— Les trois noms que vous m'avez donnés, Sylvana Kirsch, Ben D'Epiro et Anshum Chieng... Ils travaillent tous pour la sécurité de PrimaCorp, même s'ils n'ont pas la cote de sécurité de Borrano.

— Merci, Président. C'est à peu près ce que à quoi je m'attendais. Et l'ADN?

Il ricana.

— Cela a pris un peu plus de temps, mais nous sommes chanceux, j'ai des gens ici qui sont plutôt doués pour ce genre de travail. Les échantillons d'ADN sont ceux de Nikolai Cavan. Il ne semble pas avoir d'antécédents professionnels avec PrimaCorp. En fait, il ne semble pas avoir de dossier d'emploi où que ce soit, même s'il a travaillé de temps à autre comme contremaître sur divers vaisseaux marchands et des vaisseaux-mineurs.

Il dut lire la déception sur mon visage, car il poursuivit.

— En revanche, ce techmod qu'il transportait... Et bien, il y a ici des personnes qui sont plutôt férues de technologie.

Je souris.

— J'en connais un ou deux, moi aussi. C'est assez pratique d'en avoir un sous la main.

Il opina.

— Ils m'ont dit qu'il s'agit d'une version modifiée, des modifications illégales, d'une pièce de tech fabriquée par Ginteno Tech avant que PrimaCorp achète la société. Les mods semblent être produits en grande quantité, ce n'est pas un machin que quelqu'un a décidé d'assembler dans un atelier. Selon eux, ce genre de mod risque de faire sourciller le Protectorat et le Conseil administratif.

— Alors, il y a un lien avec PrimaCorp, là aussi, constatai-je. Président, si je voulais lancer des poursuites pour ces questions, aurais-je l'autorisation de les déposer sur Kiando?

— Vous pouvez certainement déposer une plainte pour l'attaque des pirates, répondit-il, et y intégrer les autres enjeux. Avez-vous d'autres preuves, outre ce que vous m'avez envoyé?

— Tous ceux qui ont été impliqués peuvent préparer des déclarations et témoigner. Tout ce qui sera nécessaire, répondis-je. Je ne crois pas que nous ayons grand-chose d'autre, si on parle de preuves matérielles.

Il réfléchit.

— Bien. C'est suffisant si on veut lancer les procédures... Mais vous n'avez que votre parole pour expliquer comment vous avez obtenu les renseignements que vous m'avez envoyés. Pour être honnête, un bon avocat peut facilement démolir cette histoire rapidement, et PrimaCorp aura de bons avocats si vous lancez une poursuite...

Je fis signe que oui.

— C'est ce que je pensais. Je vous informerai de ma décision, Président. Merci de nous avoir aidés. Nous allons profiter de la première occasion qui se présente pour nous échapper sans attirer l'attention. J'aimerais parler à mon frère, il est amiral au sein du Protectorat. Et je préférerais que PrimaCorp ignore mon intention d'aller le trouver.

— Je vous informerai s'il y a quelque changement que ce soit, m'assura-t-il. J'espère que nous pourrons nous parler bientôt, Capitaine. Si vous trouvez Demmar avant moi, dites-lui... dites-lui que j'attends son retour, voulez-vous?

— Absolument.

Je fermai l'écran de comms et me tournai vers Baden.

— *Okej*, c'est le temps de déguerpir. Tu as parlé à Viss?

— Il est déjà là.

— Je veux qu'on soit prêts à dégager vers le tunnel dès que le port spatial y fera dos. Je vais réveiller Rei...

— Pas la peine, rétorqua-t-elle en arrivant sur le pont.

Par respect pour Hirin, j'imagine, elle portait sa robe cramoisie.

— Personne ne dort, ici? demandai-je.

— Qui pourrait dormir alors qu'il se passe tant de choses excitantes?

— Alors, où allons-nous, Capitaine? demanda Yuskeya en faisant son entrée à son tour.

De toute évidence, elle ne semblait pas accorder beaucoup d'importance au fait que nous lui demandions de se reposer. Peut-être devrais-je prier le docteur de lui parler.

— C'est ce que j'essaie de décider. Je pianotai du bout des doigts sur l'accoudoir, tout en réfléchissant. J'aimerais essayer de contacter Lanar. Je veux lui raconter tout ce qui s'est passé et j'ai des vidéos qu'il doit voir. J'ai plus de chances de réussir à le trouver si on va vers une planète qui a un poste du Protectorat, ou d'y trouver un de leurs vaisseaux... D'une façon ou d'une autre, ils pourraient m'indiquer à quel endroit il est déployé actuellement.

Yuskeya acquiesça.

— Vrai.

Je me levai et tournai autour de ma chaise.

— Je pensais également à ma mère. Si elle est toujours sur la planète, qu'elle se cache ou qu'elle ait été enlevée, il est plus probable que le président la trouve ou qu'il reçoive un message de sa part. Je ne peux rien faire si j'essaie d'éviter PrimaCorp, moi aussi. Toutefois, si elle a quitté la planète, alors c'est moi qui ai plus de chances de la trouver ou de recevoir un message, si elle peut en transmettre un. Alors c'est une autre bonne raison pour partir d'ici et aller vers un endroit où nous n'aurons pas à bloquer les transmissions.

— Bien pensé, confirma Rei.

Je cessai de marcher.

— L'autre chose, c'est que je veux aller vers Keridre-Gerdrice pour essayer de trouver notre capsule et le corps de l'intrus.

— Vous pensez qu'on en aura besoin pour notre cause contre PrimaCorp? demanda Yuskeya. Nous avons son ADN, grâce à Rei.

— Je sais, mais le président a raison. PrimaCorp va réfuter notre preuve en disant qu'on a pu l'obtenir n'importe où. Si nous avons son corps, c'est une meilleure preuve du fait qu'il était ici, sur le vaisseau, et que notre histoire est véridique. Il a été gelé pendant tout ce temps, alors ils pourront faire tous les tests médico-légaux qu'ils voudront faire. Et c'est la preuve qu'il n'avait pas de biopuce. Ça étaie davantage notre cause.

Yuskeya acquiesça.

— Vous pourriez bien avoir raison. Grâce au radiophare et sachant où se situe le trou de communication, nous devrions pouvoir le retrouver.

Je m'installai à nouveau dans mon siège.

— Bon, sachant tout ça, où devrions-nous aller?

— Hé bien, nous ignorons où se trouve ta mère... Alors, autre que nous forcer à sortir de ce système, l'endroit où elle se trouve n'influence pas notre destination, réfléchit Rei.

— Votre frère, il se dirigeait vers les Bérénices Beta Comae, non? demanda Yuskeya en affichant la carte des tunnels cosmiques sur l'écran central.

— Oui.

— Alors, nous pouvons faire un saut directement vers les Beta Comae. Il y a une garnison du Protectorat sur Jertenda et nous n'avons qu'à faire un court saut vers K-G pour aller récupérer notre capsule, analysa Yuskeya. Elle sourit. Ça me semble logique.

— C'est bon, lançai-je. Dès que nous serons dans une

position optimale pour filer vers le tunnel menant aux Beta Comae, c'est ce que nous ferons. On devrait sans doute réveiller Maja et le docteur et les informer de ce qui se passe.

Je quittai le pont et me dirigeai vers mes quartiers. Hirin était déjà réveillé lorsque j'ouvris la porte et il tapota le lit près de lui.

— Tu as l'air fatiguée, dit-il avec un sourire. Tu devrais revenir au lit.

— Très drôle, répliquai-je en me penchant pour l'embrasser, puis m'esquivant lorsqu'il tenta de m'attirer vers lui. Je ne sais pas combien de temps nous avons devant nous avant notre course vers le tunnel pour sortir de ce système, et je voulais regarder la dernière vid de ma mère.

Je lui expliquai mon plan de retrouver Lanar et d'essayer de récupérer le corps de l'intrus alors que je sortais la puce de l'étui et l'insérais dans le lecteur.

— Bien, pour une petite vieille, tu n'es pas encore trop sénile. C'est brillant!

Je lui envoyai un baiser par-dessus mon épaule.

— Oh, tu me fais tourner la tête avec des compliments comme ça... Je ne sais pas si c'est vraiment brillant, mais c'est une bonne idée. Tout ce que je peux faire, c'est tenter ma chance.

— Ce qu'on peut faire, Luta. Tu n'es pas seule, dans cette histoire.

Je m'étirai et serrai sa main.

— Je sais. Mais c'est une idée à laquelle je dois m'habituer... Bon, tu veux regarder ça avec moi?

Il voulait bien et j'appuyai sur l'écran pour lancer la vidéo.

Ma mère se trouvait dans une petite cabine minuscule, anonyme, comme si elle était à nouveau sur un de ces vaisseaux de ligne qui sillonnent l'Espace proche. La cabine, cette fois, montrait tout de même un effort en termes de décoration, alors qu'un mur-holo affichait des paysages ériens, les images se fondant les unes dans les autres. Elle avait teint ses cheveux brun foncé, dissimulant sa tignasse rousse trop distinctive. Le changement lui donnait l'air plus vieux.

Luta, Lanar, je veux que vous compreniez tous les deux pourquoi j'ai agi ainsi, commença-t-elle. *Je devais essayer les biopilleurs sur quelqu'un et il me semblait juste que cette personne, ce soit moi. Une fois que je fus certaine qu'ils fonctionnaient et comme je soupçonnais que PrimaCorp n'avait pas l'intention de jouer franc jeu, je ne pouvais pas accepter de ne pas les partager avec vous deux. Peu de parents veulent survivre à leurs enfants et je ne pouvais pas imaginer cette situation, sachant que j'avais provoqué ma propre longévité. J'aurais également traité votre père, mais il a refusé. Je n'ai jamais vraiment compris ses raisons.*

Lorsque votre père est décédé... Vous deviez être furieux que je ne sois pas venue aux funérailles. J'y étais, d'une certaine façon. J'ai envoyé un bon ami avec une caméra dissimulée. Mais je savais que PrimaCorp me surveillait, n'attendant que le bon moment. C'était si difficile, sachant que j'aurais pu le sauver s'il avait accepté...

Ses yeux semblaient humides et elle cligna rapidement pour combattre ses larmes. Je me sentais coupable. J'ai été fâchée pendant très longtemps, jusqu'au moment où j'ai compris quelles étaient probablement ses raisons. C'est un des avantages de vivre sur un vaisseau marchand, beaucoup de temps libre pour réfléchir.

Elle reprit. *La génération de biopilleurs que vous avez devrait pouvoir se répliquer sans erreur pour au moins encore dix ans, plus ou moins. Toutefois, il y a une nouvelle génération que j'ai produite... Ces nouveaux biopilleurs peuvent se reproduire de façon plus ou moins infinie. J'avais l'intention de vous contacter tous les deux, au cours des prochaines années, pour vous les offrir. Si quelque chose m'arrivait, toutes les instructions pour les produire sont sur la puce intitulée NB2897, qui devrait se trouver dans l'étui avec cette puce. Le mot de passe est la somme de vos anniversaires plus l'âge que vous aviez tous les deux lorsque nous avons quitté la Terre, écrit en format standard.*

Vous devrez décider vous-mêmes ce que vous voulez en faire.

Elle se cala dans sa chaise, laquelle émit un couinement de protestation, et fixa l'espace devant la caméra comme si elle essayait de mettre de l'ordre dans ses pensées.

Mon esprit était en ébullition, après ce qu'elle venait de dire. Infinie. Cela voulait dire, hormis les accidents, que j'étais, ou pourrais être... Pratiquement immortelle. Une idée comme ça, il faut un moment pour s'y habituer. J'étais silencieuse, aussi, tandis que ma mère organisait ses idées, à l'écran. Je sentis Hirin saisir ma main.

— Wow.

Il ne dit rien de plus et ma mère reprit la parole.

Il y a bien des choses à prendre en compte si le choix se présente. Lorsque j'ai lancé ce projet, je pensais que c'était important, que c'était la meilleure chose à faire pour l'humanité. J'ai tant sacrifié, parce que je ne voulais pas en arriver au point où nous serions tous à la merci de PrimaCorp ou d'une autre société. Toutes ces années, j'ai continué à travailler sur ce projet, espérant qu'un jour, nous pourrions les distribuer librement. Mais parfois, lorsque j'y réfléchis, je crois que c'est la pire idée que le monde ait jamais portée.

D'un côté, nous pourrions accomplir tellement de choses si nous avions plus de temps, des vies plus longues. Nous pourrions éviter tant de misère si la mort n'existait pas. Nous pourrions nous réjouir, découvrir, aimer sans limite.

Hirin serra ma main à nouveau, et je fis de même. Ma mère se pencha vers l'avant.

Puis, je pense à l'envers de la médaille. L'expansion constante, trouver suffisamment de place pour que nous puissions tous vivre... Les guerres et les conflits qui n'en finiraient plus parce que le problème ne serait plus légué à une nouvelle génération. Les innombrables astuces que les personnes assoiffées de pouvoir trouveraient pour opprimer les autres s'ils avaient tout le temps du monde devant eux pour réfléchir et mettre leur plan en œuvre... Combien de temps faudrait-il pour que les idées et les attitudes changent s'il n'y a plus de changements de générations? Je ne sais pas... Peut-être que ce serait un désastre.

Elle s'interrompit et je réfléchis. Que ferait Alin Sedmamin s'il avait un nombre infini d'années pour comploter? Se lasserait-il de l'argent et du pouvoir, se tournerait-il vers la philanthropie? J'avais des doutes. Impossible de savoir comment une personne changerait après quelques siècles, mais cela renforcerait probablement ses traits, bons ou mauvais.

Que me réserverait le futur si je décidais de tirer des biopilleurs tout frais du sac à surprises nanotechnologiques de ma mère ? Je ne pouvais pas imaginer vivre sur un vaisseau marchand indéfiniment, peu importe combien j'aimais cette vie pour l'instant. Et même si je pouvais offrir ces biopilleurs à ma famille, est-ce que ça fonctionnerait de la même façon pour eux? J'avais une bonne longueur d'avance en matière de longévité. Peut-être devrais-je un jour affronter le décès de Hirin et apprendre à vivre sans lui pour l'éternité. Peut-être Maja et Karro aussi. Je m'étais dit que c'était peut-être une possibilité, dans le passé, mais sans réfléchir aux ramifications, puisque je ne savais pas de quoi il en retournait. J'aurais bien pu être programmée pour mourir soudainement le jour de mon quatre-vingt-dixième anniversaire, pour ce que j'en savais... Ça ne valait pas la peine de s'en inquiéter. Maintenant, c'était différent. Maintenant, je savais. Ou pas? S'il y a un futur infini, il y a des possibilités infinies... Ce serait la même chose pour tout le monde. Peut-être était-ce la façon dont les choses devraient se passer. Ma mère parla à nouveau.

Peu importe, il y a une autre raison importante pour laquelle je n'ai pas eu à prendre de décision quant à la diffusion des données. L'espionnage industriel. Personne n'est arrivé à produire un prototype viable, car PrimaCorp a infiltré ses principaux rivaux : Schulyer, Genusana, AriAndas... Ses agents volent des données, ils sabotent discrètement les expériences, ils font tout pour s'assurer que PrimaCorp gagnera cette course.

Je jetai un regard vers Hirin et il fronça les sourcils, aussi incrédule que moi.

— Comment pourraient-ils mener une opération comme celle-là sans que personne ne s'en rende compte? murmurai-je. Quelqu'un finirait par avoir des doutes si aucune recherche ne porte fruit, non?

Hirin hocha la tête.

— C'est ce qu'on pourrait croire. Mais n'est-ce pas exactement la raison pour laquelle le docteur Ndasa est parti à la recherche de ta mère ? Alors, peut-être que PrimaCorp a épuisé sa chance.

Vous vous dites sans doute, poursuivit ma mère, *qu'avec cette masse de données volées à sa disposition en plus de ses propres recherches, PrimaCorp devrait avoir une bonne longueur d'avance. C'est vrai. Mais PrimaCorp a un petit défaut...*

Hirin gloussa.

— Un seul? J'en doute.

Je le fis taire.

Son orgueil démesuré, termina Mère, le coin de ses lèvres formant un sourire narquois. *Ils n'ont jamais eu l'idée que s'ils jouent un jeu, d'autres peuvent le jouer aussi. J'ai réussi à garder une certaine influence sur ce qui se passe dans leurs installations. Laissez-moi expliquer, et confesser, j'imagine. Lorsque nous avons découvert les plans de PrimaCorp, aucun de mes collègues n'était heureux. De plus, nous étions, pour la plupart, bons amis. Il n'y avait pas de doute quant au fait que la recherche originale m'appartenait; la plupart d'entre eux auraient eu des scrupules à utiliser mes idées sans mon autorisation. Et la plupart d'entre eux ont quitté PrimaCorp après mon départ. Je suis restée en contact avec eux, de façon détournée, de temps à autre, pour m'assurer que notre relation demeurait cordiale.*

Il y a un qui aurait probablement embarqué dans le plan de PrimaCorp, à un moment donné, mais il avait... des lacunes, disons, en matière de jugement éthique. Avec son savoir, il aurait probablement pu les aider à reproduire la recherche. Toutefois, un de ces manques de jugement l'avait poussé à avoir une relation avec la femme d'un des dirigeants de PrimaCorp, une relation qui impliquait des appétits pour le moins embarrassants. Après mon départ, j'ai communiqué avec lui et je l'ai menacé de déballer cette histoire sur la place publique s'il utilisait mes recherches. J'avais des holos pour prouver mes dires. Des holos particulièrement dérangeants et explicites que j'avais piqués de sa tablette avant de me sauver. Je lui ai retransmis une de ces images, juste une, lorsque je lui ai écrit. Il est mort il y a un certain nombre d'années. Il n'a jamais retouché aux recherches sur l'antivieillissement. Tu peux appeler ça du chantage, dit-elle, mais j'aime mieux penser que c'était une forme de persuasion particulièrement efficace. Après ça, je ne voulais plus entendre parler de lui. Tout ce que je voulais, c'était qu'il agisse de façon noble.

Peu importe, presque toute mon équipe a quitté la société, mais certains sont restés, affirmant qu'ils étaient fidèles à PrimaCorp et qu'ils continueraient les recherches, même si j'avais volé les données.

Elle fit une pause. *Je ne crois pas que PrimaCorp leur faisait vraiment confiance, de prime abord, mais j'imagine qu'au fil du temps, elle a été convaincue. Ce n'était pas qu'une illusion... Mes collègues ont fait du bon boulot là bas avec le programme Vigour-Eux. Ce sont ces personnes qui ont découvert que PrimaCorp avait placé des espions dans les autres sociétés. Elles ont commencé à voler des données et m'ont contactée par une voie de communication que nous avions établie avant mon départ. Nous avions décidé que c'était la meilleure chose à faire, pour s'assurer que les autres recherches échouent... Au fur et à mesure qu'ils vieillissent, ces scientifiques recrutent de nouvelles personnes pour prendre leur place.*

J'étais un peu ébahie. PrimaCorp était l'une des mégasociétés les plus puissantes dans l'Espace proche, mais elle avait réussi à les manipuler en secret de l'intérieur. Puis, quelque chose me frappa.

C'était comme si elle avait lu mes pensées, car elle se pencha vers l'écran et confirma. *Oui. J'ai mis en place une façon de communiquer avec les collègues que j'ai quittés, mais pas avec ma famille.* Son visage était si triste que je pouvais presque sentir son émotion à travers l'écran. *Lorsque j'ai quitté PrimaCorp, je ne pensais pas que nous devrions passer le reste de notre vie à nous sauver. Je voulais avoir un moyen pour être au courant de ce que PrimaCorp faisait et les tenir à l'œil, et sur mes collègues aussi, pour m'assurer qu'ils tenaient parole. Des années plus tard, lorsque j'ai dû vous quitter, vous et votre père...* Elle prit une grande respiration et expira lentement. *J'avais compris à quel point PrimaCorp allait être tenace. Il me semblait alors que la seule façon de m'assurer que vous étiez en sécurité, que vous puissiez mener une vie normale, était de couper les ponts complètement. Tout ce à quoi je pouvais penser, c'était comment vous préserver de tous ces problèmes. Si PrimaCorp apprenait d'une façon ou d'une autre que vous m'aviez contactée, je vous transformais en cibles.* Elle secoua la tête en signe de négation. *Avec le recul, peut-être que j'aurais dû faire les choses différemment. Mais ça me semblait la meilleure décision à cette époque. Je suis désolée.*

Peu importe, mon seul atout contre PrimaCorp est la preuve que mes sources ont recueillie de l'intérieur. Pour utiliser ces renseignements, il faut sortir mes agents de là et une fois lancée, l'opération ne peut pas être inversée. Alors, je dois être certaine que ce que j'ai amassé suffit et que c'est le bon moment pour lancer l'opération.

Si nécessaire, vous pouvez lancer cette chaîne. Envoyez un message codé préétabli et ils se sauveront en emportant tout avec eux, ils feront de leur mieux pour me transmettre les données le plus rapidement possible. Ou à l'un de vous s'ils n'arrivent pas à me joindre. Cela risque de prendre du temps. C'est une série de détours, je ne voulais pas que qui que ce soit sache où je me trouve. Plus sûr, dans l'ensemble. Le message est sur la puce PC35411. Le mot de passe est la somme de mon anniversaire et celui de votre père, plus l'année où je vous ai laissés sur Nellera. S'il vous plaît, utilisez-le si nécessaire, mais pas sans y avoir bien réfléchi.

Elle se cala dans son siège à nouveau. *Enfin, voilà. Mes explications et mes péchés. Comme je disais, j'espère que nous aurons la chance d'en parler ensemble, à un moment donné. Si ce n'est pas possible… Alors, à vous de décider, maintenant. Je vous aime tous les deux. Bonne chance.*

Elle souffla un baiser vers l'écran puis l'image se figea.

Chapitre 19
Paris, mystères et tenter sa chance

— Excusez-moi, Capitaine ? La voix de Yuskeya retentit dans les comms. Nous sommes prêts à tenter une sortie de l'ombre de la planète. Ando va être dans l'ombre, de l'autre côté, nous devrions avoir la voie libre vers le tunnel pour les Bérénices Beta Comae.

J'appuyai sur mon implant.

— On part dès que vous êtes prêts, alors. J'arrive dans une minute. Merci.

Je ne me levai pas immédiatement.

— C'est beaucoup de choses à accepter, dit Hirin.

— Tu parles. Et je me sens coupable d'avoir regardé les vids sans Lanar.

Hirin se leva, me tirant sur pied, et m'embrassa doucement.

— Alors, il est temps de le trouver, répondit-il.

Avant que nous atteignions le pont, toutefois, tout le monde était déjà présent. Rei avait remplacé Yuskeya à la console de pilotage et cette dernière était de retour dans son siège, au poste de nav. Maja et le docteur Ndasa se tenaient près du couloir menant vers les sondes, discutant tranquillement. Le moteur principal émettait un tic-tac régulier comme une horloge, son pouls ronronnant dans le vaisseau alors que Kiando s'éloignait derrière nous.

— Quelqu'un nous a remarqués, jusqu'à présent? demandai-je en me glissant dans ma chaise.

— Pourriez-vous tous de grâce vous asseoir, de sorte que je n'aurai pas à m'inquiéter de vous renverser si je dois effectuer des manœuvres évasives? demanda Rei.

Maja et le docteur Ndasa se dirigèrent vers des chaises flottantes.

— Pas encore, répondit Baden de la station de comms. Quelques navires marchands intrasystèmes ont quitté la planète depuis notre départ. Ils semblent tous se diriger vers Cengare. Il y a un vaisseau de ligne en orbite qui s'apprête à partir dans quelques heures, alors il y a pas mal de navettes qui font l'aller-retour depuis le port spatial, mais c'est tout.

— Espérons que ça ne change pas. Combien de temps avant d'arriver à la bouche?

— J'imagine que nous sommes un peu plus rapides que cette boîte de conserve que PrimaCorp a envoyée, répondit Viss d'un ton satisfait depuis le poste d'ingénierie. Nous y arriverons presque une heure plus rapidement que ce qu'il leur a fallu pour arriver ici.

— Donc, on fait le saut vers les Beta Comae, puis on traverse le tunnel vers Keridre-Gerdrice? demanda Maja.

Je fis signe que oui.

— Viss, je sais que tu voulais examiner ce traceur que nous avons trouvé dans la cale. As-tu eu le temps d'y jeter un coup d'œil?

— Pas encore. Je n'ai pas exactement eu l'occasion... répliqua-t-il d'un ton sec.

— Je sais, c'est ce que j'espérais. Je me demandais si ce serait une bonne idée de le laisser quelque part, je ne sais pas, peut-être près d'un tunnel que nous n'avons pas l'intention de traverser, juste une feinte, si quelqu'un s'élance à notre poursuite?

Il grimaça.

— Tu parles d'un gâchis, un si joli petit traceur! J'espérais pouvoir m'amuser...

— Bien, tu devras peut-être le sacrifier pour une question de survie. Si on a l'impression que quelqu'un essaie de nous suivre, j'aimerais l'utiliser comme diversion.

— Oh, bon, ça va. Je vais le charger dans un des tubes largueurs, de telle façon qu'il soit prêt.

— Bonne idée. Si nous n'avons pas besoin, je te promets que tu peux le garder.

Nous avions apparemment réussi à nous esquiver en vitesse vers le tunnel sans être détectés. Près d'une heure passa lorsque Baden lâcha un cri de surprise.

— Un vaisseau vient de quitter Kiando, il se déplace à une vitesse phénoménale dans notre direction!

— Quoi? Que se passe-t-il?

J'affichai les lectures des sondes sur mon propre écran.

— *Dio*! C'est le Trident! Mais qu'est-ce qu'elle utilise, comme carburant? Ce n'est pas du tout la même vitesse qu'à leur arrivée!

— À moins qu'elle n'ait gardé le secret, grognai-je entre mes dents. Probablement un de ces nouveaux moteurs à décharge.

— À la vitesse à laquelle ils avancent, ils vont nous rattraper avant qu'on atteigne le tunnel vers les Beta Comae, ajouta Viss.

— Mais suffisamment loin pour que la police planétaire de Kiando n'ait aucune autorité, ajoutai-je. Nous ne pouvons pas appeler le président à l'aide.

— Si c'était un piège, nous avons foncé droit dedans, soupira Baden. Et il y a un message entrant qui provient du Trident.

— Envoie-le-moi, dis-je.

Je pris un air posé. Peu importe qui était sur le pont de ce vaisseau de PrimaCorp, je ne leur donnerais pas le plaisir de me voir inquiète.

— Capitaine Paixon? Nous nous rencontrons à nouveau.

Le visage de Dores Amadoro apparut à mon écran. Ses cheveux blonds étaient tirés dans un chignon plutôt sévère derrière sa tête, accentuant encore davantage ses traits anguleux. Elle avait échangé son tailleur de PrimaCorp contre une biocombinaison tout aussi bien coupée, où le logo était brodé sur le collet. Il était évident qu'elle était aux commandes du vaisseau qui nous pourchassait. Elle avait visiblement décidé d'abandonner la mièvrerie dont elle avait fait preuve lorsqu'elle était au siège social de PrimaCorp.

— Bonjour, madame Amadoro. Que l'univers est petit.

Elle fit un sourire froid.

— Toujours plus petit, d'une certaine façon. Je crois que vous avez quelque chose qui m'appartient légalement, lâcha-t-elle.

Je secouai la tête.

— Désolée, mais il faudra plus qu'un morceau de papier, que vous pourriez avoir obtenu contre un pot-de-vin, pour ce que j'en sais, avant que je ne vous accorde les échantillons que vous réclamez.

Dores Amadoro secoua la tête et rit doucement.

— Bien essayé, Capitaine, mais je ne suis pas intéressée par votre ADN, mais plutôt sa source. Je parle de votre mère. Elle est sur votre vaisseau, j'ai l'intention d'exécuter mon mandat et de l'accueillir sur le mien.

Je me calai contre ma chaise. C'était à mon tour de sourire.

— C'est toute une menace. Vous ressemblez presque à un pirate. Malheureusement, vous avez tort. Ma mère n'est pas à bord. Pour autant que je sache, elle est encore sur Kiando. Alors vous perdez votre temps à la chercher ici.

Elle pencha la tête et m'observa.

— Oh. Bien sûr. Et je dois vous croire et retourner vers la planète? Vous me prenez vraiment pour une idiote, Capitaine.

— Ce que je pense de vous personnellement n'a aucune importance. Ma mère n'est pas à bord de ce vaisseau.

— J'imagine que ce sera à vos dépens, alors, Capitaine, rétorqua-t-elle avant d'interrompre la connexion.

— Bon, ils n'ont apparemment pas cru l'histoire du président Buig, constata Hirin.

— Non, et j'imagine que ça les a poussés à croire que nous essayions de la tirer de là.

— Bien sûr, comme si on était des imbéciles, ricana Viss. Si nous voulions vraiment l'aider à s'échapper d'ici, nous nous y prendrions différemment...

— Vous en parlerez plus tard! s'écria Rei. Qu'est-ce qu'on fait, maintenant? Je fais de mon mieux, mais à moins que Viss n'ait un moteur à décharge caché quelque part, ils vont nous rattraper sans faute avant qu'on atteigne ce tunnel.

— Je sais, je sais. Je réfléchis. Je fermai les yeux pour me concentrer. Yuskeya, pourrais-tu afficher la carte des tunnels sur mon écran, s'il te plaît?

La carte en question apparut devant moi, indiquant tous les tunnels connus et les systèmes qu'ils reliaient. J'aurais pu les réciter sans consulter la carte, mais j'avais besoin de voir les solutions qui s'offraient à nous. Aussitôt que je posai les yeux sur la carte, la réponse m'apparut.

— Nous devons traverser la Fissure à nouveau.

— Quoi?

— Tu dérailles ou quoi?

— Pas encore!

Je ne savais pas qui avait dit quoi, mais j'avais remarqué que Rei avait inspiré profondément et que Hirin était silencieux. Les lèvres de Maja étaient pincées à tel point qu'elles n'étaient qu'une mince ligne.

— Je sais que ça sonne complètement fou, mais j'ai la carte devant moi. Nous ne pouvons pas atteindre le tunnel vers Beta Comae, mais si nous changeons de cap immédiatement, nous pouvons traverser celui vers Delta Pavonis. Alors, nous avons trois options. Nous pouvons traverser le tunnel vers K-G, mais le Trident va nous rattraper. Même si ce n'est pas le cas, c'est impossible de dissimuler l'endroit où nous nous dirigeons. Ils sortiraient du tunnel et verraient où nous sommes. Nous pouvons aller vers le tunnel menant aux Bérénices Beta Comae, mais c'est la même situation. Ils nous poursuivront d'un système à l'autre jusqu'à ce qu'ils mettent la main sur nous... Et ils réussiront. Même s'ils comprennent à ce moment-là que ma mère n'est pas à bord, j'aimerais mieux qu'ils ne nous mettent pas la main dessus du tout.

— Évidemment, concéda Viss.

— Toutefois, si nous faisons le saut vers Delta Pav et qu'on s'élance vers la Fissure pour atteindre le GI 892, nous pourrions atteindre la bouche avant qu'ils n'entrent dans le système Delta Pavonis; ainsi, ils ne sauront peut-être pas où nous sommes allés, particulièrement si Viss peut masquer notre signature ou la modifier légèrement... Nous pouvons également éjecter le traceur dans la direction du tunnel menant aux Beta Comae; ils pensent que c'est là où nous allons de toute façon, ils pourraient suivre notre leurre. Même s'ils croient que nous avons traversé la Fissure, leur pilote pourrait refuser de tenter sa chance. Ils devront faire un long détour et revenir, même s'ils comprennent ce que nous avons fait. D'une façon ou d'une autre, ils ne sauront pas quelle direction nous avons prise pour sortir de GI 892.

— Et le GI 892 n'est qu'à un saut de K-G, de toute façon,

termina Yuskeya. Mais PrimaCorp ne devinera pas nécessairement que nous allons là-bas. Il est plus probable qu'ils penseront que nous sommes allés vers Eri, de là, prendre une route détournée pour atteindre les Beta Comae, afin de les éviter.

— Ne pourrions-nous pas faire l'inverse? interrogea Maja. Laisser le traceur près de la Fissure comme diversion et traverser l'autre tunnel, comme nous en avions l'intention?

— La Fissure est plus proche. Nous ne pouvons pas atteindre l'autre tunnel avant qu'ils ne traversent celui-là. Ils nous verraient. Sans compter qu'il y a moins de chance qu'ils traversent la Fissure de toute façon.

Le silence tomba, puis Hirin prit la parole.

— Luta a raison. C'est la meilleure solution.

Il n'y avait pas la moindre hésitation dans sa voix. J'éprouvai à ce moment un amour plus profond que tout ce que j'avais ressenti durant toute ma vie. De nous tous, il était celui qui avait le plus à craindre de la Fissure. S'il en acceptait le risque, je savais que les autres ne reculeraient pas.

— Alors, changement de cap, direction le tunnel vers Delta Pavonis? s'enquit Yuskeya.

— Vas-y, confirmai-je.

— Le Trident a aussi changé de cap, indiqua Baden après un moment. Ses doigts coururent sur l'écran tactile, recueillant les données. Ils ont gagné du terrain, mais nous allons traverser sans problème vers Delta Pav avant qu'ils ne nous rattrapent.

— Pour autant que nous puissions atteindre la Fissure avant qu'ils sortent... observai-je.

— Ce sera juste, mais si nous maintenons notre vitesse, nous devrions y arriver, lança Yuskeya.

Viss quitta sa console et se précipita dans le couloir, vers l'écoutille de l'Ingénierie, hurlant quelque chose par-dessus son épaule au sujet d'une idée pour rediriger plus de puissance vers le moteur principal.

— Capitaine, m'interpella Baden, Yuskeya m'a dit que tu veux trouver ton frère. Je peux lui envoyer un message à la base du Protectorat, sur Nellera, par le tunnel menant vers K-G, pour vérifier s'ils peuvent nous dire où le trouver. Nous pourrions recevoir une réponse avant que nous quittions ce système.

— Excellente idée, Baden, vas-y, acquiesçai-je. Avec un peu

de chance, il sera encore dans les Beta Comae, nous pourrions nous y rendre en deux sauts à partir de GI 892.

Les lumières au-dessus de nos têtes se tamisèrent, le vaisseau frémit légèrement et Rei lança un cri de joie.

— Viss tient toujours ses promesses! C'est une augmentation de puissance de 15 %, alors PrimaCorp devrait avoir un peu plus de difficulté à nous rejoindre.

— Message du Trident, interrompit Baden.

— Sur mon écran.

Les yeux froids de Dores Amadoro me fixèrent à nouveau.

— Capitaine, je suis prête à désactiver votre vaisseau si nécessaire.

Je l'observai, tout en réfléchissant.

— C'est du bluff, répliquai-je. Si vous voulez ma mère à ce point et si vous êtes vraiment convaincue qu'elle se trouve sur mon vaisseau, vous ne prendrez pas le risque de la blesser.

— C'est la raison de mon message, répondit-elle d'un ton cassant. Je conseille à tous de mettre des combinaisons EVA, juste au cas où les systèmes de soutien-vie souffriraient de dommages collatéraux. Ou vous pourriez vous arrêter, nous laisser vous rattraper et permettre à votre mère de nous rejoindre calmement. J'ai incroyablement hâte de la rencontrer, vous savez, pour que je puisse la remercier.

— La remercier?

Amadoro sourit, mais il n'y avait rien de charmant dans ses traits. Trop féroces, pas assez chaleureux.

— Lorsque je l'ai reconnue et que j'ai transmis cette information au président Sedmamin, cela a fait des miracles pour ma carrière à PrimaCorp. Je peux honnêtement dire que je ne serais pas ici aujourd'hui si ce n'était de votre mère... Son visage se ferma. Alors je suis prête à faire tout ce qui sera nécessaire pour m'assurer de la rencontrer.

Je coupai le son de la connexion.

— Alors? Peuvent-ils avoir une arme qui serait capable de nous atteindre, à cette distance?

Yuskeya secoua la tête d'un air confiant.

— Impossible. S'ils se rapprochent, peut-être. Mais jamais à cette distance. Ils pourraient lancer des torpilles, mais nous aurions tellement de temps pour les éviter que ça ne vaut même pas la peine d'essayer.

— Rien que je connais, confirma Rei.

— Yuskeya a raison, ajouta Viss de l'Ingénierie. Dis-lui de se l'enfoncer…

J'interrompis la connexion de l'Ingénierie et reprit ma conversation avec Amadoro. Elle était encore là, l'air ennuyé.

— Merci de l'avertissement, madame Amadoro, dis-je. Je coupai la connexion avant qu'elle ne puisse dire quoi que ce soit. Tout le monde, combinaisons EVA.

— Mais ils sont bien trop loin! protesta Rei.

— Je crois que tu as raison depuis le début, dit Hirin. Elle essaie de te rouler.

Je haussai les épaules et quittai ma chaise pour atteindre les rangées de casiers EVA, près de l'écoutille menant au pont.

— Néanmoins, je ne prendrai pas de risques. Combinaisons, allez hop.

Ils n'étaient pas très heureux, mais ils obéirent. Je n'étais pas particulièrement contente non plus, les combinaisons étaient encombrantes et devenaient inconfortables après un moment, mais je n'étais pas prête à parier que Dores Amadoro n'avait pas une nouvelle sorte d'arme longue portée qu'elle mourait d'envie d'essayer sur nous. PrimaCorp pourrait facilement avoir créé quelque chose qui était encore un secret d'entreprise…

Alors, ce n'était pas le moment le plus agréable que j'aie vécu sur le pont du Tane Ikai, mais le temps passait et nous observions le Trident dévorer lentement la distance qui nous séparait alors que nous approchions du tunnel vers Delta Pavonis. Ils n'étaient pas exactement proches, mais je voulais mettre autant de distance que possible entre nous. Ils n'avaient toujours pas fait feu vers nous au moment où Rei enclencha le moteur de saut. Je souriais intérieurement. Question de bluff, Amadoro n'était pas très douée.

— Le Trident envoie une torpille! s'exclama Baden soudainement. Elle arrive vite…

— Combien de temps? demandai-je.

— Nous pouvons l'éviter ou entrer dans le tunnel, mais nous devons faire l'un ou l'autre. Immédiatement.

— Rei?

— Je lance le moteur de saut à l'instant, répondit-elle.

Le faible ronronnement du moteur résonna dans le vaisseau

et se réverbéra sur le métal du pont, sous nos pieds.

— Tout le monde, à vos sièges, lançai-je.

J'ouvris un canal de comms vers la cabine du docteur Ndasa. Il s'était excusé avant de quitter le pont pour retourner dans sa cabine, en promettant de conserver sa combinaison EVA.

— Nous sommes sur le point de faire un saut, docteur.

— Je suis prêt, Capitaine, répondit-il.

— Nous sommes en route, dit Rei d'un ton neutre alors que la bouche du tunnel s'ouvrait devant nous et nous avalait.

Le tourbillon étourdissant de couleurs s'étirait autour de nous, tressautant et tournant aussi rapidement que le moteur pouvait nous propulser. Rei maintint le vaisseau stable comme un roc, j'étais certaine que nous avions traversé ce tunnel plus rapidement que jamais auparavant.

Personne ne pipa mot pendant le saut. Dès que nous sortîmes, Rei ferma le moteur de saut et les doigts de Yuskeya glissèrent sur l'écran tactile alors qu'elle entrait les coordonnées pour atteindre la Fissure. Je demandai à Baden de surveiller le tunnel lorsque nous en sortirions, question de détecter la présence du Trident.

— Oui, Capitaine. Il toucha l'écran. Le message au sujet de ton frère a été envoyé vers Nellera. Et je suis prêt à lancer le traceur lorsque tu m'en donneras le signal.

— Je me fie à ton jugement, à moins que je ne t'en donne l'ordre, Baden. Je pourrais être distraite. Lance-le lorsque tu trouveras le vecteur optimal pour le tunnel des Beta Comae. C'est le mieux qu'on puisse faire.

— Absolument.

Je retirai le casque EVA.

— C'est bon, vous pouvez retirer votre casque et vos gants EVA, mais gardez-les à portée de main, lançai-je. L'air du pont était délicieusement frais sur ma peau.

Je surpris le regard de Hirin. Il me sourit et me fit un clin d'œil alors qu'il détachait son casque. Puis, il traversa le pont vers la chaise de Rei et se pencha près d'elle, lui parlant à voix basse. Mon souffle se coinça dans ma gorge et je me sentais sur le point de suffoquer, mais je réussis à me calmer. La dernière chose dont mon équipage avait besoin, c'est d'un capitaine qui s'effondrait. Toutefois, ce plan me terrifiait. Et si la Fissure affectait le cœur de Hirin à nouveau?

Il avait déjà eu toute l'aide que je pouvais lui offrir. Tout ce que je pouvais faire, c'était espérer qu'il ne réaliserait pas son souhait de mourir dans l'espace, pas maintenant. En fait, j'espérais qu'aucun d'entre nous ne réalise ce souhait...

— Capitaine? C'était Yuskeya. Je me disais, nous devrions demander au docteur Ndasa de venir sur le pont pour le prochain saut.

Je sentis une présence silencieuse derrière moi avant que je ne puisse répondre. C'était Maja, mais elle ne dit rien. Elle posa simplement une main chaude sur mon épaule.

— Bonne idée.

Je glissai un coup d'œil vers Hirin qui discutait encore avec Rei. La main de Maja frémit lorsqu'elle suivit mon regard. Elle garda le silence. Je baissai le ton.

— Je pense que tout va bien aller, mais ce serait bien d'avoir un médecin ici, au cas où. Les biopilleurs sont à l'œuvre dans son corps depuis un moment, maintenant. Ils pourraient avoir réparé tous les dommages qui avaient été causés la dernière fois, en plus de ce qui avait engendré le problème. Je me tournai vers Maja. Qu'en penses-tu?

Elle pinça les lèvres et hocha la tête.

— Regarde-le. Il n'est pas inquiet. Il veut faire ce saut. Il y a longtemps que je ne l'ai pas vu comme ça.

J'acquiesçai.

— Si je change d'avis maintenant, s'il devine que c'est à cause de lui, il ne me le pardonnera jamais.

Je m'étirai et serrai la main de Maja. *Merci.* Elle me serra la main à son tour.

— Maja, pourrais-tu aller chercher le docteur Ndasa, dans sa cabine? demandai-je.

— J'y vais immédiatement, acquiesça-t-elle. Elle jeta un dernier regard à son père puis s'éloigna rapidement vers le couloir.

Hirin se redressa, près de Rei.

— Nous devons y aller à l'aveuglette, cette fois. Vous avez eu la chance de tâter le terrain, alors pas d'hésitations. Rei m'a demandé de prendre la console secondaire, ce que je ferai si la Capitaine accepte. Il se tourna vers moi et j'approuvai d'un hochement de tête. Alors, nous allons lancer le moteur de saut à toute volée. Je veux que tout le monde soit assis, ceinture attachée, lorsque nous commencerons la séquence.

Il trotta vers la console secondaire comme si l'endroit lui appartenait — bon, en fait, il était copropriétaire — et héla Viss à partir des comms du vaisseau.

— Viss, au sujet de cette puissance que tu as redirigée vers le moteur principal?

— Oh, oui. Tu peux la sentir?

Hirin sourit.

— Je peux la sentir. Tu penses que tu pourrais faire quelque chose pour le transférer directement aux stabilisateurs du moteur de saut lorsque je te le demanderai?

— Donne-moi une heure, répondit Viss. Ce ne sera pas un voyage agréable, mais je pense que je peux le faire.

Yuskeya leva les yeux de l'écran de nav.

— Une demi-heure est déjà plus que ce que tu as, répliqua-t-elle. Nous devons être hors de vue lorsque le vaisseau de PrimaCorp sortira du tunnel. Pas besoin de faire quelque chose de joli, il faut juste que ça marche. N'est-ce pas, Hirin?

— Tu as tout compris, répondit-il.

Diable, je pouvais déjà voir le jour où il serait capitaine du Tane Ikai et je serais dégradée au pilotage à nouveau, si l'équipe avait le choix. Non, Rei était une meilleure pilote que moi. Je pourrais cuisiner, peut-être? Il semblait bien que Hirin était en voie de devenir leur préféré, mais ça ne me dérangeait pas. Il était déjà le mien.

Une demi-heure... Le temps s'écoule toujours en fonction de ce qu'on essaie de faire. Si vous êtes Viss, essayant de créer un détournement de puissance, j'imagine que ça passe incroyablement vite. Si vous êtes à ma place, assis, observant les autres travailler et attendant anxieusement que le Trident sorte du tunnel derrière nous, c'est une nouvelle sorte d'agonie.

Finalement, nous y étions. J'avais déjà repéré la bouche noire de la Fissure et nous foncions vers elle rapidement. Maja et le docteur Ndasa étaient arrivés sur le pont et s'étaient installés dans des sièges vides au poste de sondes, près de Hirin. Le Visilien croisa mon regard et hocha la tête, l'air grave. Il savait pourquoi il était là.

— Un paquet de données est arrivé de Nellera, m'informa Baden.

— Je le regarderai de l'autre côté, lui répondis-je.

— Viss, tu es prêt? demanda Hirin par les comms du vaisseau.

— Je ne peux pas garantir que ça va fonctionner, mais je suis prêt à essayer, répondit-il.

— *Okej*, Rei et Viss, écoutez bien. À mon signal, Rei va lancer le moteur de saut. Viss, tu comptes trois secondes puis tu enclenches le détournement. Yuskeya, fais exactement la même chose que la dernière fois. C'était parfait. Baden, tu expulses le traceur aussitôt que tu m'entends donner le signal à Rei. Tout le monde a compris?

Je ne pouvais pas me retenir.

— Il y a quelque chose que je peux faire?

Hirin ne se retourna pas, mais j'étais certaine qu'il souriait.

— Croise tes doigts, Capitaine.

Je ne le fis pas. Il savait que je n'étais pas superstitieuse. Puis Hirin aboya « Rei, moteur de saut, maintenant! » Baden s'écria « Tube largueur, enclenché! » et Viss doit avoir réussi ce qu'il faisait en bas, dans l'Ingénierie, car le vaisseau fit quelques bonds violents vers l'avant et nous fûmes avalés par l'atmosphère troublante de la Fissure. J'avais les yeux rivés sur l'écran où s'affichaient les lectures des sondes annonçant la présence d'autres vaisseaux dans la région. Juste avant d'entrer la Fissure, ils semblèrent indiquer quelque chose, peut-être le Trident sortant du tunnel provenant de Mu Cassiopée, mais je n'étais pas certaine. Je ne pensais pas qu'ils pouvaient avoir traversé le tunnel si rapidement, mais je ne pouvais pas en être certaine en raison de ce nouveau moteur à décharge. J'espérais, toutefois, que si c'était bien eux, ils ne nous avaient pas vus foncer vers la Fissure.

Peut-être aurais-je dû croiser mes doigts, après tout. Peu importe, je n'avais pas le temps de m'inquiéter à ce sujet. Rei et Hirin pilotaient ensemble dans la Fissure, veillant à ce que les sauts soient courts et rapprochés afin que nous bougions le moins possible d'un côté à l'autre, le long du tunnel. Le truc que Viss utilisait pour rediriger la puissance supplémentaire vers les générateurs devait tenir le coup, car la traversée était considérablement plus facile que la dernière fois.

Pour ce qui est de Hirin... Je pouvais à peine détacher mes yeux de lui, surveillant le moindre symptôme, mais il semblait parfaitement bien. Il était concentré, synchronisant ses efforts avec ceux de Rei, mais il ne semblait pas souffrir du tout. Je ne pouvais pas me calmer encore, mais je relâchai mon souffle, alors que je n'avais même pas remarqué que je le retenais.

Le passage se fit beaucoup plus rapidement, cette fois — ou du moins, ce fut mon impression. En moins de temps qu'il ne faut pour le dire, nous étions expulsés de l'autre côté, dans le système désert de la naine rouge GI 892. Je donnai à mon équipage le temps de respirer et de célébrer.

— *Okej, okej*. J'applaudis. Excellent travail, tout le monde, mais ce n'est pas terminé. Le Trident pourrait bien être juste derrière nous, alors nous voulons dégager aussi vite que possible. Viss, tu es là ?

— Ici, Capitaine. Ce fut toute une balade!

— Tu as bien raison. Maintenant, écoute, ce truc magique que tu as installé, en bas, pour augmenter notre puissance, combien de temps ça peut fonctionner?

— Je sais que tu aimerais que je te dise que c'est infini, mais ce n'est pas le cas. Je détourne la puissance de plusieurs sources, mais je ne peux pas continuer sans fin ou on risque de surcharger le système. Nous pourrions l'utiliser pour atteindre le prochain tunnel, si tu penses que c'est nécessaire, mais je ne crois pas que nous devrions l'utiliser à nouveau, ni plus longtemps que cela. Je devrais vraiment remettre les choses en place par la suite.

— Très bien, garde le détournement vers le moteur principal jusqu'à ce qu'on arrive au prochain tunnel. Nous ne l'utiliserons pas pour les stabilisateurs pour ce saut, tu pourras tout remettre en place à ce moment-là. Mais j'aimerais bien mettre autant de distance que possible entre nous et notre amie Amadoro.

— Pas de problème, Capitaine.

— Yuskeya, prépare un trajet vers le tunnel vers Keridre-Gerdrice et Rei, tu nous y amènes le plus vite possible. Pour les autres... Prenez une pause, j'imagine. Je souris. Je me demande ce que Dores Amadoro fait, maintenant?

— Pour autant qu'elle ne soit pas en train de traverser la Fissure, on s'en fout! s'écria Baden. Tu veux le message du Protectorat, en provenance de Nellera?

— Oui, s'il te plaît.

Il apparut sur mon écran, une note brève, et ce n'était pas ce que j'espérais lire. Le vaisseau de mon frère, le S. Cheswick, était de retour dans le système Sol. Il était trop loin pour m'aider à me débarrasser de PrimaCorp ou pour m'aider à trouver où se cachait notre mère, maintenant.

Chapitre 20
Pour ceux qui attendent

— *Damne*, murmurai-je, mais Baden m'entendit et tourna sa chaise flottante.

— Pas les nouvelles que tu espérais, commenta-t-il.

Je secouai la tête.

— Je veux vraiment lui parler, expliquai-je, et je ne veux pas que PrimaCorp nous espionne. Mais le système Sol est à trois sauts d'ici, peu importe la direction.

Baden leva un sourcil en m'observant.

— Rappelle-moi pourquoi nous allons dans K-G? m'interrogea-t-il.

— Pour retrouver la capsule, si nous pouvons mettre la main dessus, répondis-je en fronçant les sourcils. Mais nous ne pouvons pas y consacrer trop de temps, maintenant. Parler à Lanar semble plus...

Je m'interrompis, car Baden me dévisageait, attendant visiblement quelque chose.

— Quoi? demandai-je.

— Et la capsule sera près de...

— Du trou de communication, rétorquai-je, exaspérée, mais au moment où je prononçais les mots, je compris où il voulait en venir. Le trou de communication! Qui est un portail de communication vers...

— Le système Sol, termina-t-il. Et si nous lui envoyons un message et lui demandons de venir à l'autre extrémité du trou de communication alors que nous attendons patiemment de ce côté, cela pourrait être une communication aussi sûre que si vous étiez face à face.

— Dans la mesure où nous allons vers K-G avant que le Trident ne nous rattrape, ajoutai-je. Merci, Baden. Je me levai. Je pense que je vais aller parler avec Viss, pour voir s'il peut donner un petit coup de pouce aux moteurs principaux.

Essayer de se dépêcher pour aller quelque part, sachant que quelqu'un vous poursuit, suffirait à rendre fou n'importe qui, et notre trajet prit près de douze heures. Ce fut un immense soulagement d'arriver à la bouche du tunnel menant vers Keridre-Gerdrice sans que le vaisseau de PrimaCorp ne soit apparu derrière nous. Viss avait réussi à rediriger de la puissance aux dépens des systèmes de chauffage, mais avec quelques vêtements de plus, nous étions confortables. Je m'installai près de Yuskeya tandis que Rei et Viss terminaient les derniers préparatifs pour le saut.

Les lectures que Baden avait reçues de sa sonde provenaient de Nellera, alors le trou de communication devait être à proximité de la planète. Le tunnel que nous allions utiliser pour entrer dans le système, toutefois, était situé quelque part près de Stana, la planète habitée du milieu. Tant que le radiophare de la capsule continuait à diffuser son signal, ce ne serait pas trop difficile pour nous de concentrer nos efforts et de trouver à la fois la capsule et le trou de communication.

Je ne fus pas surprise de voir tout le monde se pointer sur le pont pour le saut vers K-G. C'était mieux de faire ça que de constamment regarder par-dessus notre épaule pour voir si PrimaCorp nous avait rattrapés.

Le saut n'avait rien d'exceptionnel, même si l'intérieur d'un tunnel vaut toujours le coup d'œil, de la même façon qu'on ne se lasse pas d'observer un coucher de soleil ou un ciel étoilé, peu importe la planète sur laquelle on se trouve. Je retins mon souffle alors que nous approchions de la fin du tunnel, car si j'essayais d'avoir l'air sûr de moi, je n'étais pas convaincue qu'il n'y aurait pas une armada de vaisseaux de PrimaCorp nous attendant de pied ferme à la sortie.

Je poussai un long soupir lorsque nous surgîmes du tunnel et que la seule chose en vue était le globe lointain de Stana, brillant dans la lumière reflétée de ses deux soleils.

— Baden, tu as reçu un signal pour le trou de communication?

— Du calme, Capitaine, nous sommes encore très loin. Je vais essayer de faire un balayage, mais n'attends pas de retour pour un certain temps.

— Je sais, je sais, mais on ne perd rien à essayer. D'accord, en route vers Nellera, toutes les sondes à portée maximale.

La cinquième planète de K-G, Nellera, était tout juste à l'intérieur de la zone habitable du système bisolaire. Si elle avait été plus loin, elle aurait été trop froide pour être habitable, mais dans sa position actuelle, quelques jolies petites colonies s'étaient rassemblées autour de son équateur, une zone chaude et humide. Les points hospitaliers de Nellera étaient principalement situés sur une chaîne d'îles qui s'enroulait autour du centre de la planète et les colonies jouissaient d'un commerce touristique florissant avec les deux autres planètes habitées du système, Stana et Tarcol.

Le scénario le plus probable était que la capsule avait traversé le trou de communication et suivait, sans encombre, une trajectoire menant vers l'intérieur du système. Bien que ce ne soit pas en soi une bonne chose, étant donné que cela voulait dire qu'elle s'enfonçait de plus en plus vers l'espace où les vaisseaux circulaient, c'était mon scénario favori car cela signifiait qu'elle serait facile à trouver. Cela voulait également dire que la capsule se dirigeait vers nous alors que nous allions vers Nellera. Si nous mettions la main sur elle, trouver le trou de communication serait facile.

Nous observâmes alors Nellera qui grossissait dans l'écran.

— Je déteste dire ça, commenta Baden, mais si la capsule était sortie et se dirigeait vers nous, j'aurais dû percevoir le signal du radiophare, maintenant. Je pense que nous devons envisager d'autres possibilités.

Damne.

— Comme la possibilité qu'un débris ou un petit astéroïde l'ait interceptée et ait modifié sa trajectoire?

Ou l'ait réduite en poussière. Personne ne le dit à haute voix, mais je suis certaine que tout le monde y pensait.

— C'est possible, oui. Je peux modifier les paramètres de la sonde pour étendre davantage la réception d'un côté ou de l'autre du vaisseau, suggéra Baden, mais il n'y a pas grand-chose d'autre que nous puissions faire. Nous devons au moins être à portée du radiophare.

— Je crois que nous devrions essayer de trouver le trou de communication, réclamai-je. Ce serait bien de trouver le corps aussi, mais je crois que la priorité est de communiquer avec Lanar. Concentre-toi sur ça pour l'instant, mais continue le balayage des sondes. Si nous cherchons le trou de communication et que nous tombons sur la capsule, tant mieux!

Mais je ne me sentais pas si chanceuse. L'excitation que j'avais sentie sur le pont lorsque nous avions franchi le dernier tunnel s'était considérablement estompée et nous devions nous reprendre en main. Je voulais parler avec Lanar avant que l'idée d'un vaisseau de PrimaCorp apparaissant derrière nous ne me rende encore plus anxieuse.

— Allons, ne soyez pas si sinistres. Vous ne croyiez quand même pas que la capsule nous attendrait patiemment à la bouche du tunnel?

— Non, mais on peut toujours espérer, grommela Yuskeya.

— Trouvons le trou de communication d'abord, nous nous inquiéterons au sujet de la capsule plus tard.

Baden tira les données du balayage qu'il avait effectué et les analysa pour déduire où se trouvait le trou de communication.

— Rei, je t'envoie des coordonnées. Dirigeons-nous vers ce point, si le trou de communication est à portée de sonde, nous devrions le trouver, lança-t-il quelques minutes plus tard.

Mes nerfs étaient sur le point de lâcher, puisque deux des planètes habitées dans ce système étaient sous la coupe de PrimaCorp. Le Protectorat administrait Nellera et c'était la seule planète dont nous comptions nous approcher. J'ignorais jusqu'à quel point PrimaCorp s'intéressait à ce qui se passait dans le reste du système. Ils pouvaient très bien tenir Nellera à l'œil, surveillant les voleurs de données ou les autres sociétés, ou qui sait quoi d'autre.

Je me demandais ce que Lanar allait dire en entendant les révélations de Mère. En tant qu'amiral du Protectorat, je ne savais pas ce qu'il penserait de ses confessions pour ces gestes qui n'étaient pas tout à fait légaux. Cependant, il était doué pour faire semblant de ne rien voir en ce qui concerne les choses que, moi, j'avais faites lorsque je pensais que ce qui était juste et ce qui était légal ne semblaient pas s'accorder parfaitement. Peut-être ferait-il la même chose pour notre mère.

— Je l'ai trouvée! s'écria soudainement Baden.

Je sursautai.

— Quoi?

— La capsule, du côté du pont, presque hors de portée des sondes. Il saisit les coordonnées sur son écran. Rei, tu peux nous amener là?

— Absolument, répondit-elle en souriant. C'est même facile si on compare ça aux autres choses qu'on m'a demandé de faire récemment.

— Alors le trou de communication devrait être...

— Je viens tout juste d'obtenir les coordonnées pour ça aussi, indiqua Baden. Nous allons récupérer la capsule, puis nous diriger droit vers le trou pour essayer de communiquer avec l'amiral Mahane.

Il ne fallut qu'un court moment pour que la capsule apparaisse à l'écran, suspendue, immobile, comme un jouet abandonné. Je sentis à nouveau la morsure de la culpabilité, comme le jour où nous l'avions expulsée du vaisseau. Ce n'était pas un endroit très digne pour un corps, sachant que c'était ma faute s'il était là.

— Pourquoi ne bouge-t-elle pas? demandai-je.

— Bonne question, dit Hirin. La seule réponse, c'est que quelque chose ou quelqu'un l'a interceptée.

— Il se pourrait que ce ne soit pas très... agréable, lorsque nous ouvrirons la capsule, murmura Viss. Même si le corps est gelé et qu'il ne s'est pas trop décomposé...

— Beurk! grimaça Maja, plissant le nez.

— Il commence probablement à avoir l'air d'être lyophilisé, reprit-il.

— Devons-nous vraiment discuter de ça? lui demanda Maja.

Viss se contenta de lui sourire.

— Tu veux la déposer dans une des cales et la conserver là, jusqu'à ce qu'on retourne vers Kiando? Elles sont toutes vides, maintenant.

— C'est ce que nous avions prévu. Mets-la dans la cale 2, c'est la plus petite.

Je n'avais pas compris à quel point ce serait lugubre de traîner ce fardeau morbide dans la cale pour le reste du voyage. Lorsque nous fûmes suffisamment proches, Viss et Baden descendirent à l'Ingénierie, où se trouvaient les commandes pour les bras articulés. Nous n'utilisions pas ces commandes très souvent, mais de temps à autre, elles étaient utiles pour transférer des marchandises d'un vaisseau à un autre plutôt que de le faire à un port spatial.

Grâce aux commandes, ce n'était pas nécessaire de porter une combinaison EVA. Il suffisait de glisser nos bras dans d'énormes gants et de mimer les gestes que le bras articulé reproduisait.

Viss utilisait les commandes et commentait l'opération pour les gens qui étaient restés sur le pont. Il venait d'attraper la capsule dès le premier essai et murmura « Oh oh... »

— Je n'aime pas beaucoup ce son...

— Il pourrait s'agir d'une mauvaise lecture, hésita-t-il.

— Dis-moi.

— La masse n'est pas suffisante.

— Pas suffisante?

— Les commandes indiquent la masse de ce qu'elles viennent de saisir, puisqu'il faut que ça corresponde au registre de marchandises du vaisseau, particulièrement lors des trajets qui prévoient des sauts, parce que les calculs de poids sont importants, expliqua Viss. Les données que j'ai reçues sont trop faibles pour la capsule et son contenu. À moins que je ne me trompe sur le poids de la capsule.

Mais c'était Viss, l'homme qui connait mieux les détails techniques du Tane Ikai et de ses composantes que moi, et je savais quelle était vraiment la probabilité qu'il se trompe : nulle.

— Où se trouve la capsule? demandai-je en me levant.

— Je l'amène par les portes de la cale, me répondit-il. Les portes seront fermées et l'air sera pressurisé à nouveau avant que tu n'y arrives.

Il n'avait pas prévu que je me déplaçais si rapidement, toutefois, et je dûs attendre impatiemment, tapant du pied, devant l'écoutille de la cale 2 tandis que l'air était pressurisé à nouveau. Tout le monde, même Rei, qui aurait vraiment dû rester au poste de pilotage, se rassembla autour de moi. Lorsque l'indicateur devint vert, j'ouvris l'écoutille et descendis dans la cale, les autres sautant en cliquetant sur l'échelle derrière moi. La capsule gisait sur le flanc, du côté opposé de la voiture terrestre sanglée, près de la porte extérieure de la cale. Nous nous y précipitâmes presqu'en courant.

Je découvrirais bientôt ce que je voulais savoir, de toute façon. Je m'interdis de penser à l'aspect que le contenu de la capsule pourrait avoir, je tapai donc le code de déverrouillage tout simple et soulevai le couvercle.

Viss, comme toujours, avait raison. La capsule était vide. Le corps de l'espion sans biopuce, un de nos atouts pour vaincre PrimaCorp, s'était évaporé dans le vide sidéral.

Je refermai violemment le couvercle.

— *Damne, damne*! Qu'est-ce qu'on fait, maintenant?

Hirin secoua la tête en signe de négation.

— C'est à n'y rien comprendre. Comment le corps peut-il avoir disparu?

— Sommes-nous absolument certains que c'est bien notre capsule?

— Oui, à cause du radiophare. Et le code de déverrouillage a fonctionné.

— PrimaCorp, dit Maja, la gorge serrée. Ce doit être eux. D'une façon ou d'une autre, ils l'ont suivi ici...

— Non, je ne crois pas, l'interrompis-je. Je ne voulais pas croire que c'était possible. Ils ne pouvaient pas savoir qu'il était dans ce système. Il n'avait pas de biopuce permettant de le retracer et ils ne peuvent pas avoir découvert le radiophare par hasard.

— Ils ont réussi à glisser un traceur sur le Tane Ikai, réfléchit Hirin. Ils auraient pu nous suivre en restant juste hors de portée des sondes depuis notre départ de la Terre. Peut-être étaient-ils au courant que nous avons éjecté une capsule et ils ont vu qu'elle avait traversé le trou de communication. Ils ont fait la même chose que Baden pour savoir où menait ce trou, puis ils ont envoyé quelqu'un pour reprendre le corps, au cas où cela permettrait de remonter jusqu'à eux...

— Le traceur n'aurait pas envoyé un signal si puissant, réfutai-je. Ils n'auraient sûrement pas pu être suffisamment près pour saisir le signal en restant hors de portée des sondes... Et pourquoi laisser la capsule derrière?

— Ils auraient pu placer un minuscule traceur sur le corps de leur espion, suggéra Viss. Nous ne l'avons pas déshabillé... Je n'y avais pas pensé.

— Ou alors, quelqu'un a trouvé la capsule, l'a ouverte pour voir s'il y avait quoi que ce soit d'intéressant à l'intérieur, dit Maja d'un ton raisonnable.

— Et lorsqu'il a découvert un cadavre, pourquoi ne pas simplement le remettre dans la capsule et le renvoyer dans l'espace? demanda Rei. N'importe qui d'un peu décent le ferait. Cela n'a pas de valeur.

— N'importe qui d'un peu décent n'essayerait pas de l'ouvrir, répondit Maja du tac au tac.

— Il pourrait avoir une valeur pour quelqu'un, réfléchit Baden. Beaucoup de marchands, ici, et ils ne s'intéressent pas tous à des choses auxquelles nous aimons penser.

— Eurk, grimaça Yuskeya. Je sais que je n'aime pas y penser.

Je donnai un coup de pied sur la capsule, même si je savais que c'était un geste enfantin.

— Bon, je gèle, ici, alors je remonte pour un triple caff. Je pourrais même trouver quelque chose d'intéressant pour y donner du goût... Vous êtes bienvenus si vous voulez vous joindre à moi. Et ensuite, j'essaierai de communiquer avec Lanar, ou nous saurons si ce détour a été une perte de temps dans son ensemble.

Nous nous dirigeâmes d'un même pas vers les échelles pour sortir de la cale. Je commençais à penser que je devrais installer un ascenseur lorsque je ferai rénover le Tane Ikai. Je n'avais jamais eu à grimper autant d'échelles que durant ce voyage.

Rei et Baden se dirigèrent vers le pont. Je ramassai une bouteille de whisky vileyrien du compartiment secret de ma cabine et la plaçai sur la table de la galerie.

— Servez-vous.

Une fois que tous eurent choisi leur boisson préférée, nous suivîmes l'exemple de Rei et Baden et nous rendîmes sur le pont, emportant des tasses pour eux aussi. Le Tane Ikai se déplaçait déjà vers le trou de communication.

— La demande de communication est en attente et prête à envoyer par Vaste, Capitaine. Si l'amiral Mahane est toujours dans le système Sol, nous devrions être au courant bientôt, m'informa Baden, au moment où je mettais le pied sur le pont.

Baden avait raison. Lanar me renvoya un message Vaste en moins de trois minutes. Je l'ouvris sur mon écran. Lanar était sur le pont du S. Cheswick, je pouvais deviner les membres de son équipage, penchés sur des consoles, en arrière-plan.

— *Saluton*, sœurette! J'ignorais que tu étais de retour dans le système Sol.

C'était rassurant de voir son visage souriant et je sentis une partie de la pression invisible dans ma poitrine se relâcher. Je n'avais pas réalisé à quel point je voulais lui parler.

— *Saluton*, Lanar, mais je ne suis pas dans le système, en fait. Si je t'envoie des coordonnées, pourrais-tu me dire dans combien de temps tu pourrais y être?

Il leva un sourcil.

— Mmm. Plutôt directe, aujourd'hui. Bien sûr, envoie-les-moi.

Je hochai la tête en direction de Baden et il envoya le paquet de données par Vaste. J'observai Lanar les transférer à un membre de son équipage.

— Que se passe-t-il, Luta? Est-ce que tout va bien?

Je me permis un demi-sourire.

— Je ne sais pas même pas comment te répondre, Lanar. Il se passe beaucoup de choses. Je vais bien, du moins, pour l'instant. Et je vais mieux maintenant que je peux te parler.

Son regard s'adoucit et il me sourit.

— Pas d'autres attaques de pirates, j'espère.

Je secouai la tête.

— Heureusement, non. Mais tu vois, je ne transporte pas de marchandises intéressantes, non plus.

Il détourna le regard hors champ pendant un instant.

— Nous pouvons être à ces coordonnées dans environ six heures si nous poussons les moteurs. Et si c'est important, m'indiqua-t-il.

— Je crois que tu seras d'accord avec moi que c'est important, répondis-je, mais je ne veux pas en dire plus à moins d'être certaine que la connexion est sûre. Tu peux venir?

Ses yeux gris devinrent sérieux alors qu'il m'examinait à l'écran.

— Nous y serons, même si mon navigateur affirme qu'il n'y a rien d'intéressant dans ce secteur.

— Bien, peut-être ton navigateur apprendra-t-il quelque

chose aujourd'hui, dis-je en lui faisant un clin d'œil. *Gis la revido*, Lanar. On se parle bientôt.

Six heures, c'est une éternité lorsqu'on attend en espérant que PrimaCorp ne se montrerait pas le bout du nez. Je me retirai dans ma cabine et visionnai les vidéos de Mère à nouveau, essayant de décider ce qu'elle devrait faire. Au fond de mon cœur, je croyais qu'elle avait eu raison d'empêcher PrimaCorp d'utiliser les recherches pour des raisons moins qu'honorables. Qu'elle ait signé un contrat ou non, c'était ses idées et j'estimais qu'elle avait le droit moral d'exercer un certain contrôle sur leur utilisation. PrimaCorp avait certainement prouvé qu'elle n'était pas digne de confiance à titre de gardien du futur de l'humanité.

Toutefois, avec l'entrée en jeu du groupe Schulyer, la situation avait peut-être changé. Si les recherches étaient bien fondées, le contrôle que Mère avait maintenu avant tant de rigueur ne serait plus entre ses mains de toute façon. Si Schulyer n'y était pas encore, ce ne serait pas très long avant que quelqu'un d'autre y parvienne. Mère ne pourrait pas l'empêcher. Tout ce qu'elle pouvait faire, c'est essayer de s'assurer que tous auraient un accès équitable à cette technologie. Mais certaines choses qu'elle avait révélées dans ses vidéos me préoccupaient. Je voulais en parler avec Lanar, mais cela devait attendre encore un moment.

Et pour une raison quelconque, je ne voulais pas en discuter avec Hirin ou Maja. Je me rendis vers la cabine du docteur Ndasa et cognai doucement sur la porte.

— Entrez, appela-t-il.

Le docteur était assis à son bureau, lisant sur sa tablette. Il la posa lorsque la porte s'ouvrit et se leva. Comme toujours, ses yeux violets étaient calmes et son attitude était tranquille. Je fus frappée par l'idée que cela semblait être son état naturel.

— Capitaine Paixon, puis-je vous aider?

Je pris une profonde inspiration.

— Je voulais vous dire que je ne vous blâmais pas le moins du monde d'avoir... gardé le secret... au sujet de la raison pour laquelle vous vouliez trouver ma mère.

Il pencha la tête comme un pénitent.

— Merci. Je n'ai pas aimé devoir vous duper, même si c'était seulement une petite ruse, mais je croyais que l'importance de la cause avait préséance sur mes sentiments.

J'acquiesçai.

— J'étais fâchée, mais je vous comprends. Dans la mesure où Schulyer ne suit pas les pas de PrimaCorp...

Le docteur Ndasa secoua la tête avec véhémence.

— Alors, voilà, conclus-je. Mais je suis venue vous demander quelque chose.

Il me fit signe de m'installer sur la chaise de son bureau et s'installa pour sa part sur le lit, sagement, ajustant sa biocombinaison maladroitement. Il avait quitté Kiando sans autre chose que sa tablette et les vêtements qu'il portait à la soirée du président, alors nous lui avions prêté quelques biocombinaisons. Il ne semblait pas particulièrement confortable, même s'il ne s'en plaignait pas.

— Vous avez passé une bonne partie de votre vie à essayer de percer le secret de l'immortalité, comme ma mère, commençai-je.

Le Visilien hocha la tête, sa longue tresse ébène se balançant légèrement.

— Avez-vous eu du mal à décider si c'était une bonne ou une mauvaise chose, pour le futur de nos races? demandai-je. Ou est-ce que la réponse a toujours été évidente pour vous?

Il secoua la tête.

— Non, ce n'est pas toujours évident. Lorsque j'ai commencé à m'intéresser à ce domaine, toutes les recherches visaient à comprendre si c'était possible et comment y parvenir, pas nécessairement à savoir si nous devrions ou pas le faire, répondit-il. Il y a des arguments pour étayer les deux positions. Comment aborder la quasi-immortalité? Est-ce que ça causerait plus de problèmes que ça en résoudrait?

J'acquiesçai.

— J'ai regardé une vidéo que ma mère a laissée à mon attention. Elle semblait se démener avec ces mêmes questions sans vraiment réussir à trancher. Je pense que si elle y était parvenue, elle aurait diffusé les données de ses recherches pour PrimaCorp ou elle les aurait transmises à d'autres chercheurs depuis belle lurette.

Il ricana.

— Cela aurait pu lui épargner bien des problèmes, ou lui en

créer de nouveaux. Elle serait probablement encore forcée de se sauver de PrimaCorp et des forces de l'ordre, aussi, si la société voulait exercer ses droits.

Je ne pouvais pas rester assise plus longtemps. Je me levai et commençai à marcher de long en large dans la petite pièce. Puisque les biens du Visilien avaient été déchargés sur Kiando, elle était complètement nue, mis à part le lit, le bureau et la commode. Je me sentis légèrement coupable de l'avoir forcé à nous accompagner de façon si peu courtoise. Malgré tout, il nous avait suivis et était resté à nos côtés sans protester.

— Je reviens toujours au même point, dis-je, et c'est la question à savoir si une seule personne devrait avoir le pouvoir de prendre cette décision. Je sais que ma mère voulait que, si ce savoir était utilisé un jour, il le soit de façon responsable. Elle disait qu'elle croyait que personne ne devrait avoir le monopole du contrôle sur le vieillissement de l'homme, en parlant de PrimaCorp. Mais ne s'est-elle pas mise exactement dans cette position ? C'est elle qui détient ce contrôle. Alors, je crois qu'elle a peut-être eu tort de garder ce savoir secret.

— Et c'est difficile à accepter pour vous, observa-t-il, la peau autour de ses yeux se plissant alors qu'il m'étudiait.

J'acquiesçai.

— Au cours des années qui ont suivi son départ, durant tout ce temps où je la cherchais, j'avais toujours cru que lorsque ça arriverait... Nous partagerions le même point de vue. Que peu importe ce qui l'avait poussée à nous quitter et à rester loin de nous, c'était noble. Que je comprendrais ses choix et ses raisons, si elle avait une chance d'expliquer ses gestes. Je m'accotai contre le mur près du bureau. J'ai entendu son explication, du moins, une version abrégée, et je ne suis pas vraiment d'accord avec elle.

— Mais vous vous inquiétez tout de même à son sujet, constata-t-il.

— Absolument. Je suis juste inquiète à l'idée que lorsque je la retrouverai, nous ne nous entendions pas.

Le docteur me regarda, puis sembla se décider.

— Capitaine, il y a une caractéristique de ma race que bien des gens ignorent. Nous avons la capacité, si nous le voulons, de changer nos souvenirs, de les ajuster pour qu'ils reflètent ce dont nous voulons nous souvenir, plutôt que ce qui s'est réellement passé.

Je le regardai, confuse.

— La mémoire des humains n'est pas parfaite, docteur.

Il secoua doucement la tête.

— Non, c'est différent. C'est une question de contrôle. Les anciens souvenirs demeurent présents, mais nous pouvons les submerger, les dissimuler derrière ce que nous préférons garder comme souvenirs. Cela rend la vie... plus facile, de bien des façons. Nous pouvons littéralement changer le passé ou, du moins, notre expérience de ce passé. Nous pouvons le rendre plus supportable.

— C'est absolument fascinant, m'exclamai-je. Je l'ignorais. Mais je ne comprends pas...

— Je vous le mentionne parce que je crois que je comprends le choix de votre mère. N'ayant pas la capacité de ma race à modifier ses souvenirs, elle doit être très inquiète de faire le mauvais choix. Elle se sentirait responsable de ce qui arriverait en conséquence de ses gestes, des gestes qui pourraient affecter toute l'humanité et d'autres races, aussi. Parce que j'aurais le choix d'échapper à cette situation, je peux comprendre l'importance de cette alternative.

Je réfléchis à ce qu'il me disait.

— Et elle serait là, témoin de ces conséquences. Toutes les conséquences. Peut-être... pour toujours, énonçai-je lentement. J'imagine que c'est plutôt intimidant.

Le visage du docteur se fendit d'un mince sourire.

— Je crois que vous vous sous-estimez, Capitaine, conclut-il. J'ai observé comment vous vous comportez avec les autres, même avec votre fille avec qui, de ce que j'ai compris, vous avez vécu des moments difficiles. Je ne crois pas que vous devriez craindre la relation que vous aurez avec votre mère.

Je pris une profonde inspiration.

— Merci, docteur. J'espère que vous avez raison.

Et j'espérais avoir la chance d'essayer.

Chapitre 21
Amour fraternel

Les heures s'écoulaient lentement alors que nous attendions l'arrivée du S. Cheswick à l'extrémité du trou de communication, dans le système Sol. C'était bien pire que les heures passées à voyager dans l'espace : au moins, dans ces cas, le paysage était quelquefois intéressant, nébuleuses, astéroïdes, nuages de poussière cosmique... À un moment donné, au cours de cette attente, je me rendis à la galerie avec Hirin et Maja et nous partageâmes un repas ensemble. Maja prépara un sauté absolument délicieux tandis que Hirin étalait des fruits sur de la *glaciajo* comme dessert. Nous discutâmes de nos vies communes et personnelles. Je ne me souviens pas de la moitié de cette conversation, à l'exception du fait que j'avais finalement mis mes soucis de côté et que c'était simplement extraordinaire.

Lorsque le signal de communication de Lanar arriva, je me sentais plutôt bien. Je pris la communication dans ma cabine, car je voulais lui parler de PrimaCorp et je savais que nous avions besoin d'une certaine intimité.

— En voilà des mystères, me sermonna-t-il lorsque son visage apparut à mon écran. Depuis combien de temps étais-tu au courant de l'existence de ce trou de communication?

La réception était incroyablement limpide si on tenait compte de la distance inimaginable qui nous séparait. Lanar était dans le bureau de son vaisseau, les lettres de la plaque derrière lui, sur le mur, étaient presque lisibles. Je savais ce qu'elles disaient, de toute façon : *In Astra Pax,* la devise du Protectorat. La paix au sein des étoiles. La pièce était faiblement éclairée et son visage était à demi plongé dans l'ombre.

Je haussai les épaules.

— Depuis peu, en fait; Baden l'a découvert lorsque nous avons quitté le système Sol, récemment. Il est convaincu qu'il pourra le nommer, dis-je en souriant.

— Il le devrait. Lanar m'examina. Alors, pourquoi ce rendez-vous? Pas que je n'aime pas discuter avec toi, ajouta-t-il rapidement.

Je poussai un long soupir.

— Où commencer? Je vais te donner une version abrégée. J'ai trouvé Mère et j'ai perdu sa trace à nouveau. J'ai des messages de sa part que j'aimerais que tu voies. PrimaCorp est à mes trousses parce qu'ils pensent qu'elle est à bord de mon vaisseau. Nous devons la trouver et s'assurer que la situation est sûre pour elle, et je crois que j'ai une idée sur la façon procéder. Comment trouves-tu ça, pour un début?

Lanar sourit et secoua la tête, puis inspira profondément.

— Soeurette, je crois qu'il est temps d'unir nos forces. Mais tout d'abord, j'aimerais vraiment voir ces messages de Mère. Tu peux m'envoyer une transmission à bande étroite par le trou de communication?

Je me demandais ce qu'il voulait dire par « unir nos forces », mais c'était en quelque sorte ce que j'espérais, alors je ne l'interrogeai pas. Je communiquai avec Baden pour lui demander de transmettre les messages que j'avais déjà téléchargés de la puce et transformés en paquet de données. Quelques instants plus tard, Lanar et moi regardions les vidéos ensemble.

Ce ne fut pas très long de les visionner de suite. À la fin, Lanar avait un air solennel.

— Tu lui ressembles beaucoup. Et tu parles comme elle, aussi. Il se passa la main sur le visage. C'est beaucoup de choses à assimiler...

Je hochai la tête.

— Mais Lanar, il y a des choses que tu ignores. Le docteur Ndasa, qui a fait le saut vers Kiando avec nous, travaille pour le groupe Schulyer. Ils pensent qu'ils ont réussi à mettre au point quelque chose d'aussi efficace que les nanobiopilleurs de Mère et ils veulent qu'elle vérifie leurs recherches.

Il pinça les lèvres.

— Alors, si c'est vrai, elle n'aura plus à s'inquiéter que PrimaCorp ait un monopole? Elle pourrait rendre les données et simplement tourner le dos à toute cette histoire.

— Je ne crois pas qu'elle voit ça de la même façon... Elle a gardé ces données secrètes pendant longtemps et elle se sent responsable. Même si elle les rend à PrimaCorp, elle s'inquiétera toujours de ce qu'ils en feront, sans oublier qu'ils pourraient quand même la poursuivre. Et après tout ce qu'ils ont fait, des choses pas très légales, je précise, je ne veux pas qu'ils aient les données non plus. Ils ne sont pas dignes de confiance. Je crois qu'il est temps de faire tomber PrimaCorp. Tomber de haut.

Lanar se pencha vers l'arrière et se croisa les doigts derrière la tête.

— Et si je te disais que nous ne pouvons pas nous permettre de donner une trop grosse leçon à PrimaCorp? Le moment est mal choisi.

— Nous? Qui, nous? Qui ne se porterait pas mieux si PrimaCorp n'était plus dans le portrait?

— Beaucoup de monde, malheureusement. Penses-y. PrimaCorp, c'est Vigour-Eux, ce sont les techmods, c'est la technologie qu'on utilise pour les moteurs de saut... Il leva la main. Je sais, ils ne sont pas les seuls dans ces domaines. Mais les autres joueurs ne détiennent pas autant d'influence et ils n'ont pas le même rayonnement. C'est PrimaCorp qui forme le gouvernement de cinq planètes de l'Espace proche. Plus de la moitié des gens qui y vivent dépendent d'eux pour une raison ou une autre. Si nous tirons le tapis sous leurs pieds, cela risque de faire mal. L'industrie, le domaine médical, les gens vont en souffrir, partout dans l'Espace proche. Pour empirer la situation, le système repose en trop grande partie sur les liens politiques réciproques et sur ceux qui tirent les ficelles. Briser cette toile risque d'ouvrir la porte à une personne encore pire alors que la confusion règne.

Je le dévisageai.

— Alors, on laisse PrimaCorp faire ce qu'elle veut, sans

conséquence? C'est la politique du Protectorat? Cela n'a aucun sens non plus.

Lanar secoua la tête.

— Non, cela n'a aucun sens. Et ce n'est pas comme si nous ne faisions rien du tout à ce sujet. En fait, je dois te donner ceci. Il appuya sur son écran et un paquet de données apparut sur le mien. Nous avons organisé une audience sur Vele, devant le Conseil administratif des Mondes de l'Espace proche. Nous comptons y soumettre la preuve relative aux techs illégales de PrimaCorp, l'opération pour laquelle Viss nous a aidés. Le paquet de données est une assignation à comparaître pour témoigner, pour toi et ton équipage. Cela ne mettra pas PrimaCorp en mauvaise posture, c'est certain, mais ce n'est pas le but non plus. Juste une riposte, question de couper une des tumeurs.

Je courbai les doigts et tapotai mes lèvres pendant que je réfléchissais, remarquant après un instant que j'imitais l'habitude de Hirin.

— D'accord. Je pensais déposer mes propres plaintes contre PrimaCorp. J'ai accumulé une bonne quantité de preuves, j'avais l'intention de les présenter au président Buig, sur Kiando. Rei suggérait que je pourrais soumettre la plainte et alors être « persuadée » d'abandonner le procès si PrimaCorp concluait un accord avec Mère. Cela pourrait, en fait, être avantageux pour nous. S'ils ont déjà des problèmes en raison des techs illégales, il se pourrait bien qu'ils n'aient pas envie d'avoir de nouveaux ennuis pour l'instant... Je me mordillai la lèvre. Cela ne règle pas complètement le problème qu'est PrimaCorp, mais cela nous débarrasserait d'eux pour un temps...

— Du chantage pour qu'ils laissent Mère tranquille? dit-il en souriant. Tu lui ressembles vraiment beaucoup.

— Pas du chantage. Je souris. J'aime mieux penser que c'est une forme de persuasion particulièrement efficace. Et si les données de Schulyer sont fondées, PrimaCorp pourrait accepter d'oublier tout plan d'action contre Mère pour récupérer leurs propres recherches.

Il opina.

— Ça me semble persuasif, effectivement. Et cela ne nuit pas à ce que le Protectorat essaie de faire dans l'ensemble.

Je me calai contre mon siège et me frottai le visage de mes mains.

— J'aimerais juste savoir où elle se trouve. Elle nous a donné le mot de passe. Nous pourrions envoyer le message pour que ses espions se sauvent de PrimaCorp et volent les données, cela nous donnerait encore plus de pouvoir contre eux. Mais je déteste l'idée de faire ça sans son autorisation. Je ne sais pas si la situation est vraiment désespérée, au point de détruire ce qu'elle a bâti là-bas. Une fois que c'est fait, pas de retour en arrière possible.

Je poussai un soupir.

— Au départ, j'avais peur que PrimaCorp l'ait enlevée sur Kiando, mais Dores Amadoro ne partage indéniablement pas mon avis. Alors, j'ignore où elle se trouve. Ou même si elle agit de son plein gré.

Je le regardai, l'air sincère.

— Y a-t-il quoi que ce soit que le Protectorat puisse faire pour nous aider à la trouver, maintenant? Pourrais-tu essayer de suivre ses traces depuis Kiando ou essayer de mettre en place une sorte de vigie pour les noms d'emprunt qu'elle pourrait utiliser, ou encore...

Lanar poussa un soupir et me fit signe d'arrêter.

— Je crois qu'avant qu'on ne s'aventure plus loin, il est temps pour moi d'avouer quelque chose. Pourrais-tu inviter ta navigatrice à venir nous rejoindre, pour une petite conversation?

— Yuskeya? Je le dévisageai. Qu'est-ce que Yuskeya a à voir avec toute cette histoire?

Il me sourit, ce sourire malicieux dont je me souvenais si bien, comme lorsque nous étions petits.

— Invite-la, je t'expliquerai.

Secouant la tête, je touchai le bouton de comms.

— Yuskeya, pourrais-tu venir dans ma cabine, je te prie?

— Immédiatement, Capitaine.

Un moment plus tard, elle cognait à la porte et je la fis entrer.

— Pour une raison quelconque, mon frère, l'amiral, réclame ta présence.

Elle se déplaça juste derrière moi, de façon à ce que Lanar puisse la voir.

— Bonjour, *Admiralo* Mahane.

Lanar hocha la tête.

— Bonjour, Commandante. Luta, j'aimerais te présenter la commandante Yuskeya Bleu, du Protectorat de l'Espace proche. Sous mes ordres et à l'heure actuelle en affectation secrète à bord du Tane Ikai.

Je regardai Lanar pendant trente secondes, essayant de décider s'il me jouait un tour, puis me tournai vers Yuskeya. Elle était au garde-à-vous et elle acquiesça lorsque je rencontrai son regard. Ses joues rougirent légèrement.

— C'est vrai, Luta. Vous pouvez vérifier mon implant si vous le voulez. L'amiral vous donnera les codes des autorités de l'Espace proche nécessaires pour accéder à la couche sécurisée.

— Oh, non, je vous crois tous les deux, répliquai-je.

Je lui indiquai l'autre chaise.

— Tu devrais t'asseoir. J'ai l'impression que ça risque de prendre un bon moment.

Yuskeya? Un agent du Protectorat? Et pourtant, ça semblait logique. Elle était sous le choc la nuit où l'intrus s'était infiltré sur le Tane Ikai. Elle avait fait preuve d'une immense prudence lors de la transfusion et dans les tests qu'elle avait menés, lorsque j'avais été blessée. Qu'est-ce que Lanar avait bien pu lui dire? Elle était la première sur place lorsque Mère s'est évanouie, la première à croire que PrimaCorp nous suivait. Celle qui était avec Mère lorsqu'elle a disparu à nouveau. Lanar eut la décence d'avoir l'air un peu coupable lorsque je regardai l'écran à nouveau.

Je me reculai contre le dossier et croisai les bras.

— Alors, c'est ce que tu voulais dire quand tu affirmais que tu étais là pour moi, frérot? Tu n'aurais pas pu me prévenir?

Lanar haussa les épaules.

— Tu n'aurais jamais accepté que je place un agent du Protectorat sur ton pont, si je t'avais posé la question.

— Non, je ne l'aurais pas permis! Je n'aime pas qu'on m'espionne!

— Arrête, Luta. Yuskeya ne t'espionnait pas. Elle faisait ce que je lui avais demandé de faire : te tenir à l'œil pour s'assurer que tu ne te mettais pas les pieds dans les plats.

Je secouai la tête.

— Oh, bien sûr, rien à voir avec l'espionnage... Yuskeya

voyage avec moi depuis plus d'un an. PrimaCorp n'a recommencé à m'emmerder que récemment.

Lanar hocha la tête.

— Bien sûr, ils ont recommencé à t'embêter récemment, mais nous les tenions à l'œil depuis bien plus longtemps. Depuis que Sedmamin a atteint les échelons supérieurs, nous avons pris conscience de changements dans la façon dont PrimaCorp fonctionne... De gros changements, Luta. Cela va bien plus loin que faire de l'espionnage industriel et ignorer les limites de la loi. Je me disais qu'éventuellement, ils te poursuivraient à nouveau. En attendant, il y avait d'autres raisons justifiant la présence d'un agent sous une fausse identité sur un vaisseau marchand.

Il poussa l'audace jusqu'à me faire un clin d'œil.

— Alors, je participais sans le savoir à des activités secrètes du Protectorat? D'abord Viss et maintenant Yuskeya. Y a-t-il une personne à bord de mon vaisseau qui ne soit pas sur la liste de paie du Protectorat, à part moi? Attends une minute. Yuskeya était-elle au courant de la tech illégale, elle aussi?

— Non, je n'étais pas au fait, répliqua Yuskeya d'un ton glacial.

Lanar secoua la tête.

— Non, notre commandante Bleu n'est pas du genre à détourner les yeux lorsque le Protectorat doit s'aventurer dans des zones grises, même lorsque nous croyons que la fin justific les moyens. Je pensais qu'il était mieux qu'elle ne soit pas au courant de cette histoire.

Je le crus. Je me rappelais à quel point Yuskeya semblait fâchée lorsque Viss nous a révélé l'existence de notre marchandise secrète. Elle ne faisait pas semblant.

— J'espère qu'elle t'a donné toute une leçon, alors.

— Ne t'inquiète pas, elle s'est déjà occupée de ça dans un message codé plutôt éloquent. Donc, j'ai été puni de façon adéquate, peut-on mettre cette histoire de côté, *okej*?

Je n'avais aucune envie de le laisser s'en sortir si aisément.

— Si le Protectorat savait à quel point Sedmamin est pernicieux, et ils le savent forcément maintenant, pourquoi ne pas s'occuper de lui? PrimaCorp n'en souffrirait pas nécessairement si on se débarrassait de lui.

Lanar secoua la tête.

— Le Conseil de l'Espace proche a fait une erreur en permettant à PrimaCorp de devenir si puissante, répliqua-t-il. Ce n'est pas que Sedmamin. L'infrastructure de toute la société est complètement pourrie et PrimaCorp est toujours plus assoiffée de pouvoir. Oui, nous pourrions cibler Sedmamin et le déchoir, mais le conseil d'administration le remplacerait par quelqu'un encore pire que lui. Nous avons préparé notre cause, rassemblé l'information, mais si nous jouons nos pions avant d'être prêts, tout s'effondrera. Nous ne pouvons pas faire ça. L'Espace proche ne peut pas se permettre ça. Tout ce que nous pouvons faire, pour l'instant, c'est interrompre les pires activités et essayer d'obtenir un certain ascendant sur la direction. Une série d'opérations chirurgicales, plutôt qu'une destruction massive.

— Baden croit que PrimaCorp pourrait avoir un informateur au sein du Protectorat, alors tu ferais peut-être mieux de faire attention en qui tu places ta confiance...

Il sembla réfléchir à cette possibilité.

— Je ne crois pas, mais je garde ton avertissement en tête. Autre chose... Je crois que je peux t'aider à améliorer ta preuve contre PrimaCorp.

— Bien, je veux que ce soit aussi incriminant que possible, répondis-je. Ils seront plus enclins à conclure un accord s'ils sont inquiets.

Lanar pinça les lèvres.

— Yuskeya m'a envoyé un message codé peu après que vous ayez quitté le système Sol. Au sujet d'un certain... objet que tu aurais égaré.

De prime abord, je le regardai, perplexe, puis compris ce qu'il voulait dire.

— Le cadavre de la capsule? Tu l'as?

Il opina.

— Nous l'avons récupéré et mis en sécurité, juste au cas où nous en aurions besoin un jour. Et aussi parce que nous ne voulions pas que PrimaCorp mette la main dessus. J'imagine que c'était une bonne idée.

Je me tournai vers Yuskeya.

— Pourquoi nous as-tu laissés perdre notre temps à le chercher?

Elle haussa les épaules.

— Mes ordres étaient de ne pas révéler mon identité, sauf en cas de vie ou de mort. Je n'étais pas certaine si le corps avait été récupéré, de toute façon. Alors j'ai joué la comédie.

— Bon, je suis contente que quelqu'un l'ait, admis-je en me levant pour marcher de long en large.

J'étais assise depuis trop longtemps et j'avais appris trop de choses nouvelles. Je me tournai à nouveau vers Yuskeya.

— Alors, cela veut dire que tu sais où se trouve ma mère ? Toute cette histoire d'avoir été frappée et d'être inconsciente, c'était juste une façon pour l'aider à s'échapper?

Yuskeya eut l'air vaguement mal à l'aise et toucha l'endroit où la bosse se trouvait. Elle questionna Lanar du regard en regardant l'écran et il hocha la tête.

— Oui... et non. La bosse et l'ecchymose... C'était très réel, expliqua-t-elle en grimaçant. Si nous trouvions votre mère et si elle semblait être en danger, je devais la mener vers une zone sûre du Protectorat le plus rapidement possible. C'est pourquoi je me suis portée volontaire pour l'accompagner. Ainsi, je pouvais communiquer avec un de nos agents sur Kiando et veiller à sa sécurité.

— Elle aurait été en sécurité avec nous! protestai-je.

Elle secoua la tête en signe de négation.

— Le vaisseau de PrimaCorp était en route, je ne pouvais pas en être certaine. Je pensais que c'était mieux de la confier le plus rapidement possible au Protectorat.

— Alors tu sais où elle se trouve.

— Non, répondit-elle en se mordant la lèvre. Votre mère... c'est une personne très décidée. Elle a dit qu'elle suivrait mon conseil et ne viendrait pas sur le Tane Ikai, mais qu'elle ne voulait pas être confiée à un agent. Elle avait son... propre plan d'urgence, m'a-t-elle dit.

Je manquai sourire à l'idée de ma mère affirmant à Yuskeya qu'elle pouvait prendre sa protection et se la farcir. Mais je ne le fis pas. J'étais blessée.

— Pourquoi ne m'as-tu rien dit?

Elle inspira profondément.

— Je suis désolée, Luta, je le suis vraiment. Mais je savais que vous pourriez réfléchir plus aisément, sans mentir, si vous ne saviez vraiment pas où elle se trouvait.

— Alors tu lui as permis de te frapper à la tête pour me

convaincre que tu ne savais pas ce qui lui était arrivé. Étais-tu vraiment inconsciente ou tu jouais la comédie?

Elle fit un mince sourire et passa sa main sur son front à nouveau.

— Votre mère est apparemment une guerrière Chi ceinture noire. Elle m'a donné un bon coup pour que je n'aie pas à faire semblant d'être évanouie.

Je secouai la tête.

— Charmant complot, dis-je amèrement. Je n'aurais jamais cru que c'était si facile de me leurrer. Ou que j'étais si peu digne de confiance.

— Elle voulait s'assurer que je vous donnerais le sac et les messages sur la puce. Ce n'était peut-être pas la bonne décision, mais nous devions agir rapidement.

Elle me sourit.

— Et vous devez bien l'admettre, le départ du Tane Ikai a fait une bonne diversion. Nous avons réussi à éloigner le Trident de Kiando et cela pourrait avoir facilité son départ de la planète.

— Mais tu ne sais pas où elle se trouve, interrogeai-je.

Yuskeya secoua la tête, son sourire s'estompant.

— Elle ne voulait pas me confier ses projets. Tout ce qu'elle m'a dit, c'est qu'elle avait confiance en ce plan. Elle me regarda, ses yeux sombres étaient sincères. Elle m'a également demandé de vous dire, au moment opportun, qu'elle communiquera avec vous dès que possible.

Je n'étais pas certaine quoi répondre, mais il se trouve que je n'eus pas besoin de dire quoi que ce soit. PrimaCorp nous avait rattrapés.

Chapitre 22
En compagnie d'ennemis

— Désolé de t'interrompre, Capitaine, mais nous avons de la compagnie, annonça Baden par les comms du vaisseau.

— Qui?

— Nos sondes viennent de repérer notre nouvelle connaissance, le Trident. Il semble bien qu'il a amené des amis. Je compte quatre coureurs, ils portent tous la signature de PrimaCorp.

— À quelle distance?

Il hésita.

— C'est ce qui est étrange. Beaucoup trop près pour qu'on ne les repère que maintenant. Je ne sais pas comment ils ont fait. Viss pense qu'ils pourraient avoir une nouvelle technologie furtive ou quelque chose comme ça. Mais ils sont ici.

Je déglutis. Même s'il y avait trois planètes dans le système K-G et même si Nellera était à proximité, nous étions loin des voies de circulation locales et il n'existait aucun tunnel dans cette région. Ce secteur de K-G était plutôt isolé, l'équivalent de tomber dans une embuscade dans une allée sombre. Et ce, même si j'étais, d'une certaine façon, au téléphone avec le Protectorat.

— Je vais leur parler, Luta, dit Lanar.

Cela me faisait plaisir qu'il veuille essayer, mais je ne croyais pas que ça donnerait grand-chose. Il était fort peu probable que Dores Amadoro se soucie d'un vaisseau du Protectorat situé dans un autre système.

J'ouvris les comms du vaisseau afin que tout le monde puisse m'entendre, étant donné que j'ignorais où ils se trouvaient exactement.

— Tout le monde, trouvez un siège et bouclez votre ceinture, ordonnai-je. Je ne connais pas les intentions de ces nouveaux arrivants, alors nous devrons peut-être déguerpir en vitesse et, quand je dis en vitesse, je veux dire suffisamment vite pour faire dérailler le système de gravité artificielle.

— D'accord, Capitaine, confirma Viss en direct de l'Ingénierie.

— Le docteur Ndasa et moi sommes dans la galerie, indiqua Maja par les comms. Que se passe-t-il?

— Avec un peu de chance, pas grand-chose, mais je n'y compterais pas trop, répondis-je. C'est PrimaCorp.

— Ils ne répondent pas à mes messages, prévint Lanar.

— Ils ne sont pas au courant du trou de communication. Ils pensent probablement que c'est un tour que j'essaie de leur jouer, répliquai-je. Ils ne voient pas de vaisseaux du Protectorat, alors, s'ils n'ont pas remarqué le trou de comms, comment un agent du Protectorat pourrait-il communiquer avec eux?

— Je vais vérifier qui se trouve dans les environs. S'il y a un autre de nos vaisseaux à proximité, je l'envoie vers toi.

— Merci, Lanar. Je coupe la comm. Si j'en ai la possibilité, je te rappelle dans quelques minutes. Ne t'en vas pas!

Yuskeya sur les talons, je me précipitai vers le pont et branchai l'écran sur tous les autres écrans du vaisseau. Ainsi, tout le monde saurait ce qui se passait.

Lorsqu'on nous héla, quelques instants plus tard, le visage anguleux de Dores Amadoro n'améliora en rien mon humeur. Je pensais, étant donné notre assignation à témoigner, qu'au moins, je ne la reverrais pas jusqu'à ce que nous arrivions sur Vele.

— Capitaine Paixon, m'interpella Amadoro de sa voix la plus glaciale. Nous y voici encore. Je compte exécuter ce mandat pour l'arrêt d'Emmage Mahane. Je vous demanderai donc de vous préparer à l'arraisonnement de votre vaisseau, de façon à ce que mes agents puissent faire leur travail.

— J'ai bien peur que ce soit impossible. Je fis de mon mieux pour avoir l'air parfaitement calme. Ce vaisseau est en route pour une audience devant le Conseil administratif des Mondes de l'Espace proche qui se tient sur Vele. D'ailleurs, je m'attendais à ce que vous soyez en route pour y assister également. J'ai entendu dire que le Conseil peut être particulièrement pointilleux lorsqu'il est question de crimes aux termes des Lois élémentaires. Je ne crois pas qu'ils apprécieront ce retard.

— Crimes aux termes des Lois élémentaires? Lesquels? demanda-t-elle d'un ton pernicieux. Le crime que votre mère a commis en violant les modalités de son contrat d'emploi et en volant la propriété intellectuelle de PrimaCorp? Ou celui que vous avez commis en l'aidant à s'échapper pour éviter qu'elle soit arrêtée, en sachant fort bien que nous avions un mandat contre elle?

Je croisai les bras avec désinvolture.

— Aucun des deux. Ma mère n'est pas à bord de mon vaisseau et, de toute façon, ces crimes n'enfreignent que des lois planétaires. Je parle de problèmes plus graves. Par exemple, le développement et la fabrication de techs illégales, comme définis par les lois des autorités de l'Espace proche.

De petites rides apparurent aux coins des yeux d'Amadoro alors qu'elle assimilait mes propos, mais elle était toujours d'humeur belliqueuse.

— PrimaCorp ne participe pas à la production de technologie jugée illégale, rétorqua-t-elle d'un ton neutre.

— Non? Étrangement, il semble bien qu'une de ses filiales le fasse. Je suis certaine que vous ne le saviez pas personnellement, dis-je d'un ton mielleux. Bien, si celui-là ne vous plaît pas, alors que dites-vous d'une personne, vous savez bien entendu de qui je parle, qui a envoyé un agent sans biopuce sur mon vaisseau dans le but voler des échantillons de mon ADN?

Amadoro fronça légèrement les sourcils, creusant un pli sur son front.

— Je n'ai aucune idée du lien entre l'invasion présumée de votre vaisseau et moi, Capitaine.

— Oh, cessez de me faire perdre mon temps, madame Amadoro. Je n'aime pas plus jouer ce jeu ici avec vous que je n'aimais ces discussions avec votre patron sur Terre. Ce n'est peut-être pas lié directement à vous, mais cela implique certainement PrimaCorp. Le Conseil nous attend avec nos preuves sous peu et ils savent où regarder pour trouver les réponses si nous ne les avons pas.

— Quel genre de preuves?

Sa voix était douce, mais son corps traduisait autre chose. Elle essayait de me déstabiliser, de prouver que je mentais, mais elle était réellement intriguée par ce que je possédais.

— C'est confidentiel.

— Parce que vous n'avez aucune preuve, répliqua-t-elle, et PrimaCorp n'a pas commis ces crimes. Pour en revenir à mon mandat...

— Bien, si je vous disais que PrimaCorp orchestre depuis des années une vaste campagne d'espionnage industriel visant particulièrement la recherche sur l'antivieillissement, au sein des installations de recherche de nombreuses autres sociétés? Et que PrimaCorp a systématiquement volé et saboté les recherches, la collecte de données et les expériences menées par ces autres sociétés ou s'est efforcé de leur nuire?

Elle me dévisagea puis rejeta sa tête vers l'arrière, éclatant d'un rire présomptueux.

— Oh, Capitaine Paixon, vous êtes drôle. Votre histoire est intrigante, mais c'est un tissu de mensonges, du début à la fin. Maintenant, dit-elle, son sourire disparaissant soudainement comme si quelqu'un l'avait effacé, si vous avez terminé, nous comptons arraisonner votre vaisseau.

Je secouai la tête d'un air décidé.

— Non, il n'en est pas question. Vous pouvez bien sûr nous accompagner jusqu'à Vele, mais vous ne mettrez pas les pieds sur mon vaisseau. D'ailleurs, nous avons parmi nous un agent du Protectorat. Je suis certaine qu'elle sera heureuse de témoigner de ce qui s'est passé ici.

Je vis le regard perplexe que Baden et Rei échangèrent et me rappelai que personne d'autre n'était au courant pour Yuskeya. Bon, pas le moment idéal.

— Dites à vos gens de baisser leur garde et de nous laisser passer, car sinon, je vais simplement me tailler un chemin moi-même.

— Vraiment? J'ai entendu dire que vous ne croyez pas en la

nécessité de conserver des armes sur un vaisseau marchand, rétorqua-t-elle avec un sourire narquois.

— Les temps ont changé. Vous voulez une preuve? Je vous informe officiellement que mon vaisseau va poursuivre sa route et vous ne devez pas nous en empêcher. Je suis certaine de pouvoir justifier ma décision si je dois prendre des mesures défensives.

Bien entendu, c'était une mascarade. Malgré ma promesse de charger des torpilles dans le vaisseau après notre altercation avec les pirates, je n'avais simplement pas eu la chance de m'en occuper. J'espérais qu'elle ne courrait pas ce risque. Je m'étais toujours efforcée de maintenir l'image d'une femme imperturbable, une mercenaire sans merci face à PrimaCorp, alors ce tour pourrait fonctionner.

Amadoro pinça les lèvres, réfléchissant. J'escomptais l'avoir rendue nerveuse, mais pas suffisamment pour avoir envie de réduire le Tane Ikai en morceaux. Viss, de la station d'Ingénierie, intervint par les comms du vaisseau, de façon à ce qu'Amadoro puisse l'entendre.

— Les torpilles avant sont chargées, Capitaine. Prêt à faire feu à ton commandement.

C'était un appui inattendu particulièrement brillant de sa part, mais Dores Amadoro refusait de mordre à l'hameçon.

— Non, je ne crois pas, Capitaine Paixon. La loi est de mon côté. Préparez-vous à être abordés. Nous n'hésiterons pas à étouffer toute résistance avec la force nécessaire.

Un des coureurs de PrimaCorp commença à avancer, probablement pour essayer de s'attacher à l'un de nos sas. *Damne, damne!* Je n'avais aucune idée quoi faire. J'avais joué mon meilleur tour et ça n'avait pas fonctionné. Lanar, pensai-je, ce serait le moment parfait pour qu'un de tes amis du Protectorat se pointe le bout du nez.

— Capitaine? l'interrompit Viss. Devrais-je lancer un tir d'avertissement devant leur proue?

Mais que faisait-il? Les masques étaient tombés. Peut-être avait-il mis en place quelque chose qui pouvait ressembler à une torpille?

— Vas-y, dis-je, tout en feignant une confiance que je ne ressentais pas.

Une seule torpille jaillit d'un tube à l'avant du vaisseau et se précipita vers le coureur de PrimaCorp qui se déplaçait vers nous. Elle traversa l'espace en silence, entre leur vaisseau et le nôtre, laissant derrière elle une traînée de fumée bleutée. *Damne mio* si ce n'était pas réel. Je regardai les sondes suivre la torpille jusqu'à ce qu'elle effleure la proue du coureur et poursuive sa route, inoffensive.

Ce n'était pas facile de garder une voix égale, surprise comme je l'étais, mais d'une façon ou d'une autre, je parvins à garder mon calme.

— Bon, madame Amadoro, allez-vous nous laisser passer? La prochaine torpille ne sera pas envoyée en guise d'avertissement. Je suis certaine que si vous nous suivez jusqu'à Vele, le Conseil examinera toutes les données qui lui sont soumises et rendra une décision juste.

Elle n'hésita pas plus d'une fraction de seconde.

— Je ne suis pas payée pour courir ce genre de risque, répliqua-t-elle.

La connexion fut interrompue.

Je compris soudainement que la provoquer en parlant de toute la preuve que j'avais à bord du vaisseau n'était peut-être pas l'idée du siècle. Maintenant, nous étions encore plus dangereux que jamais.

— Viss, bordel, où as-tu trouvé cette torpille?

— Oui, renchérit Baden, et combien en avons-nous ?

— Le Trident et les coureurs préparent leurs systèmes offensifs, dit Yuskeya de cette voix toujours prodigieusement calme.

— Manœuvres évasives, Rei, ordonnai-je. Tenez bon, tout le monde.

C'était une bonne chose que j'aie ordonné à tous de s'asseoir plus tôt, car Rei lança les propulseurs presqu'avant que les mots n'aient quitté ma bouche.

Le Tane Ikai fut secoué de soubresauts et s'élança vers l'avant, s'éloignant des vaisseaux de PrimaCorp. Une alarme automatique se mit à hurler, enclenchée par l'accélération soudaine. J'espérais que les autres avaient suivi mon exemple et s'étaient préparés au choc.

Damne, me dis-je. J'aurais dû ordonner à tout le monde de mettre les combinaisons EVA avant de faire le saut. Si les vaisseaux de PrimaCorp ouvraient le feu et brisaient la coque externe à un point tel que les systèmes de soutien-vie étaient compromis, nous ne survivrions pas longtemps.

— Prêt à faire feu à votre signal, Capitaine, annonça Viss par les comms.

— Seulement s'ils tirent d'abord, Viss, dis-je. Nous pourrions encore nous en sortir sans blesser qui que ce soit. Mais je veux un rapport sur les systèmes offensifs immédiatement.

Hirin me surprit en prenant la parole.

— J'ai acheté les torpilles, Capitaine. J'ai demandé à Viss de les charger à bord lorsque nous étions à Ando. Je me suis dit que ça pourrait être utile. Je lui ai dit de les entreposer dans les soutes d'armes, au cas où elles seraient nécessaires. Nous avons un arsenal complet, tout ce que le Tane Ikai peut utiliser.

— Le Trident envoie une torpille, interrompit Yuskeya. Directement vers nous. Pas de coup de semonce. Les coureurs semblent équipés de projectiles à effet de zone et...

Un flamboiement de lumière orange surgit de l'avant d'un coureur qui avait réussi à s'approcher de notre poupe.

—... de faisceaux de particules, termina-t-elle, alors que la traînée de particules de gaz et de poussière surchauffées par le rayon se dissipait. Très étroit, assez faible et, heureusement pour nous, très mal ciblé, cette fois. Un coup bien placé fera un trou dans le vaisseau, par contre.

— Viss, torpilles arrière, maintenant, ordonnai-je.

Je ne voulais pas de cette bataille, mais de toute évidence, ils n'hésiteraient pas à nous tuer. Je n'avais aucun scrupule à défendre mon vaisseau et mon équipage.

— Hirin, tu prends les armes avant. Tous les deux, feu à volonté. Rei, fais tout ce que tu peux pour nous tirer d'ici le plus rapidement possible.

Le Tane Ikai vibra alors que Viss éjectait deux torpilles vers le coureur et grinça en réponse au plongeon que Rei lui fit faire. Quelque chose tomba sur le sol et se brisa en morceaux dans l'infirmerie et je me demandai combien d'autres choses n'étaient pas sanglées pour ce genre de vol. Une nouvelle alarme éclata, résonnant dans le corridor derrière le pont. Le Tane Ikai n'était pas un vaisseau agile construit pour les combats ni un croiseur de guerre solidement blindé. Je n'étais pas certaine s'il pouvait continuer longtemps à ce train.

Un bruit métallique rythmique s'approchait dans le corridor

principal derrière moi. Je me retournai, pensant qu'un objet s'était détaché. Ce furent plutôt deux silhouettes en combinaisons EVA qui surgirent, les bras chargés de combinaisons, s'avançant d'un pas pesant vers le pont, les bottes magnétisées leur permettant de se tenir debout et de marcher.

— Nous avons pensé que ce serait une bonne idée, dit Maja, sa voix émergeant des comms du vaisseau depuis l'intérieur de son casque.

Elle me tendit une combinaison et traversa pour en poser une près de Rei qui, bien sûr, ne pouvait pas s'arrêter pour la revêtir. La troisième était pour Baden. Le docteur Ndasa en avait pris deux pour Hirin et Yuskeya. Le vaisseau s'agita à nouveau et Rei lança un cri de joie alors que l'écran arrière s'illumina soudainement d'une lumière blanche.

— La torpille a frappé le *bastardo* qui était derrière nous, indiqua Yuskeya.

— L'onde de choc a-t-elle causé des dommages?

— Tout va bien pour l'instant, répondit Baden. Étant donné que les communications avaient été interrompues, il surveillait les systèmes du vaisseau.

— Le Trident utilise son moteur à décharge pour essayer de nous rattraper, prévint Yuskeya.

— Peut-on se positionner pour que je puisse lancer les torpilles avant? demanda Hirin à Rei. Je n'ai pas besoin de plus de quelques secondes pour confirmer la cible.

— Je vais voir ce que je peux faire, grinça Rei. Le vaisseau tourna abruptement et s'élança vers l'avant.

J'essayais d'enfiler ma combinaison EVA en demeurant assise et ce n'était pas une mince tâche alors que le vaisseau suivait un trajet erratique à cette vitesse. Une fois mes pieds et mes jambes dans la combinaison, je pourrais enclencher les mécanismes magnétiques et me lever pour finir de l'enfiler... Mon casque posé sur mes cuisses tenta de s'échapper et je l'arrêtai et l'enfonçai brusquement sur ma tête, même si je ne pouvais pas encore le connecter à ma combinaison. Au moins, il ne roulerait pas au loin.

Je poussai mes pieds dans la combinaison et enclenchai les mécanismes, le champ électromagnétique permettant aux bottes de s'agripper au pont de métal. Je me levai juste au moment où le vaisseau fit un nouveau soubresaut et les lumières vacillèrent. Je serais sans aucun doute tombée sans les bottes magnétiques.

— Au rapport!

— On dirait qu'un projectile à effet de zone a atteint la cale 2, indiqua Baden. On perd de la pression, là-bas.

— L'écoutille d'accès est-elle scellée?

— Lumière verte, Capitaine, signala-t-il.

— Viss, interpellai-je par les comms, tu peux revêtir une combinaison EVA?

— Je suis un peu occupé, Capitaine, répondit-il. La cloison entre l'Ingénierie et les trappes d'accès est scellée. Tout va bien, ici.

À moins que le prochain missile n'atteigne l'Ingénierie.

— Maja, pourrais-tu descendre à l'Ingénierie et apporter une combinaison à Viss?

Ce serait difficile de descendre l'échelle vêtue d'une combinaison, mais il était complètement vulnérable s'il n'en portait pas une.

— Tout de suite, Capitaine, dit-elle. On aurait pu croire qu'elle était membre de l'équipage.

J'entendis le claquement métallique de ses pas le long du corridor, courant aussi rapidement que les mécanismes magnétiques le lui permettaient.

— Le Trident et deux des coureurs envoient des torpilles, signala Yuskeya.

— Tenez bon, lança Rei. Le vaisseau vira et se retourna complètement.

J'espérais que Maja avait réussi à rester debout. Des entretoises grincèrent au-dessus de ma tête et le plancher, sous mes bottes magnétiques, trembla légèrement contre le revêtement de métal. Hirin portait déjà sa combinaison EVA. Je m'avançai vers lui aussi rapidement que possible.

— Peux-tu piloter pendant que Rei revêt sa combinaison? Je prendrai les systèmes offensifs.

— Je pense que je peux m'arranger, dit-il avec un léger sourire.

Hirin avait piloté le Tane Ikai pendant des décennies. J'espérais seulement que sa nouvelle jeunesse retrouvée avait aiguisé ses réflexes. Je m'installai à la console juste à temps pour viser un des coureurs. Sans hésitation, j'appuyai pour lancer une torpille et observai son trajet silencieux hors de la soute vers le coureur qui s'approchait de nous. Le pilote s'écarta pour l'éviter, mais la torpille toucha le bout d'une aile, provoquant une explosion d'étincelles orange dans toutes les directions. L'impact le propulsa en dehors de la course, hors de notre vue. Avec un peu de chance, cela suffirait pour le rayer de l'équation.

— Message du Trident, indiqua Baden.

— Audio seulement, dis-je.

— C'est tout ce qu'elle envoie.

— Capitaine Paixon, c'est le dernier avertissement. La voix de Dores Amadoro était aussi froide que l'espace qui nous entourait. On n'y sentait pas la chaleur de la bataille. Nous comptons désactiver votre vaisseau, mais à ce point, vous comprendrez que je ne peux pas faire de promesses.

— Merci, madame Amadoro, répondis-je. Je suis certaine que vous comprendrez que je ne peux pas faire de promesses non plus.

J'interrompis la connexion, écœurée des jeux et des menaces de cette femme. Hirin était à la console de pilotage secondaire tandis que Rei était penchée, insérant ses pieds dans la combinaison EVA. Je n'avais même pas remarqué le moindre frémissement lorsqu'ils avaient échangé le contrôle du vaisseau.

— Avons-nous la moindre chance de les semer? demandai-je, même si je savais déjà la réponse.

— Pas avec ce moteur à décharge, répondit Hirin. Les coureurs, peut-être.

— Très bien, alors. Concentrez-vous sur le vaisseau principal, ordonnai-je. Désactivez-le si possible, mais profitez de toutes les failles possibles.

Ils firent chorus à mes ordres.

— Essaie de cibler le Trident, Luta, me dit Hirin. Je vais essayer une poule mouillée.

Je déglutis alors que mes mains voletaient sur les commandes. Hirin n'avait certainement pas perdu sa trempe. Une poule mouillée était un terme du jargon que nous utilisions alors que nous commencions tout juste à écumer l'espace ensemble, il y a longtemps. Cela voulait dire suivre une courbe directement vers le vaisseau de l'ennemi, en espérant que nous pourrions tirer sur eux avant qu'ils ne tirent sur nous. Une partie de moi voulait lui ordonner de ne pas faire ça, mais je lui avais toujours fait confiance, dans le passé. Comment pourrais-je refuser de lui faire confiance, maintenant?

Nous nous étions efforcés de mettre autant de distance que possible entre le Trident et nous. Maintenant, Hirin poussait le vaisseau dans une courbe ascendante par rapport au croiseur et le propulsa dans un tournant serré pour foncer vers notre ennemi.

— Je cherche la cible, dis-je, alors que Hirin commença à faire valser le vaisseau de la droite à la gauche plus rapidement que je n'aurais cru possible. J'entendis le docteur Ndasa hoqueter, mais je gardais les yeux rivés sur l'écran d'objectif. Le Tane Ikai tremblait sous la pression et un léger gémissement résonnait le long des murs.

— Le Trident envoie une torpille, annonça Yuskeya. Même maintenant, sa voix était stable et forte. J'imagine que mon frère l'avait bien formée.

J'aurais dû ordonner à Hirin d'interrompre la manœuvre, mais je n'en fis rien. Il continua, les mouvements de plus en plus brusques, plus imprévisibles, pendant que j'attendais, le doigt juste au-dessus de l'écran, que la cible devienne verte. Ou que notre vaisseau éclate en mille morceaux.

C'est alors qu'on entendit le cri de Maja par les comms, un cri qui s'interrompit aussi abruptement qu'il avait commencé.

Chapitre 23
En compagnie d'amis

— Maja, que s'est-il passé? demandai-je.

Je ne pouvais pas quitter mon siège ni détacher mes yeux de la console d'objectif sans risquer nos vies à tous.

Pendant un long, long moment, il n'y eut aucune réponse.

Maja!

— Je vais bien, dit-elle d'une voix faible et fatiguée. Je suis tombée de l'échelle. Mais je vais bien.

Elle termina sa phrase en prenant une inspiration qui ne confirmait pas du tout ses propos.

La cible passa au vert et j'éjectai la torpille.

— Vas-y! dis-je à Hirin...

— Le Trident a fait feu à nouveau! nous avertit Yuskeya, au même moment.

Maintenant, c'était une question de savoir qui avait les meilleurs réflexes. Le Tane Ikai effectua un virage serré presque immédiatement et le métal tout autour de nous hurla, protestant contre la pression qui le déchirait. Dans un des écrans, je vis la proue du Trident plonger vers le côté aussi, mais je ne pouvais pas continuer à suivre ses mouvements. J'étais trop occupée à essayer de demeurer consciente alors que Hirin poussait le vaisseau à faire des manœuvres qui allaient fort probablement nous réduire en morceaux.

— La torpille est rivée sur nous, constata Yuskeya.

— Évacue les déchets, ordonnai-je. On pourrait l'embrouiller.

— Fait, dit Baden alors que les débris que nous évacuions normalement au port spatial pour les recycler flottaient comme une traîne derrière nous. Un éclat de lumière aveuglante surgit soudainement sur l'écran, illuminant le pont faiblement éclairé de rayons de lune.

— Et c'est touché, ricana Rei avec satisfaction. Elle avait fini de revêtir sa combinaison, mais il était impossible pour elle de reprendre les contrôles pour l'instant. On dirait que nous avons atteint le moteur à décharge, il dérive, maintenant.

J'esquissai un sourire qui ne tarda pas à s'effacer. Hirin fit plonger le vaisseau tout en continuant à tourner, une manœuvre qui me fit craindre pour la stabilité du contenu de mon estomac. Je me rappelai alors que la torpille de PrimaCorp était encore à nos trousses. Le Tane Ikai subit soudain un soubresaut sur le côté et une lumière encore plus vive envahit tous les écrans du vaisseau. Le métal grinçait et un bruit assourdissant retentit dans les comms.

— Nous sommes touchés, confirma Yuskeya, la voix légèrement enrouée. La cale 4 et l'Ingénierie.

— Le moteur principal perd de la puissance, annonça Hirin.

— Je transfère vers le moteur secondaire, répondit Rei aussitôt.

J'étais debout avant même d'avoir compris ce que je faisais. Heureusement, les dispositifs magnétiques étaient encore enclenchés, sinon, j'aurais fait un vol plané sur le pont. Je hurlai dans les comms de mon casque.

— Maja? Viss?

Je commençai à marcher vers l'arrière du pont, avec l'intention de descendre l'échelle pour atteindre le pont inférieur.

— Capitaine?

La voix de Hirin résonna derrière moi. Un seul mot et il ne cria pas. Cela suffit toutefois à m'arrêter instantanément, je secouai la tête pour essayer de mettre de l'ordre dans mes idées. Non. Malgré ce que mon cœur me disait, je ne pouvais pas m'élancer pour voir ce qui se passait là-bas. J'étais aux commandes. Je recommençai à avancer, mais je m'arrêtai près de la chaise de commande et m'y laissai tomber, tremblante.

— Rapport, demandai-je.

Ma gorge était si serrée que les mots semblaient l'érafler et j'avais l'impression que les battements de mon cœur étaient si péniblement forts qu'on pouvait les entendre dans les comms.

— La cloison d'urgence entre les ponts 1 et 2 est scellée, indiqua Baden. Sa voix tremblait légèrement et elle avait perdu toute trace de son arrogance habituelle.

— L'Ingénierie est en dépression.

Maja, pensai-je en silence, à l'agonie. Je savais qu'il pensait la même chose.

— Le Trident semble désactivé, annonça Yuskeya. Il ne reste qu'un coureur et il vient dans notre direction.

— Nous avons encore le moteur secondaire et les propulseurs d'orientation, dit Hirin. On arrive face au coureur.

— Tirez tout ce que nous avons, m'entendis-je ordonner d'une voix calme. On aurait dit que ces mots étaient prononcés par quelqu'un d'autre.

Le vaisseau vibra alors qu'une volée de torpilles jaillit vers le coureur qui venait vers nous. Il réussit à s'approcher suffisamment pour lancer un de ses projectiles à effet de zone avant qu'une de nos torpilles le frappe de plein fouet, le transformant en une immense boule rouge. Je ne ressentais rien, pas même du soulagement. Mon esprit s'était égaré et tout se faisait simplement par automatisme.

Un autre grondement traversa le vaisseau lorsque le projectile nous heurta, mais la chance nous souriait encore. Hirin avait réussi, en utilisant les propulseurs d'orientation, à nous tourner de côté une fois les torpilles lancées et le projectile avait atteint la porte de la cale 1. Les portes renforcées étaient probablement les parties les plus solides du vaisseau et, même si le projectile avait détoné et avait provoqué de puissants soubresauts, je ne pensais pas que le missile avait pénétré la coque.

— Nous allons bien. La voix de Maja nous parvint faiblement par les comms. Elle haletait. Enfin, je vais bien, je pense que Viss... Ma jambe, je me suis blessée lorsque je suis tombée... Elle est peut-être fracturée... Je n'ai pas pu donner la combinaison à Viss aussi rapidement que j'aurais voulu. Le ton de sa voix devint plus aigu et les mots semblaient se précipiter, animés par une sorte d'hystérie. Le casque n'était pas tout à fait en place lorsque nous avons été touchés. Mais... il le porte, maintenant, et il respire encore. Ça me semble louche. Quelqu'un devrait probablement descendre ici bientôt.

J'expirai profondément presqu'en hoquetant.

— Bon...

Je dus m'éclaircir la voix et me reprendre.

— Bon travail, Maja. Je suis contente de savoir que tu vas bien.

— Toutes les menaces semblent éliminées ou hors service, Capitaine, m'informa Yuskeya. Pour la première fois, sa voix tremblait légèrement. Les systèmes offensifs du Trident paraissent désactivés. Permission d'aller à l'Ingénierie pour donner les premiers soins?

— Je t'en prie, Yuskeya, dis-je. *Okej*, tout le monde, nous allons devoir sceller les cloisons et dépressuriser le corridor pour ouvrir la trappe d'accès de l'Ingénierie. Aucune idée si notre intégrité générale est bonne, alors vérifiez tous vos combinaisons et faites-moi signe lorsque vous êtes prêts.

Nous devions inspecter les dommages sous peu, pour voir si nous pouvions les réparer nous-mêmes afin de nous rendre sur Vele, mais je voulais d'abord réunir tout le monde en sécurité sur le pont.

— Capitaine? La voix du docteur Ndasa résonna dans les comms par le microphone de son casque, tremblante, mais résolue. Je vais accompagner Yuskeya pour l'aider à prendre soin des autres.

— Merci, docteur.

Pas un mot ne parvint de Dores Amadoro ou de quiconque sur le vaisseau de PrimaCorp. Le Trident semblait dériver, lentement, sans destination, et je me demandais avec un pincement au cœur s'ils devaient s'occuper de blessés ou de morts. Je serrai les dents. Si c'était le cas, ce n'était pas ma faute. Elle avait choisi de mener ce combat et ça ne s'était pas déroulé comme elle le voulait. Mais j'avais autre chose à régler.

— Hirin, interpellai-je. Il se tourna dans la chaise de pilotage. Tu n'as pas jugé utile de me consulter avant de charger des torpilles à bord du vaisseau?

Il eut le bon goût de se tortiller sur son siège.

— Tu étais occupée... Tu avais beaucoup de choses en tête. Je ne pensais pas que ce petit détail valait la peine que je te dérange.

— Une cargaison de torpilles est quelque chose qui ne vaut pas la peine de me déranger? Attention, tout le monde! Pour que ce soit bien clair : toute arme ou munition chargée à bord de ce vaisseau constitue effectivement un détail dont il faut m'avertir. Le défaut de le faire sera considéré comme un acte de mutinerie. Est-ce bien clair?

Mon avertissement fut accueilli par une timide volée de « Oui, Capitaine ».

Rei me fit signe.

— J'ai acheté un nouveau fusil plasma sur Eri...

Au même moment, Baden leva la main et m'indiqua : « J'ai trouvé un... »

Je levai les mains pour les interrompre.

— Sauf pour vos besoins personnels. Compris?

Ils acquiescèrent en souriant. Bien plus tard, je remerciai Hirin en bonne et due forme de nous avoir sauvés en achetant ces torpilles, mais ces détails n'étaient pas importants pour l'instant.

— Capitaine, ton frère nous interpelle comme un fou, m'indiqua Baden.

— Connecte-le.

Lanar était debout, se penchant sur son bureau, les jointures blanches, fixant l'écran.

— Luta! Est-ce que tout va bien?

J'opinai, puis je compris qu'il ne pouvait pas vraiment voir mon visage à travers le casque EVA.

— Oui, je crois. Viss est blessé et Maja semble avoir une jambe cassée. Yuskeya et le docteur Ndasa vont prendre soin d'eux. Le vaisseau a subi quelques perforations qu'il n'avait pas la dernière fois qu'on s'est parlé, mais il tient le coup, répondis-je.

— J'ai réussi à communiquer avec un croiseur, il est en route, mais il ne sera pas là avant une heure, plus ou moins. Êtes-vous en sécurité?

J'éclatai de rire. Je ne pouvais pas m'en empêcher. Mon vaisseau était percé à maints endroits, il était en partie dépressurisé et l'ennemi était toujours en vue. D'après ce que j'en savais, PrimaCorp voulait encore obtenir des échantillons de mon ADN, Mère manquait toujours à l'appel et mon vaisseau avait hébergé un « espion » du Protectorat pendant près d'un an sans que je ne me doute de quoi que ce soit. En sécurité?

— Compte tenu de la situation, je crois que nous sommes aussi en sécurité que possible, frérot, dis-je, mais je serai certainement heureuse de voir le port spatial de Vele.

Ce n'est pas un, mais trois vaisseaux du Protectorat qui arrivèrent pour nous escorter, ainsi que le Trident désactivé, jusqu'à Vele. À leur arrivée, Viss et Maja étaient déjà rapatriés sur le pont tandis que Hirin et Baden avaient rapidement dressé une liste des dommages que nous avions subis. Il se trouvait que le Trident était en pire état que notre vaisseau : la torpille qui avait démoli son moteur à décharge avait causé des pannes en chaîne dans les moteurs principaux et secondaires, alors il était plus ou moins immobile et à la dérive. Les générateurs tournaient pour permettre le fonctionnement minimal des systèmes de soutien-vie, mais c'était tout. Un des croiseurs du Protectorat dut appeler un vaisseau-remorqueur pour le faire bouger à nouveau.

J'appris que personne sur le Trident n'avait été tué, mais rien de plus. Je me demandais un peu ce que Dores Amadoro avait raconté aux agents du Protectorat quant au déroulement des événements, mais je décidai de ne pas m'en faire. J'avais un agent du Protectorat à bord du Tane Ikai qui avait vu toute l'altercation. J'étais certaine que le tempérament impétueux d'Amadoro s'avérerait un élément décisif dans mes relations avec PrimaCorp. Après cette incartade, Lanar et le Protectorat n'exauceraient peut-être pas leur vœu de ciseler la société peu à peu. Je ne peux pas dire que cette pensée m'attristait, même si Lanar était convaincu que la chute de PrimaCorp risquait d'avoir des conséquences terribles pour l'Espace proche.

Nous nous en tirions à meilleur compte que le Trident. Le vaisseau du Protectorat qui nous avait pris sous son aile, le Winchester, nous offrit les matériaux pour les réparations d'urgence et certains appareils électroniques, mais notre moteur secondaire nous permettrait d'atteindre Vele sans problème. Il faudrait remplacer le moteur principal. La jambe de Maja était encastrée dans un plâtre d'ultraplas, comme un étrange écho des menottes utilisées durant notre enlèvement, sur Rhea. Elle se déplaçait en boitillant, sans problème, dans le vaisseau.

Viss était confiné à ses quartiers où le docteur Ndasa et Yuskeya avaient placé toute une batterie d'appareils de l'infirmerie pour suivre ses progrès. Il n'avait été exposé au vide sidéral que pour une très courte période, mais un de ses poumons s'était affaissé et quelques vaisseaux sanguins dans ses yeux et son visage avaient éclaté. Toutefois, après que Maja a eu placé le casque et que la combinaison a été pressurisée, son état s'était stabilisé. Le docteur Ndasa avait pu s'occuper de lui rapidement, mais il continuait à le surveiller étroitement. Viss stimulait son propre rétablissement en se plaignant sans arrêt et en essayant de convaincre quelqu'un de le laisser descendre à l'Ingénierie.

Il faudrait au moins trois sauts pour rejoindre le système Beta Hydri, où Vele et sa planète jumelle Vileyra orbitaient autour d'une étoile orangée. Cela voulait dire bien du temps pour réfléchir lorsque je n'étais pas occupée à superviser les réparations ou à visiter les patients. Et ce à quoi je pensais surtout, c'était à ma mère. Ma mère et toutes ses préoccupations, ses craintes et ses sacrifices. Son visage sur Kiando lorsqu'elle disait que ce n'était pas parce qu'elle ne s'intéressait pas à sa famille. Je pensais à elle, aux biopilleurs, à Hirin, à Maja, à Karro. Et à moi. Et à la façon dont ce bordel avec PrimaCorp allait se résoudre.

Les conclusions auxquelles je parvenais étaient celles-ci : elle en avait assez de se sauver et j'en avais assez de la chercher. C'est ainsi qu'un jour, je m'installai à mon bureau et j'insérai la puce PC35411 dans ma tablette. J'additionnai les nombres des anniversaires de mes parents et l'année où elle nous avait quittés, sur Nellera, saisis le résultat comme mot de passe et le message s'ouvrit, tout simplement. Mais je ne l'envoyai pas. Enfin, pas ce message.

Cette décision revenait à ma mère, à moins qu'elle ne puisse la prendre elle-même et que j'aie la preuve en main. Je saisis plutôt l'adresse à qui le message était destiné et rédigeai ma propre note.

Message électronique statique : 25,7
Cryptage : securetext/novis/noaud
Avis de réception : désactivé
Auteur : « Capitaine Luta Paixon »
*<lutapaixon.taneikaireg.espproche*web>*

Destinataire : Anonyme <ID 32597564512>
Date : Le samedi 14 décembre 2284, 11 h 16 min 55 s — 0500
À qui de droit. Prière de transmettre le message qui suit et la pièce jointe en suivant la route établie. Il ne présente aucun danger pour vous ni pour le destinataire.
Mille mercis,
Luta Paixon,
Capitaine, Tane Ikai

Codé dans le message était ce que je voulais dire à ma mère. J'utilisai le même mot de passe qu'elle avait utilisé pour la puce L/L; elle le devinerait.

Mère,
Tu disais : personne ne devrait avoir le contrôle sur le vieillissement humain. Le penses-tu?
Reviens à la maison.
Luta

Quatre jours plus tard, j'étais sur mon lit, essayant de me reposer. Le but était difficile à atteindre, car mon cerveau s'obstinait à essayer de trouver comment financer un nouveau moteur principal. Baden interrompit ma réflexion. Nous avions fait le saut vers les Bérénices Beta Comae le jour précédent, le Winchester nous suivant comme une mère poule trop anxieuse. Demain, nous devrions traverser le tunnel vers MI 2 Eridani. Un dernier saut nous amènerait vers Beta Hydri et à l'audience sur Vele.

— Capitaine, message pour toi.

Je m'assis et touchai mon implant.

— De Lanar?

— Non. La voix de Baden semblait étrange. Il indique qu'il vient... de toi.

— Ma tablette, maintenant, répondis-je, bondissant vers le bureau pour la saisir. Ce n'était pas une vid, seulement un message texte, et plutôt bref.

Réception : de [205152.59.68] Station de données principale, Eri
Message électronique statique : 25,7
Cryptage : securetext/novis/noaud

Avis de réception : activé
Auteur : « Capitaine L. Paixon »
*<lpaixon5064.public.espproche*web>*
Destinataire : « Luta Paixon » <ID 59836254471>
Date : Le mercredi 18 décembre 2284, 6 h 25 min 22 s —
0500
Chère Luta,
Tu as peut-être raison. Je te verrai sur Vele.
M.

J'appuyai sur mon implant.

— Baden, d'où provient ce message?

— Il a été envoyé par le relais de comms de MI 2 Eridani.

Il portait bien le timbre de relais de la station de données d'Eri, dans le haut, mais cela ne voulait pas dire qu'il provenait de cette région. Il aurait pu se promener dans l'Espace proche pendant un moment avant de parvenir jusqu'à moi.

Il semblait bien qu'au moment où ce message avait été envoyé, ma mère était saine et sauve. D'une façon ou d'une autre, elle était aussi au courant de ce qui se passait sur Vele. Je me demandai si Lanar avait trouvé une façon de lui envoyer un message ou si son réseau était juste vraiment efficace.

Peu importe, il semblait bien que tout allait se jouer sur Vele. Je me retournai, fermai les yeux et, cette fois, mon cerveau me laissa dormir en paix.

Chapitre 24
Face au soleil

Vele était une planète de taille plutôt modeste, de la même grosseur que Mars, qui orbitait autour d'une étoile à une distance similaire à la distance séparant la Terre de son soleil. Elle me rappelait la Terre, mais avait quelque chose d'étrange : la planète avait une légère inclinaison axiale qui créait un climat tempéré, une longue saison qui changeait peu. En outre, quelque chose dans le tissu biochimique faisait que beaucoup de leurs plantes avaient l'air bizarre. C'était une planète plutôt charmante, toutefois, et je crois que je l'aurais aimée davantage si ce n'était pas à cet endroit que Hirin était tombé malade.

Mère avait tenu parole. Nous dîmes au revoir au Winchester et atterrîmes sur Vele par une nuit douce et étoilée. Le lendemain matin, j'étais à peine habillée lorsque je reçus un signal de comms. C'était un message vocal uniquement et il provenait de Mère.

— Tu acceptes les visiteurs? me demanda-t-elle.

— Pont 1-11, répondis-je.

— Je vais arriver par le sas menant au pont. Attends-moi à l'intérieur, je cognerai, dit-elle.

J'imagine que c'était pour ne pas attirer l'attention, pour éviter que je reste plantée près de la porte extérieure, attendant de toute évidence un visiteur. Elle était douée pour ce genre de mission secrète, alors j'obéis à ses ordres.

Lorsque j'entendis cogner, j'ouvris immédiatement l'écoutille. Elle était là, debout sur l'escalier de métal. Ses cheveux étaient maintenant d'un riche brun foncé avec des reflets plus pâles et elle portait l'uniforme bleu foncé des employés de la station spatiale. Elle transportait un fourre-tout en toile sur son épaule et des lunettes teintées cachaient ses yeux, mais c'était bien elle. Elle souriait. J'attendis que nous soyons à l'intérieur du vaisseau pour dire quoi que ce soit.

— Alors, tu es venue pour voir si PrimaCorp peut se sortir de ce pétrin?

Elle me serra rapidement dans ses bras.

— En fait, corrigea-t-elle, je suis principalement ici pour te voir.

— Pour me voir?

Elle retira ses lunettes et les rangea dans son fourre-tout.

— Tu as du caff?

Je secouai la tête.

— Désolée, quelle hôtesse je suis! Allons à la galerie.

Étrangement, l'endroit était désert. Je tirai deux tasses fumantes de la machine et nous nous installâmes à la longue table.

— C'était tout un message que tu m'as envoyé, dit-elle en regardant autour d'elle. C'est un beau vaisseau que tu as là.

— Merci, dis-je. Ce n'était pas grand-chose. Le message, je veux dire.

— Non, mais tu es certainement allée droit au but et tu m'as fait réfléchir.

Elle souffla sur le caff, causant de petites ondulations sur la surface du liquide et poussant la vapeur dans l'air.

— Je n'avais pas pris le temps de réfléchir à quoi que ce soit depuis longtemps. J'étais en mode automatique, si on veut. Ce fut... le signal du réveil. Enfin, poursuivit-elle en tirant une tablette de son fourre-tout et la plaçant entre nous sur la table, j'ai envoyé ces données à Lanar. Les dates, les noms et les détails des recherches que PrimaCorp s'est appropriées et a sabotées, les sociétés impliquées, absolument tout.

Je levai les yeux de la tablette et rencontrai son regard.

— Tu as envoyé le message.

Elle hocha la tête.

— J'ai envoyé le message.

— Et tes amis? Sont-ils hors de portée des griffes de PrimaCorp?

— Personne là-bas n'a encore compris ce qui s'est passé. Avant que PrimaCorp ne soit consciente de tout ça, ils seront déjà loin.

— PrimaCorp aura beaucoup de sujets de préoccupation, tout d'un coup.

Elle haussa les épaules et tourna la tablette en la poussant du doigt.

— Je l'espère. Enfin, j'ai décidé qu'il était temps de lâcher prise, dit-elle simplement. Je vais discuter avec Schulyer, diffuser publiquement mes recherches et laisser PrimaCorp me traîner en cour si c'est ce qu'ils veulent. Ils cesseront de t'embêter, au moins.

Elle posa sa main sur la mienne.

— Ce fut probablement la chose la plus difficile que j'aie eu à faire, t'abandonner sur Kiando. Te quitter à nouveau. Vous voir, toi, Hirin, Maja... Quelque chose a cédé en moi.

— J'aurais pu t'aider, tu sais, ne pus-je m'empêcher de dire. Tu n'étais pas forcée de disparaître.

— Je sais. Tu sais ce qui s'est passé?

Elle soupira.

— Yuskeya m'a raconté, enfin, ce qu'elle savait.

Mère se cala contre la chaise, tenant sa tasse à deux mains et fixant le vide.

— J'ai fait ce que je fais depuis trop longtemps. Mettre le plan en marche. Toujours me déplacer. J'avais un billet réservé sur ce vaisseau de ligne qui orbite autour de Kiando, un leurre. C'était la norme, pour moi. J'ai pris une navette vers le vaisseau de ligne sous une de mes fausses identités, j'ai modifié mon apparence dans une cabine, repris une navette vers la planète et j'ai embarqué sur un vaisseau courte distance vers Cengare. De là, je suis partie vers MI 2 Eridani. Et pendant tout ce temps, je me disais que j'étais une idiote et que j'aurais dû simplement partir avec toi.

J'eus un sourire amer.

— Il se trouve que ça aurait été une mauvaise idée. PrimaCorp nous a rattrapés presque immédiatement et ils ont presque détruit mon vaisseau.

Elle braqua son regard dans le mien.

— Mais j'aurais été là. J'aurais fait partie de ta vie, pour une fois, plutôt que d'observer de l'extérieur.

Nous restâmes là, en silence, pendant quelques minutes.

— J'ai regardé tes vidéos. Je les ai montrées à Lanar aussi, dis-je finalement.

— Alors tu connais les bons et les mauvais côtés.

— Tu n'as rien fait que je n'aurais pas fait moi-même.

Elle sourit à ce commentaire. Je pris une gorgée de caff.

— Tu sais ce que je retiens de tout ça? À un moment donné, les gens devraient commencer à profiter de tes recherches. N'était-ce pas le but de tout ton travail?

Elle ne répondit pas, alors je continuai.

— Je sais, c'est inquiétant... Que se passera-t-il? Mais tu ne peux pas prendre toute la responsabilité sur tes épaules. Nous cherchons l'immortalité depuis des siècles, nous la souhaitons et nous avons tout fait pour l'atteindre. Tu es seulement le point central auquel tous ces efforts ont mené. Tu es la dernière fonction de toute cette équation. La plupart des gens vont probablement accueillir avec joie cette nouvelle technologie, d'autres, non. La société change, bien sûr, elle évolue, comme elle l'a toujours fait lorsque la situation changeait. Tu ne peux pas te tenir responsable de ce que l'immortalité signifiera pour l'humanité. Tu dois donner la chance aux gens, leur donner le choix. Ce qui se passera alors... Hé bien, ce n'est pas à toi de t'en inquiéter.

— Ton message m'a poussé à une conclusion similaire, dit-elle. Mais lâcher prise... Je veux lâcher prise. Ce ne sera pas facile.

— Tu n'as pas à cesser tes propres recherches, suggérai-je. C'est ce que tu aimes faire. Pense aux gens que tu aideras. Pense à Hirin, par exemple. Je lui ai donné une transfusion de sang il y a quelques semaines. Hé bien, les changements sont incroyables.

Mère me dévisagea.

— Quoi?

Je compris qu'elle n'était pas au courant du virus de Hirin et lui racontai l'histoire aussi brièvement que possible.

— Il a eu une mauvaise réaction lorsque nous avons traversé la Fissure. Le virus a resurgi et il a touché son cœur. Nous avons décidé de prendre le pari qu'une transfusion pourrait l'aider.

— Des biopilleurs transférables? Je n'aurais pas cru... Particulièrement cette génération, et après autant de temps...

Elle regarda au loin, comme si elle observait des formules complexes et des nanostructures que je ne pouvais même pas imaginer.

— Et ils n'ont pas eu d'effets indésirables?

Je ricanai.

— En fait, pendant quelques jours, il semblait bien qu'ils allaient le tuer, puis son état s'est amélioré. Depuis la transfusion, ils... Les biopilleurs, j'imagine, ont réparé une bonne partie des conséquences que l'âge a eu sur son corps. On peut déjà le remarquer.

Elle semblait encore ébahie.

— Après autant de temps dans ton système... Je n'aurais pas cru...

Sa voix se cassa et des larmes apparurent dans ses yeux.

— Oui?

— Si j'avais compris plus tôt... Mais ce genre de procédure n'a jamais fonctionné durant les tests.

Mon cœur s'emballa. Il semblait que cette transfusion était un pari encore plus gros que ce que je croyais. Je pris sa main brièvement et la serrai.

— Ça va. Je sais que tu nous l'aurais dit si tu avais su. Peut-être est-ce uniquement lié au virus qui a infecté Hirin.

— Hirin est-il ici? J'aimerais faire quelques tests, si ça ne le dérange pas.

Je souris. Je pouvais tenter d'influencer ma mère, mais elle ne cesserait jamais d'être une chercheuse.

— Je suis certaine qu'il acceptera.

Je touchai mon implant et envoyai un message à Hirin, lui demandant de nous rejoindre dans la galerie.

— Et cette nouvelle génération de biopilleurs, ceux que tu mentionnais dans la vidéo? Est-ce que ça fonctionnera pour Hirin?

— Ooooui, dit-elle en hésitant. Le résultat est plus limité. Je ne dirais pas qu'ils pourraient prolonger sa vie indéfiniment, mais ils y ajouteraient bon nombre d'années.

Hirin arriva dans la galerie, s'arrêta brusquement et dut regarder à deux fois.

— *Hola*, c'est étrange. Même si la couleur de vos cheveux est différente, vous êtes incroyablement semblables. Vous allez devoir arborer des porte-noms si vous restez toutes deux à bord du vaisseau. Je ne voudrais pas essayer de séduire ma belle-mère par erreur.

Je lui balançai mon poing alors qu'il passait près de moi, mais il l'évita avec une agilité toute nouvelle.

— Si un homme ne sait pas différencier sa femme de sa belle-mère, grondai-je, mais il m'interrompit.

— Hé, je crois que je peux plaider des circonstances extrêmement inhabituelles, protesta-t-il alors qu'il se servait une tasse de thé chai.

— Mère aimerait jeter un coup d'œil à ton virus et à tes biopilleurs, lui expliquai-je. Ça te dérange?

Il fit signe que non et tendit son bras, plaçant son implant devant ma mère.

— Mais y aura-t-il encore des traces du virus à trouver?

— Oh, je crois, répondit Mère. Elle plaça doucement sa tablette sur l'implant de Hirin, attendant la confirmation de la connexion. Les biopilleurs attaquent le virus de plusieurs façons, soit en le neutralisant partiellement ou en altérant la réaction corporelle de l'hôte, mais ils ne l'effacent pas nécessairement. Je veux aussi voir comment ils se sont adaptés à votre corps.

— J'ai encore toutes les données que le docteur Ndasa a recueillies, offrit Hirin. Il m'a donné une copie pour mes dossiers.

La tablette émit un signal et Mère la retira, ses doigts voletant sur l'écran.

— J'aimerais bien les voir, Hirin. La comparaison serait précieuse. Cela ne prendra que quelques minutes à analyser.

Il les trouva sur sa tablette et les lui transmis. Pendant que la tablette effectuait la comparaison, Mère lui posa des questions précises sur son état aux différentes étapes de développement du virus. Je me reculai et je pris une nouvelle gorgée de mon double caff, savourant non seulement sa morsure brûlante et légèrement sucrée, mais aussi le fait que nous pouvions maintenant parler de la maladie de Hirin au passé. L'alerte de la tablette retentit, annonçant la fin de l'analyse. Mère y jeta un coup d'œil et fronça les sourcils.

— Quoi?

Elle secoua la tête en signe de négation.

— Je veux vérifier quelque chose.

Elle tira un étui à puces de son sac et inséra une nouvelle puce dans sa tablette.

— Quelque chose ne va pas?

— Le virus, dit-elle, distraite, en faisant glisser les pages sur sa tablette. C'est quelque chose... Il me semble familier.

Hirin et moi nous regardâmes sans rien dire. Mère examinait l'écran, pinçant les lèvres de temps à autre et plissant les yeux en étudiant les données. Le suspense était presque intolérable et j'étais sur le point de parler lorsqu'elle se leva brusquement de la table, les yeux toujours rivés sur l'écran.

— Je n'arrive pas à y croire.

Je continuai à l'observer en attendant qu'elle poursuive.

— Le virus contient une séquence génétique qui appartient à PrimaCorp. Ils possèdent un brevet pour cette séquence. Je le sais parce que j'ai participé à sa création.

— Le docteur Ndasa m'a dit que c'était synthétique... que c'était un virus fabriqué. Il doit s'être répandu par accident.

— Il aurait dû être complètement détruit lorsque nous avons terminé nos travaux. Il ne devrait pas exister. Elle s'assit à nouveau. Et ça ne devrait définitivement pas être dans le corps de Hirin.

— Alors... Tu penses que PrimaCorp n'a pas été suffisamment prudente? Ou qu'ils l'ont vendu?

Elle ne répondit pas, tambourinant sur la table, de ses longs doigts, et regardant le mur fixement.

— Non. C'est une trop grosse coïncidence. Je crois que PrimaCorp t'a délibérément exposée pour essayer de voir ce que les biopilleurs en feraient, lâcha-t-elle finalement.

— Mais c'est arrivé ici, sur Vele! Il aurait fallu qu'ils nous suivent ici, qu'ils trouvent une façon de nous infecter! Comment pouvaient-ils faire ça sans risquer d'infecter d'autres personnes?

— Peut-être qu'ils ne s'en souciaient pas. C'est PrimaCorp, tu te souviens? répliqua Hirin.

Il caressa son menton mal rasé, songeur.

— Cela expliquerait certaines choses. Par exemple, le fait que les docteurs n'ont jamais réussi à préciser le type de virus.

— Il ne contient rien qui crée un lien évident avec

PrimaCorp, enfin pas pour les gens qui n'ont pas travaillé à ce projet.

Elle se leva à nouveau et se mit à marcher de long en large.

— Qu'avez-vous fait lorsque Hirin est tombé malade?

— Nous sommes revenus directement sur Terre. Je regardai par le hublot, me rappelant ces jours terribles. Il y avait d'assez bonnes installations médicales tout près, sur Vileyra, mais les colonies étaient encore toutes jeunes. Nous pensions que les meilleurs traitements, les soins les plus avancés seraient plutôt sur Terre.

— Et la maladie a continué de progresser sur Terre et a régressé lorsque vous êtes parti?

Hirin secoua la tête en signe de négation.

— Pendant longtemps, il y eut des hauts et des bas. Nous avons continué à voyager, nous essayions de l'ignorer. J'avais des rechutes, ça se calmait, ça se poursuivait tranquillement pendant un moment. Il ne semblait pas y avoir de différence si j'étais sur Terre ou ailleurs dans l'Espace proche.

— Mais, lorsque vous... avez atteint le point où vous ne pouviez plus supporter ces voyages?

— Mon état s'est graduellement détérioré lorsque j'étais au centre d'hébergement, répondit Hirin. Lentement, mais constamment. Ma santé ne s'est améliorée que lorsque j'ai quitté la Terre, la dernière fois.

— Comme si quelqu'un essayait de convaincre Luta de rester pour prendre soin de vous?

Je l'interrompis.

— Qu'est-ce que tu insinues? Que PrimaCorp...

— Crois-tu que ce serait bien difficile pour eux de trouver une personne dans un centre qui veillerait à ce que la santé d'un patient ne s'améliore pas? Si le jeu en vaut la chandelle...

Je l'observai. Lorsque je repris la parole, ma voix n'était pas plus forte qu'un murmure.

— Tu crois que PrimaCorp s'assurait que la santé de Hirin empirait et qu'il s'est rétabli lorsqu'il est venu avec moi simplement parce que... ils ne pouvaient plus l'atteindre? C'est ignoble!

Hirin plissa les yeux.

— Mais c'est logique. Cela explique aussi pourquoi le centre était si réticent à accepter mon départ. Ils ne pouvaient pas me l'interdire, mais ils ont tout essayé pour me convaincre de rester. Notamment en essayant de dire que je perdais la tête.

Je ne voulais toujours pas y croire. Mon estomac était complètement retourné. Tout ce temps, je croyais faire ce qui était le mieux pour Hirin alors qu'en fait, je le laissais à leur merci, seul. Je ne pouvais pas accepter que ce soit vrai.

— Et la Fissure? Lorsque le virus a resurgi? PrimaCorp ne peut pas avoir organisé ça!

— Je n'ai pas de réponse à ça, Luta, répondit ma mère. Il se peut que ce soit directement provoqué par la Fissure ou le virus pourrait avoir été manipulé pour resurgir lorsqu'il y a une certaine exposition aux radiations des tunnels cosmiques... Ce serait un moyen efficace pour limiter les déplacements.

— Je vais le tuer. Ma voix était d'un calme alarmant, même à mes propres oreilles. Sedmamin. Pour t'avoir fait subir ça.

Hirin me saisit par les épaules et me força à le regarder. Ses yeux bleus-gris étaient intenses alors qu'ils se braquaient dans les miens; ses mains étaient fortes et fermes, non plus ces mains qui, il y a peu de temps, étaient faibles et fragiles.

— Tu ne feras rien de tel, Luta. Écoute-moi, PrimaCorp va payer pour ce qu'elle a fait. Le Protectorat y veille. Nous allons les laisser s'occuper de ça et nous ne perdrons pas une seconde de plus à penser ou à nous inquiéter de Sedmamin et ses acolytes. Ce n'est pas le début d'une vendetta. On m'a accordé plus de temps et j'ai de meilleures choses à faire.

Il me secoua gentiment.

— Compris?

C'est alors que j'ai éclaté en sanglots. J'imagine que j'avais compris. Hirin me confia plus tard que Maja avait pleuré aussi lorsqu'il lui avait raconté toute l'histoire.

Je peux dire sans l'ombre d'un doute que témoigner à une audience devant le Conseil administratif des Mondes de l'Espace proche est la chose la plus ennuyeuse que j'aie jamais faite. Lanar arriva sur Vele juste une journée avant le début de l'audience. Nous eûmes de belles retrouvailles, Mère, lui et moi. Ce fut une pause bienvenue dans cette monotonie, car à ce moment-là, nous avions subi les interrogatoires, signé les affidavits et soumis nos preuves, été interrogés à nouveau au sujet de nos preuves, puis contre-interrogés par les avocats de

PrimaCorp. Beaucoup de paperasse, de salles anonymes, de personnes qui nous pressaient avant de nous faire attendre. Il n'y eut pas de drame au tribunal, pas de preuves accablantes à la barre des témoins. C'était le spectacle du Protectorat et Lanar avait fait sa part à partir de son vaisseau. J'aurais donné à peu près n'importe quoi pour juste m'échapper et me précipiter vers le tunnel le plus près, mais ça n'aurait résolu que le problème de mon ennui. Je voulais rester pour voir comment toute cette histoire se terminait.

La conclusion n'était pas tout à fait ce que j'aurais espéré, mais c'était tout de même satisfaisant. Grâce à nos preuves, le Protectorat avait une liste impressionnante d'accusations à soumettre au Conseil. En plus de sa propre preuve sur la fabrication et le transport de techs illégales, il y avait des accusations de piraterie, d'enlèvement, d'espionnage industriel, d'usage de virus illégaux et le recours à des espions sans identité, sans oublier l'attaque injustifiée d'un vaisseau civil.

Il aurait certainement été intéressant d'observer les discussions, car je suis certaine que cet équilibre délicat des relations interplanétaires dans l'Espace proche dont Lanar avait parlé a pesé dans la balance... Qui s'est rangé du côté de PrimaCorp et qui a soutenu le Protectorat, quels leviers politiques ont été invoqués? Les médias ont certainement offert une large couverture sur vid et sur le web, même s'ils n'étaient pas, eux non plus, au fait des délibérations. Il y eut beaucoup de spéculations et la valeur nette de PrimaCorp dégringola considérablement. Pas assez pour ruiner la société : comme Lanar l'avait dit, ce n'était pas possible, enfin, pas encore. Le Protectorat ne put pas justifier toutes les accusations ou alors certaines furent abandonnées lors de négociations. Peu importe, les fondations de PrimaCorp furent secouées, pas de doute là-dessus.

Comme on pouvait s'y attendre, Alin Sedmamin, s'il ne s'en tira pas indemne, s'en sortit presque sans qu'émane de lui le parfum de corruption. Dores Amadoro n'eut pas autant de chance et fut condamnée à la prison. Sedmamin avait réussi à déléguer la majeure partie de la responsabilité pour les activités criminelles, la larguant ainsi entièrement sur ses épaules à elle. D'une façon ou d'une autre, nous apprîmes que c'était elle qui avait lancé ou mené tous ces actes criminels de son propre chef.

Le conseil d'administration était estomaqué, tout simplement sous le choc qu'une telle vipère ait pu se glisser en son sein. Je n'en croyais pas un mot, évidemment, mais je n'étais pas désolée pour elle. En s'associant à une personne comme Sedmamin, elle aurait dû savoir qu'il serait le dernier à porter la responsabilité en cas d'échec. C'est Lanar qui arrêta au pont 1-11 pour m'informer des conclusions.

— Ce sera partout dans l'Espace proche demain, dit-il, mais je voulais que tu sois la première à l'apprendre.

Nous étions assis face à face dans la galerie, calés dans les deux fauteuils aux larges accoudoirs, des tasses de double caff en main. Tout était silencieux à l'exception d'un claquement sourd qui indiquait que Viss s'acharnait à faire des réparations dans l'Ingénierie.

— J'aurais préféré que Sedmamin soit déchu, acquiesçai-je, mais je prendrai Amadoro comme prix de consolation. Tu crois qu'ils poursuivront Mère lorsqu'elle diffusera les données de la recherche?

Il secoua la tête. Il n'était pas en devoir et avait troqué son uniforme du Protectorat pour une paire de jeans et une chemise caméléon.

— Comme je connais Mère, elle le fera de façon à ce qu'on ne puisse pas remonter jusqu'à elle. Si quelqu'un sait comment s'y prendre, c'est bien elle. Il sourit. Et ne sois pas si sûre du sort de Sedmamin. La fin de son règne approche... Je crois que le conseil d'administration sera très mécontent de lui après ceci, ne serait-ce que parce que c'est survenu alors qu'il dirigeait la société.

— Soyons reconnaissants pour les petites victoires! dis-je, soulevant ma tasse.

Il se pencha pour que sa tasse frappe la mienne doucement.

— Parlant de victoires, la preuve que tu as soumise nous a vraiment aidés. Personne ne peut dire que le Protectorat harcèle PrimaCorp ou que les accusations ont été gonflées. Le Protectorat sera très reconnaissant. Discret, mais reconnaissant.

— Mmm. Si leur gratitude pouvait se transformer en un nouveau moteur principal de qualité, ça me dédommagerait pour tous mes problèmes.

Je ne lui avais pas encore complètement pardonné la façon

dont il avait comploté dans mon dos avec Yuskeya, mais je ne pouvais jamais rester fâchée contre lui. Je changeai de sujet.

— Alors j'imagine que tu veux récupérer ma navigatrice, maintenant? Où suis-je censée trouver une autre aussi bonne que Yuskeya?

Lanar détourna les yeux, évitant mon regard, puis reprit.

— En fait, je voulais te parler de ça. J'ai entendu dire que tu ramènerais Mère sur Kiando. Pourrais-je te confier Yuskeya pour ce trajet? Je veux qu'elle se rende là-bas pour rencontrer nos agents et... discuter de certains trucs.

Je le fixai en plissant les yeux.

— Je suis déjà soupçonneuse, mais bien sûr, je la ramènerai avec moi. Elle pourra passer le temps en m'amenant des double caff et du *pano* à la canelle pour se faire pardonner de m'avoir menti.

— Je ne crois pas que ce soit dans sa description de tâche, répliqua-t-il en souriant. Aucune des deux. Tu peux toujours essayer, par contre...

Un soir, Maja cogna à la porte de ma cabine alors que je consultais les listes de marchandises à la recherche de contrats potentiels. Les réparations du Tane Ikai étaient presque terminées et nous comptions partir vers Kiando sous peu. Aussi bien voyager les cales bien remplies, même si le Protectorat avait essuyé les coûts du nouveau moteur. Je posai ma tablette lorsqu'elle entra.

Ce n'était pas la même Maja que celle qui était montée à bord sur Eri. Ses cheveux blonds tombaient en cascade d'une queue de cheval toute féminine et ses yeux bleus étaient pleins d'entrain. Elle me sourit en s'installant dans mon gros fauteuil, glissant ses pieds sous elle confortablement.

— Tu prévois ramener Grand-mère sur Kiando? me demanda-t-elle.

Je fis signe que oui.

— Je cherche des marchandises que nous pourrions livrer en route, du moins. Elle a hâte de revoir Gusain Buig, alors je ne crois pas qu'elle accepte de nombreux arrêts en cours de route.

Maja s'humecta les lèvres avec sa langue.

— J'ai réfléchi... J'aimerais rester avec vous pour quelques trajets, si ça ne dérange pas. Je commence à croire que je n'avais pas vraiment donné une chance aux voyages spatiaux lorsque j'étais jeune.

— Mon agent de communications a-t-il quelque chose à voir avec cette idée?

Elle rougit légèrement.

— Tu es au courant de ça?

Je soulevai un sourcil.

— Maja, je suis ta mère. Et nous savons bien pourquoi, malgré mon âge, je ne suis pas encore sénile.

Elle rit de bon cœur, un son dont je ne pouvais pas me lasser.

— Ça te dérange?

— Pourquoi est-ce que ça devrait me déranger? Baden est un homme bien. Il ne ferait pas partie de mon équipage si je ne le pensais pas. Il a toutefois une certaine réputation...

— De séducteur. Je suis au courant.

— Et je pensais que Rei et lui étaient...

— Baden m'en a également parlé, alors j'ai discuté avec Rei. Elle a ri de façon charmante et m'a expliqué qu'il était « amusant » lors des longs voyages, mais qu'elle avait un fiancé, sur Eri, qu'elle allait épouser « lorsqu'il serait un peu plus âgé ».

Maja haussa les sourcils.

— C'est quoi cette histoire?

Sanktu merclo! Je savais bien que mon équipage avait des secrets, mais ceux que je découvrais n'étaient pas ce à quoi je m'attendais.

— Je n'en ai aucune idée, mais ce que toi ou les autres faites, ça ne me regarde pas. Je suis incapable de tout suivre, de toute façon. Alors oui, je serais très heureuse si tu restais avec nous pour un moment et ton père s'en réjouirait aussi. Il y a beaucoup de choses dans l'Espace proche que j'aimerais que tu voies.

Elle cala sa tête contre le dossier du fauteuil.

— J'ai eu une belle conversation avec Grand-mère, aussi, aujourd'hui. Je pensais que je serais furieuse contre elle, puisque c'est elle qui est à l'origine de cette histoire. Mais ce n'est pas le cas.

Elle prit une profonde inspiration et regarda autour de ma cabine, songeuse.

— Tout ce dont je m'inquiétais depuis si longtemps, ça me semble si loin, maintenant. Et tout ce qui est important est juste ici.

Je souris.

— C'est une bonne chose.

Elle hocha la tête.

— C'est, répondit-elle, une très bonne chose.

Des semaines plus tard, de retour sur Kiando, Mère et moi fîmes une longue promenade ensemble, une vraie promenade à l'extérieur, traversant des vignobles où poussaient les fruits à partir desquels les vins de jarlais étaient confectionnés. Ils me rappelaient les vignobles de la Terre, même si les vignes de jarlais, avec leurs feuilles pâles veinées de bourgogne, poussaient sur de larges treillis placés en arcs. Si on nous apercevait, on penserait sans doute que nous étions sœurs, pas mère et fille. Je réfléchissais à quel point nous nous ressemblions et combien Maja et moi avions, finalement, en commun.

— Alors, tu resteras ici pour un moment.

Ce n'était pas vraiment une question. La relation que j'avais soupçonnée entre elle et Gusain Buig était en fait plutôt évidente. Elle parlait également de reprendre ses recherches. Le voyage aux laboratoires de Schulyer était en préparation et le docteur Ndasa s'enthousiasmait à l'idée de lui montrer ce qu'ils avaient fait. Elle hocha la tête et soupira.

— Et toi, non, j'imagine.

Je souris.

— Une partie de moi aimerait bien. Nous avons encore l'équivalent de plusieurs années à rattraper. Mais tu seras sans doute très occupée pendant un moment.

— C'est certain, mais je trouverais bien du temps pour toi.

— Je sais. Je pensais que ce serait encore mieux si je revenais plus tard avec Karro, Aliande et leurs enfants, s'ils veulent bien venir. J'en parlerai à Lanar la prochaine fois que je le croiserai. Nous pourrions avoir de vraies retrouvailles familiales.

— Ce serait merveilleux.

Sa voix était chaleureuse avec un léger sanglot. Je tirai sur un jarlais violet d'une des vignes et le fis rouler entre mes doigts, savourant à l'avance la douceur du fruit dodu.

— Hirin est venu me voir pour parler de cette nouvelle génération de biopilleurs, dit-elle. Je lui expliquai ce qu'ils pourraient faire pour lui et ce qui était impossible. Il semblait plutôt content de ce qu'ils accompliraient.

— Il a déjà reçu un traitement?

J'étais surprise qu'il ne m'en ait pas parlé.

— Hier. Peut-être voulait-il te surprendre?

— Hmmm. Peut-être.

Je pensais qu'il y avait autre chose, mais je devrais lui poser la question plus tard.

— Mère, c'est un peu étrange, mais... Maintenant que le sort est jeté, je crois que je comprends ton hésitation à offrir l'immortalité aux hommes.

Mère éclata de rire.

— Vraiment? Tu m'as dit de façon plutôt crue que ce n'était pas à moi à décider pour toute notre espèce.

— Oui, quelque chose comme ça, j'imagine. Lorsque je pense à des gens comme Alin Sedmamin et Dores Amadoro , je me demande si tu n'avais pas raison, après tout. Nous pouvons faire beaucoup de mal si notre mortalité n'est plus un obstacle. Notre race semble avoir une capacité pratiquement illimitée pour l'avarice et la méchanceté.

— Nous pourrions faire bien du mal.

Elle cueillit un jarlais et le mit dans sa bouche.

— D'un autre côté, nous pourrions finalement surmonter la myopie dont nous sommes affectés depuis des siècles. Nous pourrions être plus conscients des conséquences que nos gestes auront dans cent ans si nous pensions être encore là pour les subir. Nous avons également une immense capacité pour la bonté et la compassion, aussi.

— Vrai. Je souris. J'imagine que nous devrons attendre et voir, non?

— Je crois, oui. Il y a une citation d'un vieil auteur terrien qui m'a toujours intriguée. C'est « Je ne crois pas vieillir; je crois qu'on modifie son aspect face au soleil. » Je ne sais pas ce qu'elle voulait vraiment dire, puisqu'elle s'est suicidée quelques années plus tard, mais j'ai toujours cru que ça voulait dire que plutôt que de constamment s'inquiéter de vieillir, nous devrions utiliser ce temps pour changer notre point de vue. Changer comment nous percevons l'univers et modifier le visage que nous lui présentons. Elle rit doucement. J'imagine que c'est ce que j'espère, ce que cette recherche, ultimement, permettra aux gens d'accomplir. De modifier leur point de vue, de temps à autre, parce qu'ils auront le temps de le faire.

— Ça me semble une bonne idée, opinai-je. J'imagine que c'est ce que je fais depuis des années, sans vraiment le comprendre.

Nous avons marché en silence, ensuite, et c'était parfaitement *okej*.

Cette nuit-là, alors que nous nous apprêtions à nous coucher, je racontai à Hirin ma rencontre avec Mère. Il sourit.

— Je suis tellement heureux que tu l'aies finalement retrouvée. Tout ce temps... Ce n'était pas perdu.

— Je ne dirais pas que c'était une perte de temps, de toute façon.

Je m'assieds près de lui sur le lit.

— Nous avons eu de nombreuses belles années, ici, sur le Tane Ikai.

— Et on l'a échappé belle un bon nombre de fois aussi, ajouta-t-il en riant. Puis son visage devint grave. Luta, ce voyage est bien différent de celui dont nous avons parlé lorsque j'ai quitté la Terre. Tu t'es embarquée dans quelque chose que tu n'attendais pas... ou même dont tu ne voulais pas.

C'est ce que je pensais. Je me tournai pour regarder ses yeux, des yeux dans lesquels je m'étais plongée pendant des décennies, les aimant à chaque coup d'œil. Ils n'étaient plus voilés par l'âge, ils n'étaient plus affaissés. Les biopilleurs avaient effacé un bon quinze ans de son apparence et avaient probablement fait un travail encore meilleur à l'intérieur de son corps.

Rien de tout ça n'avait d'importance pour moi. Je n'avais jamais eu l'impression qu'il avait vieilli plus que moi, seulement qu'il avait été témoin de forces qui m'avaient évitée, comme une maladie contre laquelle j'étais miraculeusement immunisée. Nos âmes avaient le même âge et c'est ce qui nous avait poussés à vivre et à rester ensemble, tout ce temps, malgré tout.

— Mère disait que tu es venu la voir hier. Il semble bien que tu n'aies pas à t'inquiéter de mourir dans l'espace ou ailleurs pour un moment.

Il opina.

— Mais tu ne comptais pas là-dessus et je comprends si tu...

Je l'embrassai pour l'interrompre un instant, mais il me repoussa et reprit « Non, je suis sérieux à... »

— Moi aussi.

Je l'embrassai, plus passionnément cette fois.

— Vieux fou. Tu ne te débarrasseras pas de moi si facilement. À moins que tu ne songes à trouver une femme plus jeune, maintenant...

À ce moment, il me démontra qu'en réalité, non, ce n'était pas son intention.

Remerciements

Tout roman porte le nom d'un auteur sur sa couverture, mais en réalité, aucun livre ne voit le jour grâce aux efforts d'une seule personne. Le présent ouvrage ne fait pas exception à la règle. J'ai reçu l'aide d'un nombre incalculable de lecteurs, de consultants et d'éditeurs pour la création de mon roman et je tiens à vous remercier tous de votre soutien. Je tiens plus particulièrement à mentionner les gens du National Novel Writing Month, grâce à qui la première ébauche de ce roman a été rédigée, et les juges (anonymes) de l'Atlantic Writing Competition qui m'ont offert des commentaires précieux sur une version initiale de ce roman. Pour leurs commentaires, leurs conseils et la révision des nombreuses étapes de ce livre (jusqu'à ce que, j'en suis certaine, ils en aient eu assez d'en entendre parler ou même de le voir), mille mercis à Nancy Waldman, Julie Serroul et à ma sœur Krista Miller. Un remerciement tout particulier à mon mari Terry Ramsey, qui m'a aidé à démêler la toile complexe des tunnels qui criblent l'Espace proche. Pour tous leurs conseils, leurs encouragements et leur soutien en général, je tiens à remercier mes incomparables collègues du groupe d'écriture The Story Forge et The Quillians. Je tiens également à souligner les brillantes suggestions de mon éditrice, Margaret Curelas, qui m'a, entre autres, aidé à trouver la meilleure conclusion possible pour mon livre. Et, bien sûr, rien n'aurait vraiment d'importance sans le soutien constant et inébranlable de mes amis et de ma famille.

Finalement, merci à tous ceux qui m'ont dit (que leur commentaire soit sincère ou pas!) que j'avais l'air plus jeune que mon âge, puisque c'est ce qui a fait germé l'idée de cette histoire dans mon esprit. Malgré l'aide de tous ces gens, il y aura certainement encore des failles... J'en assume l'entière responsabilité et j'espère seulement que, peut-être, dans un univers parallèle, elles ont toutes été comblées.

Au sujet de l'auteure

Sherry D. Ramsey est rédactrice, éditrice Web et éditrice indépendante, joaillière et, elle l'avoue humblement, une *geek* de l'Internet. Elle vit en Nouvelle-Écosse avec son mari, ses deux enfants et ses deux chiens, où tous les membres de la famille font preuve de grande créativité, même ses amis canins (qui s'efforcent toujours de trouver de nouvelles façons de quémander des friandises).

Elle interagit avec ses comparses de l'espèce *Homo scriptor* par le biais de la Writer's Federation of Nova Scotia, de SF Canada et d'autres ateliers et groupes d'écriture, dans le monde virtuel et réel.

Visitez le blogue et le site Web de Sherry à www.sherrydramsey.com ou suivez le fil de ses réflexions incisives sur Twitter @sdramsey.

Traducteur

Catherine Dussault a toujours été passionnée par les mots et par les histoires qu'ils servent à raconter. Après ses études en littérature qui l'ont menée de Québec jusqu'en France, elle entreprend une maîtrise en traduction à Montréal. Ses études terminées, elle a rapidement découvert les joies et les défis qu'apporte son nouveau métier et elle s'efforce de son mieux à combler le vide que les différences linguistiques peuvent souvent représenter.

Outre les langues, elle se passionne pour la musique, notamment le piano, dévore tous les livres qui lui tombent sous la main et peut difficilement maîtriser ses instincts créatifs qui ne cessent de se manifester sous la forme de nouvelles et de poèmes, mais aussi de bijoux et de savons artisanaux... entre autres.